比较文学与世界文学名家讲堂

王向远 主编

别求新声

汪介之教授讲比较文学及中俄文学交流

汪介之 著

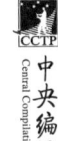

中央编译出版社

作者简介

汪介之(1952—),南京师范大学教授,比较文学与世界文学学科带头人,博士生导师,中国比较文学学会、中国外国文学学会、中国俄罗斯文学研究会理事,江苏省比较文学学会副会长。长期从事中外文学关系、俄罗斯文学研究,已出版《选择与失落:中俄文学关系的文化观照》、《回望与沉思:俄苏文论在20世纪中国文坛》、《文学接受与当代解读——20世纪中国文学语境中的俄罗斯文学》、《远逝的光华:白银时代的俄罗斯文化》、《流亡者的乡愁:俄罗斯域外文学与本土文学关系述评》、《伏尔加河的呻吟——高尔基的最后20年》、《俄罗斯现代文学史》等专著10部,发表论文100余篇。目前正在研究的是国家社会科学基金项目"诗学视域中的帕斯捷尔纳克小说研究"。

《比较文学与世界文学名家讲堂》前言

"比较文学与世界文学"学科，顺应改革开放的时代潮流，在上世纪最后二十年开始起步发展，到现在为止的三十多年时间里，已经有了丰厚的知识产出和思想建树。它的异军突起，是当代中国一道引人瞩目的学术文化景观，是中国走向世界、世界走进中国的鲜明印证，也是当代中国学术文化繁荣的一个重要表征。

三十多年的学科建设和学术发展史已经表明，要在人文研究及文学研究中建立世界观念和视野，要把中国文学置于世界文学背景下加以考察和研究，要把外国文学放在中国文化立场上加以审视和阐发，要连接中外文学，要打通文学研究与其他学科的壁垒，要把细致微观的实证研究与高屋建瓴的理论建构相结合，那必然会走向比较文学与世界文学。

在这里，"比较文学"与"世界文学"两者相辅相成、互为依存。"比较文学"是学术观念、研究范式与研究方法，"世界文学"则是学科资源与研究视野。它在贯中外、跨文化、通古今、越科界的学术视阈与研究方法上的优势，使其无可替代地成为当代中国学术文化中最有时代性、最有包容性、最有创新性的高端学科之一。

事实上，近二十年来，中国的比较文学不仅在中外文学关系史研究等方面生产了大量的新知识，而且逐步建立了既有中国特色又具有理论普适性的学科理论系统，逐步完善了比较诗学、中西比较文学、东方比较文学、翻译文学等分支学科，在学术成果的质与量上已居世界各国之首，还全面进入了大学中文系、外文系文学专业的课程体系，从而使中国比较文学成为当代世界比较文学的重心和中心，代表着世界比较文学兼收并蓄、超越学派的第三个发展阶段。

收在这套《比较文学与世界文学名家讲堂》的作者，在当代中国比较文学学术史上，是继季羡林、乐黛云等老一辈学者之后的第二代学人。这些作者固然只是第二代学者中的一部分，却有相当的代表性。他们现年多在四十五至六十五岁之间，从学术年龄上说大体属于中壮年，都是各大学的教授、博士生导师和学术带头人，大都在1980年代后走上比较文学与世界文学之道，1990年代后崭露头角或脱颖而出，进入20世纪后的十几年里，更成为我国比较文学与世界文学学术界的中坚力量。他们有幸拥有了可以安心治学的环境，赶上了数字化、信息化的新时代。既抬头看世界，又埋头务笔耕，既坚持学术的严谨，也保持思想的活跃，充分展示了中国学者的文化立场，充分发挥了中国学者的学术优势和想象力、思考力、创造力，取得了与时代要求相称的成果。这些成果不仅是个人学术履历的证明，也是对中国学术文化史上的一份奉献，更成为新时代"国人之学"即"国学"的重要组成部分。

《比较文学与世界文学名家讲堂》二十卷，选题上以比较文学与世界文学的学科理论为主，以讲述和示范学术方法为要，涉及比较文学与翻译文学基本理论、比较诗学、东方文学及东方比较文学、西方文学及中西文学关系、世界文学总体研究等方面。各卷均按一定的范围和主题，将作者有原创性、有特色的成果收编起来，将大学讲堂搬到书本上来，以读者为听众，以写代"讲"，以言代"堂"，深入浅出，以雅化俗，汇集中国比较文学第二代学者中的代表人物，以使五指成拳、十指合掌，形成大型丛书的规模效应，得以占书架之一角，入读者之法眼，从一个侧面展示近年来中国比较文学的新进展和新成果。而且，不同作者及著作之间也可以相互显彰、相互映照、相互补充，读者也可以在异中见同、同中见异，在参读和比照中领略五彩缤纷的文学世界和世界文学，得窥比较文学殿堂之门径。

《比较文学与世界文学名家讲堂》的编辑出版，得到了北京师范大学的资助和中央编译出版社的支持，编者和作者深表谢意！

愿"讲堂"满座，愿比较文学与世界文学学术事业更加繁荣！

王向远

2014 年 4 月 20 日

自　序

1980年代初，著名学者钱锺书先生关于"要发展我们自己的比较文学研究，重要任务之一就是清理一下中国文学与外国文学的相互关系"的精辟见解，对于刚刚开始复兴的我国比较文学研究，恰如醍醐灌顶。另一著名学者季羡林先生在他逝世的前一年所强调的"搞比较文学研究，就是搞文学关系研究，不能脱离文本"，人们也至今记忆犹新。在前辈学者的教导与引领之下，我国的比较文学研究，特别是中外文学关系研究，已经取得了令人瞩目的成就。

中外文学与文化的双向交流源远流长。灿烂的中国古代文明，曾经对周边国家产生过多方面的深远影响，渗透到这些国家文化的肌体内部，成为制约其文化与文学发展的重要因素。中国古代文化在其自身的发展过程中，也同样受到外来文化的影响，特别是印度文化和古希腊文化的影响。但是这些影响却没有、也不可能导致中国文化根本上的革新与发展。只是到了20世纪初期，情况才开始发生变化。1919年的五四运动，是中国文明发展史上的一个巨大转折点。它不仅是中国现代历史的发端，也是中国新文学史的起点。从历史的观点看，它标志着中国历史发展进程中的一次深刻的断裂和显著的进步。从文学的角度而言，它是以中国文学为一方、以欧美近现代文学为另一方，这两种文学之间所进行的一场空前规模的交流与撞击。在这一交流、碰撞中，拥有三千年历史的中国文学的发展出现了重大裂变，新文学随之开始诞生。这种新文学不会萌发于中国文学和外来文学进行对话之前，不是作为中国传统文学结构内在演变的结果而出现的，而只能是意味着一种全新的文学格局的形成。一部中国新文学发展史，就是中国文学不断审视、选择、吸纳、整合外来文学，又在此基础上不断进行创造性转换、革新和超越的历史。

在全部中外文学与文化交流史中，中俄文学与文化交流是一个引人注目的重要板块，20世纪的历史更把这种交往推到了一个前所未有的新阶段。中国新文学的诞生、成长、发展和演变的整个过程，始终伴有俄罗斯文学的影响。然而，在风云变幻的20世纪，不仅中俄两国的历史道路都充满着曲折与坎坷，两国文学各自的进程也同样处于动荡起伏之中。在这样的背景下，两国文学彼此之间的交流、传播、接受和影响，便远不是一帆风顺的。但是不妨说，正是这一切交织而成的丰盈与厚重，给我们考察两国文学及其关系史，留下了无尽的空间和说不完的话题。中国文学界和广大读者所面对的俄罗斯文学，其本身也是一种丰富多样、异彩纷呈的客观存在，一个处于不断发展变化中的实体，而中国文学对它的接纳，则显示出作为接受者民族进行选择的目光。这种选择的结果，往往既表明了某种摄取侧重和价值取向，也必然有所舍弃、排拒和失落，甚而有这样那样的偏颇或变形，并且在总体上呈现出随着历史的变迁而转换的阶段性特征。在这一过程中，接受主体的民族历史传统、文化心理积淀等"先结构"，接受者民族的现实需求及其所处的时代氛围，等等，均发挥着重要的作用，而其中的现实需求则是最具决定意义的因素。因此，中国文学界和广大读者所接受与理解的俄罗斯文学，就不可能完全等同于作为客观现象存在的俄罗斯文学本身。检视这一接受过程及其偏重和遗落，正是梳理中国文学对俄罗斯文学的接受史、乃至整个中俄文学交流史的不可或缺的内容。

由于俄罗斯文学自身的复杂构成以及制约文学的社会生活的动荡与时代氛围的变化，这一文学对于中国文学的实际影响，必然是既有正面的、也有负面的不同作用和效果。纵观20世纪以来中国文学的发展史，联系中俄文学的丰饶实绩，不难看出俄罗斯文学的主导精神、创作方法、体裁样式、形象系列和艺术风格诸方面，都对中国新文学总体格局的形成产生了直接而有益的影响。正因为如此，中国新文学的先驱者们才几乎一致地把俄罗斯文学视为自己的导师和朋友。但是，庸俗社会学的泛滥，"无产阶级文化派"和"拉普"的先后兴起，极左文学路线和文艺政策的强制推行，个人崇拜的猖獗，却不仅把俄罗斯文学本身带入了一个暗淡的低谷，而且给中国文学的发展造成了有害的影响，成为最终导致中国文学在一个长时期内出现停滞的外因之一。人们终于不得不承认：中国新文学既深受俄罗斯文学的精神滋养，又在一个特定的历史时空中饱受其极左化之害，从指导思想、理论批评到创作实践和读者接受等各个层面，概莫能外。清理这些正面和负面的影响，成为总结中国文学接受俄罗斯文学的历史经验的又一重要侧面。

　　20世纪80年代中期以后、特别是苏联解体以后所出现的以回归、复苏和重评为特征的种种文学现象，无疑是中国文学界和广大读者最难以忘却的接受体验之一。人们记忆与印象中的旧有文学史图像被刷新了；一些声名显赫的文坛要人渐渐失去了他们曾经拥有的光环和荣耀；许多陌生的作家、诗人的名字连同他们的作品纷纷破土而出，以其思想力量和美学风范在读者面前打开了一个新世界；长时期以来被认做天经地义的文学观念以及关于它们的连篇累牍的阐释，遭遇到怀疑、否定和抛弃。在中国文学界和读者面前出现的，既是俄罗斯文学本身的一个新阶段，也是要求人们重新认识俄罗斯文学、特别是20世纪俄罗斯文学的一个新时代。于是，重识经典、重评作家、重构文学史，一时间便成为研究者们的经常性话题。白银时代文学、俄罗斯域外文学、在苏联存在的70余年中的不同时期遭到批判和封闭的大批作品，开始受到广泛的关注；"社会主义现实主义"及其名噪一时的"开放体系"却已风光不再；包括俄国形式主义批评和巴赫金的诗学思想等在内的一度被忽略、被遗忘的理论流脉上升到文学的地表，如此等等，于是，中国读者心目中的20世纪俄罗斯文学面貌便悄然发生了变化。"20世纪俄罗斯文学"这一概念的提出和广泛使用，加上苏联解体的历史真实，使得"苏联文学"这一原有概念面临着被逐渐淡忘的命运。但是无论如何，作为一种文学史现象的"苏联文学"，即便历来人们对它的评说千差万别，对这一概念之内涵的解释也各有不同，但它的价值毕竟是客观存在的。国内学界曾围绕上述话题展开过多次有意义的学术讨论。

中俄文学与文化交流是一个双向互动的过程，中国文学与文化对俄罗斯文学与文化同样产生了多方面的影响。在历代俄罗斯知识分子和作家的著述与作品中，都可以发现中国文化、哲学、艺术乃至宗教与伦理的广泛渗透。俄罗斯知识界在研读中国文学与文化的过程中，也逐渐形成了颇具特色的"中国形象"。其中，俄国宗教哲学家、象征主义文学的先驱者弗·索洛维约夫对中国和欧洲文化的比较考察，高尔基笔下的"东方"与中国形象，从"俄罗斯诗歌的月亮"阿赫玛托娃到诺贝尔文学奖获得者布罗茨基等诗人对中国诗歌文化的理解与接纳，文学理论家巴赫金对中国文学的描述与阐释，都显示出俄罗斯作家对中国文化的各具特色的解读。这些解读不仅从一个侧面丰富了中俄文学与文化交流的史册，而且能以其特有的"旁观者清"的视角，启迪我们进一步认识自身的文学与文化。

中俄文学与文化交流还在继续发展之中，也必然拥有广阔的前景。这一领域的研究也许永远不会成为任何意义上的"时髦"话题，但毫无疑问却将继续成为整个中外文学关系研究、比较文学研究的不可或缺的组成部分。因为自从进入 20 世纪以来,中国文学发展的每一阶段,都显示出俄罗斯文学的影响,以至中国文学无论是反顾自己走过的路途,总结自己的经验教训,确认自身的地位、成就和意义,还是更新自己的观念,调整自己的思路,规划未来的蓝图,几乎都要把俄罗斯文学作为一种基本参照,在与这一文学的比较和对话中寻得支持、激励、启示或借鉴。未来的中国文学发展史将继续呈现上述特点。相信将会有更具活力的学者对中俄文学关系进行更全面的梳理、考察和辨析,为描绘出中外文学关系的完整历史图景,为推动中国文学在整个世界文学格局中的进一步创新发展做出自己的贡献。

目 录

《比较文学与世界文学名家讲堂》前言 …………………… 王向远 1
自　序 ………………………………………………………… 1

"世界文学"的命运与比较文学的前景 ……………………… 1
当前国内比较文学研究中的若干问题 ……………………… 14
关于"比较文学与世界文学"学科的几点思考 …………… 30
关于中俄文学关系的对话 …………………………………… 41
中国文学接受俄罗斯文学的多元取向 ……………………… 48
俄罗斯文学精神与中国新文学总体格局的形成 …………… 65
关于 20 世纪俄罗斯文学研究的反思 ……………………… 79
"苏联文学"：内涵、价值及其他
　　——"苏联文学再回首"笔谈 ………………………… 88
百年俄苏文论在中国的历史回望与文化思考 ……………… 95
中国文学接受 20 世纪俄国文论的回顾与沉思 …………… 111
"社会主义现实主义"在中国的理论行程 ………………… 121
高尔基的文学理论与批评在中国的接受 …………………… 161
俄国形式主义在中国的接受 ………………………………… 174
巴赫金的诗学理论及其在中国的流布 ……………………… 187

周扬与马克思主义文论在中国的传播 …………………… 202

白银时代俄罗斯文学在中国的接受 …………………… 221

新中国60年高尔基小说研究的历史考察 ……………… 234

高尔基之谜："破解"还是曲解？
　　——《倒转"红轮"》第二章读后质疑 …………… 252

《钢铁是怎样炼成的》在中国的接受 …………………… 280

帕斯捷尔纳克与中国知识者的精神关联 ………………… 298

弗·索洛维约夫对中西文化的比较考察 ………………… 313

高尔基笔下的"东方"与中国 …………………………… 336

阿赫玛托娃等诗人与中国诗歌文化 ……………………… 349

巴赫金对中国文学的描述 ………………………………… 361

[附]

与俄罗斯文学的相遇与相守
　　——汪介之教授访谈录 …………………………… 373

后　记 ……………………………………………………… 385

"世界文学"的命运与比较文学的前景[①]

最近一个时期，关于"比较文学与世界文学"这一学科的议论颇多。在全国性的本学科教学研讨会或校际高层次座谈上，一些学者就"世界文学"学科是否应当存在、"世界文学"与"比较文学"两个学科是否应当合并、"比较文学"学科的建设等问题，畅谈了自己的见解。这些议论，也引起了笔者对本学科设置的由来、合理性和前景的思考。现在，笔者不揣浅陋，也在此谈谈自己的看法，期望就正于同行专家学者。

"世界文学"：何去何从？

对于"比较文学与世界文学"这一学科的名称，特别是其中的"世界文学"，有些学者提出非议。有的学者甚至主张取消世界文学专业，一律改称"外国文学"，并由外语系教师来承担其教学任务。于是，世界文学学科便面临着一个何去何从的问题。

"世界文学"这个概念，最早是由歌德在1827年与爱克曼的一次谈话中提出来的。后来韦勒克、沃伦在《文学理论》一书中解释道：这个名称"似乎含有应该去研究从新西兰到冰岛的世界五大洲的文学这个意思"。但他们紧接着又说，"其实歌德并没有这样想。他用'世界文学'这个名称是期望有朝一日各国文学都将合而为

[①] 本文原载《外国文学研究》，2004年第6期。

一。这是一种要把各民族文学统起来成为一个伟大的综合体的理想"。韦勒克和沃伦还指出:"'世界文学'往往有第三种意思。它可以指文豪巨匠的伟大宝库,如荷马、但丁、塞万提斯、莎士比亚以及歌德,他们誉满全球,经久不衰。这样,'世界文学'就变成了'杰作'的同义词,变成了一种文学作品选。"①

或许是由于认同了韦勒克等对"世界文学"的第二种解释,有学者指出:"世界文学"在今天,"还仅仅是先哲们对人类理想社会幻想中的一个梦",既然是一个梦,怎么可以拿它来作为中国大学中的一个学科呢?

事实上,在我国,自上世纪80年代初至1997年以前,作为培养硕士研究生的学科名称之一的"世界文学",其内涵接近于上述韦勒克等的第一种解释,而并不是把某种伟大的理想或幻想拿来当作学科的名称。不过,这一学科通常不把中国文学作为自己教学和研究的对象,尽管从字面上看,"世界文学"无疑应当包括中国文学。与此相类似的是,中国社会科学院外国文学研究所主办的《世界文学》刊物,一般不刊登中国的文学作品;我国历史学科中的"世界史"专业,通常也不把中国历史作为自己教学和研究的对象。这样看来,"世界文学"其实就是外国文学。它主要研究除中国之外的世界各国文学史的一般进程,注重考察各种文学思潮流派的交嬗演变、重要的文学现象和有影响的作家作品,力求探明各国文学发展的基本规律。

如果说到作为一门课程的"世界文学"或"外国文学",那么它在我国高校中文系的开设,则可以追溯到五四运动以前。早在1917年,周作人就在北京大学文科、随后又在中国文学系以中文讲授欧洲文学史。清华大学中国文学系从1928年起,就提出"一方面注重

---

① 韦勒克、沃伦:《文学理论》,刘象愚等译,北京:三联书店,1984年,第43—44页。

于研究中国各体的文学，一方面也注重于研究外国文学各体的研究"。1932年秋朱自清接任清华大学中文系主任，同样特别重视外国文学，"西洋文学史"一直被列为该系的必修课。1946年清华大学复员后，朱自清续任中文系主任，"世界文学史"课程由中文系开设，以中文讲授，并让学生大量阅读世界文学名著的中文译本[①]。从50年代起，南京大学、南开大学、吉林大学、四川大学、厦门大学、杭州大学（现已并入浙江大学）、中国人民大学、暨南大学等绝大部分综合性大学以及几乎所有的师范大学的中文系，都先后设立了外国文学教研室。这些教研室的教师承担着给中文本科学生讲授外国文学的任务。由于"文革"前我国的研究生培养制度不健全，当时中文系外国文学师资的来源，除了已有的老一代学者外，主要还有两条渠道：其一，教育主管部门从中文系选拔一部分有较好的外国文学素养和一定外语水平的教师或本科毕业生，到外语院系脱产学习几年外语，学完后回原系科从事外国文学教学；其二，从外文系教师中抽调一部分文学水平较高的教师，到中文系任教。这三部分人构成"文革"前和"文革"后一段时间内我国高校中文系外国文学教师队伍的主体。他们当中有不少是很有造诣和影响的知名学者，如赵瑞蕻、朱维之、张月超、朱雯、许汝祉、王智量等。他们的外国文学教学、翻译和研究成果，都是有目共睹的。

70年代末期以后，我国的研究生教育和培养制度开始逐步走向健全。如同中文系各学科都要通过研究生制度培养自己的师资队伍一样，外国文学学科也面临着这一任务。于是，从80年代初期起，经国家教育主管部门批准，我国高校便开始有了作为二级学科的"世界文学"硕士学位点（1980年第一批正式建点的，有南京大学、南开大学、中国人民大学、暨南大学、上海师范大学等高校）。从那

[①] 参见清华大学校史编写组：《清华大学校史稿》，北京：中华书局，1981年，第157、446页。

时起陆续毕业于这一专业的一届又一届硕士生,是目前我国高校中文系外国文学教师队伍的骨干。当然,不断补充着这支队伍的,还有从外语院系各语种文学专业毕业的博士生、硕士生,以及到国外高校进修、访学或获得学位后归国的学子。这支队伍已经并且至今仍在发挥着它的作用。把这一学科的名称改为"外国文学",而不叫"世界文学",也未尝不可。不过,如果改称"外国文学",就有可能和设在外语院系的"外国语言文学"一级学科相混同。也许正是为了避免这种混同,当初国家教育主管部门才决定设立"世界文学"二级学科。

有的学者认为,我国高校中不必设立"世界文学"或"外国文学"学科,中文系的外国文学教学任务,应当由外语系的教师来承担。其理由是:外语系的教师精通外语和各语种(国别)文学,由他们来讲外国文学,理所当然能讲得更地道;而中文系的教师一般外语不行,怎么能讲外国文学?

这一说法可能有些绝对化了。中文系不懂外语的外国文学教师确实有过,不过那主要存在于以往;今天如果还有,那也只是个别现象,决不能代表目前我国高校中文系外国文学教师的主体。外语系绝大部分教师确实精通外语和与此种外语相联系的国别文学。或许正因为考虑到这一点,我国有少数综合性大学的中文系,至今没有设立外国文学教研室,一直是请外语系教师给本系学生讲授外国文学,具体讲法是分别由英语(或其他西语)专业、俄语专业和掌握某一东方民族语言(如日语、阿拉伯语等)的教师讲授西方文学、俄罗斯文学和东方文学。可是,这样做的结果,其实和其他大部分高校由中文系的外国文学教师自己来讲授外国文学并没有多少区别。因为,除了俄语专业的教师讲授俄罗斯文学堪称"地道"之外,在讲授西方文学和东方文学时,无论外语系还是中文系的教师都面临着同样的问题:教师一般只熟练掌握一门外语,并精通和此种外语相联系的国别(语种)文学,但是他却要给学生讲授整个西方文学或东方文学。从各高校学生接受的实际效果来看，由外语系教师上课的未必就更好些。

还有的学者建议取消高校中文系的外国文学史课程，设置国别文学史，分别由外语系各语种的国别文学专家来讲授，并让学生尽可能地接触作品原文。这是一种美好的设想。假若我们的大学都能够提供分别精通希腊语、拉丁语、意大利语、西班牙语、德语、法语、英语、俄语、日语、阿拉伯语等各语种的国别文学教师，由他们分别来给学生讲授古希腊文学、古罗马文学、欧洲中世纪文学、意大利文学、西班牙文学、德语文学、法国文学、英美文学、俄罗斯文学、日本文学、阿拉伯文学等各语种、国别文学，那可能是学生们的一种幸运。但是，即便真的拥有如此雄厚的师资力量，这样的课程恐怕也只能主要以汉语来讲授，可以给学生提供的也只能是一、两种外文资料，因为没有哪一位学生可以听懂十几种语言，看懂十几种外文资料。再者，外国文学，特别是欧洲文学，绝不是一系列国别文学的简单相加。学生掌握了诸多国别文学史的知识，也未必能够回答诸如"为什么说近代欧洲文学的主要体裁都在文艺复兴时期奠定了基础"、"18世纪的欧洲文学怎样直接影响了19世纪的浪漫主义和现实主义两大思潮"这类欧洲文学史中的基本问题。

顺便说一句：目前国内有的大学外语系已不再开设外国文学史、欧洲文学史课程。这样做的结果之一是知识面的相对狭窄。于是，在我们的一些出版物中，谢林变成了"席令"（漓江版《彩色插图世界文学史》）；叶赛宁变成了"埃塞尼"，索尔仁尼琴变成了"索赞尼辛"（1998年5月2日《文汇读书周报》）；柏拉图变成了"普拉东"，康德变成了"坎特"（学林版《彼得堡的冬天》），等等。这类现象，既和欧洲文学通史知识的缺乏有关，也与蔑视阅读汉译世界名著相联系。世界文学名著的权威汉译本在我国知识界、广大作家和广大读者中所产生的深远影响，在20世纪以来我国文化和文学发展中所发挥的巨大作用，已有学者予以充分肯定，此处不复赘言。

　　问题又回到了由谁来讲授欧洲文学史或外国文学史。依笔者的浅见，如果可以把外国文学史粗略地划分为欧美文学（西方文学）和亚非文学（东方文学）两大部分，那么，分别承担这两部分文学教学任务的教师，应当具备以下基本条件：熟练掌握一门外语，能顺利阅读外国文学作品原文和外文研究资料；精通与其所掌握的外语相联系的国别（语种）文学史（主要通过外文原文）；阅读过大量的该国别（语种）文学作品（主要通过外文原文）；通晓这一国别（语种）文学所属的欧美文学或亚非文学，包括既了解欧美或亚非文学通史，又了解分属这两个部分的各主要国别文学史（主要通过中文）；系统阅读过欧美文学史或亚非文学史上的重要作品（主要通过权威译本）。

　　培养具备上述基本条件的教师，正是多年来"世界文学"专业一直努力在做着的主要工作之一。围绕上述基本目标，在长期的教学和科研实践中，"世界文学"专业也已形成了自己的传统和特色。毋庸讳言，由于目前我国高校"世界文学"专业大多数教师的外语语种，不外是英语、俄语或日语等少数几种，掌握其他外语的教师还为数不多，所以"世界文学"作为一个学科或专业的欠缺之处无疑是客观存在的。这种局限，只能随着国家教育主管部门对该学科重视程度的提高和学科自身建设的强化而逐步得到弥补。

　　对"世界文学"学科或专业的怀疑和否定，当然不是始于今日。人们大概都还记得一位已故的英国文学专家的名言：谁能搞"世界文学"？是的，谁也不能搞"世界文学"，正如谁也不能搞"世界史"、"外国哲学"、"西方经济学"、"外国语言学及应用语言学"一样，尽管这些学科都作为二级学科客观存在。所有这些学科的专家，也都只能精通和他们的外语语种相联系的某一国或少数几国的哲学、经济学、史学或语言学等。就"外国哲学"学科而言，分别掌握各种外语、分别精通某一国别哲学的专家们结合在一起，才能构成"外国哲学"学科队伍。"世界史"、"西方经济学"、"外国语言学及应用语言学"以及"世界文学"学科，其实都是如此。对于可以视为"三级学科"的"西方文论"、"西方文学批评史"、"西方美学史"等，也应作如是观。看来，至少是在人文科学、社会科学领域内，所有的涉外学科，都存在一个外语语种的问题。学科名称往往是很大的，但在这些学科中从事具体工作的人们所能精通的，则只能是和他所掌握的外语语种相联系的那一小部分。在文学领域，无论是"世界文学"还是"外国语言文学"学科，也概莫能外。

如果我们能够看到上述一系列事实，那么也许就会对"世界文学"何去何从的问题作出这样的回答：它只能一如既往，和文学门类中的其他学科、和人文与社会科学门类中的其他涉外学科一起继续前进。

合并既不是"归顺"，也不是"吞并"

1997年，"世界文学"学科的命运发生了某种变化。是年6月，国务院学位委员会和国家教育委员会联合颁布了新的《授予博士、硕士学位和培养研究生的学科、专业目录》。在这一新《目录》中，原有的"世界文学"和"比较文学"两个学科被合并在一起，出现了"比较文学与世界文学"这一引起更多争议的学科名称。

有的学者说，这一合并是"强制性"的，未经过"学术意识公众论证"。其实，在新《目录》正式出台之前，1996年6月，两委曾联合下发过一个新《目录》征求意见稿。在这份征求意见稿中，"比较文学"作为二级学科被列在"中国语言文学"一级学科之下，同时注明它"含原比较文学、世界文学"；"世界文学"则不再作为单独的二级学科存在。这一调整方案在国内高校相关学科的学者中迅速引起了反应。同年9月，全国高校外国文学教学研究会、北京大学世界文学研究中心、南京大学中文系、复旦大学外文系、中国人民大学中文系、南京师范大学中文系等单位联名致信国务院学位办，认为不可取消"世界文学"。其主要理由是：第一，比较文学和世界文学是两个不同的学科，前者无法涵盖、更不能替代后者的学术领域；第二，世界文学学位点最重要的任务之一，是培养该学科师资，外语系国别文学的研究生难以全面承担给中文系学生讲授外国文学史的教学任务。考虑到此次修订《目录》压缩学科数量的精神，信中建议将《目录》征求意见稿中的"比较文学"改为"世界文学与比较文学"。北京大学教授季羡林先生、李赋宁先生等，都在这封信上签了字。李赋宁先生在信上还亲笔写了这样一句话："我认为先有世界文学才有比较文学可言，因此'世界文学'应保留为二级学科，请领导考虑。"后来的情况表明，这封联名信，特别是李赋宁先生的建议，起到了重要的作用。新《目录》中使用了"比较文学与世界文学"的学科名称，可以说是部分地采纳了联名信的意见和建议的结果。

"比较文学与世界文学"作为一个新的二级学科出现后，在学术界也迅速引起了讨论。《外国文学研究》、《中国比较文学》等专业刊物和一些大学的学报，都陆续发表了一系列文章，就这一学科的性质和特点、"世界文学"和"比较文学"的关系、合并后带来的问题等展开过讨论，而大家的意见远不是一致的。最近一个时期，有些学者谈到：两个学科合二而一之后，我国大学中的外国文学课程几乎都变成了"比较文学与世界文学"课程；原本从事外国文学教学的教师，瞬间都变成了"比较文学与世界文学"的研究者；原属"世界文学"的专业群体已"整体移入"或"转业"到"比较文学"学术队伍中来了。由于出现了这些情况，他们认为，比较文学学科给搞乱了。

提出这类看法的学者可能陷入了一个认识误区，即把"世界文学"和"比较文学"两个学科的合并，误解为前者对后者的"归顺"，或后者对前者的"吞并"。其实，早在两学科合并后不久，就有人认为今后大学中文系不必再开设外国文学史课程了，可以用比较文学取而代之，并且很快就开始准备在教学实践中"实现"这一构想。他们可能没有注意到：两个学科的合并，并不意味着"比较文学"从此可以覆盖、包容、取代"世界文学"。其实，合并之后，"世界文学"的学科性质、培养目标和研究领域等，都并没有改变，正如"比较文学"学科也没有因为两个学科的合并而扩充了它的"容量"一样。

两个学科合并后我国大部分高校教学和研究的实际情况是：原有的外国文学课程，并没有变成"比较文学与世界文学"课程（因为这从来就不是一门课程），更没有谁试图用世界文学去取代、甚至取消比较文学；原来的外国文学教研室，并没有全都改名为"比较文学与世界文学"教研室；原本从事外国文学教学的教师，并没有都宣称自己已变成了"比较文学与世界文学"研究者，甚或都"转业"到"比较文学"学术队伍中去了。"世界文学"专业教师的主要教学任务，仍旧是讲授外国文学史；他们各自的研究方向，依然是在"世界文学"这一名称下的各语种—国别文学。在中文系本科教学中，外国文学史和比较文学基础（或概论、原理等），依然是作为两门各自独立的基础课开设的；在研究生阶段，培养的是分别侧重于"世界文学"和"比较文学"的学生，而所开课程则既有所交叉，也有所不同。总之，合并以后，原先的两个学科和新设立的学科都没有乱，乱的只是我们的认识。

但是，"世界文学"和"比较文学"两个学科的合并，并不是两个彼此无关的学科的偶然的、简单的合二而一。这本来就是两个关系十分密切、或曰彼此有着亲缘关系的学科。作为学科，两者的存在与发展是互相依托的，两者的研究对象有着某些交叉性，并且有着共同的研究目标。"比较文学"与"世界文学"合并为一个学科后，原先的两个学科一方面将继续保持各自的专业特点，另一方面又进一步彼此靠拢，即"比较文学"更加强化世界文学、总体文学意识,"世界文学"更加自觉地以比较文学的观念、视野与方法展开研究。作为一个学科的"比较文学与世界文学",其建设和发展的基本目标,是进一步深入研究各国文学,进一步清理中国文学和外国文学的相互关系,致力于探索文学发展的普遍规律,追求对于文学的总体认识。

比较文学的前景

比较文学学科最显著的特点是它的跨越性、边缘性。这既体现于它打破了民族、语言和文化的界限,往往把两个或两个以上民族、语种或国别的文学作为自己的研究对象,又表现为它的跨学科性。关于后者,长期以来人们所注意和强调的,往往只是文学和艺术、宗教、哲学、历史、心理学、自然科学等学科领域的关系,而较少特别指出比较文学和"中国语言文学"这个一级学科所辖的其他二级学科的关系,也较少特别指出它和"外国语言文学"一级学科的关系。其实,比较文学无论是和文艺学、中国古代文学、中国现当代文学,还是和外国文学、语言学等,都有着密切的联系。这一联系的深刻性至少显示在两个方面:其一,比较文学的意识、精神和研究方法,业已广泛渗透到其他学科,促使这些学科的研究者们自觉或不自觉地将其作为自己的重要借鉴和参照;其二,比较文学不能切断自己和所有这些学科、尤其是世界文学(外国文学)的联系而独立地存在与发展。

立足于中国本土,人们不难发现,当今从事外国文学、文艺学、中国古代文学、中国现当代文学研究的学者们,有不少人都已经程度不同地涉足比较文学领域。例如,我国的英美文学研究者早就研究过莎士比亚、爱伦·坡、海明威等在中国的接受,德语文学研究者悉心考察过中国文学在德国的影响,俄罗斯文学研究者则探讨过托尔斯泰与中国古典文化的关联。在文艺理论领域,学者们曾尝试对中国传统文论和西方文论的异同进行梳理,描述过西方文学理论与批评的各主要流派和中国当代文学批评的关系。在中国现当代文学研究中,一些卓有建树的学者,也高度关注20世纪中国文学发展进程中的不同阶段外国文学的影响。中国古代文学研究者,则考察过灿烂的中国古典文学和文化在周边国家的传播。这些不同学科的研究者,不一定都"转业"到比较文学学科中来了,也不一定都标榜自己就是比较文学学者或专家,更未必有意于和科班出身的比较文学专家们平起平坐,但是他们愿意从特定角度思考中外文学与文化关系,并常常写下一些研究心得,积极参加或"旁听"比较文学学术会议。这些现象,应当视为比较文学的理念、意识和研究方法正在产生越来越大的影响的表征,而不应看成是对比较文学的破坏性冲击。

事实上,目前我国比较文学的学术队伍中,真正属于"比较文学科班出身"的研究者并不多见,多的倒是原本从事外国文学、文艺学或中国文学研究的人们。王向远主编的《中国比较文学论文索引》(1980—2000)显示,20世纪最后20年中我国比较文学研究的成果,有相当一部分是从事外国文学、文艺学或中国文学研究的学者们所提供的。目前,他们当中有的人仍旧把精力主要投放在自己的专业领域内,也有的确实把研究侧重转到比较文学上来了,还有的则是原有专业和比较文学两方面兼顾。这种现象,正是比较文学学科本身的跨越性、边缘性所决定的。这些具有外国文学、文艺学或中国文学学科背景的学者加入比较文学研究队伍,其实是给后者注入了活力。他们的研究使得比较文学更加落到了实处。其中,原本从事外国文学研究的学者,应当说是比较文学研究者最亲密的、也是天然的盟友。纵观中国比较文学发展史,不难发现:从吴宓、朱光潜、宗白华、闻一多、梁宗岱到范存忠、陈铨、钱锺书、季羡林、戈宝权、杨周翰等,没有哪一位比较文学大家不首先是外国文学专家,不是至少精通中国以外的某一国别—语种文学。没有外国文学，没有世界文学，比较文学就将失去自己存在的基础。前文所引李赋宁先生的话："先有世界文学才有比较文学可言"，说的就是这个道理。我们为什么一定要把比较文学和世界文学对立起来，或者试图把"世界文学"这位天然盟友从自己的学科队伍中排除出去呢？

如果说，有的学者所担心和忧虑的比较文学学科的"混乱"、"败坏比较文学的名声"的现象确实存在的话，那么，笔者认为，这些现象的根源不在于"比较文学与世界文学"学科的设立，而是在别的方面。首先是所谓"学科理论"研究过热。充斥于坊间的30余种比较文学概论和原理类书籍，除少数几种具有开拓性和创意外，其余大都在不断地重复描述着学科史，不断地对"什么是比较文学"做出大同小异的解释，不断地在谈论着应该怎样进行比较文学研究。这类教材和编著，已经多到了令人生厌的程度，而且它们即使再增加十倍也决不意味着比较文学研究的繁荣。假如我们的研究者有一天能够停止这类重复劳动，真正坐下来进行脚踏实地的"比较""文学"研究，那么，"混乱"和"败坏名声"的现象就至少会减少三分之一。

其次是"宏大叙事"式的研究。关于这一点，北京大学外语学院辜正坤教授在两年前的一篇论文中就已经切中要害地指出：有的学者"往往避免直接的文学作品比较，甚至于嘲弄、轻视平行研究，轻视具体的微观的文学作品分析"；也有个别学者"喜欢天马行空、动辄宇宙全球，虚张声势地进行所谓宏观论述"，或者是"津津乐道于某一种文化理论，例如现代主义或后现代主义或新殖民主义，忘记了这些领域虽然与比较文学有关联，却并非是比较文学的本体研究课题"[①]。值得注意的是：正是这类宏大的、向来不进行

[①] 辜正坤：《比较文学的学科定位及元—泛比较文学论》，载《北京大学学报》，2002年第6期，第75页。

"比较"研究的理论转述，为学界内外质疑"比较文学"提供了重要例证。

其三，误以为比较文学研究可以不受研究者所学外语语种以及和该语种相联系的某一语种（国别）文学的知识背景的限制，可以自由地进行超越于、凌驾于中国文学和某一具体外语语种（外国国别）文学之外、之上的研究。正如"世界文学"这一学科名称很大，而世界文学研究者只能深入研究和他所掌握的外语语种相联系的某一语种（国别）文学一样，中国的比较文学研究者也只能把中国文学和他所掌握的某一具体外语语种（外国国别）文学作为自己"比较"的对象——研究范围的大小，从根本上说是取决于研究者所掌握的外语语种的多少。前文所说的"在人文科学、社会科学领域内，所有的涉外学科，都存在一个外语语种的问题"，对于比较文学学科并没有豁免权。如果说"世界文学"最终要落实到某一国别文学，那么，"比较文学"也同样要落实到中国文学和某一国别文学的比较研究。"中西××比较研究"之类的课题，仅仅在两种情况下才能成为可能：要么研究者掌握西方所有主要国家的语言，要么这里的"西"是西班牙的简称，而不是整个"西方"的简称。当我们的比较文学专家们在为自己设置一个又一个新颖的三级学科或研究方向时，是不是会犯他们认为所有的"世界文学"研究者都肯定已经犯了、并且还在继续犯着的错误？

问题是客观存在的，但是无论如何，中国比较文学的前景是可以乐观的，这是因为比较文学研究者们已经在为它的现状忧虑而没有沾沾自喜。人们一定可以在思考和讨论中逐渐找到摆脱本学科的某种危机或困境的路径，只是这路径不在于切断、而在于强化它与世界文学的联系，在于从重视"比较理论"转向重视"比较实践"，从"宏大"转向个案，从空泛转向具体。可以相信：所有那些宏大空洞、故弄玄虚的理论都将消逝在忘津；能够在未来的学术史留下记载的，仅仅是那些脚踏实地的研究。

当前国内比较文学研究中的若干问题[①]

当前国内的比较文学研究,在人文学科、特别是中国文学研究和外国国别文学研究长足发展的大背景下,已取得了一定的成绩,然而学界内外,对于"比较文学"却一直颇有微词。不仅克罗齐在20世纪初对"比较文学"作为一个专业存在的质疑不断被人们提起,晚近关于"比较文学"的危机、困境和焦虑等说法也不绝于耳。在比较文学研究实践中,也确实存在着不少有争议的、悬而未决的问题,如关于编写《比较文学史》的可能性,关于中国文学中的"世界性因素",关于比较文学研究的"困难"。本文拟就以上问题提出几点粗浅的看法,以就正于学界同仁。

一、关于"比较文学史"的编写

对于人文学科各领域而言,发展到一定阶段,都有一个"史"的建构的学术目标。因此,为"比较文学"写史的任务也就顺理成章地被提了出来,多种《比较文学史》也就出现了。但从目前国内已出版的几种主要的"比较文学史"编著来看,学界至少是在三种不同的意义上使用"比较文学史"这一概念的:

第一种是把"比较文学史"理解为世界文学史和各国文学之间关系(主要是中外文学关系)的结合。这一理解体现在曹顺庆先生主

[①] 本文原载《广东社会科学》,2013年第1期。

编的《比较文学史》(四川人民出版社,1991)一书中。这本书的具体内容,其实是东西方文学(包括中国文学)概况加上中国和某些国家的文学关系。全书共9章,两章谈东西方古代文学,四章论欧美文学,两章讲亚非文学,还有一章谈近来以来的世界文学思潮。在述及某一国家或地区文学的各章中,又以相当的篇幅列专节来描述中外文学关系,如"法国文学与中国","歌德与中国","俄苏文学对中国文学的影响","中美文学关系","印度文学与中国","中日文学关系","现当代中西文学思潮的交流与影响";同时也涉及其他各国和地区之间的文学关系,如"英国文学对欧美文学的影响","莎士比亚的世界意义","陀思妥耶夫斯基与世界文学","欧美文学关系",等等。尽管在本书"后记"中主编者声明:该书所取的是"比较文学史"的这样一种意义,即"运用比较的方法撰写的文学史",也就是"比较的文学史";但是从实际内容来看,书中却包括了"文学史"和"文学关系"这两大板块,在体例安排上也缺乏必要的严整性,有"因人设题"(编写者为37人)的倾向。看来,这本《比较文学史》远远没有达到主编者所设想的"运用比较的方法撰写的文学史"[①]的高度,还不能成为把比较的意识贯穿于文学史进程描述之始终的文学史著作。

十年之后,曹顺庆先生又主编了《世界文学发展比较史》(北京师范大学出版社,2001)。如主编者所言,该书实际上是在1991年版《比较文学史》被评为国家教委重点教材后对其进行"修订"的成果,它"以世界文学发展为基本线索,在纵向论述中对中外文学加以平行比较,并注意中外文学发展中横向的互相影响与交流"[②]。其中的"纵向"论述,即世界文学发展史;"横向"论述则以中外文

[①] 曹顺庆主编:《比较文学史》,成都:四川人民出版社,1991年,第705页。

[②] 曹顺庆主编:《世界文学发展比较史》(上卷),北京:北京师范大学出版社,2001年,第1页。

学关系史为主,兼及东西方若干地区(民族、国家等)文学之间的关系。全书的篇幅是《比较文学史》的两倍,内容更为丰富了,但编写思路却没有根本的变化,主编者"决定将此书设计成一部融世界文学(外国文学)教材与比较文学教材为一体的新型教材"①。这样的"融合"是否可行,下文我们将再论及。值得注意的是,将该书叫做"世界文学发展比较史",不知是否表明主编者对于"比较文学史"的提法及编写"比较文学史"的可能性已开始持某种保留态度。

另一种理解是把"比较文学史"等同于"比较文学研究史"。徐志啸先生的《20世纪中国比较文学简史》(湖北教育出版社,2005)就是在这一意义上使用"比较文学史"概念的。该书是作者的《中国比较文学简史》(1996)一书的修订本。《中国比较文学简史》将中国比较文学的发展归纳为史前期、发轫期、初兴期、发展期、滞缓期、复兴期六个阶段,每一章论述一个阶段,最后有一章为"台湾香港地区比较文学研究"。修订本将原本的第1章,即史前期(先秦至19世纪末)列入附录,同时增补了第1章"世纪总论"和第7章"高峰期:世纪末的比较文学"(1985—2000)。"台湾香港比较文学概述"仍为最后一章(第8章)。另外,修订本还增加了附录4——"20世纪中国比较文学代表著作述略"。显然,著者所说的"20世纪中国比较文学简史",其实就是"20世纪中国比较文学研究简史"。

关于"比较文学史"的第三种理解,是将其作为"东西方文学关系史"来看待的,这主要体现在方汉文先生主编的《东西方比较文学史》(北京大学出版社,2005)一书中。该书在"前言"中指出:"东西方比较文学史是从东西方不同文明文化的差异性与同一性

---

① 曹顺庆主编:《世界文学发展比较史》(下卷),北京:北京师范大学出版社,2001年,第739页。

的视域,来研究世界各国文学交流与各自发展的历史";"从东西方文学比较的角度来研究世界文学发展的规律,以一种系统的理论体系来分析世界文学史的演变"①。该书的内容相当丰富,但其中关于世界各国文学"各自发展的历史"的论述,关于"世界文学史的演变"的考察,关于"世界文学发展的规律"的探讨,都明显地偏少,似乎只有第一编着重论述了若干文明古国各自的文学源流和发展。其余三编,第二编为"东、东比较"(中国文学与东方文学、印度文学与东方文学),第三、四两编主要是"东、西比较"。可以看出,《东西方比较文学史》的实际内容主要是"世界各国文学交流与相互影响",即东西方文学关系,还未能构成一部完整的"从东西方文学比较的角度来研究世界文学史的演变、探讨其发展的规律"的文学史著作。

上述几种著作的出现,很容易使我们产生一些困惑,例如:

"比较文学史"这一概念可以成立吗?我们可以写出名副其实的"比较文学史"吗?因为任何一种"文学史"的建构,都必须以一种"文学"为血肉,特别是以一批文学经典为支撑,无论中国文学史、外国国别文学史、各种区域文学史、断代文学史、各种文学体裁史(诗歌史、小说史、戏剧史等)乃至世界文学史等,都是如此。那么,有没有一种文学可以叫做"比较文学"?这个简单的问题,长期以来却被我们视而不见。实际上,并不存在作为一种语言艺术的"比较文学",只存在作为一种文学研究的"比较文学研究"。正因为如此,徐志啸先生的《中国比较文学简史》,其实成了"中国比较文学研究简史";也正因为如此,多年来一些学者苦心孤诣,力图推荐出一批"比较文学经典",就像中国古代文学、中国现当代文学和外国文学学科及所含各语种、各国别文学专业所做的那样,但

---

① 方汉文主编:《东西方比较文学史》,北京:北京大学出版社,2005年,第7、9页。

是一进入具体操作层面,却发现根本无法推荐出任何可以称之为"比较文学经典"的书目来,于是只好进行了某种转换,列出了一批"比较文学研究"(经典)书目。由于并没有一批"比较文学"作品可以作为血肉,特别是没有一批"比较文学经典作品"可以作为支撑,使我们有可能以其为基础来写史,所以"比较文学史"的建构几乎可以说是无从谈起。

曹顺庆先生曾经设想把他主编的那本《比较文学史》,编成一部"运用比较的方法撰写的文学史",但其结果却编成了外国文学史和文学关系史的相加。方汉文先生主编的《东西方比较文学史》,有志于"从东西方文学比较的角度"来描述"世界各国文学交流与各自发展的历史",但这样一来,编者给自己预设的目标其实是在一部书中写出两部"史"来,即"东西方文学史及东西方文学交流史"。这种"一书两史"的宏伟构想(《世界文学发展比较史》的编写思路与此相近)其实是难以实现的,原因就在于文学史和文学交流史、文学关系史是分别发生于不同时空中的不同过程,如文学史中的莎士比亚出现于文艺复兴时代的英国,也即出现于特定的、某一可以把握的具体时空中;而文学交流史、文学关系史中的莎士比亚,则出现于文艺复兴以来各不同时期的世界各国文学中,其时空背景是不断变动着的,跨越性的。如果把这两种发生于不同维度中的文学现象,强行纳入一部书中,那么就必然导致这样的著述要么结构无限臃肿庞大,体例混乱,缺乏必要的严整和统一;要么就不得不舍弃、忽略大量重要的文学现象,因此不仅不能实现"一书两史"的构想,而且必然导致其中的任何一"史"的覆盖面都过于狭小。

因此,窃以为,我们其实很难写出名副其实的"比较文学史",而只能写出各类"比较文学研究史",各类文学交流史、关系史,更可以而且应当写出"世界文学史",包括渗透着比较意识、具有比较的视野、运用比较的方法撰写的文学史,也即韦勒克、沃伦所说的

"一部综合的文学史,一部超越民族界限的文学史"。刘象愚先生在为《文学理论》中译本写的序言中,认为写出这样的"世界文学史",正是"比较文学的宏伟目标"①。已故杨周翰先生也曾提出"从比较的角度写外国文学史"的问题,同时认为"这种比较的写法有一定的难度"。杨先生以国际比较文学协会早就执行的一项计划,即从比较的角度编写一套多卷本的"用欧洲语言写的文学的历史"为例,说明在西方这种文学史是写得成的,"因为欧洲自成一个文化体系,在这文化体系内各国文学关系密切,相互影响,同中有异,异中有同,一个文学运动往往是全欧性的。但用中西比较方法写一段外国文学史,问题就复杂得多,值得讨论。不过,我们站在中国的立场,不仅仅是抱着洋为中用的态度去处理外国文学,而且从中国文学传统的立场去处理它,分辨其异同,探索其相互影响(在有影响存在的地方)也许还是可行的,有助于对双方的理解。"②杨先生本人撰写的《17世纪英国文学》,便是他在这方面所做的一种积极尝试。以杨周翰先生的这部著作为参照,将时间跨度由17世纪上溯至古希腊,下延及20世纪末,将空间视野从英国扩展到整个欧洲乃至世界,站在中国学者的立场,以自觉的比较的意识和方法,建构一部多卷本的《世界文学史》,应当成为我国比较文学研究者共同努力的目标之一。

二、中国文学中的"世界性因素"问题

另一个需要提出讨论的问题是"20世纪中国文学中的世界性因素"问题。这一命题的正式提出,见于《中国比较文学》,2001年

---

① 刘象愚:《韦勒克与他的文学理论》,见韦勒克、沃伦:《文学理论》,刘象愚等译,南京:江苏教育出版社,2005年,第13页。

② 杨周翰:《17世纪英国文学》,北京:北京大学出版社,1985年,第323—324页。

第 1 期发表的陈思和先生的《20 世纪中外文学关系研究中的"世界性因素"的几点思考》一文,但作者开始提及"中国文学中的世界性因素"则更早。如果我们不涉及相关论述的具体内容,那么,这一提法的正确性可以说是不言而喻的。因为中国文学是世界文学的一部分,所以它和任何国别文学一样,理所当然地具有"世界性因素"。但是,一旦进入相关的具体阐述,就必然不能回避一系列问题,比如,什么是"世界性因素"?从什么时候起中国文学才开始具有"世界性因素"?中国文学的"世界性因素"是完全自发生成的,还是在各国文学广泛交流的大背景下逐渐获得的?甚至还可以探问:为什么要提出"世界性因素"的命题?这一提法的理论意义和对于文学研究的实践意义究竟何在?

《思考》一文给中国文学的"世界性因素"所下的定义是:"在 20 世纪中外文学关系中,以中国文学史上可供置于世界文学背景下考察、比较、分析的因素为对象的研究,其方法必然是跨越语言、国别和民族的比较研究。"[①]不过,这一定义似乎并未给出关于"世界性因素"的明确表述。2011 年,作者又在另一篇文章中对此做了一些重要补充:"在国际间的交流越来越密切的环境下,人们在相似的环境下面对同一现象,有可能不通过直接的影响关系来达到某些思考结论的相似性。"[②]作者把对这种相似性关系的研究称之为"世界性因素"的研究。在 2001 年的文章中,作者还做了如下说明,"世界性因素"这个语词包括了这样一种研究视角,即:"既然中国文学的发展已经被纳入世界格局,那它与世界的关系就不可能完全是被动接受,它已经成为世界体系的一个单元。在其自身的运动(其中也包含了世界的影响)中形成某些特有的审美意识,不管与外来文化

---

① 陈思和:《20 世纪中外文学关系研究中的"世界性因素"的几点思考》,载《中国比较文学》,2001 第 1 期,第 17 页。
② 陈思和:《对中西文学关系的思考》,载《中国比较文学》,2011 年第 2 期,第 86 页。

的影响是否有直接关系,都是以自身的独特面貌加入世界文学行列,并丰富了世界文学的内容。"①把这几段表述联系起来,当然便可以对作者所说的"世界性因素"的内涵获得一种较清楚的认识。

关于为什么要提出"世界性因素"这一命题,《思考》一文指出:"它的问题是针对了所谓'外来影响'考证的不可靠性和'中国现当代文学是在外国文学的影响下发展起来的'的观念的虚拟性前提,也就是在这一点上它对传统的影响研究方法和观念具有颠覆性。"②作者说,他本人也曾相当自信于一些"外来影响"的材料,但是在进一步研究下去时,特别是在准备撰写中外文学关系史时,却发现许多结论都无法被证实,相反,倒是有大量的似是而非的结论可以被证伪,于是便对实证研究到底能否证实中外文学关系上的"外来影响"产生了怀疑。这就是说,作者似乎是因为未能找到充分、可靠的实证材料而对实证研究方法和"影响研究"产生了怀疑,并由"不能证实"外来影响而打算否定"中国现当代文学是在外国文学的影响下发展起来的"这一学界公认的结论。作者的这一思路,使人们不能不怀疑"世界性因素"这一理论设想的科学性。

这里首先遇到的是"世界性因素"形成的问题。《思考》一文承认:中国文学的发展已经被纳入世界格局,已经成为世界体系的一个单元,世界文学思潮也不断刺激、影响中国文学的发展进程。但是作者却没有说明,究竟从什么时候起,在什么样的背景下,中国文学的发展被纳入世界格局并开始具有"世界性因素"的。如果"世界格局"和世界各国文化与文学的广泛交流相联系,如果"世界性因素"和进入现代以来的世界文学及其现代意识相关联,那么可以肯定,19世纪以前的中国古代文学显然未曾被纳入世界格局,

---

① 陈思和:《20世纪中外文学关系研究中的"世界性因素"的几点思考》,载《中国比较文学》,2001第1期,第16页。

② 陈思和:《20世纪中外文学关系研究中的"世界性因素"的几点思考》,载《中国比较文学》,2001第1期,第17页。

也并不具备这种"世界性因素"。直到19世纪末、20世纪初,在中国文学和外国文学、特别是欧美近现代文学开始发生日益频繁的交流和撞击,中国文学在其发展中出现一种深刻的断裂和显著的变化之后,才开始被纳入世界格局,中国新文学(中国现当代文学)才开始诞生,中国文学才开始具有"世界性因素"。因此,"中国新文学的诞生不是传统文学自身发展的自然结果,而是在世界文学的影响下出现的一种新质文学,是中国文学汇入世界文学潮流的产物。"①正如这种新文学不是自发生成的一样,它所包含与显示的"世界性因素"也不是自发生成的,而是在与各国文学广泛交流的大背景下逐渐获得的。

拥有漫长历史和伟大传统的中国文学发展进程中的断裂,中国现代文学的起步,竟是以对于外来文学的摄取为契机的,这一历史现象毫不奇怪。如果说,封建主义的农耕经济和农业文明,可以在各民族内部,在一种封闭的状态下生成、存活与成熟,那么,现代大工业经济和现代文化的命运,就完全是另一回事了,其生长和发展必然伴随着各民族之间的相互往来。现代文学的诞生也同样离不开各民族文学之间的交流与融合。马克思、恩格斯在提出"世界文学"的概念时,曾论及随着世界市场的开拓,一切国家的生产和消费都成为世界性的了,过去各民族的自给自足和闭关自守,日益被各方面的互相往来和互相依赖所代替,物质的生产和精神的生产都是如此。现代中国文学的生成为马恩的论断提供了一个有力的佐证。它不会萌发于和外来文学进行对话之前,不是作为传统文学结构内在演变的结果而出现的,而只能是意味着一种全新的文学格局的形成。一部现代中国文学的发展史,就是不断审视、选择、吸纳、整合外来文学,又在此基础上不断进行创造性转换、革新和超

---

① 汪介之:《选择与失落:中俄文学关系的文化观照》,南京:江苏文艺出版社,1995年,第6页。

越的历史。

　　国内已有诸多学者指出并论证了中国新文学的发生以及后来的发展，都离不开外来文学的影响。毋庸赘言，这并不等于否认中国新文学自身有任何"自发性成分"，也不等于断言外来影响是造就中国新文学的唯一原因，更不等于认为中国新文学的每一步发展统统都是外来文学影响的历史结果。任何事物的发生与发展，都是"内因"通过"外因"而起作用。外来文学的影响，正是中国新文学的发生和发展所不可或缺的重要外因之一。

　　提出"世界性因素"的命题还有一个更深刻的原因，那就是在《思考》一文看来，过去"影响研究"中的比较是不平等的，其背后的文化观念上潜伏着强势文化与弱势文化的对立，似乎在"影响源"那里先存在着一个"世界性因素"的样板，"接受者"则要靠拢、模仿这一先验的样板；从事"影响研究"，不管如何强调接受者主体性的一面，都无法解释中国文化在创新发展中没有接受影响的另一面。对此观点，有的论者曾给予高度评价，认为它的要害在于将中国文学的现代化作为世界现代文学发展的不可分割的一部分，揭示其世界性因素的内涵；或认为这一命题的提出强调了中国文学的主体性，有助于显豁中国文学中自身的创造性成分。

　　不难看出，"世界性因素"命题的提出，既显示出强烈的反"西方中心主义"意识，又洋溢着高昂的民族自信心。提出者所思考的，其实是20世纪中外文学关系研究中中国学者的阐释立场，以及在这一关系中国文学在世界文学格局中的定位问题，从文学研究的侧面表达了当代中国知识分子在全球化意识形态背景下的文化理想与应对策略。

　　然而我们认为，这里至少有以下几点可以讨论。第一，如果说"影响研究"中存在着某种"不平等"，那么它并不是研究者所能设定的，而是客观存在的。古罗马诗人贺拉斯曾说过：希腊被罗马征服，但它反过来又以自己发达的文化征服了罗马。就像古希腊文化和罗马文化的关系那样,两种文化的区别、差异和不对等,其实就是不平等,这种不平等是使各种影响得以产生的条件之一。应当承认不平等的存在。往往不是我们选择了历史,而是历史选择了我们。

其次,被影响者的文化、文学的主体性或其中自身的创造性成分,它的有无和多寡,"影响源"对"接受者"是否产生了影响以及这种影响的大小,同样是客观存在的,既不会因为研究者的强调、张扬而增多,也不会因为研究者的淡化、遮蔽而消失或减少。在这方面,研究者所做的工作只是发现、揭示、梳理、描述和论证。要实现"中国与其他国家的文学在对等的地位上共同建构起'世界'文学的复杂模式",进而"在平等层面上构成人类世界的丰富文化"这样的宏伟目标,不是比较文学研究者通过强调中国文学的"世界性因素"所能达到的,而只能依靠中国文学—文化创造者们自身的努力。

再次,不必用强势与弱势、先进与落后、高与低、优与劣等二元对立范畴来看待影响者和被影响者之间的关系,影响了别人固然可以一度有某种优越感,接受了别人的影响却未必有什么不光彩。雨果、巴尔扎克、狄更斯和库柏都受到司各特的影响,普希金受到拜伦的影响,托尔斯泰受到斯丹达尔的影响,鲁迅、巴金和曹禺等中国现代作家都受到诸多外国作家的影响,但这丝毫也无损于他们自身的成就、意义和独创性。一个作家是如此,一个民族的文化和文学也是如此。对于后者而言,善于不断地接受良好的影响,正是反省弊端、弥补缺陷、匡正陋习,提高自身并进行创造性转换的必要条件。

还有,文化和文学中的外来影响,既有正面的、积极的,也有负面的、消极的,如随着苏联个人崇拜而形成的日丹诺夫主义和极左文学思潮,20世纪后期西方文学中的某些"身体写作"、"儿童不宜"作品对中国文学的有害影响,前者曾导致中国现当代文学的急剧"左倾"化,恶劣影响中国文学长达三、四十年之久,直至把它推倒几乎完全崩溃的边缘;后者则在很大程度上使我们陷入哈罗德·布罗姆所说的"一个阅读史上最糟糕的时刻","一个文字文化的显著衰退期"①,正在摧毁语言艺术领域的一切高雅美学标准。在考察这类影响时,就更无须有意突出"中国文学的主体性"和自身的创造性成分了,而是应着重总结和反思接受外来文学的经验教训。

关于提出"世界性因素"命题的意义,《思考》一文认为它从方法上超越了影响研究和平行研究的二元对立范畴。但正如有的论者曾指出的,它实际上仍然属于平行研究。如前文所引"在相似的环境下面对同一现象,有可能不通过直接的影响关系来达到某些思考结论的相似性",对此进行研究其实还是一种平行研究或类同研究,这也就是通常所谓不同作家(分属于不同民族、国别文学)的"同步思考"。"世界性因素"命题试图颠覆的"影响研究",其意义也远远不限于"主要在于收集一些译介方面和作家知识结构方面的资料",不限于找寻"影响源"与"接受者"之间的事实联系,勾勒出影响和被影响的"经过路线"。事实上,"影响研究"不仅研究一种文学在另一民族(国度、文化圈等)的译介、传播、接受和影响,还研究作为"接受者"一方的文学对于"影响源"的理解、阐释、借鉴、转换和超越。更为重要的是,"影响研究"还包括以下两个容易被忽略的方面:

第一,考察"接受者"对于"影响源"的接受侧重,以及其间有意无意的排拒和遗落,探讨制约和决定这种"选择与失落"的历史文化传统层面的远因和现实需求层面的近因,考察"接受者"做出如此这般的选择给自身(的文学)带来的正负面影响,也即接受的历史—文学结果。

---

① 哈罗德·布罗姆:《西方正典:伟大作家和不朽作品》,江宁康译,南京:译林出版社,2005年,第3页。

第二，由于影响的产生既基于"影响源"的特质，又取决于"接受者"的理解和阐释，所以对于一种文学现象（文学思潮、流派、运动、作家和作品等），"接受者"和"放送者"所做的评价和判断有何异同，以及造成这些异同的原因和形成某种偏差、"误读"后出现的结果，同样是"影响研究"所要关注的。

因此，我们切不可把"影响研究"的视野收缩得小而又小，把它的意义简单化。当然，"影响研究"毕竟只是对于两种文学间的关系的一种研究，它并不肩负全面描述和评价两种文学本身的成就、价值和独创性的使命，我们显然不能因为"影响研究"研究范围的这种有限性而干脆将其彻底颠覆和完全摒弃。

"20世纪中国文学中的世界性因素"这一命题的提出，对于强调中国文学在其发展过程中的主体性，使研究者们更为关注中国文学中自身的创造性成分，是很为有益的。但是，由于这一理论设想基于对"影响研究"的狭隘而片面的理解，显示出否认"中国现当代文学是在外国文学的影响下发展起来的"这一文学史事实的鲜明意向，在方法上也并未超越平行研究或类同研究的旧有框架，所以它在理论上的创新性极为有限，在比较文学研究实践中也难以发挥任何有效的作用。

三、比较文学研究的"困难"

关于比较文学研究，著名学者钱锺书先生曾经发表过精辟的见解。他说："从历史上看，各国发展比较文学最先完成的工作之一，都是清理本国文学与外国文学的相互关系，研究本国作家与外国作家的相互影响。""要发展我们自己的比较文学研究，重要任务之一就是清理一下中国文学与外国文学的相互关系。"①但是，如此重要的任务和应当最先完成的工作，我们至今还远远谈不上已经完成。造成这一现象的主要原因之一，在于语言问题。语言的隔膜成为我们透彻了解别国文学的障碍，中外文学关系的研究当然也就难以深入。所以仍然是钱锺书先生早就强调过掌握外语对于比较文学研究的重要意义。进入21世纪，美国学者J.希利斯·米勒在《比较文学的(语言)危机》一文中重提这一问题。米勒写道：

> 我认为比较文学永久的危机并不在于理论或方法论上的分歧，而是在于翻译的问题，这里的翻译是广义的概念。比较文学作为一门学科其中心问题并不是"理论"，而是难以解决的翻译问题，无论是语言之间的翻译，文化之间的翻译，还是从(一种)亚文化到另一亚文化之间的翻译，都十分令人棘手。②

作为一种跨语言、跨民族的文学研究，比较文学研究有一个基本前提，那就是研究者必须能够顺利阅读至少两种不同的语言的作品文本。这是进行比较文学研究的基础。正因为如此，国内学者钱中文先生曾清楚明白地说过："对于比较文学研究，我总觉得这是一门十分困难的学问。你要比较，那你应该对你比较的对象要有真正的理解，要有真正的发言权。所谓发言权，就是你真正研究过你所要比较的对象，本国的、外国的文学作品与文学理论现象，在对中外的某几个作家、某段文学史的研究中，你确有心得，有见解，否

---

① 张隆溪：《钱锺书谈比较文学与"文学比较"》，载《读书》，1981年第10期，第132页。
② J.希利斯·米勒：《比较文学的(语言)危机》，李元译，载《中华读书报》，2003年10月22日。

则你比较什么，又怎样比较？"①

但是，并非所有的研究者都明确地意识到了这一点。有人误以为比较文学研究似乎可以不受研究者所学外语语种以及和该语种相联系的某一语种（国别）文学的知识背景的限制，可以自由地进行超越于、凌驾于中国文学和某一具体外语语种（外国国别）文学之外、之上的研究，甚至不掌握任何一种外语也可以进行比较文学研究。未能引起人们充分注意的是：正如外国文学研究者只能深入研究和他所掌握的外语语种相联系的某一语种（国别）文学一样，中国的比较文学研究者也只能把中国文学和他所掌握的某一具体外语语种（外国国别）文学作为自己"比较"的对象——研究范围的大小，从根本上说是取决于研究者所掌握的外语语种的多少。实际上，在人文科学、社会科学领域内，所有的涉外学科，都存在一个外语的问题，对于比较文学学科而言，当然更没有豁免权。如果说，外国文学研究在每一个别研究者那里，最终都要落实到某一国别文学研究，那么，比较文学研究也同样要落实到中国文学和某一国别文学的比较研究。这一要求不仅适用于影响研究、中外文学关系研究，也同样适用于平行研究，包括比较诗学研究、主题学研究、形象学研究等等。平行研究所考察的，其实同样是两种或两种以上文学间的关系，如类同、异同、映照、呼应、勾连、互证、互识、互补等各种关系，它当然不能降低或忽略对外语的要求。

纵观中国比较文学研究发展史，不难发现，从吴宓、朱光潜、宗白华、闻一多、梁宗岱到范存忠、陈铨、钱锺书、季羡林、张威廉、戈宝权、杨周翰等，没有哪一位比较文学研究大家不是至少熟练掌握一种外语，不是精通中国以外的某一国别—语种文学。没有这样的学科背景，比较文学研究就将失去自己存在的基础。大约15

---

① 钱中文：《"比较文学与世界文学研究丛书"总序》。见《钱中文文集》（第4卷），哈尔滨：黑龙江教育出版社，2008年，第305页。

年前李赋宁先生所说的"先有世界文学，才有比较文学可言"①，其实是以简洁的语言说明了进行外国文学、世界文学研究，是比较文学研究的前提。也正因此，钱中文先生才称比较文学是"一门十分困难的学问"。如果我们的比较文学研究者不希望畏难而退，而是相反，那么，就应当正视并敢于克服困难，首先是另一种语言方面的困难，还有和这种语言相联系的文学和文化方面的困难，而不是逃避它，试图找到某种另外的捷径。

然而无论如何，中国比较文学研究的前景是可以乐观的。因为人们对于一些关键性问题的认识，已通过反复的讨论而开始有了渐趋一致或接近的动向。例如，不过七、八年之前，还有些学者曾公开提出应当把"世界文学"学科从"比较文学与世界文学"学科中剔除出去，而现在，坚持这种主张的人已经很少，越来越多的学者已经意识到二者是密不可分的（其中当然有晚近诸多美国学者强调"世界文学"，并对我国学界造成影响的因素）。这是一个良好的征兆。完全有理由相信，我们的比较文学研究将在不断的探讨之中日益健康地向前发展。

---

① 见李赋宁先生在 1996 年 9 月 14 日全国高等院校外国文学教学研究会、北京大学世界文学研究中心、南京大学中文系、复旦大学外文系、南京师范大学中文系、中国人民大学中文系等单位致国务院学位办公室的联名信上的签字。此信未公开发表，其复印件保留于全国高等教育学会外国文学专业委员会（即原全国高等院校外国文学教学研究会）秘书处及上述各单位相关学者个人手中。

关于"比较文学与世界文学"学科的几点思考[①]

"比较文学"、"外国文学"、"世界文学"这几个学科(专业)各自的特点、研究领域及其相互关系等问题,历来是我国学术界、教育界有关人士谈论得较多而意见不一的话题。近年来,由于国家教育主管部门对研究生教育和本科教育的一些学科、专业和课程设置所作的调整,由于"比较文学与世界文学"学科的正式设立,这一话题再度引起人们的高度关注。这种关注可能包含着对于给这几个学科作"专业定位"的期待,有着对于学术研究和人才培养这两大方面的方向与方法的寻求,或许还涵纳着对于以往和目前的学科设置的科学性、合理性的沉思。本文仅就"比较文学与世界文学"学科的设立和它的特点等谈几点粗浅意见,以就正于各位专家学者和同行。

学科调整与学界的初步反应

1997年6月,国务院学位委员会、国家教育委员会联合颁布的《授予博士、硕士学位和培养研究生的学科、专业目录》,在"文学"学科门类中的"中国语言文学"一级学科之下,列出了"比较文学与世界文学"这个二级学科。这是对1990年10月两个委员会下发的原《目录》作出重大调整的结果。在1990年目录中,"世界

[①] 本文原载《中国比较文学》,2001年第3期。

文学"、"比较文学"是作为两个不同的二级学科,列于"外国语言文学"一级学科之下的。

1998年,教育部高等教育司下发的《普通高等学校本科专业目录和专业介绍》,在"中国语言文学类"的"汉语言文学"专业介绍中,将"比较文学"和"外国文学史"一起列为该专业的"主要课程";而在"汉语言文学(师范类)"专业的"主要课程"中,则有"比较文学"而没有"外国文学史"。过去,这两个专业的主要课程中,都含有"外国文学史"而无"比较文学"。

上述两大调整措施在学术界、教育界人士中迅速引起反响。目前的意见主要有:

1. 认为学科调整和新的课程设置首先是比较文学界的一件大事,它说明了高等教育主管部门对比较文学这一学科的重视,也使得到目前为止还在怀疑这一学科存在的意义、价值和发展前景的人们有可能打消种种疑虑。如陈惇教授所说:"专业合并可以使比较文学教学摆脱长期以来所处的劣势地位,得到更多的重视与支持。"①

2. 把"比较文学"和"世界文学"两个学科的合并理解为前者对后者的"取代",认为将来中文专业本科教学可不单独讲授外国文学史,而以"世界文学发展比较史"或"比较化的世界文学"等课程代替之;"比较文学与世界文学"专业的研究生教育,其任务似乎也主要是培养比较文学方面的专业人才。一些热心的老师已经开始设计新的课程方案,甚至拟出了"单元教学"模式。

3. 认为"合并"不是"代替","比较文学"与"世界文学"两个专业各有其特点,又密切相关,彼此难以分离。"合并"并不是一个理想的方案,而是在当前情况下不得已而为之的一项举措;但"合并"提出了许多问题,对高校本科、研究生教育的影响都是巨

---

① 参见姚岚:《专业合并所带来的新挑战与新动力》,载《中国比较文学》,1999年第2期。

大的，同时也促使我们思考、调整和改革。

以上几个方面的意见，大都来自比较文学界的专家和中文系的比较文学、外国文学教师。主要从事外国文学（国别文学）教学和研究的专家们的意见、外文系教师们的意见，目前我们尚未见到。

"比较文学与世界文学"学科设置的背景

"比较文学"与"世界文学"两个学科的合并，从国家高等教育主管部门的角度来看，似乎有"缩减专业和学科"的考虑。比较一下1990年《目录》和1997年《目录》，就可以发现，我国培养研究生、授予博士和硕士学位的二级学科，由原来的654个调整为381个，显然是大大地缩减了。但是，1997年《目录》的"说明"中明确指出：目录修订的基本原则是"科学、规范、拓宽"，修订的目标是"逐步规范和理顺一级学科，拓宽和调整二级学科"。由此可见，教育主管部门的着眼点又不仅仅是"缩减专业"，还有使学科和专业的设置更为科学和规范的动机。

从我国高校研究生教育的实际情况来看，"比较文学"和"世界文学"过去在学科目录中虽然都属于"外国语言文学"一级学科，但在很多高校中学位点都设在中文系，如南京大学、中国人民大学、华东师范大学、陕西师范大学、上海师范大学等高校的"世界文学"硕士点，北京师范大学、四川大学、天津师范大学、苏州大学等高校的"比较文学"硕士点，等等。

这一状况和本科教学传统密切相关。在我国，高校外文系各专业的文学课，除少数学校外，一般主要讲授与该专业的外语语种相对应的国别文学，如英语系的英国文学史、美国文学史，俄语系的俄罗斯文学史，日语系的日本文学史等。而中文系（除北京大学等极少数高校外）一般都设有外国文学教研室，负责讲授外国文学史课程，其内容包括除中国文学以外的其他各国文学。80年代，比较文学在我国再度兴起之后，也是北京师范大学等高校的中文系首先开设了比较文学课程，从而带动了这一学科的持续发展。这一现象的出现同样有着一种必然性，即无论对于教师还是学生而言，比较文学都要求同时具有中国文学和外国文学的知识背景。

研究生教育是本科教育的延伸和提高。如果说，外文系培养的文学研究生，主要是从事各语种文学、国别文学的教学与研究的人才，那么，中文系则要承担培养外国文学（世界文学）、比较文学方面的教学和研究人才的任务。对于这一任务可否完成，人们是有不同看法的。一位已故英国文学专家说过：谁能搞"世界文学"？此言有一定道理。这是因为，一般的外国文学教学和研究人员，往往只是掌握一至两门外语，并对与这一两门外语相联系的国别文学有较深入的了解。在我国，真正能够自如地运用三种以及三种以上外语，并且精通与这些外语相联系的国别文学的专家，毕竟是极少数。任何人都无法掌握全世界各国语言，并通过所有这些语言去研究世界各国文学。从这个意义上说，确实没有，也不可能有"世界文学"专家。但是，中文系的学生又必须获得外国文学史的系统知识，正如哲学系、经济系、历史系、艺术系的学生必须获得外国哲学史、外国经济史、世界历史、外国艺术史的系统知识一样（顺便说一句：现在国内有的大学外文系已不再开设外国文学史、欧洲文学史这类课程，外国文学通史知识的缺乏造成英国文学专家把"谢林"译成"席令"，法国文学专家把"叶赛宁"译为"埃塞尼"、"索尔仁尼琴"译成"索赞尼辛"，俄国文学专家把"柏拉图"译为"普拉东"之类的现象）。由于我们还远远（或永远）不具备条件，一律由精通希腊语言文学、拉丁语言文学、意大利语言文学、西班牙语言文学、德语语言文学、法语语言文学、日本语言文学等各语种文学的专家用不同的外语来给学生分别讲授荷马、维吉尔、但丁、塞万提斯、歌德、巴尔扎克、川端康成等作家作品（即便有这样的条件，也没有任何一个学生可以全部听懂），目前在中文系只得由掌握一至两门外语的外国文学教师来讲授外国文学史。教材依靠的是分别精通某一语种文学的专家、学者们的合作，作品依靠的是由权威译者翻译的、公认的优秀汉译本。这样的外国文学教师的主要来源，便是"世界文学"专业的毕业研究生。这一专业的研究生培养目标和外文系"外国语言文学"学科下属二级学科（英语语言文学、俄语语言文学、日语语言文学等）的文学方向培养目标的区别之一，就在于此。这也是"世界文学"专业被列入"中国语言文学"学科之下的学理依据之一。

关于比较文学，钱锺书先生曾经就它的基本研究目标发表过精辟的见解。钱先生说："从历史上看，各国发展比较文学最先完成的工作之一，都是清理本国文学与外国文学的相互关系，研究本国作家与外国作家的相互影响。""要发展我们自己的比较文学研究，重要任务之一就是清理一下中国文学与外国文学的相互关系。"①从"认识总体文学乃至人类文化的基本规律"这一目的出发，钱先生还肯定了包括比较诗学、文学翻译研究在内的"平行研究"的意义与价值。比较文学的实质，在他看来，就是在明辨异同过程中认识中外文学各自的特点，加深对作家及其作品、文学现象及其规律的理解与认识。因此他认为，中国的比较文学工作者必须提高中外文学修养。显而易见，从事比较文学研究必须具有较扎实的中国文学功底。当然，中国学者可以进行诸如"歌德与俄罗斯文学"、"拜伦与普希金"、"斯丹达尔与司各特"这类课题的研究，但对于他们而言，中外文学比较研究毕竟是最重要、最根本的。这一切其实也是不宜将比较文学列为"外国语言文学"下属的一个学科的又一原因。

上述情况使得在"比较文学与世界文学"学科设置的新方案正

---

① 转引自张隆溪：《钱锺书谈比较文学与"文学比较"》，载《读书》，1981年第10期。

式出台以前，把"世界文学"和"比较文学"两个学科从"外国语言文学"调入"中国语言文学"已成为一种必然要求和必然趋势。不过新方案的出台还有一个过程。1996年6月，两委下发的调整后的《目录》征求意见稿中，仅将"比较文学"列为"中国语言文学"下属的学科之一，并注明它"含原比较文学、世界文学"。这就意味着"世界文学"学科将不再存在。这一草案引起了国内高校一些学者的迅速反应。同年9月，北京大学、复旦大学、南京大学、中国人民大学、南京师范大学等高校的10位教授联名致信国务院学位办，认为不可取消"世界文学"学科。其理由主要是：第一，比较文学和世界文学是两个不同的学科，前者无法涵盖，更不能替代后者的学术领域；第二，世界文学学位点最重要的任务之一是培养该学科师资，外文系国别文学研究生难以全面承担中文系外国文学史的教学任务。考虑到"缩减学科"的精神，信中建议将《目录》征求意见稿中的"比较文学"改为"世界文学与比较文学"。在这封信上签名的有季羡林、李赋宁、许汝祉、夏仲翼等著名学者。李赋宁先生在签名时还亲笔写上了这样一段话："我认为先有世界文学才有比较文学可言，因此'世界文学'应保留为二级学科，请领导考虑。"

　　后来的情况表明，10位教授的联名信，特别是李赋宁先生的建议，对新方案的正式出台起了重要的作用。新《目录》中出现的学科名称是"比较文学与世界文学"，可以说这是部分地采纳了联名信的建议。把"比较文学"与"世界文学"这两个学科合并起来，列入"中国语言文学"一级学科之下，且不是以"比较文学"取代"世界文学"，应当说既体现了"缩减专业"的精神，又有其合理性和科学性。

"比较文学与世界文学"的学科特点

　　面对已经作为一个学科而存在的"比较文学与世界文学"，思考一下它的学科特点，对于开展这一学科的教学与研究都是很有必要的。我们认为，该学科的一个首要特点是它的复合性、双学科性，也就是说它所含的"世界文学"和"比较文学"专业各自的研究对象和研究领域并没有因学科合并而改变。原有的世界文学学科，主要研究除中国之外的世界各国文学史的一般进程，注重考察各种文学思潮流派的交嬗演变、重要的文学现象和有影响的作家作品，力求探明各国文学发展的基本规律。而比较文学学科则是以一种国际性的文化视野，跨越民族、语言、文化体系和学科的界限，研究各国文学、各种文学现象之间的相互关系，探讨文学发展的普遍规律。两个学科的研究侧重显而易见，且将在合并之后的新学科中继续保留着自身的特色。这就使得"比较文学与世界文学"学科具有一种双学科性。类似的情况在新《目录》的其他学科门类中普遍存在，如法学中的"宪法学与行政法学"，史学中的"史学理论及史学史"、"考古学及博物馆学"等。这些新设立的学科，也同样具有复合性和双学科性。

当我们谈到"两个相近专业合并"的时候，已经涉及"比较文学与世界文学"学科的另一重要特点，即：这个学科绝不是两个彼此无关的专业的简单、偶然的相加。恰恰相反，这是原本关系就十分密切的、有着亲缘关系的两个专业的归并，其出现可说是水到渠成，顺理成章。这种亲缘关系具体表现在：

二者的产生有着相同的历史—文化背景。如果说世界各民族、各地区之间的文学交流早已有之，那么，只是到了19世纪，"世界文学"和"比较文学"的意识才开始真正形成。1800年，斯达尔夫人的论著《论文学》的发表，是文学界这种意识的第一次理论表现；1827年，歌德首先提出"世界文学"的概念；同年，维尔曼在巴黎开设题为《18世纪法国作家对外国文学与欧洲思想的影响》的讲座，并于1829年出版《比较文学》一书……。这一切都是在19世纪陆续出现的。正是在这个时期，近代经济的发展，世界市场的形成，使得各国的生产和消费变为世界性的，闭关锁国的状态被打破。文学和文化上也是如此。从根本上说，世界文学、比较文学意识的形成，它们作为学科的出现，都是世界各国之间文化交流的要求使然，而在其背后又有着相同的深刻经济根源。

二者具有相同的研究目标。无论是世界文学，还是比较文学，其作为学科而存在的基本依据都是认识别国文学，通过这种认识找到一个或几个外在视点，获得一种外在参照系，并借以鉴照和检视本民族文学。而致力于探讨文学发展的普遍规律，不断深化对于文学的总体认识，则是世界文学和比较文学学科的共同研究目标。钱锺书先生说过，"比较文学的最终目的在于帮助我们认识总体文学乃至人类文化的基本规律"，这也是世界文学教学与研究的最终目的。

二者在研究范围和研究对象方面具有交叉性。世界文学、比较文学的研究范围极为广阔，都不局限于一国文学，都具有跨越国界和民族、语言、文化体系之界限的特点。从研究对象上看，无论是比较文学中的"影响研究"、"平行研究"和"阐发研究"，还是文类学、主题学、形象学、译介学、比较诗学和文学思潮流派的比较研究，都涉及本国文学与世界文学中的某些方面。中国的比较文学研究，仅就文学范围内的比较研究而言，其实不外是中国古代文学、中国现当代文学或文艺学和世界文学的交叉。即便是译介学，它所研究的也是世界文学在本国的译介、传播、理解与接受等问题。与世界文学在研究对象上的这种交叉，是比较文学之所以成为"比较文学"的前提和基础。

二者的存在与发展有着互相依托性。任何地道的、落在实处的比较文学研究，都必须具有世界文学、外国文学的基本知识背景，都必须在熟悉本国文学之外还对至少是某一语种文学有较深入的了解。比较文学研究难以在世界文学、国别文学研究的成就与进展之外获得独立的、真正的发展。行文至此，我们深感上文引用过的李赋宁先生的话确有道理：先有世界文学，才有比较文学。当然，世界文学学科同样也以比较文学为依托。这不仅是由于它的最终研究目标"认识文学发展的普遍规律",不可能在离开比较文学的条件下单独实现,而且还因为真正有价值的世界文学研究,乃至任何国别文学研究,都必然有比较文学的意识、视野、观念与方法,其间只有自觉与不自觉之分。在此,我们不禁想到著名批评家勃兰兑斯。他似乎曾由于自己作为一个丹麦人却"放下"丹麦文学而要去研究法、英、德等国文学而"灰心",然而,他是多么了解研究外国文学对于本国文学的意义!所以他才这样写道:

>整个说来,我间或偶然地提到丹麦文学。……这倒不是我忘却了或者忽略了丹麦文学。相反,它一直在我的心中。既然我试图陈述外国文学的内在历史,我就在每一点上都对丹麦文学作出了间接的贡献。我将画出必要的背景,以便我国的文学有朝一日能带着自己的特征在这上面显现出来。……如果这个方法是个间接的方法,它也因此是个更坚实的方法。[①]

不言而喻,勃兰兑斯所从事的外国文学研究,其实也是比较文学研究。《19世纪文学主流》既是关于19世纪西欧文学研究的一部经典性的学术专著,又是一部出色的比较文学研究巨著。它不仅雄辩地说明了真正的世界文学研究、外国文学研究必然具有比较文学的意识和视野,必然以比较文学为依托,甚至还告诉我们:这种研究本身就是比较文学。

要之,"比较文学与世界文学"是一个包含着两个具有相对独立性、又彼此交叉和互为依托的两个专业的学科;在这个经合并而新设置的学科中,原先的两个专业既继续保持各自的专业特点,又进

---

① 勃兰兑斯:《19世纪文学主流》(第2分册),刘半九译,北京:人民文学出版社,1988年,第314页。

一步彼此靠拢，即比较文学更加强化世界文学、总体文学意识，世界文学更自觉地以比较文学的观念、视野与方法展开研究；学科建设与发展的基本目标是致力于探索文学发展的普遍规律，追求对于文学的总体认识。

新的学科设置提出的问题

"比较文学与世界文学"作为新学科正式设立之后，给我国的高等教育提出了一系列新问题。限于篇幅，这里仅就几个最根本的问题谈几点粗浅意见。首先是与此相关的本科阶段的教学。根据以上对于这一新学科基本特点的认识，我们认为，在本科阶段，不仅"比较文学"课不可能包括、代替"外国文学史"课，而且"比较文学与世界文学"也不可能作为一门课程存在。中国文学史（古代、现当代）、外国文学史、比较文学基础（原理、概论或通论）等都应当依旧作为彼此独立的基础课开设。这些课程构成"比较文学与世界文学"专业研究生教育的最必要的一部分基石。

其次，在研究生阶段，新学科不是"独联体"，不是"比较文学"和"世界文学"两个学科的简单组合，更不是两个研究方向。在这个统一的学科中，包含许多研究方向，其中一些方向可偏重于世界文学，另一些方向可偏重于比较文学。但"偏重"不应是"偏废"——这也许就是"合并"后的新学科对原有的比较文学、世界文学学科提出的改造学科体系的要求。譬如说，开设更多的共同基础课，开辟诸如"西方文论与比较诗学"、"译介学与中国翻译文学史"、"20世纪俄罗斯文学与中俄文学关系"、"20世纪英国文学与中英文学关系"、"中西文学思潮比较研究"等这样一些宽口径的研究方向，应当说是适应上述要求的。

新学科还对教师和研究人员提出了知识结构调整的问题。目前国内的"比较文学与世界文学"专业人员中，原先有的是比较文学学者，有的是外国文学专家，两者都可能面临着一个接近本来不太熟悉的"另一半"的问题。而目前我国的比较文学研究者，就其根基而言，则分别来自中国文学（古代、现当代）、外国文学（国别文学）、文艺学等不同领域，一些专家学者所感叹的我国还很少"科班出身的比较文学人才"是符合事实的。这一现象同样说明了知识更新和结构调整的必要性。如果我们对自己所面临的问题有了足够清醒的认识，那么事实上我们已拥有一种可以乐观的前景。

2001 年 2 月

关于中俄文学与文化关系的对话[①]

汪介之：李老师，您是我的老前辈，是国内中俄文学与文化关系研究领域最著名的学者之一，也是中俄比较文学学会会长。您在20世纪90年代初就出版过《中国文学在俄苏》（花城出版社，1990）、《中国文化在俄罗斯》（新华出版社，1993），后来又为大型丛书《中国文化通志》撰写了《中国与俄苏文化交流志》（上海人民出版社，1998）一书。您还亲手培养了我国最早几位中俄比较文学研究方向的硕士生和博士生。前不久，您又有新著《俄罗斯汉学史》（大象出版社，2008）出版。我们很希望就中俄文学与文化关系方面的有关问题向您请教。我们尤其想请您谈一谈，据您的长期研究，究竟是什么样的原因，使得中国和俄罗斯之间的文学与文化关系格外密切？为什么像《安娜·卡列尼娜》、《伏尔加河上的纤夫》、《莫斯科郊外的晚上》这样的小说、绘画、歌曲等艺术作品，在中国几乎是家喻户晓？这当中起决定作用的到底是哪些因素？

李明滨（北京大学外语学院俄语系教授）：我想，原因一定是多方面的，其中重要的因素之一是两国国情的相近，如都经历过长期的封建制统治，经济发展都一度相对滞后，都有一批志士仁人在为民族的命运、国家的前途而担忧和奋斗，等等。你的《选择与失落：中俄文学关系的文化观照》（江苏文艺出版社，1995）一书，你和华东师范大学陈建华教授合著的《悠远的回响——俄罗斯作家与

[①] 本文原载《抱犊》，2009年第5—6期。

中国文化》（宁夏人民出版社，2002年）一书，其实对此也作过论述。这些相似，又造成了俄罗斯学者日尔蒙斯基的"类型学"理论所阐述的"各民族社会和文学发展过程的相同"，以及由此而引起的"文学类型"的相近。这样彼此接近的两种文化和文学之间，是很容易互相发生影响的。

中俄文化交流既然与社会发展有密切关系，我们就不妨注意一下这种交流发生和发展的社会历史背景。中俄两国本是近邻，为什么直到俄国彼得大帝当政、中国是清朝康熙皇帝在位时才开始文化交流？其理由只能是直到那时两国之间才有外事交往，这一交往自然需要文化上的交流，事实上也包括了文化上的交流；而进行外事交流又是双方各自的社会发展需要所决定、所要求的。反过来，文化交流又成了国际交往的先导。中俄两国互相表示建立外交关系的意向，早在明朝万历年间就有了，但因为每一方都不懂对方的文字，结果搁置了近一个世纪。非等到双方分别学习、掌握了对方的语言文字，有了文化交流，才具备了建立和发展外事交往的条件。当然，文化交流的结果，不但推动了外交，而且推动了社会的大发展。这在中国更为明显。中国与俄国由文字之交开始，进而介绍俄国文学、艺术、历史和社会哲学思潮，促进了五四运动及一系列社会变革。此后，中国社会的一切进步，都有中外文化方面的不可否认的功绩，其中俄罗斯文化的影响显而易见。

汪：这么说来，中国和俄罗斯之间确实是有一种天然的、甚至可以说是血缘的联系。那么，俄罗斯文化和文学对中国的影响，具体而言主要是在哪些层面上呢？譬如说，是否既有文学艺术层面上的影响，也有一般文化层面上的影响呢？

李：对，影响既有文学艺术层面上的，也有一般文化层面上的。即便是仅仅从文学的影响来看，情况也是如此。如中国译介俄国文学的初期，列夫·托尔斯泰在众多作家中占据第一位，其原因除了他崇高的文学声望外，主要的恐怕是他所代表的俄国文化与中国传统文化之间有着某些共同点,因而很容易被中国人认同。即如辜鸿铭等人在托尔斯泰 80 寿辰的祝词中所强调的:托尔斯泰"以一片丹忱,维持世道人心,欲使天下同归于正道。"这里所肯定的,其实是托翁及俄国文学所蕴涵的人道主义精神。进入 20 世纪,中国新文化运动的倡导者和文化活动家们,更十分注意俄罗斯文学的人道主义精神。如李大钊曾经指出:"俄罗斯文学之特质有二,一为社会的色彩之浓厚,一为人道主义之发达。"中国现代文学史家郑振铎也曾说过:"俄国文学所以有这种急骤的成功,绝不是偶然的事。她的真挚的与人道的精神,使她垦发了许多未经前人蹈到过的文学园地,这便是她博人同情的最大原因。"李大钊和郑振铎,从各自不同的视角,发现了人道主义这一贯穿全部俄罗斯文学的主导精神。以鲁迅为代表的中国新文学的大师们,他们对俄罗斯文学的仰慕与热爱、引进与接受,也首先是着眼于渗透在其间的人道主义精神。人道主义后来也成为中国新文学发展中的一条主线,但人道主义的影响是广泛的,远不限于文学的范围内。

当然,俄罗斯文学对中国的影响,也不限于人道主义。俄罗斯作家的使命意识,忧国忧民的情怀,他们的艺术才华、风格和杰出的艺术表现技巧,如普希金的出色的抒情才能,果戈理的讽刺艺术,屠格涅夫的"诗意的现实主义",托尔斯泰的"心灵的辩证法",等等,都被中国作家视为楷模,成为中国作家学习借鉴的艺术榜样。

汪:李老师,在您看来,在一般文化层面上,俄罗斯文学和文化是否也对中国人的文化心理、道德理想和审美情趣等,发生过某些影响呢?

李:是的,如我刚才所说,影响不但文学艺术层面上,也表现在一般文化层面上。当然,这种影响同样与中国的民族文化传统和现实需求有着密切的联系。如在绘画方面,你提到的列宾的《伏尔加河上的纤夫》,还有列维坦的《弗拉基米尔大道》、《白桦林》,希什金的风景画，音乐方面柴可夫斯基等人的作品，它们所表现的那种俄罗斯式的忧郁和苍凉，那种淡淡的惆怅，与中国人的文化心理、审美习惯是完全相通的。这些高雅的艺术品不仅深受中国人喜爱，也影响了中国人的情怀。在我们中国，哪一位文学爱好者不是由衷地喜爱普希金的诗歌，屠格涅夫、托尔斯泰和陀思妥耶夫斯基的小说？高尔基的《童年》、《在人间》和《我的大学》三部曲，写一个父亲早逝、只读过两年小学的儿童在深重的苦难中崛起的经历，影响了多少出身贫寒、有志成才的中国青少年！一部《日瓦戈医生》，使饱经磨难的中国知识分子得以把对于20世纪历史和知识者命运的回望，提到了一种抒情悲剧的高度，无数内心话语似乎在阅读这部作品时找到了表达的渠道。这些影响，无疑都已超出了文学的范围。

汪：您的看法使我深受启发。的确，文学的影响往往是一种文化的影响，文学交流的实质是文化交流、思想交流、精神交流，而且这种交流总是双向的、多向的。最近国内学术界较为关注的一个话题是"拿来主义"和"送去主义"的关系问题，其实中国文化和文学一直都在对别的国家和民族发生着影响。李老师，您能否谈谈中国文化和文学在俄罗斯的传播和影响的情况？

李：中俄文化、文学交流是双向的。从俄国方面来看，他们对中国文化和文学的研究历时已久，而且持续不断。仅从18世纪下半叶开始由汉文和满文直接翻译中国的文、史、哲典籍算起，就已有200多年的历史了，若再加上此前由法文或德文等转译的中国典籍，那时间就更长了。这期间，俄国译介中国文化与文学，共出现过三次热潮。俄国汉学界对中国文化的研究，范围广，成果多，从经典著作到民间文化，从考古文物到历代工艺品，从儒、道、释各家学说到一般宗教信仰，从宏观上的国家历史、皇朝更替、典章制度、风俗礼仪到微观上的桥梁建筑、服饰特点、陶瓷器和古钱币年代的鉴定等，都有人专门研究。总之，悠久的中国文化一直是俄国汉学家所注目、所重视的。

相比而言，中国对俄国文化的译介起步较晚，但在数量上却是后来居上。按照一位俄国汉学家的形象的说法，20世纪30年代以来，中国对俄苏文学的翻译有如大江大河的"洪流"，而苏联对中国文学的翻译只不过是一条涓涓"小溪"。但是，在一个较长时间内，中国对俄苏文化和文学成果的接受，却缺少选择鉴别，甚至几乎是照原样搬用。无论是理论观点、学术思想、文学作品，还是各种文化艺术样式，如音乐、美术、舞蹈、戏剧、电影，以及和这些艺术形式相关的教育体系（学制、院校设置等），无不加以搬用。等到我们发现了这种照搬的不利影响、不利结果以后，才依据"外为中用"的原则予以改造，使之民族化，例如借鉴俄罗斯的芭蕾舞艺术，培养出了中国的芭蕾舞人才等。再者，中国对俄罗斯文化与文学的研究，过去一向是人员多，队伍大，且具有明显的实践性，而学术性、理论性则相对少些；后来环境、形势一变，许多人就改行了，于是研究力量又明显地薄弱了。当然，不为潮流所动，坚守在这一研究领域，继续进行脚踏实地的研究工作的，仍大有人在。这无疑是一支有事业心的学术队伍的主体。

汪：您说的都是事实。李老师，您多次去俄罗斯讲学、访问，在您的印象中，除了学术界、文化界人士外，普通俄罗斯人对中国文化也有兴趣吗？

李：普通俄罗斯人关注中国文化由来已久。早在18世纪初，俄国人就同欧洲人一样，兴起过一阵"中国热"，如热心收藏中国的瓷器、丝绸、饰物和各种工艺品，日常生活中充满了中国物产，视中国为"理想之邦"，宫廷、上层社会热衷于"中国情调"，在皇家园林设置中国景物，在著名的冬宫以及沙皇行宫里布置"中国厅"、"中国室"等。至于文学和哲学中，更是流行描述"想象中的中国"。

在俄国汉学界，19世纪上半叶译介中国文史哲典籍，下半叶全面介绍中国传统文化，20世纪上半叶译介中国文学作品的三次热潮，都带动了普通俄国读者对中国文化的兴趣与热情。

20世纪80年代，随着中国的改革开放，俄罗斯人再度兴起对于中国传统文化的热潮。尤其在90年代初，苏联解体，传统价值观失落，一些人茫然不知所措，中国儒家的"为政之道"和"为人之道"，更成为俄国知识界有识之士宣扬的重要思想观点之一。有些人企望依照孔子所说的"有道、无道和乱邦"的三种国家状况来进行"自律"，并呼吁政治家们将其奉为治国安民的基本参照。

汪：噢，是这样的，真是太好了！看起来，中俄文化和文学的彼此交流还将有更加令人乐观的前景，是吗？

李：我觉得可以这样说。也许你也已注意到，一段时间以来，俄罗斯很重视宣传自己是一个具有欧亚双重国情的国度。无论政治家、社会活动家，还是一般民众中的有识之士，都很看重中国，认为俄罗斯不能把眼光只瞄准西方，而应该也关注东方这个最大邻国正在发生的变化。在中国，学习和吸取俄罗斯文化中的精华和一切有益于我的成分，不仅已形成一种传统，而且是当今很多有识之士的共识。中俄两国都有加强彼此之间的交流与合作的愿望和需要。因此，两国之间文化交流的前景肯定是令人乐观的。我想，这也是你和陈建华两位学人的著作《悠远的回响——俄罗斯作家与中国文化》所抱定的希望与宗旨之一吧？我感谢你们付出了如此辛勤的劳动，并衷心祝贺你们取得了新的研究成果！对了，我还想了解一下，下一步你还打算研究哪些方面的问题呢？

汪：谢谢您，李老师！您的热情鼓励，是对我们今后研究工作的一种鞭策。关于下一步的研究，我是想把更多的精力放在对于"20世纪俄罗斯文学及其在我国的接受"这一方面。由于20世纪中国和俄罗斯历史的复杂性，过去一个长时期内，我们对于20世纪俄罗斯文学的认识，一直存在着很大的片面性。我国广大读者一般都知道高尔基、马雅可夫斯基、法捷耶夫、奥斯特洛夫斯基、肖洛霍夫等作家的名字，但是对于19世纪末到20世纪初俄国现代主义作家，几乎横贯苏联存在的整个 70 余年时间的俄罗斯域外文学（也称侨民文学）的三次浪潮，以及过去一个长时期中被排除在苏联"主流"文学之外的大批遭到批判的作家，其中既包括布宁、帕斯捷尔纳克、索尔仁尼琴、布罗茨基等这样一些获得诺贝尔文学奖的作家，也包括别雷、勃洛克、曼德尔什塔姆、阿赫玛托娃、布尔加科夫、（普拉）东诺夫等杰出的作家和诗人，我国读者对他们的了解和认识，相对而言就少得多了。因此，我们就面临着一个重构 20 世纪俄罗斯文学史的任务。

李：是的，即便是对于高尔基这样的大作家，也存在着一个重新认识、重新评价的问题。

汪：确实如此。高尔基在十月革命前后写了总题为《不合时宜的思想：关于革命与文化的札记》的一组 60 余篇文章，发表了许多和布尔什维克党的不同意见，革命后又长期居住在国外；30 年代回到苏联之后，对于当时的个人崇拜和极左政策，他都进行了坚决的抵制，为保护知识分子付出了极大的努力。所有这些文学史实，过去都没有得到充分的研究，因而我们过去对高尔基的认识也是很片面的。类似的情况，当然也发生在其他作家身上。也就是说，我们中国文学对于整个 20 世纪俄罗斯文学的接受，都是很不全面的。

李：这样看来，我们不仅要重新评价 20 世纪俄罗斯文学，重新认识它的成就，而且应当认真思考和总结我们接受 20 世纪俄罗斯文学的历史经验。我相信你在这方面的研究能够取得更多的成果，期待着你的新著问世！我也由衷地希望，随着我国对外交往的继续扩大，我们的俄罗斯文学研究，乃至整个中俄文学与文化关系研究，都将取得更积极、更令人鼓舞的成就！

2008 年冬，北京—南京

中国文学接受俄罗斯文学的多元取向[①]

20世纪中国文学发展演变的进程，始终伴有对外国文学的接受和借鉴，其中最为显著的是对俄罗斯文学的移译和吸纳。但是，在20世纪的不同时期，中国文学对俄罗斯文学的接受却显示出不同的摄取侧重和价值取向。这一绵延一个世纪的文学接受史，不仅不断刷新着国人心目中俄罗斯文学的原有图像，而且折射出接受者一方的历史传统、环境氛围、文化心理和现实需求及其转换，并显示出文学传播与接受的某些重要规律。

一、对19世纪俄国现实主义文学的吸纳

中国文学对俄罗斯文学的接受，始于19世纪末、20世纪初，至五四时代达到一个高峰期。这一时段包括中国新文学从诞生到其发展的第一个十年。在当时中国知识界广泛引入文艺复兴以来欧洲思想文化和文学成果的潮流中，19世纪俄罗斯文学受到国人的特别关注。据统计，五四以前，从1900到1917年，我国翻译的俄国文学作品（含单行本和报刊译文）共为105种，其中主要是普希金、莱蒙托夫、屠格涅夫、列夫·托尔斯泰、契诃夫等19世纪作家的作品，也包括高尔基、安德列耶夫等20世纪初期作家的作品。不过这一时期俄国文学作品在中国的译介，在全部外国文学作品中译本（文）总数

[①] 本文原载《南京师范大学学报》，2009年第2期。

中所占的比例还比较小,其中作品译本的单行本所占比例还不足5%。到五四前后出现了明显转折,移译俄罗斯文学成为一种风气。自1917年底至1927年,我国共翻译出版外国文学作品单行本180余种,其中俄国文学作品65种,占翻译总数的35%左右。这些译作中,除了前一时期已有译介的作家作品外,还有果戈理、陀思妥耶夫斯基、奥斯特罗夫斯基、柯罗连科等19世纪作家的作品,以及部分20世纪初期作家的作品。

从那时起,俄罗斯文学便开始对中国新文学从总体格局、理论批评到创作实践各个层面产生直接的影响。正如鲁迅先生所说:"俄国文学是我们的导师和朋友。"① 以鲁迅为代表的一批先知先觉者,在建构中国文学的新格局、将中国文学引向现代的过程中,正是以俄罗斯文学为主要参照的。梁启超、王国维、李大钊、周作人在五四以前就撰文评介和推崇俄国文学,鲁迅则是卓有成就的俄国文学翻译家和研究者。茅盾、瞿秋白、郑振铎、巴金、郭沫若、郁达夫等人,在译介和研究俄国文学方面都作出了自己的贡献。叶圣陶、老舍、曹禺、王统照、赵景深、钱杏邨、胡风、路翎、艾芜、张天翼、冯雪峰、丰子恺等,也都同俄罗斯文学有着这样那样的联系。正如他们每一个人的文学活动,都不是纯粹的个人行为,而是整个中国新文学运动的组成部分,他们对俄罗斯文学的译介、研究和接受,同样不是单个人的活动,而是融汇到了形成中国新文学的体系和格局这一大框架中。上述所有这些曾活跃于中国现代文坛上的作家、批评家,均以各具个性色彩的对俄罗斯文学的接受,参与了中国新文学总体格局的建构。正是由于他们的文学活动,中国新文学才得以受到俄罗斯文学的渗透与滋补,才开始显示出与后者相近的精神、基调和特色。

---

① 鲁迅:《祝中俄文字之交》,见《鲁迅全集》第4卷,北京:人民文学出版社,1991年,第460页。

俄罗斯文学的民主主义、人道主义精神和"为人生"的主导意向对中国新文学的主导精神与基本品格产生了直接的影响。俄国文学繁荣的起点，正是俄罗斯民族现代意识觉醒的开端。俄国作家揭露封建专制对人性的扭曲和扼杀，强调尊重个性，在人道主义的旗帜下反对社会压迫，追求民主理想，提倡平等与自由。这就使得俄国文学成为一种"为人生"的文学。中俄两国相近的国情，决定了中国文学合乎逻辑地侧重接受俄罗斯文学的影响。周作人曾说："中国的特别国情与西欧稍异，与俄国却多相同的地方，所以我们相信中国将来的新文学，当然的又自然的也是社会人生的文学。"①在俄国文学的影响下，中国新文学也是以民主主义为思想基础，其实际发展则经历了从张扬个性主义到推崇人道主义，再到正面表现民主和民族解放运动的过程。为俄罗斯文学的精神特质所决定，使命意识是俄国作家进行创作的主要内驱力，现实主义成为19世纪俄国文学的主潮，问题文学、社会小说成为这一文学的基本样式，而农民形象、"小人物"形象、知识分子形象和女性形象则是俄罗斯文学中描写得最多、最充分、最感人的形象。这些特点也几乎全部构成了中国新文学的基本特点。这显然不是一种偶然的巧合，而是有其内在的必然性。和文学创作领域的这种相似性相对应，在文学理论与批评领域，19世纪俄国文论和批评的成就，特别是别林斯基、车尔尼雪夫斯基和杜勃罗留波夫的理论批评成果，对中国现代文学理论体系的建构和文学批评实践，都产生了明显的影响。鲁迅、胡风、周扬等人的理论批评活动，均深受19世纪俄国文学理论与批评的滋养，胡风甚至被称为"中国的别林斯基"。

中国新文学的第一个十年过去之后，19世纪俄国文学的影响依然存在。如从30—40年代巴金、路翎等人的创作中，便不难看出19世纪俄国文学精神的浸润。50年代在我国文学界兴起的关于"写真

---

① 周作人：《文学上的俄国与中国》，载《小说月报》，1921年第12期号外。

实"、文学"典型"和"形象思维"的三场讨论,其基本内容正是别林斯基文学理论中的三大基本命题;而车尔尼雪夫斯基关于"美是生活"的论断,则成为同一时期我国美学界关于美的本质问题的讨论的理论根据之一。直到80年代我国新时期某些作家的创作,仍然显示出托尔斯泰、陀思妥耶夫斯基、契诃夫等作家的影响。

二、对苏联革命文学、日丹诺夫主义的移植

五四退潮、大革命失败以后,中国文学对俄罗斯文学的接受开始显示出一种新的取向与侧重。蒋光慈的《〈十月革命与俄罗斯文学〉小引》(1926)成为这种变化的先声。他以十月革命为界,把俄罗斯文学分为"新俄文学"与"旧俄文学",认为对于19世纪作家的作品,"大家都知道一个大概了","但是他们都久已死了,都成为过去的了",连高尔基也"已经老了,现在已经不是他的时代了"①。在蒋光慈看来,更需要加以译介的是十月革命后出现的"革命作家"的作品。蒋光慈的文章与同一时期瞿秋白的观点形成呼应。1927年,"创造社"一批成员从日本归国,带回了经由日本无产阶级文学运动中的"福本主义"吸收和消化了的苏联无产阶级文化派和"拉普"思潮。随后,由于"革命文学"论争和左翼文学运动的开展,在中国新文学的第二个十年中,苏联文学作品的翻译出版扶摇直上,迅速超过了所谓"旧俄文学"及其他国家文学作品的翻译,渐渐牢牢占据了我国译坛的霸主地位。这一情况一直延续到50年代。除了高尔基的作品外,这一时期译介到我国来的,主要有马雅可夫斯基的诗歌,绥拉菲莫维奇的《铁流》、法捷耶夫的《毁灭》、奥斯特洛夫斯基的《钢铁是怎样炼成的》以及肖洛霍夫、

---

① 蒋光慈:《〈十月革命与俄罗斯文学〉小引》,载《创造月刊》,1926年第4期。

阿·托尔斯泰等苏联作家的作品。

这也是中国文学大规模地摄取苏联文学理论的时期。20年代末，我国文坛出现译介马克思主义文艺理论著作的热潮，"科学的艺术论丛书"、"文艺理论小丛书"等相继出版。但这几套丛书所包含的书目，真正属于马克思主义文论与批评的论著，所占的比例却偏小。除了马恩和俄国早期马克思主义批评的少数著述外，人们把"无产阶级文化派"和庸俗社会学的代表人物的著作，如波格丹诺夫的《新艺术论》，弗里契的《艺术社会学》，苏联文艺理论家的一般性论著，体现苏联文艺政策、反映苏联文坛论争状况的文献等，都当作马克思主义文论翻译介绍过来。《苏联作家协会章程》也被周扬列入《马克思主义与文艺》（1944）一书的"附录"；而1947年以后该书的几种版本，在"附录"中则增收了日丹诺夫《关于〈星〉与〈列宁格勒〉两杂志的报告》。这个报告及相关文件，1947—1949年间共出版了10个译本。上述著述、资料和文件的基本观点，与马克思主义经典作家的文艺观相去甚远，但是它们却在马克思主义文论的旗号下，对此后近半个世纪中国文学的指导思想和发展走向产生了直接的影响，强化了文学的政治化倾向，为后来文学的急剧极左化埋下了伏笔。如20年代末我国"革命文学"论争中对五四文学传统的否定，对鲁迅、叶圣陶等作家的攻击，就承袭了"无产阶级文化派"和"拉普"对传统文学的评判和对"同路人"作家的排斥；托洛茨基的《文学与革命》以政治尺度衡量作家，为我国的文学批评提供了一个恶劣的范例；30年代初"左联"的文学口号和主张，对所谓"辩证唯物主义创作方法"的推崇，完全是"拉普"理论的照搬；40年代对王实味、丁玲等人的批判，其实是沿用了苏联对待所谓"异己"作家的做法；50年代对胡风文学思想的批判，对俞平伯《红楼梦研究》的批判，对影片《清宫秘史》的批判，对丁玲、陈企霞的批判，等等，则都是日丹诺夫主义在中国的运用；而50年代初把"社会主义现实主义"规定为我国文学创作的基本方法，更是照搬了苏联对文学实行"一统化"控制的做法。

值得注意的是，在中国文学接受俄苏文学出现某种取向的变化时，鲁迅并没有像某些人那样盲目。1929—1930年间，他曾选译了普列汉诺夫、卢那察尔斯基等人的文艺论著以及日本学者片上伸的《现代新兴文学的诸问题》。鲁迅说，他翻译普列汉诺夫的《艺术论》，意在"以救正我——还因我而及于别人——的只信进化论的偏颇"①。他指出：卢那察尔斯基的《文艺与批评》对于"去年一时大叫'打发他们去'的'革命文学家'，实在是一帖喝得会出汗的苦口良药"②；"可以据以批评近来中国之所谓同种的'批评'"，包括那些"以马克思主义文艺批评自命的批评家"③。关于译介片上伸的著作，鲁迅则说："至于翻译这篇的意思，是极简单的。新潮之进中国，往往只有几个名词，主张者以为可以咒死敌人，敌对者也以为将被咒死，喧嚷一年半载，终于火灭烟消，……现在借这一篇，看看理论和实践，知道势所必至，平平常常，空嚷力禁，两皆无用，必先使外国的新兴文学在中国脱离'符咒'气味，而跟着的中国文学才有新兴的希望。"④茅盾也曾指出："无产阶级艺术实在是正在萌芽"，这一"初生的艺术"不免有"内容浅狭"的毛病，而其根源则在于"作者观念的褊狭"⑤。

从这一时期中国作家们的创作实绩来看，最有成就的作家，除

---

① 鲁迅：《三闲集·序言》，见《鲁迅全集》第4卷，北京：人民文学出版社，1991年，第3页。

② 鲁迅：《〈文艺与批评〉译者附记》，见《鲁迅全集》第10卷，北京：人民文学出版社，1991年，第301页。

③ 鲁迅：《〈文艺与批评〉译者附记》，见《鲁迅全集》第10卷，北京：人民文学出版社，1991年，第302页。

④ 鲁迅：《〈现代新兴文学的诸问题〉小引》，见《鲁迅全集》第10卷，北京：人民文学出版社，1991年，第291—292页。

⑤ 茅盾：《论无产阶级艺术》，见《茅盾文艺杂论集》，上海：上海文艺出版社，1981年，第186、193页。

鲁迅外，巴金、老舍、曹禺、茅盾等也都是较多地受到19世纪俄罗斯文学的影响，而不是苏联文学的影响；路翎、艾芜、张天翼、沙汀等人，情况也是如此。与此相比照，较多受到苏联文学影响的作家，如蒋光慈、丁玲、周立波等，总体成就均不如以上作家。1932年，丁玲主编的《北斗》杂志曾举行关于"创作不振之原因及其出路"的讨论。郑伯奇、沈起予等人认为：掌握苏联"拉普"提出的"唯物辩证法的创作方法"是提高创作质量的唯一方法。阳翰笙在总结创作《地泉》三部曲的经验教训时，也强调运用"辩证唯物主义创作方法"的重要性。但正如苏联文学中不曾有过哪一位作家由于运用"辩证唯物主义创作方法"而写出了成功的作品一样，接受并运用这一方法的中国作家，也难能创作出优秀的作品来。同一时期其他接受苏联文学影响的作品，也都未能成为现代中国文坛上的佳作。

对于上述现象，身处当时语境中的中国作家们，有不少人是看得很清楚的。茅盾在1946年就曾指出：中国新文学现实主义方法的确立，重要原因之一是得力于俄罗斯文学，这一文学是靠屠格涅夫、陀思妥耶夫斯基、托尔斯泰、契诃夫和高尔基等作家来发挥张大的。这就又一次确认了19世纪俄罗斯文学对中国新文学的富有成效的影响。苏联文学对于中国文学的影响，主要是在文艺指导思想、文艺政策和批评方面，而不是在创作领域。

三、对"解冻"文学的译介和对"修正主义文学"的批判

50年代初期，苏联文学发生根本性的转折。爱伦堡的小说《解冻》（1954）的发表，标志着苏联文学发展新阶段的开始。从那时起，"奥维奇金派"的形成，"战壕真实派"的活跃，"集中营文学"的出现，暴露个人崇拜时期阴暗面的一批作品的发表，乃至重新审视历史的作品在艰难之中的完成，使得长期被抛弃的人道主义、现

实主义传统得到了恢复。苏联文坛的"解冻"之风迅速吹进中国当代文坛,相关的作品被及时地译介到我国来。当时的一些中国作家在访苏期间还有机会和这些作品的作者们直接交谈。苏联作家们围绕"解冻"文学而展开的讨论,文学界批判粉饰生活的倾向和"无冲突论"的文章,苏联作家第二次作家代表大会的发言和讨论等,也被介绍到我国来。

伴随着"解冻"文学思潮的激荡,中国当代文学幸运地迎来了自己短暂的"百花时代",并同样开始批判"无冲突论"和教条主义,反对粉饰生活,努力克服公式化概念化倾向,提倡"干预生活"。文学创作领域最引人注目的变化是现实主义精神的高扬,涌现了一批直面现实、真实反映生活中的矛盾冲突的作品,如王蒙的《组织部新来的青年人》,刘宾雁的《在桥梁工地上》、《本报内部消息》等。还有一些作品突破了长期以来在人性、人情问题上的教条主义束缚,以家庭生活和爱情婚姻为题材,揭示了人物丰富多彩的感情世界,如宗璞的《红豆》,陆文夫的《小巷深处》,邓友梅的《在悬崖上》等。与文学创作领域的变动相呼应,文艺理论界也一度呈现活跃之势。1957年出现的巴人的《论人情》、钱谷融的《论"文学是人学"》等文章,不仅肯定了人情、人性的客观存在以及在作品中予以表现的必然性,旗帜鲜明地呼唤人道主义回归,而且在一定程度上揭示了当时文学创作中公式化、概念化倾向的根源,成为那个时代文学理论探索的一部分标志性成果。在"解冻"文学思潮影响下,这一时期我国文学理论界的又一重要探索成就,是关于"社会主义现实主义"的讨论。苏联作家西蒙诺夫在全苏第二次作家代表大会上对"社会主义现实主义"的非议,直接引发了我国文学界秦兆阳、周勃、丛维熙、刘绍棠等人对于"社会主义现实主义"概念和定义的质疑;王若望、陈涌等人,也在当时发表的文章中表达了自己对于创作方法问题的独立思考。这一讨论可以说是"解冻"文学思潮在中国文坛所引起的最强烈、最深刻的震荡,也是中国文学力图摆脱政治禁锢、返回到自身的一次勇敢的尝试，并成为我国文学界怀疑和否定极左文学理论的先声。

然而，"更能消几番风雨，匆匆春又归去。"未过多久，由于苏共20大以后中苏关系的变化，对"修正主义"的警惕与批判，中国文学开始自觉地排斥当代苏联文学的影响。这就使得"双百方针"提出后我国文艺界一度出现的生气勃勃的景象很快就荡然无存，并导致文艺指导思想的进一步左倾化。1958年"日瓦戈医生事件"发生后，我国报刊很快就翻译、发表了苏联作家协会关于开除帕斯捷尔纳克会籍的决定，以及围绕这一事件塔斯社发表的声明、苏联《文学报》发表的社论和文章等。我国文学界对待肖洛霍夫的态度，前后也有明显的变化。50年代中期以前，我国报刊曾对肖洛霍夫其人其作进行了大量的宣传报道和肯定性评价，对他的《被开垦的处女地》（第1部）更是赞扬备至。肖洛霍夫荣获列宁勋章的消息，他给中国读者的一封信，都曾刊登在1955年《人民日报》上。可是，到了1965年，当肖洛霍夫获得诺贝尔文学奖，赢得了世界性声誉时，我国评论界对这位大作家却反而缄口不谈了。

60年代中期到70年代末，中苏两国内部社会政治生活各自发生的深刻变动，两国关系的进一步恶化，为两国的文学关系蒙上了一层浓重的阴影。这个时期的苏联文坛，一方面显示出"停滞"时代文学生活的特点（如加强控制、直接干预等），另一方面仍然出现了一些优秀作品。但这些作品几乎全部落在我国文学的接受视野之外。我们把当时的苏联文学一概称为"苏修文学"，并予以全盘否定。公开出版发行的当代苏联文学作品几乎绝迹，只有极少数作品的译文被作为"批判材料"得以在"内部发行"。那一时期，我国评论家们曾撰文声讨过爱伦堡、特瓦尔多夫斯基、西蒙诺夫、田德里亚科夫、特里丰诺夫、邦达列夫、瓦西里耶夫、舒克申等众多的苏联当代作家；肖洛霍夫更被作为"苏修文学"的大头目、"叛徒集团的吹鼓手"而受到全面的批判。但是在这个中苏、中俄文学关系史上的低谷期,却出现了十分奇特的接受现象,即在官方所允许的范围之外,中国读者从民间渠道对俄苏文学的"地下接受"。其具体接受途径,一是前此几十年间在我国出版的大量俄罗斯、苏联文学作品,包括从普希金、托尔斯泰到高尔基、肖洛霍夫等经典作家的作品,在这一时期虽然被禁读,却以特殊的方式在我国广大读者、特别是年轻一代读者中广泛地秘密流传;二是60—70年代在我国"内部发行"、供批判用的"黄皮书",以及刊登于《摘译》丛刊、或以"《摘译》增刊"形式出版的作品(主要是苏联当代文学作品),使我国读者得以结识爱伦堡的《人·岁月·生活》,特瓦尔多夫斯基的《焦尔金游地府》,索尔仁尼琴的《伊凡·杰尼索维奇的一天》,西蒙诺夫的战争三部曲,舒克申的《红莓》,特里丰诺夫的《交换》,艾特玛托夫的《白轮船》,阿克肖诺夫的《带星星的火车票》,叶夫图科的《〈娘子谷〉及其它》,巴巴耶夫斯基的《人世间》,沙米亚金的《多雪的冬天》,拉什金的《绝对辨音力》,等等。在这一书荒严重的历史时期,这些作品和以往俄罗斯文学史上以及全部中外文学史上那些保持着恒久艺术魅力的作品一起,无声而有力地滋养着许多被迫辍笔的作家,也同时培育着将活跃于中国当代文坛的新一代作者,如舒婷、乔良、张抗抗、梁晓声、郑义、叶辛等,为他们在历史新时期的复归与崛起,从一个方面准备了条件。

四、历史新时期的补译与对"回归文学"的引进

70年代末,中国当代文学终于结束了自己发展历程中的一个漫长的暗淡期,中俄(苏)文学关系也由此而进入一个新阶段。曾经为我国读者熟悉的19世纪俄罗斯作家的作品和50年代中期以前的苏联文学作品,以新的装帧和版式唤起人们对于往昔的忆念。随后便是对于50年代中期以来、特别是"停滞"时代的苏联作品的补充译

介，以及对于当代苏联文学新作的翻译。80年代，我国共有近70家出版社出版过俄苏文学作品。于是，自50年代中期至70年代末期计20余年间出现的译介空白，很快便得到了填补。这一时期内在苏联本土已在不同程度上被"正名"的作家，如布宁、安德列耶夫、叶赛宁、左琴科、米·布尔加科夫等人的作品，也陆续和中国读者见面。

随着作品的被译介而迅速对中国当代文学产生明显影响的作品，主要是在苏联"停滞"时代发表的作品，如瓦西里耶夫、艾特玛托夫、拉斯普京、舒克申、特里丰诺夫、阿斯塔菲耶夫等作家的作品。我国新时期出现的一批较优秀的军事题材作品，如徐怀中的《西线轶事》，李存葆的《高山下的花环》，朱春雨的《沙海的绿荫》，孟伟哉的《一座雕像的诞生》等，都不同程度地显示出瓦西里耶夫《这里的黎明静悄悄》、阿斯塔菲耶夫的《牧童与牧女》、拉斯普京的《活着，可要记住》等苏联当代战争文学作品的影响。这些作品的共同特色是：透过战争状态、军营生活探索人的精神世界，力求展现战争的残酷不能扼杀人性之美，有一种情感力量和道德原则渗透其间。从苏联当代作家个人的角度来看，这一时期在中国最有影响的当属艾特玛托夫。在古华的《爬满青藤的木屋》、张贤亮的《肖尔布拉克》、张承志的《黑骏马》、乔良的《远天的风》、朱春雨的《亚西亚瀑布》等我国新时期的文学作品中，都不难发现艾特玛托夫的《查密莉雅》、《我的包着红头巾的小白杨》、《别了，古里萨雷》和《一日长于百年》等作品影响的痕迹。

80年代中期以后，随着苏联社会政治生活再度发生的深刻变动，文学生活也发生了全方位的变化。"回归文学"就是在这种背景下出现的。它首先是指十月革命前近30年间白银时代的作品、三代流亡作家的作品，经过若干年月的风风雨雨，终于回归到广大读者中来。其中包括白银时代别雷、索洛古勃的小说，勃洛克、古米廖夫、曼德尔什塔姆的诗歌，别尔嘉耶夫、罗赞诺夫的哲学文化随笔；还有三代流亡作家发表于国外的作品，如布宁、列米佐夫、什梅廖夫、霍达谢维奇、苔菲、茨维塔耶娃、纳博科夫、索尔仁尼琴、布罗茨基的作品。其次，"回归文学"也指自20年代至80年代的漫长岁月中由于种种原因被禁止在苏联国内发表、被"搁置"或在遭到批判后被封存的作品，从被禁状态回归到自由状态，如高尔基的《不合时宜的思想》，扎米亚京的《我们》，皮里尼亚克的《红木》，普拉东诺夫的《切文古尔镇》，米·布尔加科夫的《大师与玛格丽特》，阿赫玛托娃的《安魂曲》，帕斯捷尔纳克的《日瓦戈医生》，格罗斯曼的《生活与命运》，雷巴科夫的《阿尔巴特街的儿女们》等。从1986年起，苏联各主要文学报刊、出版社开始重新发表或出版这些作品。这些曾长期处于被隔绝状态的作品，震撼了广大读者。除此之外，80年代中期以后还出现了一批当代作家反思本民族20世纪的历史、特别是个人崇拜和极权主义所造成的历史结果的新作品，其中影响较大有拉斯普京的《火灾》，阿斯塔菲耶夫的《悲伤的侦探故事》，艾特玛托夫的《死刑台》，别洛夫的《一切都在前面》等。这类作品往往引起当代俄罗斯读者最强烈的共鸣。

上述"回归文学"以及80年代中期以后的苏联当代文学作品，也很快就被译介到我国来，并在我国作家和读者中迅速引起回响。女作家张抗抗在1989年写道："因着复生的《日瓦戈医生》和《阿尔巴特街的儿女》，在我临近40岁的时候，我重新意识到俄苏文学依然并永远是我精神的摇篮。岁月不会朽蚀埋藏在生活土壤之下的崇高与美的地基。"①中国当代知识者在这些"回归"作品中的形象身上看到了那种由俄罗斯文化传统培育起来的面对苦难时的从容、自信与高洁。当代诗人王家新在读过曼德尔什塔姆、茨维塔耶娃和帕斯捷尔纳克的"回归"诗章之后说："西方的诗歌使我体悟到诗歌的

---

① 张抗抗：《大写的"人"字》，载《外国文学评论》，1989年第4期。

自由度，诗与现代人之间的尖锐张力及可能性，但是帕斯捷尔纳克的诗，茨维塔耶娃的诗，却比任何力量都更能惊动我的灵魂，尤其是当我们茫茫然快要把这灵魂忘掉的时候。"[1]王家新在自己的《瓦雷金诺叙事曲》、《帕斯捷尔纳克》等诗中，以深沉的忧伤和思虑体认了一个时代苦难的承担者的形象，并赋予这一形象以坚定地守护内心良知与人类整体原则的精神特征。当代散文家筱敏也从一系列"回归"的俄罗斯作家身上看到了他们所追求和呼唤的个性精神自由，并由此而进一步感受到俄罗斯文学与文化对中国知识分子的启示。

不过，从总体上看，中俄（苏）文学关系的蜜月期显然已经过去。这一现象有其历史的必然性。深受极左思潮之害的中国当代文学在反顾自身发展道路的时候，不可能忘记17年间实行"一边倒"所带来的不良后果。因此，中苏文学关系降温，对于中国当代文学而言，可视为摆脱和防范极左文艺思潮影响的一种表征。新时期的中国当代作家们把目光投向了更广阔的世界，注意吸收各国作家的艺术经验，建构起中国文学的崭新格局。所以王蒙说：时至80年代，"苏联文学在中国的影响，特别是对于当代中国作家的影响，呈急剧衰落的趋势。"[2]至少对于王蒙本人而言，情况正是如此。他的《苏联祭》一书表明，他所接触的俄苏文学作品，主要是苏联早期文学和"解冻"文学，他50年代的创作也主要是受到这类作品的影响。他乐意保留着自那时起对于苏联文学的认识与印象，不再打算阅读"回归文学"，也似乎觉得没有必要重新检视苏联文学。因此，作为一位作家，王蒙对于俄罗斯、苏联文学的认识和接受已经停止。另有许多中国当代作家虽然看到了俄罗斯民族在20世纪为世界

---

[1] 王家新：《回答40个问题》，见《对隐秘的热情》，太原：北岳文艺出版社，1997年，第277页。

[2] 王蒙：《苏联文学的光明梦》，载《读书》，1993年第7期。

文学所提供的，远不是他们早先所了解的苏联文学所包括的那些作品，但是他们却也不再具有接受这些"回归"作品的愿望和动力了。中俄文学关系史上的一个时代已然走向终结。

五、解体以来的补充接受和对当代文学的接纳

1991年苏联解体后，"苏联文学"成为一种历史现象。许多流亡作家回到了祖国，或恢复了俄罗斯国籍；国内作家不仅可以合法地把作品寄往国外发表，还获得了自由出国、回国的权利。俄罗斯本土文学与域外文学之间的界线被最终打破，两大文学板块的区分不复存在。原先的所谓"地下文学"也失去了存在的必要性，公然浮出地表。在新的时代氛围中，一些老作家依旧没有放弃对历史的思考和对现实的关注，在艺术方法上也继续沿着传统现实主义的道路前进，但又程度不同地借鉴了现代主义文学的艺术经验，推出了一批具有思想深度和创新意识的作品，如列昂诺夫的《金字塔》、雷巴科夫的《1935年及其后的岁月》、阿斯塔菲耶夫的《该诅咒的和该杀死的》、叶甫图申科的《不要在死期之前死去》等。从90年代初开始，后现代主义也逐渐成为俄罗斯文学中的一股强有力的潮流。哈里托诺夫的《命运线，或米拉舍维奇的小箱子》，马卡宁的《铺着呢子、中间放着花瓶的桌子》，加尔科夫斯基的《无尽头的死胡同》，索罗金的《玛琳娜的第30次爱情》等，都是值得注意的后现代主义作品。另外，以宣扬宗教教义或宗教哲学为主旨，渗透着浓厚的宗教意识的文学作品，也在图书市场上占有自己的地盘。在旧有的信仰破灭、人们的价值尺度发生重大变化之际，这类作品显示出一种特殊的优势。通俗文学作品，包括渲染个人隐私和各种"秘闻"、宣扬暴力和色情、煽动狭隘的民族主义情绪的作品，也有其量的优势，并拥有自己的读者群。这些文学现象纷然并存，一起改变着解体以来的文坛格局，使得俄罗斯文学的总体图像变得复杂

斑驳。上述作品虽然也被部分地译介到我国来，但无论在我国读者还是在作家中，都未能引起强烈的反响。

影响较大的是从解体前夕到解体以后我国文学界对20世纪俄罗斯文学理论的补充译介，主要包括俄国形式主义、巴赫金的诗学理论以及白银时代的理论批评成果。这三个方面曾经是我们在20世纪俄罗斯文论接受中的主要遗漏。其中，俄国形式主义曾带动了西方文论的革命性变革，影响深远。但由于它在本国的命运，在我国文学自20年代末大量摄取俄苏文论的潮流中，也几乎看不见它的身影。不过，姗姗来迟的俄国形式主义毕竟还是很快就汇入蜂拥而来的国外文学思潮中，参与了对中国文坛的冲击。新时期我国文学界关于文学本体论的讨论中涌现的形式主义文学本体论思潮，一些批评家对于文本本身、艺术结构和语言表达的自觉关注，都显示出俄国形式主义的影响。

巴赫金的诗学理论也是从80年代起才开始被译介到我国来，但它对我国文学理论和批评的影响更大。"对话"、"复调"、"狂欢化"等，成为研究者和批评家们常用的术语，在大量学术论著中频频出现，显示出在巴赫金影响下我国学者研究方法和视角的转换，如杨义的《楚辞诗学》、《李杜诗学》，严家炎的《论鲁迅的复调小说》，郑家建的《被照亮的世界——〈故事新编〉诗学研究》等。巴赫金的"狂欢化"诗学，也使我国研究者获得了一种新的视角，得以借助于这一理论重新考察文化史和文学史中的丰富现象，或近距离检视当下文化与文学生活的纷繁景观，从中发现极易被人们忽略的意义与价值。孟繁华的《众神狂欢：当代中国的文化冲突问题》，高小康的《狂欢世纪：娱乐文化与现代生活方式》，都呈露出巴赫金狂欢化理论影响的痕迹。

白银时代的理论批评遗产，如以弗·索洛维约夫为先驱、以别雷等为代表的象征主义理论批评，以别尔嘉耶夫、舍斯托夫为代表的宗教文化批评，以及阿克梅派文论、未来主义的语言学诗学理论，等等，在整个20世纪的进程中，也几乎完全未被我们所注意和接受。直到进入90年代以后，我国学术界才出现一股补充接受这份文学遗产的热潮，陆续出版了"俄罗斯白银时代文化丛书"、"白银时代俄国文丛"、"俄罗斯思想文库"、"俄罗斯白银时代精品文库"。这4套丛书的连续推出，以一种集约性规模和整体效应，迅速在我国读书界激起了反响。刘小枫的《拯救与逍遥——中西方诗人对世界的不同态度》、《走向十字架上的真》、《流亡话语与意识形态》等论著表明，白银时代的思想文化遗产，已经在20世纪晚期我国的文学和文化研究中发挥了作用。

　　进入21世纪，我国翻译出版界除了继续关注当代俄罗斯文坛的新作之外，还较为注意填补以往译介中的某些空白，或设法强化人们对于一些颇有成就和特色、但未得到应有重视的作家作品的认识。例如，2004年人民文学出版社出版了苏联作家巴别尔描写国内战争和苏波战争的短篇小说集《骑兵军》，随后又出版了《巴别尔马背日记》（2005）、《敖德萨故事》（2007）；2005年，长江文艺出版社推出5卷本《普里什文文集》，在生态文学与生态文学批评受到重视的背景下，强调这位"伟大的牧神"、"世界生态文学和大自然文学的先驱"的价值，等等。这些作品的译介固然进一步扩充、丰富了我国读者对于20世纪俄罗斯文学的认识，但是它们显然已难以在我国读者中激起以往曾经有过的那种回响了。苏联解体以来俄罗斯文学在中国的命运，从一个方面显示出我国文坛对于外来文学的接受在理论与创作、西方与俄罗斯之间的选择偏重。

　　回顾过去一个世纪的不同时期中国文学接受俄罗斯文学的不同侧重和多元取向，我们不能不感叹于俄罗斯文学的丰富多样，异彩纷呈。以任何一种单一的品性与特色来对俄罗斯文学进行概括的尝试都将是徒劳无益的，接受史上的每一次转换都在我们面前打开了一片新的文学天地。然而，不同的侧重和取向却是中国文学自身选择的结果。接受者民族的主观因素在这一选择中发挥着重要作用，它包括民族的历史传统、文化心理积淀、时代氛围和现实需求，它们共同决定了文学接受的着眼点、侧重及偏颇，其中具有决定性意义的是现实需求。恩格斯早就说过：某种学说的流行程度，与实践对它的需求成正比。外国文学在我国的传播也是如此。批评家卢卡契在谈到不同文学之间的关系时说得更为具体："只有在一个国家的文学发展中需要一种外来的刺激，一种动力，为它指出一条新路的时候——一旦文学发现本身出现危机，它就会有意识地或者下意识地寻求一条出路——外国作家才能真正有所作为。"[①]中国文学在20世纪几乎是宿命般地把俄罗斯文学作为自己着重摄取的对象，并在不同阶段有着差别明显的接受取向，恰恰为不同文学之间的传播、影响和接受的上述规律提供了有力的佐证。

[①] 卢卡契：《托尔斯泰与西欧文学》，见《卢卡契文学论文集》（2），北京：中国社会科学出版社，1981年，第452—453页。

俄罗斯文学精神与中国新文学的总体格局的形成[①]

在中国新文学的成长过程中,始终有着外国文学的多元的、复杂的影响,其中最为显著的无疑是文艺复兴以后欧美现实主义文学,特别是19世纪俄罗斯文学的影响。这一历史现象对于我们考察中外文学关系,认识中国新文学总体格局赖以形成的外部条件,有着重要意义。

中国新文学在摄取外国文学时,把目光着重投向俄罗斯文学,并非偶然现象。文艺心理学在论及审美心理时,有"审美习惯心理"与"审美探究心理"之说。从审美主体(读者)的角度而言,前者过强,即造成审美意识的守旧,排斥文学中的变革与突破;后者过盛,则造成追逐"新潮",盲目赶时髦。在这两者之间保持某种平衡可能是最恰当的审美心理,虽然这也因人而异。从审美对象(作品)的角度来看,过于迁就"习惯心理",常由于内容与手法的陈旧而令读者生厌;力图迎合"探究心理",则往往因过于"新潮"而令人不知所云。最能够被广泛接受的作品,可能是位于人们的"习惯"与"探究"心理之间的作品。正是这两种心理制约着、决定着人们的审美接受水平。如果说,一个民族也有一定的审美接受水平的话,那么,它最容易、最乐于接受的往往是符合这一水准的外来文学。这种外来文学,一方面应当是来自一个与本民族的历史文化传统及现实状况有着某些相近之处的民族,它比较接近本民族的审

[①] 本文原载《国外文学》,1992年第4期。

美习惯心理；另一方面，它在思想内容、表现形式和艺术风格上，又有一些新的成分和因素，可以满足本民族的探究心理和求新意识。当中国新文学开始起步，并将求索、选择的目光投向周围世界时，它便发现俄罗斯文学是最符合本民族审美接受水平的文学。

中俄两国有很多相近之处。两国的经济发展水平差距不大，长时间内都是一个农业国。20世纪初，俄国资本主义才获得中等程度的发展，比中国稍稍先进一些，但无法同西方工业国家相比。中俄两国的封建制度都延续了一个较长的历史时期。进入20世纪，两国的反封建任务都还远未完成。因此两国人民的反封建、争民主的意识是共同存在的，而俄国的觉醒又稍先于中国。经济、政治条件的接近，使中俄两个民族的文化心理结构也有很多相似之处。俄罗斯是半个东方国家。为亚细亚的生产力式所决定，中俄两个民族的观念形态、思维习惯、心理特点和情感表现方式，都颇为接近。人们有一种朦胧的变革愿望，却苦于无路可走。宿命论、无为主义、理智的惰性与个人责任感的不发达，是两个民族国民性共同的病弱特征。但西方先进思想文化在俄国的传播又略早于中国。两个民族中较早接触到先进思想和文化的有识之士，都欲唤起民众意识的觉醒，推动本民族走向世界，走向现代。

中俄两国在思想文化方面的一个重要的共同特征是思辨哲学不发达，仅在"实用理性"方面有一定建树。哲学在社会生活中的作用极不明显。这与西方一些国家的情况恰成对照。在法国，18世纪的唯物主义哲学革命成了政治革命的先导。在德国，以康德为起点，由黑格尔总其成的"古典哲学"，带来了本民族思想领域的革命性变革，使得一个长期落后的国家跨入世界先进国家的行列。法国笛卡尔的唯理主义，英国洛克等人的经验主义，美国爱默生的超验主义，甚至铸造了、改变了一个民族的精神面貌。中俄两国却缺乏这样的大哲学家，文学不得不承担在其他国家通常是由哲学或其他社会科学所担当的任务：传播先进思想文化，启迪民众，唤醒人心。在俄国，文学成为"唯一的讲坛"。在中国，"文以载道"是历代几乎所有文学家的共识，所不同的只是"道"的具体内涵。文学在社会生活中的相同的地位与作用，使得俄罗斯文学在中国文学家的眼中显得特别亲切；它所发挥的作用，更为中国作家所注目。

上述诸方面，共同构成了中国新文学着重摄取和接受俄罗斯文学的内在必然性。

中国新文学的伟大先驱者和旗手鲁迅早就认识到："俄国文学是我们的导师和朋友。"以鲁迅为代表的一批先知先觉者，在建构我国文学的新格局，将中国文学引向现代的过程中，是以俄国文学为主要参照系的。鲁迅本人即是卓有成就的俄国文学翻译家、研究家和介绍者。茅盾、瞿秋白、郑振铎、巴金、郭沫若、郁达夫等人，在译介、研究俄国文学方面也都作出了自己的贡献。叶圣陶、老舍、曹禺、周扬、冯雪峰、蒋光慈、王统照、艾芜、张天翼、路翎、田汉、夏衍、丰子恺、陈白尘等人，都同俄罗斯文学有着这样那样的关系。正如他们的文学活动，不是单个人的活动，而是整个中国新文学运动的一部分；他们对俄罗斯文学的选择、译介和吸收，也不是个别人的行为，而是融汇到了建构中国新文学的体系这一框架中。所有这些活跃于中国现代文坛的著名作家，均以各具个性色彩的个人接受，为中国新文学总体格局的形成作出了贡献——或许不一定都是自觉的。于是，我们便看到，在中国新文学的总体格局中，清晰地呈现出俄罗斯文学的渗透与滋养。从宏观上考察中俄两国文学，我们会发现两者有着许多相近、相似的精神、基调和特色。

一、民主主义、人道主义精神

民主主义、人道主义是反封建斗争的理论表现。中俄两国人民反封建的共同历史任务，决定了两国文学的民主主义、人道主义精神。以普希金为先导的 19 世纪俄国文学，始终把民主主义、人道主义作为自己的旗帜。俄国文学繁荣的开始，正是俄罗斯民族民主意识觉醒的开始。俄国作家曾张扬个性主义，意在反对封建传统对人的扭曲，对人性的扼杀，强调尊重个性，尊重个性的价值。但是他们并未局限在个性解放的圈子里，而是在人道主义的旗帜下，反对社会压迫，主张人人平等与自由；反对封建专制，追求民主理想。因此，俄国文学的重要内容之一，便是暴露封建专制农奴制的黑暗，揭露贵族统治者的罪恶，描写下层人民的不幸与苦难，表现普通人的美好而丰富的精神世界。由于俄国民主力量反封建的斗争贯穿整个 19 世纪，延伸到 20 世纪，因而全部俄国文学便显示出与社会解放运动相联系的特色。这种联系使它获得了活命之水，使它始终保持着鲜明的当代性和深刻的人民性。俄国文学从题材、人物、主题，到体裁、语言等，都显示出民主主义、人民性的特点。

中国新文学的奠基者和大师们注意到了俄罗斯文学的这种特点。鲁迅先生说：中国作家从俄国文学中，"看见了被压迫者的善良的灵魂、的辛酸、的挣扎"，并且，"从文学里明白了一件大事，是世界上有两种人：压迫者和被压迫者！"鲁迅认为，这是"一个大发现，正不亚于古人的发现了火的可以照暗夜，煮东西。"鲁迅和他的追随者们对俄罗斯文学的仰慕与尊崇，首先在于它的民主主义精神。

以五四新文学为开端的中国现代文学，在鲁迅等人的引导之下，同样把民主主义作为自己的思想基础。中国新文学高举五四的民主旗帜，经历了从张扬个性主义到推崇人道主义，再到正面表现新民主主义运动这样一个发展过程。中国新文学起步之初，曾侧重于揭露封建礼教"吃人"的实质，发出"救救孩子"的呼喊，肯定追求个性自由、个人幸福的权利；继而则着重暴露阶级压迫的残酷性，描写统治者的残暴堕落与下层人民的苦难与不幸，强调后者也是人，甚至在精神上、道德上更为高尚，为"小人物"呐喊；后来，又转向较多地正面表现工农革命运动，知识分子的抗争，以迫害与反迫害、镇压与反抗，挣扎与崛起为常见的主题。对中国新文学30年历史的纵向考察，使我们不难发现它同现代中国的民主主义运动是大致同步的，是反封建思想革命的一个组成部分。有民族良心和艺术良心的中国现代作家，不可能维护封建主义，不可能偏离现代中国的民主化进程。全部中国现代文学与俄罗斯文学一样，浸润着民主精神。与民主主义精神相联系的平民意识，也共同存在于中俄两国文学中，主要表现为对人民苦难的深切同情，力求表达人民大众的情绪和呼声；描写知识分子往往从他们与人民的关系、他们对人民的态度这一角度出发；尽量采用能为普遍读者所易于接受的艺术形式。

二、"为人生"的主导意向

19世纪俄罗斯文学显示出"为人生"的鲜明意向。文学"为人生"，就是对人、对人的命运、对民族命运的关注。文学是人学，也理所当然地要反映人的生活和命运，表现人的思虑和情怀，为人的解放，为人性的健全发展而呼喊。从"为人生"这一主导意向出发，俄罗斯文学在"社会批判"和"民族文学心态批判"这两个层面上得到了全面的拓展。在"社会批判"的层面上，俄罗斯文学围绕"社会与人的冲突"这一主题，描写了社会压制人、戕害人、扭曲人的现实，其基本思想指向是改变现存社会制度，重新安排社会秩序。在"民族文化心态批判"这一层面上，俄罗斯文学着眼于"人性美点与陋习之间的冲突"，描写了一系列"几乎无事的悲剧"，揭示出由历史积淀形成的人们的习惯心理、思维定式和处事方式，正是阻碍人们自身发展完善的无形网索，也是民族历史前进的障碍，意在促进民族文化心理素质的提高。果戈理、尼·乌斯宾斯基、格·乌斯宾斯基、契诃夫、布宁和高尔基等，在这一方面都颇有成就。在上述两个层面上展开的俄罗斯文学,充分显示出"为人生"的主导意向。

中国新文学着重摄取俄罗斯文学的一个着眼点也正在于此。鲁迅曾指出:"俄国的文学,从尼古拉斯二世时候以来,就是'为人生'的,无论它的主意是在探究或在解决,或者堕入神秘,沦于颓唐,其主流还是一个:为人生。"茅盾也曾经写道:"俄人视文学又较他国人为重,他们以为文学这东西,……不但要表现人生,而且要有用于人生。"鲁迅、茅盾等人的阐释、倡导与示范,为中国新文学"为人生"主导意向的确立开辟了道路。"文学研究会"在这方面也建立了不可否认的功勋。这一组织旗帜鲜明地提出"文学为人生"。从"为人生"出发,这一派作家主张"文学应该反映社会的现象,表现并且讨论一些有关人生一般的问题。"他们认为"表现社会生活的文学是真文学",强调"在被迫害的国度里",作家应该注意观察和描写社会的黑暗、人们生活的痛苦以及新旧两代思想上的冲突。

中国新文学史上的另一重要团体"创造社",一般被认为是尊重天才、为艺术而艺术、注重表现自我的。它的主要成员受"狂飙突进"运动和19世纪初欧洲浪漫主义的影响,甚至有一些唯美主义倾向。但他们又不同于欧洲浪漫主义者,更有别于唯美主义者。他们的作品大都具有强烈的反封建意识与民主色彩,关注现实,并不脱离"人生",特别是郭沫若的诗歌、郁达夫的小说,而他们两人都受到俄国作家屠格涅夫的影响。国内有的研究者曾对鲁迅、郁达夫作过比较研究,认为他们都是注重表现社会人生的,但表现的角度不同:鲁迅是从民族生存和发展的整体出发,从整个社会文化和国民精神的改造出发对当时的社会人生进行艺术表现的;郁达夫的小说则是从个体对自我幸福的追求出发表现社会人生的。这是他们从两个不同角度所进行的人生开掘。鲁迅的《狂人日记》是中国新文学中的第一篇白话小说,郁达夫的《沉沦》则是第一本白话小说集。

立足于现代小说源头的两大作家的追求与探索,显示出"为人生"事实上是整个中国新文学的主导意向。

与俄罗斯文学相比,中国新文学"为人生"的意向,并不限于在社会批判和民族文化心态——国民性批判两个层面上展开。毫无疑问,这两种批判构成了中国新文学的基本思想内容。但是20年代末"太阳社"的出现,随后的左翼作家联盟的成立与活动,则给中国新文学注入了新的内容:对革命武装斗争的正面表现,对人民英雄主义的热情歌颂。如果说,俄罗斯文学的主要功绩在"暴露"和"批判"上,那么中国新文学,特别是30年代以后的文学,则在"暴露"和"歌颂"两个方面显示出它的内容特色。而且,中国新文学的批评锋芒,在鲁迅去世之后,更集中于社会批判上。在这当中,有着民族现实需要的制约作用。

三、使命意识:作家创作活动的内驱力

由于俄罗斯文学在社会生活中的特殊作用,俄国作家大都清楚地意识到自己所肩负的使命与职责,往往有一种"为民请命"、"救民于水火"、唤起民众觉醒的自觉意识。这种使命感是俄国作家进行文学活动的主要内驱力。俄罗斯文学与"纯艺术论"、唯美主义常常是格格不入的。十二月党诗人曾经以充沛的公民激情铸成昂扬的诗句,召唤人们同沙皇暴政作斗争。普希金是追求和讴歌自由的歌手,曾在自己的诗作中直接抨击沙皇本人。诗人涅克拉索夫曾写道:"你可以不做诗人,但必须做一个公民。"他的几乎全部诗作都用于唤起人民的觉醒与反抗,因此被称为"公民诗人"。车尔尼雪夫斯基将文学作品看成"生活的教科书",正是强烈的使命意识驱使他在监禁和流放的艰难条件下写下了小说《怎么办?》和《序幕》。列夫·托尔斯泰自觉地担当起千百万俄国农民思想情绪的表达者的重任。契诃夫一生致力于同俄罗斯人的"庸俗"作斗争,力求使人们

看到自身的文化心理弱点，呼唤新的民族精神的诞生。高尔基则将"唤起人们对于生活的积极态度"作为文学活动的目的。他的社会批判，使他遭到盯梢、逮捕和监禁。他的民族文化心态批判，又招来许多误解和攻击。他可以舍弃一切，唯独不能忘却自己的使命。

没有哪一个国家的文学中出现过像俄罗斯文学中出现的如此众多的革命者、思想领袖、人民利益的捍卫者。俄国作家的叛逆性格和批判精神，使他们往往逃脱不了被捕、监禁、流放、苦役的命运。赫尔岑说得好："我们的全部文学史，就是一部殉道者的史册，放逐者的列传。"正是使命意识使俄国作家的创作有了强大的动力，使他们具备了不向命运低头的意志品质。

中国现代作家的使命意识固然不只是外来影响的产物，但俄罗斯文学、俄国作家作为一种典范或参照，无疑是强化了中国作家的使命感。鲁迅在《呐喊·自序》中有一段大家所熟悉的话，谈及自己弃医从文的思想动因，即通过"提倡文艺运动"来改变国民精神。他后来还多次重申："救国之道，首在立人，人立而后凡事举。"鲁迅是怀着改变国民精神、"立人"的使命意识而投身文学活动的，这种使命意识制约着他的全部创作。另一现代著名作家茅盾也有着明确的社会政治理想，他的文学活动是同他实现这种理想的努力相联系的。巴金离开社会政治生活似乎较远，但他却以其创作为人们认识旧中国的黑暗现实提供了逼真的图画，并力求让人们透过浓重的夜色，看到理想未来的曙光。左联五烈士更是怀抱着强烈的使命意识投身文学的，且用鲜血给中国新文学史抹上了一层淡淡的血痕，显示出我国现代文学的发展史不啻是一部悲壮的抗争史、奋斗史。

朱光潜、沈从文等现代作家，看起来似并无使命意识，其实不然。纵观他们的文艺观，可以看到，一方面，他们反对文学创作以侦探、色情、黑幕、风花雪月、口号教条为内容；另一方面，又主张文艺要与生活保持距离，提倡"冷静超脱"，推崇"静穆"。这事实上是"人要有出世的精神方能做入世的事业"的"无所为而为"（朱光潜语）的思想在文艺问题上的投射。"入世"、"为"，其实就是使命意识的一种表现。有人认为这些作家与俄国文学无甚联系，这也是一种错觉。沈从文在谈到自己所受外国文学影响时，仅提到三位作家：屠格涅夫、莫泊桑、契诃夫。其中有两位是俄罗斯作家。而朱光潜，则是别林斯基的推崇者，正是他极有见地地发现了别林斯基有着黑格尔式的深邃和严密。

四、主潮：现实主义

现实主义是19世纪俄罗斯文学的主潮，这是人所共知的事实。应当强调指出的是，在全部19世纪俄罗斯文学中，我们甚至划分不出一个浪漫主义时代。文学史家们一般认为：19世纪头25年，是"俄国文学完成了由古典主义和感伤主义向浪漫主义的过渡"的时代。但就在这个时期，克雷洛夫的寓言，纳列日内的小说，格里鲍耶陀夫的喜剧已为现实主义开辟了道路。1800—1825年间，事实上是多种文学思潮并存、现实主义显示出前进发展之势的时期。自1825年以后，现实主义则成为俄国文学中的主要潮流、甚至是唯一的文学运动了。70年代以后，当现实主义在西欧各国开始出现衰落趋势时，俄国现实主义仍在大踏步进展，取得了举世瞩目的巨大成就。它一直延伸到20世纪，虽几度陷入低谷（由于外部原因），却始终没有丧失其巨大的凝聚力和感召力，依然是俄罗斯文学的主流。

中国新文学的现实主义方向的确立，如茅盾所言，一个重要原因是得力于俄罗斯文学。茅盾指出："'五四'以来，中国新文艺的道路是现实主义的道路，构成中国现实主义文艺的因素不只一个，中国文学的优秀的传统而外，欧洲古典文学的影响，都是应当算进去的；但是高尔基的影响无疑地应当视为最直接而且最大。"这是茅盾1946年纪念高尔基逝世十周年时所说，故特别提到高尔基。茅盾还曾说过:"全部俄国文学主要是靠五位作家发扬光大的,这就是屠格涅夫、陀思妥耶夫斯基、托尔斯泰、契诃夫、高尔基。这些作家的现实主义创作所汇成的强大的现实主义潮流,不仅雄霸俄国文坛,而且影响了中国新文学的方向"。鲁迅所译介的普列汉诺夫、卢那察尔斯基的文艺理论著作,周扬所介绍的别林斯基、车尔尼雪夫斯基的文艺思想,《小说月报》等一大批刊物所陆续推出的俄国现实主义作家作品的译文,从理论与创作两个方面滋养着现代中国文坛,促进了中国新文学现实主义主潮的形成,并使之不断发展与深化。

五、体裁样式:问题小说与社会小说

欧洲19世纪现实主义文学的功绩之一,是创造了、完善了社会小说这一文学样式,使它成为综合反映整个时代各阶层的生活风尚和错综复杂的历史事件的广阔社会画卷。在俄国文学中,社会小说及社会心理小说同样是得到充分发展的文学样式,屠格涅夫、列夫·托尔斯泰、陀思妥耶夫斯基等作家主要以这类样式的作品蜚声于文坛。同时,俄国现实主义文学又是一种"问题文学",它提出了、触及了当代社会生活中的一系列重大问题。最能显示出俄国文学作为"问题文学"之特征的作品,有赫尔岑的《谁之罪?》,车尔尼雪夫斯基的《怎么办?》和涅克拉索夫的《谁在俄罗斯能过好日子?》等。这些作品所提出的种种问题,牵动了社会舆论的神经,引发人们思考,催动着民众意识的觉醒,充分显示出文学的良好社会作用。

在俄国文学的影响下,中国新文学自五四起即开始出现问题文学——问题小说和问题剧。成就突出的是问题小说。陈望道、茅盾等人指出:问题小说就是"以劳工问题、子女问题以及伦理、宗教等等问题中或一问题为中心的小说"。周作人认为它"是近代平民文学的出产物","就是论及人生诸问题的小说。"鲁迅从《狂人日记》

开始的短篇小说，如他自己所说，"原意其实不过是想将这示给读者，提出一些问题而已"。胡适的《一个问题》，汪敬熙的《谁使为之？》，罗家伦的《是爱情还是痛苦？》，叶绍钧的《这也是一个人？》，冰心的《两个家庭》、《斯人独憔悴》等，都是较早出现的问题小说。问题小说体现着作家密切关注现实的倾向。这种文学样式一直延续到我国当代文学中。

我国现代文学史上的另一些著名作家，如茅盾、巴金等人的小说，大都属于社会小说或社会心理小说。在他们的创作中，可以见出列夫·托尔斯泰、屠格涅夫、契诃夫和高尔基的有力影响。这同样是俄罗斯文学在作品的体裁样式上影响中国新文学的例证。

六、描写对象：农民、小人物、知识分子和女性形象

俄罗斯文学的民主主义、现实主义精神，俄国作家的使命意识，决定了俄罗斯文学在描写对象方面的独特性。如果说，19世纪的法国文学以刻画形形色色的资产者著称，英国文学则着力展示了工业资本主义迅速发展之后所带来的种种社会矛盾，均以写角逐竞争、尔虞我诈、道德沦丧见长，那么，在俄国文学中，也有为其历史发展水平和时代特征所决定的主要描写对象，也就是农民形象、小人物形象、知识分子形象和女性形象。

俄国长期的封建农奴制，使得农民的命运始终是俄罗斯作家们所关注的重心之一。普希金的《上尉的女儿》，果戈理的《死魂灵》，屠格涅夫的《猎人笔记》、《木木》，涅克拉索夫的诗篇，托尔斯泰的《复活》、《黑暗的势力》及一系列中短篇小说，契诃夫的《农民》、《在峡谷里》，高尔基的和布宁的小说，都描写了不同时代的农民生活，刻画了一系列俄罗斯农民形象的画廊，从各种不同的角度提出了农民问题：不仅有农奴制度下农民的处境问题，还有农奴制改革后，资本主义侵入农村所引起的农民命运变化的问题；

既展示了农民丰富的精神世界，又涉及农民自身的弱点和陋习，从民族文化心理特征的角度显示出农民问题的复杂性。众多的描写农民形象的作品，体现了俄罗斯文学的人民性。

各类小人物形象，如小公务员、小手工业者、小商人、城市贫民、潦倒的知识分子和破落贵族子弟等，也是俄罗斯文学中常见的描写对象。《驿站长》（普希金）、《外套》（果戈理）、《穷人》（陀思妥耶夫斯基），《苦恼》和《万卡》（契诃夫）等，都是描写小人物的名篇。这类作品，或突出社会环境对小人物的压制、损害与扭曲，或暴露小人物自身的精神心理病灶，或将两个方面结合起来，充分显示出俄国作家的使命意识。

俄国文学中还出现过各个时期各种类型的知识分子形象，如"多余的人"形象，平民知识分子——"新人"形象等。透过这类形象，俄国文学着重探讨了知识分子同人民的关系，知识分子的历史地位与作用，知识分子的命运和出路等问题。这类形象是19世纪俄国文学中得到天才加工的艺术形象。高尔基说：在俄国文学里，知识分子"内心生活的全部历史，是特别详尽、深刻、而且忠实地被描画出来。"文学成为知识分子心灵历程、精神历程的形象描述，其中有不少作品带有自传性质，往往是作家生活史、心灵史的艺术写照。这一特点使俄国文学具有特殊的魅力。

女性形象在俄罗斯文学中同样占有重要位置。没有哪一个西方国家的文学，像俄国文学那样塑造了如此众多的心灵优美、品质高尚的女性形象。《叶甫盖尼·奥涅金》中的达吉雅娜，《罗亭》中的娜塔莉娅，《贵族之家》中的丽莎，《前夜》中的叶琳娜，《大雷雨》中的叶卡杰琳娜，《怎么办？》中的薇拉，《白痴》中的娜斯塔谢娅·费里波夫娜，《安娜·卡列尼娜》中的同名主人公，《战争与和平》中的娜塔莎，《复活》中的玛丝洛娃等，都是俄罗斯文学女性形象画廊中光彩照人、各具个性的人物。在这些形象身上，或寄托着作家的社会道德理想，或蕴含着强烈的社会批判意义，或暗示出社会意识变动的信息；但更重要的是，她们是一个个活生生的俄罗斯人，显示着俄罗斯人生活与精神面貌的一个重要侧面。

中国新文学在描写对象方面与俄罗斯文学有着惊人的相似性。这既是俄罗斯文学的民主主义、现实主义精神的渗透使然，又是与俄国国情相近的中国国情所决定的。中国是一个农业国，农民问题之重要使得农民形象始终是新文学注目的重心。鲁迅的《故乡》、《祝福》、《阿Q正传》，茅盾的农村三部曲，一直到赵树理、李季、丁玲、周立波、柳青等人的作品，均塑造了个性鲜明的农民形象。各部作品都有特定的时代内容，却又从总体上勾画出中国农民的历史命运和精神变动的轨迹，提供了现代中国农民生活的完整图画。

在俄国文学的影响下，特别是在果戈理、契诃夫、高尔基等作家的影响下，小人物形象也成为现代中国作家所着重描写的对象。鲁迅的《狂人日记》与果戈理的同名作品，巴金的《第四病室》与契诃夫的《第六病室》，张天翼、艾芜的中短篇小说与高尔基的作品之间，都有着明显的借鉴和影响关系。上述中国作家及茅盾、老舍、沙汀等人的众多的描写小人物的作品中，有着俄罗斯文学的民主主义精神与人民性、现实主义精神和俄国作家的使命意识的多重影响。

同俄国文学一样，知识分子形象在中国新文学中也占有显著的位置。鲁迅的《在酒楼上》、《孤独者》、《伤逝》，茅盾的《蚀》三部曲、《虹》和《路》，巴金的激流三部曲和他的大部分作品，叶绍钧的《倪焕之》，郁达夫的大部分小说，路翎的《财主底儿女们》等，描绘了现代中国史进程中各个时期的知识者形象。中国作家也像俄国作家那样，往往在知识分子形象身上，凝铸了自己的感情，表现了自己的苦闷、探索与希求。在这方面，屠格涅夫、契诃夫等作家的影响是明显的。

中国新文学中的女性形象可以分为两大系列，一类是知识者女性，另一类是下层妇女形象。前者如茅盾笔下的章静、梅行素，巴金笔下的琴、淑英、淑华，叶绍钧笔下的金佩璋（《倪焕之》），郁茹笔下的罗维娜（《遥远的爱》）等；后者如祥林嫂、小福子（《骆驼祥子》）和路翎笔下的郭素娥（《饥饿的郭素娥》）等。在这当中，巴金笔下的女性形象与屠格涅夫笔下的女性形象之间，有着一定的影响—接受关系；而郭素娥形象身上则有着高尔基笔下的玛莉娃（《玛莉娃》）的影子。类似的例子尚可举出很多。

由于文学接受过程中接受者民族一方文化传统的参与作用，中国文学在接受俄罗斯文学影响时，有意无意地忽略了后者的思辨色彩、忏悔意识和心理分析传统。这些方面虽然也是俄罗斯文学的重要特色，却没有受到中国现代作家的普遍青睐，没有影响到中国新文学的总体格局和基本特色。在包括俄罗斯文学在内的外国文学的影响之下形成的中国新文学，尽管在基本构架、总体特色方面深受俄罗斯文学精神的影响，却不是它的重复和照搬。中国新文学既是传统文学在其发展中出现的一次断裂、转换之后的结果，又是五四以后中国社会生活的必然产物。俄罗斯文学精神的渗透与滋养，只是使得中国新文学的总体格局得以形成的外部条件之一。

关于20世纪俄罗斯文学研究的反思[①]

20世纪俄罗斯文学研究在我国已经具有很长的历史,取得了重要的成就,也产生过巨大的影响。可以说,20世纪中国文学的几乎全部进程,都始终伴随着同时期俄罗斯—苏联文学的影响。因此,在20世纪中国文学的丰饶实绩之中,就有着中国俄罗斯文学翻译、研究、教学和出版工作者的披荆斩棘之功。回望我国20世纪俄罗斯文学研究的历程,我们深感几代研究者洒下的辛勤汗水,已经浇灌出了一批值得我们引以为荣的成果。这些成果不仅促进了20世纪中国文学的发展,也为往后俄罗斯文学研究的进一步深入奠定了牢固的基础。

当然,这样说并不意味着我国的20世纪俄罗斯文学研究是完美无缺的。事实上,目前的研究中还存在着一系列值得注意的现象和问题。如有的研究者在逐渐看到了苏联文学发展中的某些局限、缺失和弊端之后,缺乏足够的耐心重新面对20世纪俄罗斯文学,基本上把它作为一种"左"的文学在总体上予以排斥。有位长期从事俄苏文学研究的高校教师在退休以后感叹道:如果我是学英语、从事英美文学研究的,或者早些时候改换研究方向,无论是从事文艺理论研究还是中国现当代文学研究,恐怕早就不像今天这样默默无闻了。言外之意,似乎认为自己研究俄苏文学是吃了亏,上了当,因为研究对象本身就是一种极左的、没有思想和艺术价值的文学。与

[①] 本文原载《当代外国文学》,2003年第1期。

此相对应，一些从事其他语种文学研究的研究者，在庆幸自己没有误入俄苏文学研究"歧途"、因而产生一种或明或暗的优越感的同时，更以自己不太丰富的俄苏文学史知识为依据，把它视为一种缺乏艺术性的公式化、概念化文学的标本。

另外一些研究者则对俄苏文学怀有真挚而深厚的感情。这一文学是他们毕生的事业和追求所在，曾经维系着他们的青春、理想和无数难以忘却的美好时光。现在，当他们看到像王蒙所说的那样，苏联文学在中国的影响"呈急剧衰落的趋势"①，不免感到十分痛心。当他们发现有人要对俄苏文学进行重新评价，或根据某些他们不熟悉的新资料对他们所熟悉的文学现象进行重新阐释时，他们感到实在是难以接受。在他们看来，重新评价俄苏文学，和把苏联文学看成是一种极左的文学、并从总体上加以排斥，这两者其实是一回事。他们自己则热衷于继续对苏联文学进行一种理想化的描述和阐释，将这种文学视为具有高度思想性和艺术性的"新质"文学，并希望广大读者也能像他们一样热爱俄苏文学。作为对这种理想化的描述和阐释的一种支撑，在他们的有关言说中，往往伴有对当年阅读苏联文学作品的动人情景的深情回忆，伴有苏联文学曾经给几代人以良好的教育和影响的生动例证。

以上两类研究者的观点，应当说是截然相反的，但是他们也拥有相同的东西，即他们从总体上予以排斥、否定或竭力进行肯定、推崇的对象，其实都是一致的，基本上都是以往的苏联文学史著作所论述的那些作品，或者说，至多是半部20世纪俄罗斯文学史。

与上述研究者的视角和方法不同的是，有一些研究者似乎是根据一种"想当然"的逻辑推理方式，或对20世纪俄罗斯文学作出某种缺乏依据的描述，或对某些文学现象与问题作出某些违背史实的评说。例如，某大学中文系的一位教授在他的一本专著中写道：苏

---

① 王蒙：《苏联文学的光明梦》，载《读书》，1993年第7期。

联文学中存在着一个"由叶赛宁、布宁、阿赫玛托娃、茨维塔耶娃、帕斯捷尔纳克等所代表的传统,一个关心人性、人的精神境遇的传统。"①这种不确切的描述,可能是既缺乏对所列举的作家的文学成就、创作个性和艺术特色的深入了解,又没有顾及20世纪俄罗斯文学的完整进程,因而给人以似是而非之感。在对某些具体文学现象的评说中,情况也与此相似,如另一大学的一位美学家在他的一篇文章中写道:"拉普"提出所谓"辩证唯物主义创作方法",曾经"得到高尔基等人的认同"②。这一说法其实是缺乏根据的。高尔基没有在任何场合、以任何形式"认同"过"辩证唯物主义创作方法"。相反,他倒是多次严肃批评过"拉普"的霸道作风和庸俗社会学观点,他自己也不止一次受到"拉普"的攻击。另外,还有些人对高尔基的"晚节"、"人格"提出这样那样的责难,在一次"中青年文学评论家座谈会"上,有位学者甚至说什么"高尔基阻碍了中国文学的发展",大有予以彻底否定之势。这同样是出于对高尔基的晚期思想、境遇和创作缺乏真正的了解。类似的情况,也出现在对20世纪其他一些俄罗斯作家的评说中。

  还有一些评论者乐意采取简单颠倒的观照方式,在解构旧有"神话"的同时试图建构某种新的"神话"。如有位先生在他编的《重读大师》一书序言中写道:"被某一代人奉为圭臬、顶礼膜拜的,到了另一个时代,很可能一钱不值,显得尴尬而可笑。这样讲可能极端了一些,但至少,大师们的'季节性'变化却在所难免。比如高尔基、索尔仁尼琴、张爱玲等这些人物,二十年前的人们与今天人们的看法就绝不相同。"③在这位编者看来,所谓"重读大师"、"重构经典"、"重写文学史",似乎就是顺应这种"季节性"变

---

① 《百花时代》,济南:山东教育出版社,1998年,第12页。
② 周来祥:《现实主义在当代中国》,《文艺报》,1988年10月15日。
③ 祝勇:《重读大师:一种谎言的真诚说法》,北京:人民文学出版社,2000年,第3页。

化，像烤烧饼那样把一切都翻个个儿，对一系列作家在文学史上的地位进行一次"换位"手术，就完成任务了。饶有趣味的是，某些今天竭力否定和贬低20世纪俄罗斯文学中的重要作家的人们，恰恰是过去充分赞美和颂扬过这些作家的人们。遗憾的是，在前后两种情况下，他们都没有甘于寂寞，坐下来认真阅读他们赞颂和指责的作家。

毋庸赘言，以上所列举的几种情况，只是目前我国的20世纪俄罗斯文学研究中存在的一些值得注意的现象和问题，而不是对当前这一研究领域的总体状况的概括。对于这些客观存在的现象和问题，我们尝试着提出如下意见和建议，以期引起研究者的关注和进一步讨论。

我首先想到的是：我们是否应该在对20世纪俄罗斯文学进程有了一个较为全面的了解之后，再对这一文学作出总体评价，再去评说其中的某些重要文学现象和问题，再来决定是否应当予以排斥。例如，我们是否对20世纪俄罗斯文学史以及它的几大板块有比较清楚的认识？是否了解绵延近30年的白银时代文学，1920年代至1970年代先后兴起的俄罗斯侨民文学的三次浪潮，以及苏联时期受批判、遭查禁、被搁置的作品？应当看到，以别尔嘉耶夫、谢·布尔加科夫、罗赞诺夫和舍斯托夫为代表的那一代思想家的文学批评建树，作为巴赫金的直接前驱的维·伊凡诺夫的文学理论贡献，被称为"俄国象征主义集大成者"的安德烈·别雷从理论批评到诗歌文创作的多方面的成就，布宁以及和布宁一起被提名为诺贝尔文学奖候选人的梅列日科夫斯基、什梅廖夫的创作，等等，在一个相当长的时期内，都处于我们的接受视野之外。对于安德列耶夫、阿尔志跋绥夫、扎米亚京、皮里尼亚克等作家的接受和理解，今天的研究者甚至落后于鲁迅、周作人那一代学者，他们很早就译介过这些俄罗斯作家的作品，并受到其影响。还有，我们对20世纪俄罗斯经典作家的了解、认识程度如何？我们对一些似乎早有定论的文学理论、文学政策、文学运动等,是否真正了解其来龙去脉,认识它的实质?当我们津津乐道于20世纪俄罗斯文学远不如19世纪俄罗斯文学,并把前者连同苏联文学一起作为极左文学加以排斥时,我们是否想到:阿赫玛托娃的《安魂曲》、米·布尔加科夫的《大师与玛格丽特》、帕斯捷尔纳克的《日瓦戈医生》、格罗斯曼的《生活与命运》等杰出作品,是在怎样艰难的条件下完成的,具有怎样的意义和价值?因此,我拟不揣浅陋,重复一下自己关于20世纪俄罗斯文学的一段议论:

> 在这一个世纪的漫长岁月里,俄罗斯文学和养育它的民族一样,经历了一条充满着探索与困惑、希望与失望、激奋与悲凉的道路。文学的创造者们始终和这个饱经忧患的民族共命运。一百年来,无数忧国忧民、感时伤势的俄罗斯作家和诗人,以真诚的血泪,艺术地记载了本民族曲折行进的艰难历程,表现了几代人的追求、痛苦、憧憬和幻灭,为民族的命运歌哭,喊出了俄罗斯母亲的心声。毫无疑问,俄罗斯民族在20世纪为世界文学所提供的,是一部丝毫也不比19世纪俄罗斯文学逊色的文学巨册。①

其次,我们在观照、评价苏联文学时,是否应该抛弃一种久已习惯了的预设的前提。这个假定的前提就是:自1917年十月革命胜利到1991年苏联解体,苏联一直是一个在马克思主义的指引下、沿着社会主义道路前进的国家;苏联文学不仅始终是真正的社会主义文学的典范,而且代表着世界各国文学未来发展的方向。我们之所以说这是一个预设的、假定的前提,一是注意到苏联历史的复杂性,二是考虑到制约文学发展的多重因素。本来,在列宁逝世以

---

① 汪介之:《现代俄罗斯文学史纲》,南京:南京出版社,1995年,第1页。

后，苏联是否还是一直沿着社会主义道路前进的；从斯大林、赫鲁晓夫到勃列日涅夫、戈尔巴乔夫等苏联领导人，究竟是不是坚定的马克思主义者；邓小平同志为什么意味深长地说："社会主义究竟是个什么样子，苏联搞了很多年，也并没有完全搞清楚"①，等等，诸如此类的问题，都不是文学研究者所能说清楚、所能回答的问题，而是政治学家、历史学家们要去专门研究的问题。事实上，有很多问题是思想界、理论界和历史学界仍在继续探讨之中的，各种观点和意见并存，尚未形成定论。在此种背景下，文学研究界的人们就不必、也不可能统统把对苏联历史的某一种看法作为自己看取和评价苏联文学的基本前提。而关于人类文学发展的规律性问题，也一直是处于各国文学研究者的探索之中的。以往的苏联文学理论家，包括《现实主义的历史命运》一书的作者苏奇科夫，力求把世界文学发展的进程描绘成一个时代一种"主义"的演变过程。在他笔下，整个文学史似乎就成了各种"主义"更替的历史，而"社会主义现实主义"则是人类艺术思维的合乎规律的发展阶段，是世界各国文学发展的方向②。然而，世界各国文学发展的实际进程，是否早已超出了苏奇科夫等理论家所设定的框架？世界文学的纷繁现象，是否显示出正在向着"社会主义现实主义"迈进的趋势？如果不是如此，我们的研究者是否一定还要坚持这样一种假定性的预设前提呢？这无疑是值得我们反思的。

第三，我们是否应该把文学史本身和对文学史的描述区别开来，把尊重历史和固守着某种已有的、习惯了的对历史的描述区别开来。当有些研究者试图对俄罗斯文学、特别是 20 世纪俄罗斯文学进行重新考察，对一些重要作家进行重新评价时，往往会听到这样

---

① 《邓小平文选》第 3 卷，北京：人民出版社，1993 年，第 139 页。
② 参见鲍·苏奇科夫：《现实主义的历史命运——创作方法探讨》，北京：外国文学出版社，1988 年，第 287—289 页。

一种意见,即:研究文学史应当采取历史主义的态度,应当尊重历史,而不应当割断历史、否定历史。这一意见,如果离开具体的、特定的语境,毫无疑问是十分正确的。问题在于,尊重历史,是否就意味着应该尊重和维护以往的文学史家、文学理论家对文学史过程的描述,尊重和维护他们对这一过程中出现的一系列基本理论问题和重要文学现象的阐释?如果回答是肯定的,那么我们的全部研究就没有必要再进行下去了。既然关于已经成为历史的文学,以往的研究者们都已经作过评说,而且这些评说本身也都已成为历史,后来的研究者除了维护、尊重这些"历史"之外,也就没有什么更多的事情可做了。

第四,我们是否应该把20世纪俄罗斯文学分为"主潮(流)文学"和"非主潮(流)文学"。从一些研究者的著作和文章看,所谓20世纪俄罗斯的"主潮文学",显然就是"社会主义现实主义"文学;20世纪俄罗斯"非主潮文学",则包括白银时代的几乎全部文学,侨民文学的三次浪潮,苏联时期的具有社会批判倾向的文学、"新浪漫主义文学"和现代主义文学,还有苏联解体后的后现代主义文学。但是这样一划分,除了高尔基和肖洛霍夫等少数作家之外,20世纪俄罗斯几乎所有最有成就和影响的作家,就统统都属于"非主潮文学"的范畴了。这样的比重,能使"主潮文学"的概念得以成立吗?另外,划分的标准究竟是什么,也值得考虑。如有一本20世纪俄罗斯文学中著作,把诗人叶赛宁作为"社会主义现实主义"文学的代表之一加以论述。众所周知,叶赛宁在白银时代属于"新农民诗人",或者说,他是一位新浪漫主义诗人。十月革命以后,他先是参加了由思想家、文学评论家伊凡诺夫—拉祖姆尼克创建的"西徐亚人"团体(信奉"欧亚大陆主义"),后来又发表了"意象主义宣言",成为意象主义诗人。他于1925年自杀,从来没听说过什么"社会主义现实主义"。把叶赛宁列为"社会主义现实主义"作家,是令人难以理解的。这样的划分,其实是"主潮文学"和"非主潮文学","社会主义现实主义"文学和非"社会主义现实主义"文学的两分法给研究者们带来的尴尬。

第五，我们是否应该对复杂的文学史采取"非白即黑，非好即坏"式的简单化的观察和评价方式。我国社会政治生活和文学生活中，都有所谓"风派人物"之说，这一般是指那些投机分子。在看待20世纪俄罗斯文学时，习惯于使用简单颠倒之方式的人们，当然不是什么投机分子，但他们的思维方式却有些近似于"风派人物"。过去，在极左文艺思潮和庸俗社会学的制约与影响下，我们曾经批判过不少作家，也并非科学地颂扬过另一些作家。今天要否定极左文艺路线和庸俗社会学，在某些人看来，似乎只要颠倒过来，肯定过去被批判的作家，否定过去被颂扬的作家，就是彻底的革新了。譬如说上文已提及的高尔基和索尔仁尼琴，对于这两位作家，我们能够以简单的肯定或否定来代替对他们的复杂思想与创作的深入研究吗？能够以简单化的方式得出令人信服的结论吗？思想方法的简单化之苦，我们已经饱尝了，可是要真正摆脱这种简单化，还不是那么简单的事情。

最后，我们的俄罗斯文学史研究者，是否应该在百忙之中也抽空读一读西方学者、俄罗斯学者编写的20世纪俄罗斯文学史方面的著作，作一番比较和对照，看一看别国学者的著作在资料水平、框架体例、观察视点、描述方式等各方面和我们究竟有哪些不同，思考一下他们所进行的研究及其成果，是否有值得我们学习、借鉴和参照的地方。例如，根据我个人所接触到的有限资料，英国哈里·穆尔和艾伯特·帕里合著的《20世纪俄国文学》（1976），美国爱德华·布朗的《十月革命以来的俄国文学》（1985），侨居国外的俄罗斯学者马克·斯洛尼姆的《现代俄罗斯文学：从契诃夫到当前》（1955）、《苏维埃俄罗斯文学：作家与问题》（1977），格列勃·司徒卢威的《列宁与斯大林时期的俄国文学：1917—1953》（1971）、《流亡中的俄罗斯文学》（1984）等，都是水平较高、在西方学术界有着广泛影响的文学史著作。由瑞士日内瓦大学教授乔治·尼瓦等主编、西方十五国学者合作编写的7卷本《俄罗斯文学史》，从1986年开始陆续出版，其中的第4至6卷为论述20世纪俄罗斯文学的。由俄罗斯科学院高尔基世界文学研究所多位学者合作、弗·克尔德什主编的大型《20世纪俄罗斯文学史》，其中的《世纪之交的俄罗斯文学（1890至1920年代初）》（两卷集，共1700余页），已于2000—2001年由俄罗斯遗产出版社出版。这后两种文学史著作，材料详实，分析透彻，显示出在与哲学、宗教、艺术等学科的联系中把握文学现象的"大文学史"意识，尤其值得我们认真学习和借鉴。

我们指出当前我国20世纪俄罗斯文学研究中存在的一些值得注意的现象和问题，提出一些意见和建议，完全无意于对某些研究者个人的研究思路和方法作出评价，其目的仅仅在于探讨一种更为科学、更有成效的文学史研究方法。事实上，我国的老一代俄罗斯文学研究者在细读原著、把翻译和研究结合起来、讲求朴实无华的学风等方面，已积累了许多宝贵的经验，为后来者的研究树立了良好的榜样。目前仍然在继续从事20世纪俄罗斯文学研究的老中青学者，也在研究思路的拓宽、研究资料的占有和研究方法的创新等方面，进行了不少有益的探索，取得了一些值得重视的成果。因此，我们完全有理由相信，我国的20世纪俄罗斯文学研究通过认真地总结经验，发现和克服存在的不足，一定能够在继承前人优良传统的基础上取得更大的成就，为我国的整个外国文学研究、为中国文学在未来的发展做出贡献。

"苏联文学"：内涵、价值及其他①

——"苏联文学再回首"笔谈

"苏联文学"是一个被广泛使用的概念。其实，人们是在不同的意义上使用它的。也就是说，"苏联文学"这一能指，是有着不同的所指的。

作为一个断代文学史概念，"苏联文学"在理论上似乎应包括1917—1991年间苏联各民族、各加盟共和国的文学。但是，"苏联"——"苏维埃社会主义共和国联盟"是1922年才成立的，因此"苏联文学"好像只能包括1922—1991年间各加盟共和国的文学。那么，1917年十月革命后至1922年共和国联盟建立前的文学，应当怎样命名呢？它也叫"苏联文学"，更确切些说，是叫"苏维埃文学"（Советская литература）。

"苏维埃文学"这个概念，十月革命之后不久就出现了。它指的是和革命前的俄罗斯文学完全不同的一种"新质"文学。"苏维埃文学"的作家理所当然应该是"苏维埃作家"，他们无疑都是拥护苏维埃政权的。"苏维埃文学"作品着重描写苏维埃政权在血与火中顽强诞生的过程及新政权建立后在各个方面的开创性业绩，表现无产阶级的战斗豪情，歌颂革命领袖和斗争英雄，揭露和鞭挞阶级敌人。可见，"苏维埃文学"，即这个意义上的"苏联文学"，是一个

---

① 本文原载《俄罗斯文艺》，2007年第1期；《新华文摘》，2007年第14期全文转载。

带有浓厚意识形态色彩的概念。这种文学，海外学界一般称之为"苏俄文学"，而五四以后的一段时期内，我国学者（瞿秋白、蒋光慈等）则称其为"新俄文学"。

1922年，作为一个国家的"苏联"——"苏维埃社会主义共和国联盟"正式成立。从此，另一意义上的"苏联文学"（Литература СССР）也随之正式出现。从理论上说，自那时起的"苏联文学"，指的应当是"苏联时期的各加盟共和国文学"的总和。不过，并非所有在苏联时期生活于各加盟共和国内的作家所写的作品，都能有幸进入"苏联文学"的范畴。作家是否拥护苏联政权，是否被承认为"苏联作家"，依然是其作品能否进入"苏联文学"的先决条件。也就是说，只有具备"苏维埃文学"特点的文学，才能够有资格成为"苏联文学"。因此，"苏联文学"（Литература СССР）依然是具有意识形态色彩的概念；特别是在所谓"日丹诺夫时期"，这种色彩显得尤其浓烈。

无论是 Советская литература，还是 Литература СССР，其主要作品都是绥拉菲莫维奇的《铁流》、富尔曼诺夫的《恰巴耶夫》（即《夏伯阳》），法捷耶夫的《毁灭》和《青年近卫军》，马雅可夫斯基的《向左进行曲》、《一亿五千万》和《好！》，杰米扬·别德内依的《大街》，革拉特科夫的《水泥》和《动力》，潘菲洛夫的《磨刀石农庄》，瓦·卡达耶夫的《时间呀，前进！》和《团的儿子》，阿·托尔斯泰的《苦难的历程》、《彼得大帝》，肖洛霍夫的《被开垦的处女地》（第一部）和《静静的顿河》，巴甫连科的《幸福》，费定的《不平凡的夏天》，阿扎耶夫的《远离莫斯科的地方》，巴巴耶夫斯基的《金星英雄》和《阳光普照大地》，布宾诺夫的《白桦》、柯切托夫的《茹尔宾一家》和《州委书记》，尼古拉耶娃的《收获》，波列沃依的《真正的人》和《我们是苏维埃人》，等等。但是，Литература СССР 的包容，显然要比 Советская литература 更为宽泛，除上述作品外，它还包括俄罗斯联邦之外的其他各加盟共和国的苏维埃作家所写的作品,如乌克兰作家尼·奥斯特洛夫斯基的《钢铁是怎样炼成的》,冈察尔的《旗手》,斯捷尔马赫的《大家族》,阿塞拜疆诗人武尔贡的诗作,等等。

这样看来,"苏联文学"似乎可以界定为:十月革命后、特别是苏联(CCCP)建立后所有那些被认为是拥护苏联政权的苏联各民族作家所发表的作品的总和。不过,这样的界定好像也不确切,因为高尔基在十月革命前创作的小说《母亲》(1907),一向都被认定为苏联文学的经典,他写于革命前的自传体三部曲的前两部《童年》(1913)和《在人间》(1916)等作品,同样也被认为是属于"苏联文学"的范围。不过,切不要以为高尔基的所有作品都可以得天独厚、堂而皇之地进入"苏联文学",他的《不合时宜的思想——关于革命与文化的札记》(1917—1918)、《论俄国农民》(1922)等,在一个漫长的历史时期内,就从来没有被认为是属于"苏联文学"的范畴的。

自1950年代中期起,"苏联文学"的范围似乎稍稍有所扩大。具体表现在,其一,从那时起,以爱伦堡的《解冻》为先声的"当代苏联文学"(Современная советская литература 或 Современная литература СССР)显示,它不再是一种文学观念僵化、艺术方法单一、有着明显的公式概念化倾向的文学。大量在以往根本不能发表、即使发表了也立即会遭遇批判、难以进入"苏联文学"的作品出现了。"当代苏联文学"为读者提供了一系列有价值的作品,从杜金采夫的《不是单靠面包》、肖洛霍夫的《一个人的遭遇》和《被开垦的处女地》(第二部)、索尔仁尼琴的《伊凡·杰尼索维奇的一天》,到"前线一代"作家创作的"战壕真实派"作品、特里丰诺夫的《滨河街公寓》等"莫斯科小说"、邦达列夫的《岸》等人生三部曲、舒克申的《红莓》等道德题材小说、瓦西里耶夫的《这里的黎明静悄悄……》、阿斯塔菲耶夫的《牧童与牧女:当代牧歌》、拉斯普京的《活着,可要记住》,以及白俄罗斯作家贝科夫的《第三颗信号弹》等战争题材作品,吉尔吉斯作家艾特玛托夫的《一日长于百年》,等等。

其二,以往某些不能进入"苏联文学"范畴的作家作品,开始得到小心翼翼的承认或半承认,如英年早逝的诗人叶赛宁的诗作,讽刺作家左琴科的小说和故事,阿赫玛托娃的诗歌乃至米·布尔加科夫的部分作品。不过,不仅这些作家和诗人的另一部分作品仍然没有被承认为"苏联文学",大批自1910年代末期以来就被遮蔽、被埋没、被淡忘的作家作品依旧在被禁止之列,甚至像帕斯捷尔纳克在1956年完成的长篇小说《日瓦戈医生》这样的优秀作品,也被断然排除在"苏联文学"之外。

长期以来,我国读书界心目中的"苏联文学",一般没有超出上述范围,如前不久问世的作家王蒙的《苏联祭》所显示的那样。然而,从1980年代中期起,"苏联文学"的旧有图像却整个地被刷新了。高尔基的《不合时宜的思想》、扎米亚京的《我们》、皮里尼亚克的《红木》、普拉东诺夫的《切文古尔城》、安德烈·别雷的三卷本文学回忆录(《世纪之初》、《两世纪之交》和《在两次革命之间》)、米·布尔加科夫的《大师与玛格丽特》(全文)、阿赫玛托娃的《安魂曲》、曼德尔什塔姆的诗作、格罗斯曼的《生活与命运》、帕斯捷尔纳克的《日瓦戈医生》、杜金采夫的《穿白衣的人们》、沙拉莫夫的《科雷马故事》、多姆勃罗夫斯基的《无用之物系》、雷巴科夫的《阿尔巴特街的儿女们》等一大批在过去70年漫长岁月里的不同时期内先后被封存的作品,纷纷破土而出,陆续和广大读者见面。人们心目中原有的"苏联文学"概念的内涵,开始发生了巨大的变化。在这些作品纷纷"回归"到"苏联文学"框架内的同时,还出现了一系列有影响的新作品,如拉斯普京的《火灾》,阿斯塔菲耶夫的《悲伤的侦探故事》,艾特玛托夫的《死刑台》,别洛夫的《一切都在前面》,沙罗夫的《前进……前进……前进!》,等等。

1991年，苏联解体。这时，似乎可以给"苏联文学"作一个明确的界定了：1917—1991年间苏联各民族、各加盟共和国作家所写的、在苏联国内发表的全部作品的总和。但是，这样的界定似乎也有问题，比如上文已经提及的，高尔基在1917年以前写的《母亲》、《童年》和《在人间》等作品，好像就是在这一界定之外的。如果高尔基在十月革命前创作的这些作品可以进入"苏联文学"的话，那么，阿赫玛托娃、叶赛宁、曼德尔什塔姆、勃洛克、勃留索夫、索洛古勃、古米廖夫等作家和诗人写于十月革命前的作品，是否也同样可以算是"苏联文学"呢？再者，巴尔蒙特、布宁、扎伊采夫、扎米亚京、格·伊凡诺夫、维·伊凡诺夫、列米佐夫、苔菲、霍达谢维奇、茨维塔耶娃、什梅廖夫等后来流亡国外的作家，他们在十月革命后、出国之前发表的作品，是否也应该属于"苏联文学"？还有，阿·托尔斯泰、别雷、爱伦堡等作家在十月革命后一度侨居国外期间所发表的那些作品，也属于"苏联文学"吗？如果上面提到的这些作品都不能被看作是"苏联文学"，那么人们只能说，对于许多俄罗斯作家而言，他们只有一部分作品是属于"苏联文学"的，而他们的另一部分作品则只能属于"20世纪俄罗斯文学"（Русская литература XX века）。不过，应当看到的是，他们的那一部分可以被认为是属于"苏联文学"的作品，同样也是属于"20世纪俄罗斯文学"的范畴的。

或许正是由于这种种麻烦以及为了今后避免这些麻烦，"20世纪俄罗斯文学"的概念才顺理成章地被提了出来。这一概念几乎无须任何界定。它在1980年代中期，在"苏联文学"的原有图像刚刚开始被刷新时就呼之欲出了。没过多久，"20世纪俄罗斯文学"的概念就被广泛采用了。

尽管对于"苏联文学"的界定存在着一定困难，它的边缘始终较为模糊，但是它的内涵却是丰富的，它的价值也是客观存在的。不仅"当代苏联文学"、1980年代中期以后才得以"回归"的文学，其价值不容忽视、显而易见；即便是早期的"苏维埃文学"，1950年代中期以前的"苏联各民族、各加盟共和国文学"，也具有一定的历史价值、认识价值、审美价值或文献价值。就拿近年来人们议论得较多的小说《钢铁是怎样炼成的》来说吧，它虽然算不上"经典"，但我们不能否认它曾经是一部很有影响的作品，包括对特定时空中的人们的世界观、生活道路以及文学创作都产生过影响。当然，这种影响是在特定的社会政治氛围和意识形态背景下发生的，当这种社会政治氛围和意识形态背景已不复存在时，这部作品曾经产生过的影响就很难再度发生了，除非全面恢复当年那种特定的社会政治氛围和意识形态背景。但是，作为一部文学作品，《钢铁》并不是没有任何意义。作品中关于保尔和冬妮亚之间的爱情描写，就是写得相当成功的，其中有许多美好人性的表现：两小无猜，青梅竹马，单纯真挚；然而，残酷的阶级斗争破坏了这一切。20世纪的人类生活中有多少类似的悲剧！从这个意义上说，这部作品在客观上无疑是指涉了、概括了一种普遍现象。这同时也就使小说获得了另一意义：几代老读者可以通过《钢铁》回望自己被消磨掉了的青春，并从这一回望中获得关于理想、关于爱情、关于生命的价值、关于20世纪人类命运的诸多启示。对于今天和以后的读者而言，透过这部小说，则可以从一个特定侧面走近、认识那个业已远逝的时代，了解那个时代的苏联青年的心理和情绪、追求和苦闷、希望和失望。

　　诚然，在《钢铁是怎样炼成的》问世前后出现的许多作品，如今已经被人们淡忘了。但这是世界各国文学阅读和接受中都不可避免的现象，而不是任何外力作用的结果。时间是严格而又贤明的评判者，任何一部文学作品都要经受时间的考验，经受一代又一代读者长时期的集体检视。人为的吹捧和压制只能在短期内起到极为有限的作用。世界各国文学、包括全部"苏联文学"，经过历史的筛选，其中那些如今仍然能够获得人们喜爱的作品，就是"苏联文学"的精华所在。这些作品将继续拥有自己的价值。

近几年来，往往听到一种说法：有人要全盘否定、猛烈批判或彻底清算"苏联文学"，这样做似乎已成为一种时髦，但这是绝对错误的，也是完全行不通的！在我看来，持这种说法的人其实是给自己树立了一个假想的论敌。因为迄今为止，并没有谁要全盘否定、猛烈批判或彻底清算全部"苏联文学"。当然，对于"苏联文学"中的某些作品提出不同的看法，这种现象是存在的，正如人们对待其他各国文学一样。冷静地想一想，就可以发现：不同意见的提出者们要"否定"、"批判"或"清算"的，其实并不是全部"苏联文学"，而只是以往的某些文学史家、文学评论家们对"苏联文学"的某些阐释。这些不同见解能够发表出来，正是文学和文化进步的表征，我们大可不必过于紧张、反感甚至愤怒。

退一步说，我们是否有必要、有权利、有能力要求人们怎样看待"苏联文学"呢？前些年有一位作者在国内一家较有影响的刊物上发表过一篇文章，题为《你一定要读董桥》。这位作者显然是很爱读董桥的，但是他也许并没有想到，他完全没有必要、权利和能力要求人们"一定要读董桥"。事实是，若干年过去了，无数读者都没有读董桥，好像也并没有什么重大损失。对于"苏联文学"，我们是不是也不必像这位作者那样，要求读者"一定"怎样呢？文学批评的主要任务，在于说明批评对象（文学作品）写了些什么、写得怎么样以及作家为什么写这些、为什么这样写，而不在于要求读者"应当怎样"看待文学作品。如果我们能够以对于具体作品的解读、对于具体文学现象的考察和评说来替代"宏大叙事"式的一般号召与呼吁、肯定与否定、推崇与贬抑，那么，我们的文学评论和研究对读者的作用可能会更大、也更有益些。

2006 年 11 月于南京

百年俄苏文论在中国的历史回望与文化思考[①]

检视过去一个世纪的中外文学交往史,人们不难发现,俄罗斯—苏联文学和 20 世纪中国文学的关系尤为密切。俄苏文学作品曾滋养了我国几代文学工作者,俄苏文论与批评也对 20 世纪中国文学的基本格局、理论批评、创作实践以及存在状态、运作方式、发展走向等各个层面,都产生过直接的影响。就这一影响的历史结果而言,无疑存在着正负两个方面:中国文学固然获益良多,但同时也颇受其害。从中国文学作为接受者的角度来看,无论是对于 19 世纪俄罗斯文学批评,还是对于 20 世纪俄苏文论,我们都过有许多偏离、误读和遗落。这一文学接受史的经验无疑是值得认真予以总结的。

一、19 世纪俄国文论与批评在中国的接受

20 世纪初期,19 世纪俄罗斯文学理论与批评的实绩,就和成就辉煌的俄罗斯文学一起,开始受到国人的关注。在五四时代中国知识界广泛引入文艺复兴以来欧洲思想文化成果的潮流中,俄国文论与批评著作也开始被译介到我国来。从那时起,它便开始对中国新文学的人道主义精神、现实主义主潮和社会批判倾向的形成,对现代作家的忧患意识、使命意识的养成,以及社会小说、问题文学的

[①] 本文原载《跨文化对话》第 20 辑(江苏人民出版社,2007 年 2 月版)。

勃兴,发生直接的影响。鲁迅、胡风、周扬等人的理论批评活动,均深受19世纪俄国文学理论与批评的滋养。其中,胡风在别林斯基那里领受了关于"哪里有生活,哪里就有诗"的现实主义见解,还有"历史的批评"和"美学的批评"相统一的思想;他对"主观精神"、"主观力"的强调,也和别林斯基关于作家、诗人的"主观性"的议论密切相关。所以他曾被称为"中国的别林斯基"。50年代在我国文学的"百花时代"中兴起的关于"写真实"、文学"典型"和"形象思维"的三场讨论,其基本内容也是别林斯基文学理论中的三大基本命题;而车尔尼雪夫斯基关于"美是生活"的著名论断,则成为同一时期我国美学界关于美的本质问题的讨论中分别以蔡仪、高尔泰、朱光潜、李泽厚为代表的几种不同观点的理论根据之一。直到80—90年代,当代批评家雷达关于中国当代小说的年度评论式的一系列论文,关于80年代中国农村题材小说中的"多余的人"形象系列的发现,仍显示出别林斯基、杜勃罗留波夫的明显影响;而现代文学专家钱理群的专著《丰富的痛苦:堂吉诃德与哈姆雷特的东移》,则受到屠格涅夫的那篇才华横溢的演讲《哈姆雷特与堂吉诃德》的直接启发。

然而,我们对19世纪俄国文论与批评的接受,却久久局限在别、车、杜三大批评家和现实主义作家的范围内,现实主义之外的理论批评,几乎全部处于我们的接受视野之外。如果我们沿着19世纪俄罗斯文论与批评发展的轨迹作一纵向梳理,就可以清楚地看到,在我们较为熟悉的别、车、杜三大批评家以及一批现实主义作家之外,伴随着19世纪俄罗斯文学的进程,还曾出现过感伤主义批评、浪漫主义批评、斯拉夫派批评、唯美主义("纯艺术论")批评、"土壤派"批评以及包括神话学派、历史文化学派、历史比较学派和心理学派等在内的学院派批评。在过去一个长时期内,我们曾片面地认为19世纪俄国文论与批评史上仅仅有一个现实主义流派,而且都是千篇一律的"社会历史批评"。这些认识和判定,和它的原本状态之间,显然拉开了很远的距离。

上述现象的出现自有其必然性。从观念上看,我们长期受到苏联文学理论界"独尊现实主义"的影响。从现实层面着眼,现代中国文学曾一度比需要任何流派都更迫切地需要现实主义。前辈文学翻译家和研究者们,只能在他们直接碰到的、既定的情势下作出如此这般的选择与接受。然而,如果我们始终把在特定的历史条件下的有限的接受,当成"放送者"本身的全部建树,并且以自己的片面接受为根据反过来批评"放送者",那么也许就有些轻率了。

直到20世纪晚期,我国文学界对于19世纪俄罗斯文论与批评的片面接受局面,才开始被稍稍打破,如冯春编选的《普希金评论集》(1993)、倪蕊琴编选的《俄国作家批评家论列夫·托尔斯泰》(1982),都收有一系列非现实主义的批评家的论著。这些首次被译介到我国来的资料,虽然数量有限,但毕竟使人们看到了现实主义之外19世纪俄国批评成果的一角。刘宁主编的《俄国文学批评史》(1999)一书,则第一次为汉语读者系统地描述了俄罗斯文学理论与批评的发展史,以相当的篇幅论及许多过去为我们所不知的理论家、批评家,从而为人们全面认识19世纪俄国文学批评的成就,提供了一部不可多得的参考书。然而,由于大规模接受俄罗斯文学的高峰期早已过去,已很少有人能以足够的耐心重新面对19世纪俄文论与批评遗产了。因此,我国学者在20世纪的最后阶段所进行的这些努力,已较难在中国当代文学生活中激起热烈的回响。

二、中国文学界对俄国马克思主义文论的接纳

20世纪中国文学的全部发展过程,都深受马克思主义的浸润。马克思主义创始人关于文学艺术问题的一系列经典阐述,曾给予现代中国几代文学理论家、批评家以重要的理论滋养。但由于时代条件和语言等多方面的因素,中国文学界对马克思主义文论的接受,

在一个相当长的历史时期中，主要是通过俄国早期马克思主义批评家的著述、苏联领导人有关文艺问题的言论、某个时期的文艺政策及一度被推崇的文学思潮和流派的主张而实现的。这种特殊的接受路径，不仅曾决定了中国文学理论家、批评家们的知识结构、思维习惯和关注侧重，而且在很大程度上决定了一个长时期内中国文学生活的基本格局。

众所周知，1928年关于"革命文学"的论争以后，我国文坛曾出现过翻译介绍马克思主义文艺理论著作的热潮。从1929年起，由冯雪峰主编的"科学的艺术论丛书"陆续出版。此外，还出版了由陈望道编辑的"文艺理论小丛书"、"艺术理论丛书"。1930年中国左翼作家联盟成立后，由"左联"东京分社成员集体编辑的"文艺理论丛书"，也由日本东京质文社出版。从这几套丛书所包含的书目来看，当时的中国文学界、特别是左翼作家，对于接受和传播马克思主义文艺思想，是具有高度的热情和充分的积极性的。但是，在他们所译介的著作中，真正属于马克思主义文论与批评的论著，所占的比例却偏小。除了马克思、恩格斯的少数著述和俄国早期马克思主义批评的代表普列汉诺夫、卢那察尔斯基等人的著作外，人们把苏联"无产阶级文化派"和庸俗社会学的代表人物的著作，如波格丹诺夫的《新艺术论》，弗里契的《艺术社会学》，苏联文艺理论家的一般性论著，体现苏联文艺政策、反映苏联文坛论争状况的文献，还有日本左翼文艺理论家的相关研究著作或资料选编，都当作马克思主义文论翻译介绍过来了。由于当时中国文学界人士直接接触马克思主义文艺理论和批评著作的机会较少，故基本上只能通过苏联和日本的有关资料来了解和接受它。但这些著述和资料中的一些观点，和马克思主义经典作家关于文学艺术问题的论述是截然有别的。它们对中国的文艺理论建设和现代文学的发展，曾产生过一些不利的影响。这既显示于瞿秋白、蒋光慈等人的理论著述中，也体现在"左联"的纲领、路线和文学实践中。

由周扬编辑、1944年延安解放社出版的《马克思主义与文艺》一书，是我国文学界在译介马列文论方面的一项基础建设成果。该书以"意识形态的文艺"、"文艺的特质"、"文艺与阶级"、"无产阶级文艺"及"作家、批评家"五大部分辑录了马克思、恩格斯、普列汉诺夫、列宁、斯大林、毛泽东等人有关文学艺术的文章片断和相关言论，书末的"附录"收有俄共(布)中央1925年的决议《关于党在文学方面的政策》和1934年的《苏联作家协会章程》。这个选本的内容和编排体例，首先反映了周扬本人对马克思主义文艺思想的核心内容的理解，也是他对马克思主义文论体系基本构架的一种勾勒；同时又体现了他对马克思主义文艺思想发展史的认识，即他显然是把马克思、恩格斯的文艺思想——普列汉诺夫、列宁等俄国早期马克思主义者的文艺观——30、40苏联领导人的文艺指导思想和文艺政策——《在延安文艺座谈会上的讲话》等，视为一种按照一脉相承的思路向前发展的文艺思想体系来看待的。更为重要的是，这种选择和编排表明了我国文学界接受和理解马克思主义文艺思想的独特路径，但恰恰是在这里存在着某种误差或偏离。如果我们注意到，1947年以后《马克思主义与文艺》的几种版本，在"附录"中都增收了日丹诺夫《关于〈星〉与〈列宁格勒〉两杂志的报告》，那么就可以看到，这种误差或偏离一度是多么严重。《马克思主义与文艺》是我国较早的一部系统介绍马克思主义文艺观的选本，流布范围较广。它对于马克思主义文论在我国文学界的普及，曾发生过显而易见的作用；但是，它也框定了长期以来我国文艺理论界理解和接受马克思主义文艺思想的大致范围。

直到70年代末期以后，随着中文版《马克思恩格斯全集》第42卷(1979)的出版，马恩文艺思想中的许多被人为遮蔽的丰富内容才开始为我国学术界所注意。1983年，朱光潜发表了《马克思的〈经济学哲学手稿〉中的美学问题》一文，对这部手稿中所论及的"异化"、"美的规律"、劳动与艺术等问题进行了富有见地的阐释。同年，周扬在他为纪念马克思逝世100周年而写的《关于马克思主义的几个理论问题的探讨》一文中，也就《1844年经济学哲学手稿》中论述的人道主义和异化问题，发表了一系列颇具胆识的意见。这两篇论文的发表以及由陆梅林选编的《马克思恩格斯论文学与艺术》(1982)的出版，不仅表明我国学术界对马克思早期美学思想的重视，更重要的是显示出中国文学界已经开始突破亦步亦趋地从苏联人那里间接理解马克思主义的传统模式和旧有思路，走向直接从马恩原著中把握其文艺思想。这是中国文学界在理论上走向成熟和自觉的标志之一。

三、苏联文论对20世纪中国文学的影响

中国文学大规模地摄取苏联文学理论和批评，是在20世纪20年代以后。从那时起到50年代初，我们所吸纳的具体内容，除了俄国早期马克思主义文论的成果之外，还有十月革命后的马克思主义批评，苏联早期领导人关于文学艺术的文章和讲话，20年代苏联多种文学思潮与流派的观点和学说，包括"无产阶级文化派"思潮、庸俗社会学理论和"拉普"的文学观，直到30年代出现的"社会主义现实主义"理论，40年代末、50年代初的日丹诺夫主义，等等。这些理论批评对此后近半个世纪中国文学的指导思想、基本格局和发展走向产生了直接的影响。由于"影响源"本身的复杂性，这种影响的历史结果远不是单一的。一方面，由于这种影响，中国文学中的马克思主义理论批评逐渐形成，并在文学运动的实践中发挥着举足轻重的作用。另一方面，起源于庸俗社会学和"无产阶级文化派"思潮的各种极左的文学理论观点和批评实践，也一度被中国文学界的某些人士当作马克思主义文学理论及其具体运用而接受下来，强化了中国文学的政治化倾向，为后来的文学急剧极左化埋下了伏笔。

上述理论中有很大一部分是和极左路线、个人崇拜相联系的。这一既定的客观历史条件决定了这些理论批评不能不具有几乎完全服从于、服务于官方意识形态的特点，其要害是把阶级斗争的理论引入文学，强调文学为政治服务，把文学当作政治的附庸或斗争工具。它们在看取各种文学现象时，一个基本观念就是：现实主义与反现实主义的斗争贯穿于文学发展的全过程，这一斗争其实是哲学上的唯物主义和唯心主义、政治上的革命与反动之间的斗争在文学上的反映。坚持上述观念，就必然排斥、贬低、遮蔽所有非现实主义流派，也必然淡化现实主义的怀疑品格、批判精神和人道主义内涵，消解它的美学旨趣和艺术追求，并把它解释为"社会主义现实主义"的前阶；必然推崇和宣扬那种符合极左政治需要的理论主张和文学作品。

遗憾的是，中国文学曾无保留地认同了这些理论和观念，并用它来指导文学生活。如20年代末我国"革命文学"论争中对"五四"文学传统的否定，对鲁迅、冰心、叶圣陶等作家的攻击，显然是承袭了"无产阶级文化派"和"拉普"对俄罗斯传统文学的评判和对所谓"同路人"作家的排斥；托洛茨基的《文学与革命》以政治尺度衡量20世纪初的俄罗斯作家，则为中国的批评家们提供了一个恶劣的范例；30年代初"左联"的文学口号和主张，特别是对所谓"辩证唯物主义创作方法"的宣扬和推崇，则完全是"拉普"理论的照搬和运用；40年代对王实味、丁玲等人的批判，其实是沿用了苏联独尊"社会主义现实主义"之后对待所谓"异己"作家的做法；50年代对胡风文学思想的批判，对俞平伯《红楼梦研究》中的唯心主义的批判，对影片《清宫秘史》的批判，对丁玲、陈企霞反党集团的批判，等等，则都是日丹诺夫主义在中国的创造性运用；而从50年代初期开始把"社会主义现实主义"规定为我国文学创作的基本方法，更是照搬了苏联30—50年代对文学实行"一统化"控制的做法，并由此而造成公式化、概念化作品的大量出现。贯穿于苏联的极左文学理论与批评的各种形态之中、或作为其理论基础的庸俗社会学,更成为一个长时期内我国文艺指导思想、文艺政策和文艺理论的理论根源。

另外,对于高尔基,由于苏联文学理论家们的歪曲和神话化,并在他去世后给他戴上"社会主义现实主义奠基人"的桂冠,我们历来也只了解其文学理论和批评建树中的一小部分,而这一小部分又恰恰是被解释成是为在苏联时期一度占统治地位的极左文艺路线和政策提供理论支撑的。高尔基的丰富文学思想,有的被曲解,有的被遮蔽了。长期以来,我国文学界对高尔基的理解和接受,基本上局限在50年代中期以前苏联理论界设定的框架内。但也有人突破了这一框架,显示出对于高尔基文学思想的深刻把握。例如,30年代,鲁迅就透过高尔基的《俄罗斯童话》,敏锐地发现了作家的国民性批判意向;胡风在论及高尔基时,则特别强调后者的文学是"人学"的思想。50年代初,萧三在《高尔基的美学观》一书中,也强调"改变轻视人的观点"、"为人的诗意形象而斗争"是高尔基文学思想的基本点。1957年,钱谷融发表《论"文学是人学"》一文,对高尔基关于"文学是人学"的思想进行了深刻阐发,呼吁对其"特别加以强调"。作家巴金也从50年代起一再引用高尔基关于文学的目的问题的论述,表达自己对于文学艺术的作用究竟是什么的深入思考。凡此种种,都显示出对高尔基文学思想的深入把握。但是,上述所有见解,都没有引起人们的足够重视。直到进入历史新时期,我国文学理论界重提"文学是人学"的命题,才对1957年钱谷融的呼吁作出了一种悠远的回应,事实上是确认了最先作出这一精辟概括的高尔基的文学思想。同一时期,我国现代文学研究者赵园在《艰难的选择》(1986)一书中,由中国知识分子的"思想体系"、知识者与人民的关系这一角度,来把握现代文学的发展进程,勾勒出现代小说中知识分子形象创造的演变及创造者自身精神生活变动的轨迹,显示出对高尔基文学史方法的出色运用,并回应了高尔基《俄国文学史》的译者缪灵珠在50年代对高尔基的文学史观点的概括。

以"解冻文学"思潮为先导的苏联当代文论，50年代中期曾在中国文坛产生过积极的影响。伴随着"解冻"文学思潮的激荡，中国文学曾幸运地迎来了自己短暂的"百花时代"，并同样开始批判"无冲突论"和教条主义，反对粉饰生活，努力克服公式化概念化倾向，提倡"干预生活"。1957年连续出现的巴人的《论人情》、王淑明的《论人性与人情》、钱谷融的《论"文学是人学"》等文章，不仅肯定了人情、人性的客观存在以及在作品中加以表现的必然性，旗帜鲜明地呼唤人道主义回归，而且在一定程度上揭示了当时文学创作中公式化、概念化倾向的根源，成为那个时代文学理论探索的一部分标志性成果。

在苏联"解冻文学"思潮的影响下，同一时期我国文学理论界的又一重要探索成就，是关于"社会主义现实主义"的讨论。苏联作家西蒙诺夫在全苏第二次作家代表大会上对"社会主义现实主义"的非议，直接引发了我国文学界秦兆阳、周勃、丛维熙、刘绍棠等人对于"社会主义现实主义"概念和定义的质疑；王若望、陈涌等人，也在当时发表的文章中表达了自己对于创作方法问题的独立思考。这一讨论可以说是"解冻文学"思潮在中国文坛所引起的最强烈、最深刻的震荡，也是中国文学力图摆脱政治禁锢、返回到自身的一次伟大的尝试，并成为我国文学界怀疑和否定极左文学理论的先声。

然而，"更能消几番风雨，匆匆春又归去。"未过多久，由于苏共20大以后中苏关系的变化，对"修正主义"的警惕与批判，中国文学开始自觉地排斥当代苏联文学的影响，甚至在许多方面是以"苏联修正主义文学"为反面参照的。这种思路，导致中国文学开始拒绝接受苏联当代文学理论。直到70年代末，一度受到冷落的俄苏文论，才再度步入中国，在我国新时期文学的发展进程中留下了它的影响痕迹。从那时起，我国文学界开始不断补充译介50年代初期以来苏联文艺学领域出现的新成果，从赫拉普钦科的《作家的创作个性和文学的发展》，布罗夫的《艺术的审美本质》，到斯托洛维奇的《审美价值的本质》，卡冈的《艺术形态学》，波斯彼洛夫的《文学原理》，一直到洛特曼的结构主义诗学，等等，使我国读者得以逐渐了解苏联当代文论的面貌。这些论著对我国文艺理论观念的更新、新的文艺学体系的建构以及旧有批评模式的突破和批评话语的转换，都产生了有力的影响。如钱中文的《文学原理——发展论》、杜书瀛的《文学原理——创作论》、王春元的《文学原理——作品论》（1989），就明显地受到波斯彼洛夫、斯托洛维奇的观点和思路的启示。

四、20世纪晚期中国文学对俄苏文论的补充摄取

80年代以后，特别是90年代，我国文学界开始译介俄国形式主义、巴赫金的诗学理论以及白银时代的理论批评成果。这三个方面是我们在20世纪俄罗斯文论接受中的最主要的遗漏。其中，俄国形式主义曾带动了西方文论的革命性变革，影响深远。但由于它在本国的命运，在我国文学自"五四"以来大量摄取俄苏文论和批评的潮流中，也几乎看不见它的身影，只有钱锺书先生在写于40年代的《谈艺录》一书中多次提到俄国形式主义，并运用这一学派的理论对中西文学进行比较考察，阐释文艺理论中的一些基本问题。直到80年代，张隆溪发表《艺术旗帜上的颜色：俄国形式主义和捷克结构主义》，李幼蒸翻译布洛克曼的《结构主义：莫斯科—布拉格—巴黎》一书，才揭开了我国学术界正面译介和评述俄国形式主义的帷幕。诞生于我们的近邻的这一理论批评流派，似乎经过了漫长曲折的旅程，在西半球饶了一大圈，最后才迟缓地传入中国。这一传播过程延宕大约60—70年之久。不过，姗姗来迟的俄国形式主义毕

竟还是很快就汇入蜂拥而来的国外文学思潮中,并参与了对中国文坛的冲击。钱锺书先生在80年代所作的"谈艺录补订"中,进一步阐发了什克洛夫斯基的"陌生化"理论,对俄国形式主义者的文学史观及文学研究和批评方法表示赞同。80年代中后期,在我国文学界关于文学本体论的讨论中涌现的形式主义文学本体论思潮,和俄国形式主义在中国文坛的传播,更有着密切的联系。陈晓明的《理论的赎罪》(1988),黄子平在《得意莫忘言》(1985)等文章,都显示出我国学者对俄国形式主义理论观点的接受。在文学批评领域,活跃于新时期的我国批评家们,也有不少人更为关注文本本身、艺术结构和语言表达,同样显示出俄国形式主义的影响。

巴赫金的诗学理论在俄罗斯和中国的命运和俄国形式主义十分相似,它也是从80年代起才开始被译介到我国来,但它对我国文学理论和批评的影响更大。"对话"、"复调"、"狂欢化"等,成为研究者和批评家们常用的术语,在大量学术论文中频频出现,显示出在巴赫金影响下我国学者研究方法和视角的转换。如杨义的《楚辞诗学》(1998)、《李杜诗学》(2001)等学术著作的"高峰分析"的研究思路和"经典重读和个案分析"的具体方法,都明显地借鉴于巴赫金。严家炎的《论鲁迅的复调小说》(2002)一书,更是运用巴赫金研究陀思妥耶夫斯基的方法和复调小说理论重新研究鲁迅的重要成果。郑家建的《被照亮的世界——〈故事新编〉诗学研究》(2001)一书,也多方面地借鉴了巴赫金的诗学理论和研究方法,特别是他对陀思妥耶夫斯基小说语言的研究,关于文学发展过程中各种体裁的命运的论述,关于拉伯雷的和民间诙谐文化的研究,等等。

巴赫金的"狂欢化"诗学,是影响中国当代文学和文化研究的重要理论之一。狂欢化诗学理论不仅反对文学的单色调,强调各种文类、语言和表现手法的独特价值,动摇了传统美学的某些基本范畴的权威性和优越感,以"狂欢"的思维结构瓦解了逻各斯中心主义，而且启示人们摆脱刻板、僵化、静止的教条和等级制的束缚，把创造性的思维从压抑中解放出来，提倡一种狂欢广场式的自由自在的生活，张扬了民间文化、大众文化的积极意义。这一理论使我国研究者获得了一种新的视角，使他们得以借助于这一理论重新考察文化史和文学史中的丰富现象，或近距离检视当下文化与文学生活的纷繁景观，从中发现极易被人们忽略的意义与价值。如赵世瑜的《狂欢与日常：明清以来的庙会与民间社会》（2002），孟繁华的《众神狂欢：当代中国的文化冲突问题》（1997），高小康的《狂欢世纪：娱乐文化与现代生活方式》（1998），都呈露出巴赫金狂欢化理论影响的痕迹。

自20世纪80年代以来，巴赫金在中国不仅有幸避免了同一时期俄苏其他理论家、批评家大都被冷落的命运，受到罕见的大力推崇和广泛接纳，甚至得以跻身于当代西方思想大师的行列，迅速成为这一时期在我国学术界最有影响的理论家之一。产生这一现象的根本原因，首先在于这一理论体系虽然脱胎于20世纪的俄罗斯，却几乎完全不带有苏联时期官方认可的文艺理论所常有的那种过于追随主流意识形态、以政治判定代替美学分析的极左色彩，具有使文学研究真正返回到其自身的意义。再者，作为这一理论体系之重要组成部分的对话理论，适应了当代思想文化的多元化格局，在理论上为各种不同甚至互相对立的思想在肯定各自价值的前提下，通过独立表达、言说自身而实现彼此交流提供了合法性和可能性。最后，巴赫金所倡导和运用的文学批评方法，以其出色的研究成果而显示出它的有效性、新鲜性和可操作性，为正处于探索之中的中国当代文学批评和文学研究，提供了一种可资仿照的借鉴。于是，在俄苏文论普遍遭遇怀疑、冷淡和排斥的总体背景上，巴赫金的身影便显得格外清晰和可贵。

19世纪末、20世纪初近30年间俄罗斯文学和文化的白银时代，由被称为俄罗斯的"文艺复兴时代"。这一时代留下了丰厚的理论批评遗产，如以弗·索洛维约夫为先驱、以别雷夫等为代表的象征主义理论批评，以别尔嘉耶夫、舍斯托夫为代表的宗教文化批评，以及阿克梅派文论、未来主义的语言学诗学理论，等等。这个时期的文学理论与批评是 20 世纪俄罗斯文学理论与批评的伟大开端，它为后来的诸多理论批评流派的形成与发展奠定了基础。如俄国形式主义便出现于这个时代的晚期，其最初几位主要成员都从未来主义的语言学诗学革新试验中受到启发；象征主义理论家维·伊凡诺夫在 20 世纪初就开始研究希腊酒神崇拜、民间狂欢活动、宗教与艺术之间的关系，事实上是巴赫金的直接先驱。

遗憾的是，这一份丰厚的理论批评成果，在整个 20 世纪的进程中，却几乎完全未被我们所注意和接受。仅仅是在"五四"时代，我国个别学者曾对其作过一些扼要的介绍。在此后的大半个世纪中，我国读书界对白银时代的文学理论与批评成就，一直知之甚少。直到进入 20 世纪 80 年代以后，这种情况才开始有了变化。白银时代的理论批评开始受到中国学术界的重视，一股补充接受这份文学遗产的热潮悄然兴起。20 世纪最后几年中，我国陆续出版了"俄罗斯白银时代文化丛书"（云南人民出版社，1998）、"白银时代俄国文丛"（学林出版社，1998、1999）、"俄罗斯思想文库"（云南人民出版社，1999）、"俄罗斯白银时代精品文库"（中国文联出版公司，1998），其中收进了白银时代的一系列文学理论批评论著。这 4 套丛书的连续推出，以一种集约性规模和整体效应，在我国学术界对白银时代文学理论批评成果的补充摄取中，发挥了最显著的作用，并迅速激起了反响。

从 80 年代后半期起，中国学者在自己的著述中就开始提到白银时代思想家、批评家们的名字。如刘小枫在他的《拯救与逍遥——中西方诗人对世界的不同态度》（1988）一书中，就曾追问中国"现当代大儒们"为何把弗·索洛维约夫、舍斯托夫、别尔嘉耶夫等思想家撇在一边。他的《走向十字架上的真》（1994）一书，也曾引用别尔嘉耶夫关于乌托邦思想的一段议论，并指出对别尔嘉耶夫、谢·布尔加科夫那一代思想家缺乏研究，是我国学术界的一大遗憾。在《流亡话语与意识形态》（1990）一文中，刘小枫还评说以别尔嘉耶夫为代表的俄国一代流亡知识分子迁居国外之后的著述活动，谈及他们的学术思想和白银时代思想文化之间的精神关联。此外，还有论者发表过题为《鲁迅与列夫·舍斯托夫》的文章，认为鲁迅曾"对存在主义的重要先驱舍斯托夫的思想发生精神共振"。上述论著表明，白银时代的思想文化遗产，已经在20世纪晚期我国的文化和文学研究中发挥了作用。

五、几点思考

1. 反顾过去一个世纪中国文学对俄罗斯文学理论与批评的接受，不难发现：我们过去对俄罗斯文学理论与批评的认识、理解和接受，同它的原本形态之间，存在着某种巨大的偏离。特别是在20世纪俄罗斯文学理论与批评的诸多流派中，我们曾经接受的，除了俄国早期马克思主义批评、苏联早期领导人的文艺思想之外，主要就是和极左政治相联系的那部分文学理论。这种片面的接受，至少造成了两种历史结果：其一，为过去一个长时期中我国文学的指导思想、理论批评和创作实践的极左走向找到了一种外来参照和支撑；其二，为今天我国文学界某些人全面否定俄罗斯文学理论与批评、特别是它在20世纪的成就，提供了似乎颇具说服力的依据。

2. 由于上述接受偏离，人们难免产生俄苏文论就是"极左文学理论"的错觉；由于个人崇拜时期推行极左文艺路线和政策、宣扬极左的文艺观，是在马克思主义旗号下进行的，这又很容易使人错误地把极左的文学理论等同于马克思主义文论；由于个人崇拜时期的苏联理论家们，从现实主义理论和马克思主义文论中分别抽取了一些他们认为可以利用的东西，以庸俗社会学为理论基石，建构起

"社会主义现实主义"的理论批评体系，因此又一度模糊了现实主义理论、马克思主义文论、极左文学理论批评之间的界限。这就使得有人把俄苏文论、马克思主义文论、现实主义文论和极左文学理论等量齐观。因此，在我们面前，依然摆着一个全面了解、重新认识俄苏文论与批评、对我们过去的理解和接受进行清理和辨析的繁重任务。

3. 中国文学接受俄苏文论，到70年代末、80年代初曾出现过又一高潮，然而从总体上看，中俄文学关系似乎很难再出现新的蜜月期了。从80年代中期起，无论是俄苏文论，还是俄苏文学，对中国文学的影响都开始呈现出衰落的趋势。20世纪中国文学在自己的发展进程中长期受到俄苏文论影响的史实，以及关于这一影响的历史结果的鲜明记忆，使得新一代中国文学家们产生了一种或明或暗的排拒意识。对于俄苏文论，他们不再像过去那样盲目崇拜，统统拿来，但也几乎完全失去了再度面对它的耐心。俄苏文论与批评乃至全部俄罗斯文学，似乎都已是明日黄花，风光不再。这一现象，可以看成是对以往我们在接受外来文学理论批评方面"独尊俄苏"路线的一种惩罚。历史决定了我们必须承受这种惩罚，但它也同样给了我们重新考察和认识俄罗斯文学理论批评史的机遇。这项追本溯源、正本清源的繁难工作，有助于让人们看清俄苏文论与批评的原本面貌，并由此而见出我们已有的接受和理解究竟有哪些遗落和片面性。

4. 回望过去百年间中国文学对俄苏文论的接受过程，正如人们在回溯历史时所常有的情形那样，我们往往会带上某种"事后诸葛亮"式的挑剔眼光和自以为高明的优越感，好像如果我们自己身处那个已然逝去的时代中，就一定会作出更明智、更恰当的选择似的。我们可能忽略的是，当年中国文学界对于包括俄苏文论在内的外国文学理论与批评的接受，这一接受的侧重及其间出现的种种偏离和失落，都具有一种历史的必然性。甚至可以这样说：如果历史再重复一次，我们也仍然只能作出如此这般的接受。今天，我们回顾 20 世纪中国文学俄苏文论与批评的接受史，考察俄苏文论与批评在中国的影响，目的并不在于指责或颂扬当年的那些译介者、研究者和接受者们，而在于透过文学接受的表象，沉思形成这种接受局面的历史文化原因，探索外来文化与文学接受的规律，从一个侧面为中国文学在 21 世纪的发展提供参照。

中国文学接受 20 世纪俄国文论的回顾与沉思[①]

20 世纪俄罗斯文学理论与批评,和灿烂的 20 世纪俄罗斯文学一样,也是流派纷呈、丰富多彩的,并在总体上显示出一种诸家学说并立、在彼此渗透和相互交融中发展演进的多元格局。这部理论批评史上镌刻着一系列闪光的名字:从罗赞诺夫、舍斯托夫、别尔嘉耶夫、维·伊凡诺夫、别雷、艾亨瓦尔德、伊凡诺夫—拉祖姆尼克,到卢那察尔斯基、沃隆斯基、什克洛夫斯基、巴赫金等。他们的理论批评建树至今仍然具有其独到的意义和价值,有的还依然保持着顽强的学术生命力。

然而,我们过去对 20 世纪俄罗斯文学理论与批评的认识、理解和接受,同它的原本形态之间,存在着某种巨大的偏离。在诸多理论批评思潮和流派中,我们曾经接受的,除了俄国早期马克思主义批评、苏联早期领导人的文艺思想之外,主要不过是"无产阶级文化派思潮"、"拉普"文学理论、庸俗社会学理论批评、"社会主义现实主义"及其"开放体系",再加上日丹诺夫主义(如果它也可以算是"文学理论和批评"的话)。

进入历史新时期,在精神文化氛围趋向宽松、文学观念得以更新、大批文学档案逐渐公开的背景下,中国对 20 世纪俄罗斯文论的接受状况开始有所变化。在上述摄取范围之外,我们开始引入俄国形式主义和巴赫金的诗学理论,补充译介 50 年代初期以来苏联文艺

[①] 本文原载《俄罗斯文艺》,2004 年第 2 期。

学领域出现的某些新的理论成果，如赫拉普钦科的文学批评著作，阿·布罗夫的《艺术的审美本质》，列·斯托洛维奇的《审美价值的本质》，卡冈的《艺术形态学》，波斯彼洛夫的《文学原理》，一直到洛特曼的结构主义诗学，等等。这些"补充接受"，逐渐打破了我们过去对于20世纪俄罗斯文学理论批评完整图像的认识。从20世纪90年代中期起，我国学术界开始对20世纪俄罗斯文学理论与批评遗产进行认真而系统的梳理，并试图经由全面回顾中国文学对20世纪俄罗斯文论的接受史，总结历史的经验和教训。这一研究中提出了以下几个值得我们注意的问题：

第一，我们以往对20世纪俄罗斯文学理论与批评的接受，存在着哪些失落？这种接受偏离是怎样出现的？

"20世纪俄罗斯文学理论与批评"这一提法，是在苏联解体以后，随着"20世纪俄罗斯文学"概念的提出而提出的，它的内涵远远大于"苏联文学理论与批评"，其中至少有三大板块是过去的"苏联文学理论与批评"所无法包含的，即：

1. 白银时代的文学理论与批评，也即从19世纪90年代到十月革命前近30年间的文学理论与批评成就，如以弗·索洛维约夫为先驱的象征主义理论批评，以别尔嘉耶夫、谢·布尔加科夫、舍斯托夫、罗赞诺夫为代表的宗教文化批评，以古米廖夫、曼德尔什塔姆为代表的阿克梅派文论，以赫列勃尼科夫为代表的未来主义的语言学诗学主张，以及格尔申宗、艾亨瓦尔德、伊凡诺夫—拉祖姆尼克、楚科夫斯基等专门批评家的建树，等等。这个时期的文学理论与批评是20世纪俄罗斯文学理论与批评的伟大开端，它为后来的诸多理论批评流派的形成与发展奠定了基础。如俄国形式主义便出现于这个时代的晚期，其最初几位主要成员都和未来主义诗人关系密切，并从后者的语言学诗学革新中深受启发，从而逐渐形成一个影响深远的理论流派。又如，象征主义理论家维·伊凡诺夫在世纪之初就展开了对于希腊酒神崇拜、民间狂欢活动、宗教与艺术之间的关系的系统研究,事实上是晚近呼声很高的巴赫金诗学理论的直接先驱。凡此种种,都可见出白银时代的文学理论与批评遗产的意义和价值。

2. 俄罗斯侨民文学理论与批评。十月革命以后,原先活跃于白银时代的著名作家、批评家约有一半人迁居国外,形成俄罗斯侨民文学的"第一浪潮",后来则有二战期间的"第二浪潮"和70年代以后形成的"第三浪潮"。其中,"第一浪潮"和"第三浪潮"的总体文学成就较高,文学理论批评也是如此。侨民文学"第一浪潮"的理论批评方面,作出贡献的主要有三类人。第一类是专业文学理论家、批评家或文学史家,代表人物有谢·马科夫斯基、康·莫丘尔斯基、格·司徒卢威、马·斯洛宁、格·阿达莫维奇等。他们一般具有鲜明的现代观念和为现代文学写史的意识,始终密切注视俄罗斯文学进入20世纪以后的复杂动向和新出现的问题,因此推出了系统研究20世纪俄罗斯文学的一批重要成果。其中如格·司徒卢威的《列宁与斯大林时期的俄国文学:1917—1935》(1971)、《流亡中的俄罗斯文学》(1956,1984),斯洛宁《现代俄罗斯文学:从契诃夫到当前》(1955)、《苏维埃俄罗斯文学:作家与问题》(1964,1977)等,是在西方各国极有影响的文学史著作。以雅各布森为代表的、迁居国外的形式主义者和布拉格学派,也应属于此类。第二类是涉及理论批评的与文学史研究的第一代侨民作家和诗人,他们或对19世纪经典作家作品作出新的阐释,或为同时代人绘制文学肖像,或思考某些根本的诗学问题。侨民文学"第一浪潮"的几乎所有主要代表作家和诗人,如布宁、济·吉皮乌斯、列米佐夫、霍达谢维奇、格·伊凡诺夫、茨维塔耶娃、扎伊采夫等,均留下了各自的文学批评遗产。其中如布宁的《托尔斯泰的解脱》(1937)、茨维塔耶娃的一系列诗论著作,都堪称杰出的批评论著。第三类人是论及文学现象和问题的思想家、哲学家、文化史家等,如别尔嘉耶夫、舍斯托夫、伊·伊里因、费·斯杰蓬等。他们继承了白银时代宗教文化批评的学术思路，其中，别尔嘉耶夫和舍斯托夫在侨居国外后更是笔耕不辍，著述浩叠，前者被称为"20世纪的黑格尔"，而后者则成为西方存在主义的先驱。

在侨民文学"第三浪潮"中，文学批评领域的杰出代表人物是阿勃拉姆·捷尔茨（即安·西尼亚夫斯基）。他于50年代后期把《何谓社会主义现实主义》（1957）一文寄往国外发表，1965年被发现，随即被捕并被判刑7年，1973年侨居巴黎，后陆续有《俄罗斯与当代——俄罗斯文学过程》（1974）、《在果戈理的阴影里》（1975）等论著问世。另如索尔仁尼琴、布罗茨基的许多精彩的文字，也同样属于"第三浪潮"中的文学理论和批评方面的重要成果。

3. 20至70年代被批判的众多作家、批评家的被封存的著述，包括起步于白银时代、后来留在国内的作家、批评家的著述，以及侨民作家出国前的著述。如曼德尔什塔姆的《诗论》（1928），扎米亚京的《当代俄罗斯文学》（1918）、《论综合》（1922）、《论文学、革命、熵及其他》（1923），1937年被"清洗"的沃隆斯基的论著，当然也包括前面提到的、从20年代起就受到批判的形式主义理论家、批评家和巴赫金的著作，等等。

以上三大板块，长期以来显然都处于我们的接受视野之外。另外，对于高尔基等现实主义作家的文学批评建树，我们历来也只了解其中的一小部分，而这一小部分又恰恰是被解释成似乎是为在苏联时期一度占统治地位的极左文艺路线和政策提供理论支撑的。高尔基的丰富文学思想，有的被曲解，有的被遮蔽了。

上述接受偏离的出现，有其独特的历史背景，甚至可以说具有某种历史的必然性。文学接受史清晰地显示出：中国文学大规模地摄取俄罗斯—苏联文学理论和批评，其实是在20世纪20年代以后；我们所接受的具体对象，所吸纳的具体内容，与其说是俄罗斯文学理论与批评，不如说是苏联的文艺理论家们对它的阐释和解说。这些苏联文艺理论家大部分是在极左路线占统治地位、个人崇拜盛行的年代里进行他们的传播和宣讲的,这一既定的客观历史条件决定了他们的言说不能不具有几乎完全服从于、服务于官方意识形态的特点。极左的政治路线需要有一套为之张目的极左文艺政策,而后者的理论表现即极左文学理论。这一理论形态的要害,是把阶级和阶级斗争的理论引入文学,强调文学为政治服务,把文学当作政治的附庸或政治斗争的工具。从 20 年代的"无产阶级文化派"思潮到 40 年代末、50 年代初的日丹诺夫主义,其全部理论的核心和基石均在于此。极左的文学理论与批评在看取文学史和文学理论批评史时,一个基本观念就是:现实主义与反现实主义的斗争贯穿于文学发展的全部进程,这一斗争其实是哲学上的唯物主义和唯心主义、政治上的革命与反动之间的斗争在文学上的反映。坚持上述理论和观念,在对俄罗斯文学理论与批评中多种思潮和流派更迭交替的演变过程进行检视和评价时,必然是排斥、贬低、遮蔽所有非现实主义的理论批评流派;必然歪曲现实主义理论批评,淡化它的实证态度、怀疑品格、批判精神和人道主义内涵,消解它的美学旨趣和艺术追求,把它解释为"社会主义现实主义"的前阶;必然大力推崇和竭力宣扬那种符合极左政治需要的文学理论、主张和口号。于是,流派众多、五光十色的俄罗斯文学理论与批评发展史,就被简化为由 19 世纪现实主义发展到苏联"社会主义现实主义"的单一过程。显然,我们曾经无保留地认同了这些理论和观念,于是,上述接受偏离就不可避免地出现了。

第二,苏联的极左文学理论与批评曾经给中国文学造成了哪些负面影响?

苏联的极左文学理论与批评实践,对中国文学的负面影响是明显的。如 20 年代末我国"革命文学"论争中对"五四"文学传统的否定,对鲁迅、冰心、叶圣陶等作家的攻击,显然是承袭了"无产阶级文化派"和"拉普"对俄罗斯传统文学的评判和对所谓"同路人"作家的排斥；30年代初"左联"的文学口号和主张，特别是对所谓"辩证唯物主义创作方法"的宣扬和推崇，则完全是"拉普"理论的照搬和运用；40年代对王实味、丁玲等人的批判，其实是沿用了苏联独尊"社会主义现实主义"之后对待所谓"异己"作家的做法；50年代对胡风文学思想的批判，对俞平伯《红楼梦研究》中的唯心主义的批判，对影片《清宫秘史》的批判，对丁玲、陈企霞反党集团的批判，等等，则都是日丹诺夫主义在中国的创造性运用；而从50年代初期开始把"社会主义现实主义"规定为我国文学创作的基本方法，更是照搬了苏联30—50年代对文学实行"一统化"控制的做法，并由此而造成公式化、概念化作品的大量出现。

又如，从50年代在我国出现的几种高等院校文艺理论教材，如霍松林的《文艺学概论》、李树谦、李景隆的《文学概论》、冉欲达等的《文艺学概论》、刘衍文的《文学概论》，以及山东大学中文系编写的《文艺学新论》、湖南师院中文系编写的《文学理论》等，到60年代出版的全国统编教材、以群主编的《文学的基本原理》，基本上都是苏联同类教材的移植。当时被中国学者作为主要参照的苏联教材，主要有季莫菲耶夫的《文学原理》，毕达可夫的《文艺学引论》，柯尔尊和谢皮洛娃的两种《文艺学概论》等（均有中译本）。苏联这几种文艺学教材的特点是：在体例上，分为"文学本质论"、"文学创作论"和"文学发展论"三大块展开论述；在内容上强调文学的意识形态性、阶级性和党性，对文学作品作"内容和形式"的简单分割，片面阐述作品的思想性和艺术性两者之间的关系，以阶级斗争的眼光看待全部文学史，强调现实主义和反现实主义的两军对垒，并把这种斗争视为阶级斗争在文学艺术上的必然反映，等等。这一切都被我国的文艺理论教材照搬了过来，对几代人的文学观念产生了直接的影响。

贯穿于苏联的极左文学理论与批评的各种形态之中、或作为其理论基础的庸俗社会学,更成为一个长时期内我国文艺指导思想、文艺政策和文艺理论的理论根源。我国文学自50年代初开始急剧极左化,愈演愈烈,终于酿成十年内乱中文学几乎全面停滞的大悲剧,重要原因之一就在于此。因此,彻底否定上述苏联的极左文学理论,就有了一种必然性、必要性和合理性。

诚然,在20世纪中国文学发展的不同历史阶段中,也有不少文学理论家、批评家能够程度不同地突破一般的认识思路和接受框架,以对于俄罗斯文学理论批评著作的深入研读为基础,发现了其中真正有价值的思想和方法,甚至在理解马克思主义学说方面也超越了苏联理论家们所划定的范围。例如,鲁迅在20年代末就指出普列汉诺夫是"用马克思主义的锄锹,掘通了文艺领域的第一个"。钱锺书在40年代就对当时还很少为人所知的俄国形式主义作出了精辟的评说,并将其与中国传统诗文批评进行了比较分析。胡风在别林斯基那里所看到的,是后者关于"历史的批评"和"美学的批评"相统一的思想;他对"主观精神"、"主观力"的强调,也和别林斯基关于作家、诗人的"主观性"的议论密切相关。50年代秦兆阳、刘绍棠等人对"社会主义现实主义"的大胆质疑,成为我国文学界怀疑和否定极左文学理论的先声。同一时期,钱谷融对高尔基关于"文学是人学"的思想进行了深刻的阐发;巴金也从那时起一再引用高尔基关于文学的目的问题的论述,表达自己对于文学艺术的作用究竟是什么的深入思考;80年代出现的赵园的中国现代文学史研究著作,表明她准确地把握并成功借鉴了高尔基的文学史观念和方法——这一切都在我国的高尔基文学思想接受史中独树一帜。在历史新时期,朱光潜对马克思《1844年经济学—哲学手稿》中的美学思想作出了富有见地的阐释,晚年的周扬对马克思关于人道主义和"异化"问题进行了颇具胆识的探讨,标志着中国文学理论界开始突破从苏联人那里间接理解马克思主义的旧有思路,显示出理论上的走向成熟和自觉。20世纪世纪晚期钱中文在巴赫金诗学理论的译介和研究方面所作出的贡献，刘小枫对俄罗斯白银时代思想文化遗产的重视，则很有说服力地说明了：我国思想界、文学界如果能够冷静地重新面对 20 世纪俄罗斯文学理论批评，就一定会有新的发现。

第三，是否可以在马克思主义文学理论、俄苏文学理论和极左文学理论思潮这三者之间画等号？

由于从总体上看，20 世纪中国文学对俄罗斯文论与批评的接受，无疑是着重吸纳了其中极左的部分，这就难免给人们造成了俄罗斯文学理论就是"极左文学理论"的错觉。其实，如前所述，20 世纪俄罗斯文学理论，流派繁多，名家辈出，硕果累累，显然并不都是"极左文学理论"，其中有的不妨说正是在对极左文学理论的反拨之中形成的。这两者之间当然不能混淆，也不易混淆。如果有人至今仍旧把 20 世纪俄罗斯文学理论一概当作"极左文学理论"并从总体上加以排斥，那只能说明他对 20 世纪俄罗斯文学理论缺乏全面的认识。遗憾的是，目前，对俄苏文学理论、特别是 20 世纪俄罗斯文学理论持这种态度的，在我国学术界（包括国内的英美文学研究界、文艺理论界、中国现当代文学研究界）还大有人在。在有些人看来，俄罗斯文学理论和批评，特别是 20 世纪俄罗斯文学理论批评，就等同于"极左文学理论"，因此只能加以全盘否定，一如当初有人曾经对其全盘肯定一样。值得注意的是，在前后两种情况下，他们都很少清楚地了解自己简单肯定或否定的对象。

由于斯大林个人崇拜时期推行极左的文艺路线和政策、宣扬极左的文艺理论，是在马克思主义的旗号下进行的，这又很容易使得某些人错误地把极左的文学理论等同于马克思主义文学理论。这两者之间更是有天壤之别的。马克思主义经典作家虽然没有留下专门的文艺理论和批评著作，但是他们对美学、艺术和文学问题的许多具体论述（含书信），其实已构成世界文艺理论发展史上不可或缺的篇章，其中如他们关于艺术感觉的历史发展的看法，关于物质生产的发展同艺术生产的不平衡关系的阐述，关于"人是按照美的规律进行创造的"的观点，关于审美感受与审美对象的同一性和差异性的见解，关于"从美学观点和历史观点"、即"最高的标准"来衡量作品的思想，关于"作者的观点见解愈隐蔽，对于艺术作品来说就愈好"，"倾向应当从场面和情节中自然而然地流露出来"，作家不必要把他所描写的社会冲突的解决办法硬塞给读者的论述，以及他们关于但丁、莎士比亚、歌德、巴尔扎克等伟大作家的精彩评说，都表明他们是具有深厚的艺术修养、敏锐的艺术感受力并深谙艺术规律的思想家。所有这一切，连同他们的那些卓越的思想，都是苏联的极左文学理论家和批评家，从"无产阶级文化派"、"拉普"分子、庸俗社会学者到"社会主义现实主义"和日丹诺夫主义的信徒们所不可能具备、也不可能掌握和拥有的。我们既不能把这两者混为一谈，更不能在泼脏水的时候把澡盆里的孩子也一起泼掉了；对于马克思主义文学理论与批评，我们无疑应保持一以贯之的虔敬与尊重，当然更要在文学实践中加以丰富和发展。我们要抛弃的只是从"无产阶级文化派"到日丹诺夫主义那一整套理论和操作方式，那些以外在的力量强加给文学的种种紧箍咒。

个人崇拜时期苏联的极左文学理论家和批评家们，从现实主义理论和马克思主义文学理论中分别抽取了一些他们认为可以利用的东西，在极左政治路线和政策的指导下，以庸俗社会学为理论基石，建构起"社会主义现实主义"的理论批评体系。他们这样做的结果，既对文学的发展造成了直接的破坏性影响，又一度模糊了现实主义理论与批评、马克思主义文学理论与批评、极左文学理论和批评之间的界限，也模糊了马克思主义文学理论与批评、俄苏文学理论与批评、极左文学理论和批评之间的界限。即便是在今天，还依旧有人把它们等量齐观。因此，在中国俄罗斯文学研究者、文艺理论研究者和中国现当代文学研究者面前，乃至在所有中国文学研究者面前，都摆着一个全面了解、重新认识俄苏文学理论与批评，对我们过去的理解和接受进行清理和辨析的繁重任务。

然而，20世纪中国文学在自己的发展进程中长期受到俄苏文论影响的史实，以及关于这一影响的历史结果的鲜明记忆，却使得新一代中国文学家们产生了一种或明或暗的排拒意识。对于俄苏文论，他们不再像过去那样盲目崇拜，一哄而上，统统拿来——仿佛是全盘照搬，实则在匆忙之中，颇有遗失和误解。即便当历史提供了重新发现那些被忽视和被排斥的文化—文学遗产、匡正种种误读和误解的条件以后，人们也几乎完全失去了再度面对20世纪俄罗斯文学理论与批评的耐心。接踵而来的西方现代主义、后现代主义的各种文学理论和批评流派，以其先锋性、挑战性或刺激性吸引了许多人的注意力。俄罗斯文学理论与批评以及全部俄罗斯文学，似乎已是明日黄花，风光不再。这一现象，可以看成是对以往我们在接受外来文学理论批评方面"独尊俄苏"路线的一种惩罚。

历史决定了我们必须承受这种惩罚，但它也同样给了我们重新考察、认识和描述俄罗斯文学理论批评史、特别是20世纪俄罗斯文学理论批评史的机遇，并使得我们回望、梳理20世纪中国文学对俄苏文论和批评的接受史成为可能。我们愿意把这项追本溯源、正本清源的繁难工作继续进行下去，让同时代人和未来的人们看清20世纪俄罗斯文学理论批评的原本面貌。至于苏联的极左文学理论，我们谨祝愿它一路顺风，远离我国，永不回头！

2003年初冬于南京

"社会主义现实主义"在中国的理论行程[①]

"社会主义现实主义"概念和定义的出现,不仅是苏联文学和20世纪俄罗斯文学中的一件大事,而且在一个相当长的时间内对现当代中国文学的观念、理论批评和创作,都产生过深刻的影响。正如研究20世纪俄罗斯文学理论与批评史不能绕开对于"社会主义现实主义"的考察一样,研究20世纪俄苏文论与批评和中国文学的关系,也不可回避"社会主义现实主义"在中国的理论行程。从某种意义上说,"社会主义现实主义"在中国的命运,是检测中苏文学关系的一块晴雨表,并从特定层面显示出作为接受者一方的中国文学自身演变发展的一个侧面。

一、"社会主义现实主义"在苏联的出现

"社会主义现实主义"这一概念的最初出现,时在1932年。它是进入30年代以后高度集中统一的苏联政治经济体制要求文学一统化的必然结果,又和"拉普"的命运紧密相关。"拉普"早就试图在理论上制定一个统领全局、人人服从的"创作方法",此时感到自己的良机已经到来。1932年4月联共(布)中央《关于改组文学艺术团体》的决议颁布后不久,"拉普"领导人就曾向中央提出两点建

[①] 本文原载《南京师范大学文学院学报》,2012年第1期,《新华文摘》,2012年第17期转载。

议,一是要在正处于筹建中的苏联作家协会内部建立一个独立的"无产阶级文学组织",二是要把他们早先提出的"辩证唯物主义创作方法"作为整个苏联文学的基本创作方法。但是这两项建议都被驳回。"拉普"领导人不知,在此之前,斯大林已经单独召见过作家协会组织委员会主席伊·米·格隆斯基,询问他对于创作方法问题有何意见。格隆斯基明确表示坚决反对"拉普"的"辩证唯物主义创作方法",建议把苏联文学的创作方法称为"无产阶级社会主义的现实主义,或更确切地称为共产主义的现实主义"。斯大林随即对格隆斯基说:"您已经找到了解决问题的正确途径,但对它的表述不十分准确。如果我们把苏联文学艺术的创作方法称为社会主义现实主义,那么您以为如何?"[1]紧接着,斯大林便对这一提法的长处作了说明。格隆斯基自然是无条件地赞同斯大林的意见,并很快就在1932年5月20日莫斯科文学小组积极分子会议上,公开宣布"社会主义现实主义"是苏联文学的基本方法。以上史实充分说明,最先把苏联文学的创作方法定名为"社会主义现实主义"的,不是别人,而是斯大林本人。

但是斯大林并不愿意将"社会主义现实主义奠基人"的头衔留给自己,因为这样做显然名不正、言不顺。于是,抓住高尔基在国内的机会,1932年10月26日,斯大林在莫斯科小尼基塔街高尔基寓所召开了一次座谈会。会上,在回答一位诗人提出的问题时,斯大林说:"艺术家应该真实地描写生活。而如果他将真实地描写生活,那么他就不可能不注意到、不可能不反映生活中引导它走向社会主义的东西。这就将是社会主义现实主义。"[2]这番话是斯大林公开表明自己提倡"社会主义现实主义"的标志。如果说,前述斯大

---

[1] Гронский И. И Овчаренко А.《Переписка》.//Вопросы литературы,1989,№ 2,с. 147–148.

[2] Зелинский К.《Одна встреча у М. Горького》.//Вопросы литературы,1991,№ 5,с. 167.

林对格隆斯基所说的话，具有为苏联文学创作方法定名的意义，那么，他在座谈会上的讲话，则是要通过一大批作家向整个文学界传达出他个人的意见。这显然比5月20日格隆斯基的宣布更具权威性。至此，"社会主义现实主义"这一提法已取得不可动摇的地位。

在此后的近两年时间内，苏联文学界虽然曾就创作方法问题展开过讨论，但讨论的内容却仅限于论述"社会主义现实主义"的特征，以及这一方法应如何看待和处理文学的一系列内外关系。没有、也不可能有任何人对"社会主义现实主义"的提法本身表示怀疑，更不可能提出任何别的概念。1934年5月，作家协会组织委员会召开第三次全体会议总结这场讨论时，已经在《苏联作家协会章程草案》的理论部分，对"社会主义现实主义"做了"完整的表述"；后来被人们经常引用的那一段"社会主义现实主义"的定义，至此已完全成型：

社会主义现实主义，作为苏联文学创作和文学批评的基本方法，要求艺术家从现实的革命发展中真实地、历史具体地去描写现实；同时，艺术描写的真实性和历史具体性必须与用社会主义精神从思想上改造和教育劳动人民的任务结合起来。①

1934年8月召开的第一次苏联作家代表大会，不过是对其履行程序上的"通过"手续而已。"社会主义现实主义"定义被正式载入《苏联作家协会章程》。就这样，从1932年4月联共(布)中央决议发表，到1934年9月初第一次苏联作家代表大会结束，苏联文学界完成了组织调整和理论调整两大任务。前一任务是通过解散"拉普"及其他各文学团体、组建统一的苏联作家协会而完成的；后一目标是经由否定"拉普"的"辩证唯物主义创作方法"、确立"社会主义现实主义"而实现的。调整前后的继承关系十分明显。苏联作

---

① 《苏联文学艺术问题》，曹葆华等译，北京：人民文学出版社，1953年，第13页。

家协会否定并取代了"拉普",却以另一种组织形式实现了对文学界的一统化控制;"社会主义现实主义"否定并取代了"辩证唯物主义创作方法",却并没有彻底否定后者的内核。可以说,"拉普"从20年代起就一直苦苦追求的作家队伍和创作思想上的一统化格局,在1934年终于通过苏联作家协会的组建和"社会主义现实主义"的确立而得以实现。"拉普"所代表的极左文艺思潮,在个人崇拜泛滥的30年代上升为政策性、指令性的文艺指导思想,并自此而控制苏联文坛达20余年之久。苏联作家协会和"社会主义现实主义",不过是"拉普"的组织路线和文艺思想的另一种形式的继续。

二、30—40年代我国文论界对"社会主义现实主义"的接受

苏联文学界自1932年起以"社会主义现实主义"的提法取代"拉普"的"辩证唯物主义创作方法",这一动向迅速引起了中国文学界的注意。1932年12月15日出版的《文学月报》第5、6号合刊,及时报道了"全俄作家同盟组织委员会大会"(即1932年11月29日至12月3日召开的苏联作家协会组织委员会第三次全体会议)的消息。1933年则是"社会主义现实主义"这一概念传入中国的起始年份。这一年2月出版的《艺术新闻》(周刊)第2期,便刊登了林琪从日本《普洛文学》同年2月号翻译的一篇报道《苏俄文学的新口号》,首次向中国读者介绍了"社会主义现实主义"这一口号在苏联的出现。同年11月出版的《文学》月刊第1卷第5号,也登载了一篇《关于苏俄文坛组织的消息》,报道了苏联作家协会组织委员会成立和"社会主义的写实"方法提出的情况,还介绍了该委员会成员法捷耶夫对这一方法的阐释。如果说上述两篇文字都还属

于新闻报道的话，那么，同年的《国际每日文选》①则刊出过这方面的一些重要文章。例如，《国际每日文选》第31号(1933年8月31日)，就刊登了从日本研究者上田进的《苏联文学底近况》一文中翻译的格隆斯基和吉尔波丁(组织委员会秘书长)在苏联作家协会组织委员会第一次全体会议上的发言片断。随后不久出刊的《国际每日文选》第37号(1933年9月6日)和第51号(1933年9月20日)，也先后刊发了华西里珂夫斯基和吉尔波丁分别撰写的两篇同名文章《关于社会主义的写实主义》(译者分别为楼适夷和聂绀弩)。年底，卢那察尔斯基的《社会主义的写实主义底风格问题》(吴春迟译)由《文学》第1卷第6号发表；如前所述，该文其实是作者的长篇论文《社会主义现实主义》的一部分。

"社会主义现实主义"的概念和定义被正式载入1934年第一次作家代表大会通过的《苏联作家协会章程》以后，苏联出版的《国际文学》丛刊第1期(1935年8月)推出"第一次苏联作家代表大会专号"，其中刊登了日丹诺夫在大会上的演讲、高尔基的题为《苏联的文学》的报告和他的大会闭幕词、拉狄克的报告《现代的世界文学与无产阶级艺术底任务》以及法捷耶夫等人的发言。1939年5月，上海东方出版社编译出版了这本《国际文学》，注明它是"第一次苏联作家代表大会的汇刊"。这本"汇刊"使我国文学界人士得以一窥苏联第一次作家代表大会的概貌，并接触到会议的主要文件，也使得"社会主义现实主义"的传播范围进一步扩大。在此之前，1937年5月，上海黎明书局还曾出版《苏联文学诸问题》(伍蠡甫、曹允怀译)一书，内收高尔基、拉狄克和布哈林三人在第一次苏联作家代表大会上的报告，以及大会关于这些报告的决议。另外，《文艺群众》也在1935年9月号上译载了法捷耶夫的文章《社会主

---

① 1933年8月1日在上海创刊，旨在"每日提供世界新闻杂志间各种论文之汉译"，由孙师毅、明耀五、包可华编选，上海中外出版公司印行。

义的现实主义》(芝葳译)。1937年4月在上海创刊的左翼文艺理论刊物《文艺科学》，曾打算编发关于"社会主义现实主义"的上、下两个专辑，但因这份杂志只出了创刊号就停刊，所以只刊出了"社会主义的现实主义（上辑）"。在这一专栏中，收有吉尔波丁的《论社会主义的现实主义》和《新现实主义与革命的浪漫主义》、罗森达尔的《社会主义的现实主义基本的诸源泉》等五篇文章的译文。该刊编者在题为"编完了"的编后记中写道："'社会主义的现实主义'在中国，与其说还很贫乏，毋宁说干脆地说是缺如。所以，我们大胆地越快越好地企图把'社会主义的现实主义'的诸问题系统地介绍到中国的文坛。"①这番话不仅表现了译介者的热情，也道出了"社会主义现实主义"在中国文学中的"缺如"状况。不过，上面提及的诸篇译文，毕竟使我国文学界和广大读者得以初识"社会主义现实主义"。

我国学者自己对"社会主义现实主义"的评价，同样始于1933年。周扬在这一年9月出刊的《文学》第1卷第3号上发表的《十五年来的苏联文学》一文中，谈到1932年10月苏联作家协会组织委员会会议上的"一件值得注目的事情"，即格隆斯基和吉尔波丁在他们的报告和演说里，"指摘了从来'唯物辩证法的创作方法'这个口号的不正确，提出了苏维埃文学的新的口号'社会主义的现实主义'和红色革命的浪漫主义'，在文学的方法论上展开了一个新的阶段。"②周扬的这篇文章，诚如他自己所说，是根据泽林斯基的一篇论文而写成的，但无疑也反映了他自己的态度，这一态度与不过几个月之前他发表的《文学的真实性》一文对"唯物辩证法的方法"的肯定，显然是完全不同的。

---

① 《文艺科学》创刊号(1937年4月10日出版)。
② 周扬：《十五年来的苏联文学》，《周扬文集》，第1卷，北京：人民文学出版社，1984年，第99页。

同年11月，《现代》杂志第4卷第1期又刊出了周扬的另一篇长文《关于"社会主义的现实主义与革命的浪漫主义"——"唯物辩证法的创作方法"之否定》。这篇文章详细地转述了吉尔波丁在苏联作家协会组织委员会第一次全体会议上的报告的内容，包括为什么要否定"拉普"提出的"唯物辩证法的创作方法"，"社会主义现实主义"的真实性、典型性、大众性等特征，它与"革命的浪漫主义"之间的关系，等等。文章指出：吉尔波丁论证了"苏联的作家，虽然走各不相同的道路，却都在朝着社会主义的现实主义这个共同的方向走。苏联文学是一定要依着这个方向而进步，而发展的。"①周扬的这篇文章，未必显示出他本人以及中国左翼文学运动在理论上的成熟，或是对于文学创作方法等根本问题的认识有什么突破性的进展与深化。事实上，1930年代以后的苏联—俄罗斯文学史、中国文学史的进程都已经雄辩地说明：无论是周扬还是吉尔波丁的观点，都是站不住脚的。周扬这篇文章的内容和它在当时的发表这一现象都表明，在这里起关键作用的首先是"学习苏联文学的先进经验"的意识。但是至少，这篇文章毕竟正式宣告了"拉普"的核心理论"唯物辩证法的创作方法"在中国文坛已成为不受欢迎的口号了。除此而外，该文中多少有些见识的观点应当说是结尾的一句话，那就是，周扬提醒人们注意：社会主义现实主义"这个口号是有现在苏联的种种条件做基础，以苏联的政治——文化的任务为内容的。假使把这个口号生吞活剥地应用到中国来，那是有极大的危险性的。"②周扬的这一看法，不仅决定了他在三年之后关于"两个口号"的论争中，不赞成以"社会主义现实主义"的定义来要求当时的中国作家，而且也预示了他在1949年以前，始终没有认

---

① 周扬：《关于"社会主义的现实主义与革命的浪漫主义"——"唯物辩证法的创作方法"之否定》，《周扬文集》，第1卷，第109页。

② 周扬：《关于"社会主义的现实主义与革命的浪漫主义"——"唯物辩证法的创作方法"之否定》，《周扬文集》，第1卷，第114页。

定"社会主义现实主义"是当时中国文学的基本创作方法。

左翼文学运动之外的作家对"社会主义现实主义"的看法，显示出另一种视角。如被称为"新感觉派的圣手"的作家穆时英，在1935年关于电影艺术的一场论战中，在驳斥他的论敌"电影界联合会"及其所属的中国左翼文化界同盟时，就将"社会主义现实主义"称为"伪现实主义"。他的长篇文章《电影艺术防御战——斥捐着"社会主义的现实主义"的招牌者》，曾从这一年8月11日起连续一个月在上海《辰报》刊载。他在这篇长文中写道："所谓社会主义的现实主义者，其实就是在苏联制造的、加上了马克思主义的味精的、古典的写实主义和浪漫主义的炒什锦。这样的现实主义底形成不是一朝一夕的事，而这样的现实主义可以说是苏联为自己制造的、适足的鞋子。从前，在史太林的治权还没有巩固的时候，苏联简直是不要艺术的。它只要群众大会的决议案、革命标语和口号，而把这些东西直截了当地称作'艺术'，而同时又挂了一块'社会主义的现实主义'的招牌。事实上，这样的现实主义如果说是艺术的思潮还不如说是社会主义的思潮来得妥适吧！"①偏激的言辞之中，是否透出一得之见？对此，人们可以见仁见智，但作为当初中国文学界看取"社会主义现实主义"的观点之一，穆时英的看法也自有其存在的价值。

1936年，我国文学界曾发生过关于"国防文学"和"民族革命战争的大众文学"这两个口号之争。这场论争本来和"社会主义现实主义"并无直接联系，但在论争的过程中，也有论者涉及这一苏联文学的新口号。例如，反对"国防文学"提法的徐行，就曾在1936年5月发表文章，强调当时中国所需要的是"新兴的社会科学的理论和用这理论领导的文学，就是我们经常所说的社会主义的现

---

① 穆时英：《电影艺术防御战——斥捐着"社会主义的现实主义"的招牌者》（二），《辰报》，1935年8月12日。

实主义的文学"。他在引用了《苏联作家协会章程》中关于"社会主义现实主义"的定义后接着写道:"我们也有权把这种要求提在每个文学家的面前。我们要求每个作家描写目前大众反对侵略者压迫者和剥削者的斗争,要求每个作家艺术的真实的具体的描写社会的全面,然而要有历史的眼光,要能教育劳苦大众走向光明的前途。"①周扬则撰文对徐行的观点进行反驳,他说:"向国防文学要求最进步的现实主义的作品,是正当的,但国防文学的制作者却并不限于能运用高级的创作方法的作家,就是思想观点比较落后的作者,也应当使之为国防创作而努力。"②另一位论者聂绀弩也在他的文章中指出:在当时的条件下要求中国作家一律按照"社会主义现实主义"方法来写作,"完全是离开作家底创作过程的空谈,无视了苏联和中国这两国人民底现实生活之间的本质的差别,也无视了两国创作水准的距离,不懂得我们底任务是要根据'社会主义的现实主义'的方法原则来设定具体的创作路标。"③不难看出,在对待"社会主义现实主义"的看法上,这几位论者的共同点是都认为它是一种先进的、"高级的" 创作方法,相异之处仅仅在于:能否在1936年就用这一方法的标准来要求中国文学。

同样是在1936年,我国著名的俄罗斯文学翻译家耿济之在一篇回顾1935年苏联文学的文章中,表达了他关于"社会主义现实主义"创作方法究竟给苏联文学创作和批评带来了何种影响的思考。在他看来,由于新口号的提出,苏联作家的思想已被疏导到一条名为"社会主义写实"的"唯一的巨流"中去了,批评家们则只用一根相同的"御制"的尺子来估计和衡量一切作品,而这就不免导致

---

① 徐行:《我们现在需要什么文学》,见《中国新文学大系:1927—1937》第2集(文学理论集二),上海:上海文艺出版社,1987年,第709—710页。
② 周扬:《关于国防文学》,《周扬文集》,第1卷,第175页。
③ 耳耶:《创作活动底路标》,见《中国新文学大系:1927—1937》,第2集(文学理论集二),第769页。

文学创作的"题材太狭隘"、"千篇一律"乃至"水源干枯"①。俄罗斯文学修养深厚的耿济之,在这里显示出他的敏锐的洞察力,达到了他的同时代的其他理论家、批评家所未能达到的认识高度。

40年代,我国文学界在译介"社会主义现实主义"方面的一个新现象,是出现了几本关于这一"创作方法"的著作或文集的译本。例如,1940年4月,上海光明书局出版了《文学的新的道路》(适夷译),该书系第一次苏联作家代表大会文件选编,共含29篇大会报告和发言。同年10月,希望书店出版了日本学者森山启著、林焕平翻译的《社会主义的现实主义论》。这本书包括《关于创作理论的二三问题》、《关于创作方法之现在的问题》、《社会主义的现实主义之"批判"》、《"否定的现实主义"批判》、《艺术方法与科学方法小感》、《创作方法与艺术家的世界观》、《艺术上的现实主义与哲学上的唯物论》等七篇论文,从不同角度探讨"社会主义现实主义"问题。这本书还将第一次苏联作家代表大会通过的《苏联作家协会章程》作为附录予以收入。1949年5月,苏联A.K.范西里夫(封面上署名为"华西里夫")著、荒芜翻译的《社会主义的现实主义》一书由北平天下图书公司印行。该书共五个部分,分别论述社会主义现实主义的定义、原则、内容、形式等问题。同年7月,上海棠棣出版社则出版了朱海观辑译的《苏联文艺论集(社会主义现实主义的问题)》,内收瓦希里耶夫的《社会主义现实主义的特质》、泰拉森科夫的《苏联文学中之社会主义现实主义》等论文共八篇。以上三本书的内容,以苏联及日本研究者对"社会主义现实主义"的阐述为主,为中国文学界和广大读者了解国外文艺界对这一新口号的理解提供了必要的材料。同时,我国的一些文学刊物继续译载法捷耶夫、吉尔波丁等人谈论"社会主义现实主义"的

---

① 耿济之:《1935年苏俄文坛的回顾》,载《文学》第6卷第2号(1936年2月1日出版)。

文章。

然而，这一时期，中国文学界仍然没有明确地把"社会主义现实主义"作为自己的口号与旗帜。1939年5月，毛泽东为延安鲁迅艺术学院成立周年纪念的题词是"抗日的现实主义，革命的浪漫主义"。对于这一口号，文学界人士曾经作出了不同的解说。如巴人认为它指出了中国文艺发展的道路和趋势，即从"抗日的现实主义"到"革命的浪漫主义"，再到"社会主义的现实主义"①。在他看来，"社会主义现实主义"是未来中国文学发展的方向。但是也有的论者认为，"抗日的现实主义，革命的浪漫主义"，其实就是"社会主义现实主义"②不过，这后一种看法在当时并未能获得广泛的认同。例如，1941年5月，在毛泽东的《新民主主义论》发表的次年，周扬根据毛泽东对当时中国社会的性质和历史任务的界定，仿照苏联"社会主义现实主义"的提法，提出的是"新民主主义现实主义"③的概念。1942年，毛泽东《在延安文艺座谈会上的讲话》中关于创作方法的说法是："我们是主张无产阶级的现实主义的。"④后来周扬在他的文章和讲话中，则使用"革命的现实主义"、"新的革命的现实主义"等概念。

胡风在他的论著《论民族形式问题》（1940）中，曾认为文艺大众化或大众文艺的内容的发展，"汇合着五四以来的新的现实主义理论底发展（新现实主义——唯物辩证法的创作方法——社会主义的现实主义）和进步的创作活动所积累起来的艺术的认识方法底发展，这

---

① 巴人：《两个口号》，《文艺阵地》，1940年2月，第4卷第7期。

② 林焕平：《抗日的现实主义与革命的浪漫主义》，《文学月报》，1940年9月，第2卷第1、2期合刊。

③ 周扬：《鲁艺订艺术工作公约》，《周扬文集》，第1卷，第324页。

④ 毛泽东：《在延安文艺座谈会上的讲话》，《解放日报》，1943年4月19日。

三方面底内的关联就形成了五四新文艺的传统,现实主义的传统。"①把我国五四以来的文学看成一个向着"社会主义现实主义"前进的过程,把"社会主义现实主义"、甚至"拉普"提出的"唯物辩证法的创作方法"都看成现实主义的一个阶段,这是胡风曾经持有的观点。他在其他一些场合也表达过类似的看法。但是,这一见解在40年代的中国文坛,始终未成为人们的共识。

三、"社会主义现实主义"在50年代的命运

1949年以后,中国文学界开始把"社会主义现实主义"确立为中国整个文学艺术创作和批评的最高准则。1951年5月,在中央文学研究所的一次讲演中,周扬强调:"我们必须向外国学习,特别是向苏联学习,社会主义现实主义的文学艺术是中国人民和广大知识青年的最有益的精神食粮,我们今后还要加强翻译介绍的工作。"②次年5月,周扬在一篇文章中第一次明确提出:"革命的艺术的新方法——社会主义现实主义应当成为我们创作方法的最高准绳。"③这时候,在周扬看来,中国的国情已经大大不同于以往,政治、社会、经济生活等各方面都已产生了具有决定作用的社会主义的因素,因此他改变了自己在1933年及其后的一贯提法,及时地提出把"社会主义现实主义"作为中国文艺创作的基本方法。1952年12月,周扬应苏联《旗》杂志之邀,撰写了《社会主义现实主义——中国文学前进的道路》一文,向苏联文学界传达了这样一条信息:

---

① 胡风:《论民族形式问题》,《胡风评论集》(中),北京:人民文学出版社,1984年,第215—216页。

② 周扬:《坚决贯彻毛泽东文艺路线》,《周扬文集》,第2卷,北京:人民文学出版社,1985年,第61页。

③ 周扬:《毛泽东同志〈在延安文艺座谈会上的讲话〉发表十周年》,《周扬文集》,第2卷,第145页。

"追踪在苏联文学之后,我们的文学已经开始走上社会主义现实主义的道路;我们将在这个道路上继续前进。"①

周扬的上述提法和主张,当然不仅仅是他个人的意见。就在他为《旗》杂志写的文章于 1953 年 1 月 11 日由《人民日报》转载之际,当时担任中共中央宣传部部长的习仲勋,也在《对于电影工作的意见》一文中明确指出:"在文学艺术工作上学习苏联,学习社会主义现实主义的创作方法是坚定不移的,是不能够动摇的。"②这显然是以党在文艺宣传方面的主要领导人的身份所作的发言。同年 3 月,全国文协常务委员会第 6 次扩大会议通过的《关于改组全国文协和加强领导文学创作的工作方案》,即决定结合"社会主义现实主义"创作方法的学习,讨论文学创作思想等问题。4 至 6 月间,全国文学创作委员会组织在北京的 40 余名文艺工作者学习"社会主义现实主义"理论。这次集中学习共进行了十多次讨论,讨论的内容通过创作委员会编印的《作家通讯》,传达到全国文艺界。5 至 7 月间,中南地区、西北地区也分别组织了同一内容的学习与讨论。在学习过程中,《文艺报》编辑部曾根据各地讨论的情况,综合整理了三篇文章,其中包括由敏泽执笔的《对于社会主义现实主义的一些错误理解》一文。这里的"错误理解",指的是有人把"社会主义现实主义"理解为处理不同题材和材料的方式;文章认为,只有把它看成"指导整个文艺创作和批评活动的普遍原则"③,才是正确的理解。

在上述文章和讲话发表前后,胡乔木、周扬等人,还在全国第一届电影剧作会议上做了关于社会主义现实主义的报告。另外,邵

---

① 周扬:《社会主义现实主义——中国文学前进的道路》,《周扬文集》,第 2 卷,第 191 页。

② 习仲勋:《对于电影工作的意见》,《电影创作通讯》,1953 年第 1 期。

③ 敏泽:《对于社会主义现实主义的一些错误理解》,《文艺报》,1953 年第 12 号。

荃麟也在《人民文学》1953年第11期上发表了题为《沿着社会主义现实主义的方向前进》的文章。《解放军文艺》1953年第8期和第10期，则先后刊登了哥尔布诺娃的《论社会主义现实主义理论的几个问题》（稼民译）、特里峰诺娃的《关于社会主义现实主义的几个问题》（郭一民译）等苏联研究者文章的译文。1954年9月5日的《人民日报》，还刊登了苏联前"拉普"理论家弗·叶尔米洛夫的文章《为社会主义现实主义而斗争》。上海新文艺出版社出版的《文艺理论学习小译丛》（1952—1954），更集中译介了苏联研究者论"社会主义现实主义"的文章。这一切，对于"社会主义现实主义"理论在我国的传播，都起到了不小的作用。

  1953年9月，在中国文学艺术工作者第二次代表大会上，周扬正式宣布："我们把社会主义现实主义方法作为我们整个文学艺术创作和批评的最高准则"；他还第一次明确肯定：《在延安文艺座谈会上的讲话》以后，我们的文学艺术是"社会主义现实主义的文学艺术"，而鲁迅在其后来的创造活动中已"成为社会主义现实主义的伟大先驱者和代表者"①。事实上，在为苏联《旗》杂志写的那篇文章中，周扬就已经说过：正如中国新民主主义革命是无产阶级社会主义世界革命的组成部分一样，中国人民的文学也是世界社会主义现实主义文学的组成部分。这表明，周扬对于"五四"以来中国新文学的界定，对于鲁迅的创作方法和文学史地位的评价，已根据苏联"社会主义现实主义"的理论框架进行了调整。人们注意到，在30—40年代，周扬是把中国新文学的主脉称为"革命现实主义"或"新民主主义现实主义"文学，把鲁迅称为"一个伟大的民主主义现实主义者"的。在第二次文代会上做报告的茅盾，也旗帜鲜明地把"社会主义现实主义"的原则作为对中国作家的基本要求，强调

---

① 周扬：《为创造更多的优秀的文学艺术作品而奋斗》，《周扬文集》，第2卷，第249、247页。

指出:"一个社会主义现实主义作家必须要求自己善于觉察出生活发展的方向和新事物的萌芽,善于从革命发展中去表现生活;一个社会主义现实主义作家的职责正是必须要把在今天看来还不是普遍存在,然而明天将普遍存在的事物,加以表现。"①

值得注意的是,1954年,《毛泽东选集》3卷首次出版发行时,收入书中的《在延安文艺座谈会上的讲话》里的"我们是主张无产阶级的现实主义的"这句话,已改为"我们是主张社会主义的现实主义的"。此后在我国出版的毛泽东著作的各种版本,凡收有这篇讲话的,都按此修改后的文字印行。在此之前,冯雪峰在他为《文艺报》所起草的社论及署名文章中,已明确肯定:"无产阶级的现实主义就是社会主义现实主义。"②至此,"社会主义现实主义"不仅已被正式确立为中国文学的创作方法和原则,从而获得了一种不可动摇的地位,而且还被阐释为以鲁迅为代表的"五四"新文学所一直追寻的方向。

就在中国文学界广泛宣传、大力倡导和坚决贯彻"社会主义现实主义"的时候,苏联文学界对这一口号的看法却发生了某种变化。1954年12月,第二次苏联作家代表大会在莫斯科召开。作家西蒙诺夫在大会的补充报告中,主张删去载入《苏联作家协会章程》的"社会主义现实主义"定义中的以下一段话:"同时,艺术描写的真实性和历史具体性必须与用社会主义精神从思想上改造和教育劳动人民的任务结合起来。"他认为,这句话是导致苏联文学中出现"粉饰现实"之弊的因素之一,因为"在战后时期我们一部分作家和批评家在作品里经常借口要从发展的趋向来表现现实,力图'改

---

① 茅盾:《新的任务和新的现实》,《茅盾全集》,第24卷,北京:人民文学出版社,1996年,第264页。

② 冯雪峰:《克服文艺的落后现象,高度地反映伟大的现实》,《雪峰文集》,第2卷,北京:人民文学出版社,1983年,第476—477页。参见《学习党性原则,学习苏联文学艺术的先进经验》,《雪峰文集》,第3卷,第571页。

善'现实"①。结果,第二次作家代表大会通过的新《章程》采纳了西蒙诺夫的建议。1955年,人民文学出版社编辑出版了《苏联人民的文学——第二次苏联作家代表大会报告、发言集》(上、下两册),向中国文学界和广大读者介绍了苏联文学界的新动向。

当然,这一新动向并未能改变中国文学界对"社会主义现实主义"的坚持和贯彻。在对胡风文艺思想的全面批判中,批判者们所使用的最重要的武器之一,就是"社会主义现实主义"。如林默涵认为,胡风的错误之一在于"看不到旧现实主义和社会主义现实主义的根本区别",不懂得"社会主义现实主义者"首先要具有"工人阶级的立场和共产主义的世界观"②。周扬也指出:"社会主义现实主义的公式是马克思列宁主义对文学艺术方法的基本观点和历史贡献。……现实主义应当包括在马克思主义里面,只有马克思主义才能对现实主义作最完满的理解"③。蔡仪则认为,在"社会主义现实主义"的定义中,"真实地、历史具体地描写现实",是过去的现实主义作品在一定程度上也具有的,但是,"用社会主义精神从思想上改造和教育劳动人民的任务",却不是以往的现实主义文学所具有的了。蔡仪一方面批判胡风否认、抹杀了"社会主义现实主义和过去的现实主义在思想根源上的区别"④,另一方面也表示对西蒙诺夫的建议和《苏联作家协会章程》的修改持不赞同态度。冯雪峰也承认:"社会主义现实主义作家描写真实,是为了宣传社会主义,为了用社会主义来教育人民和改造生活。因此,他是有立场地去描写真

---

① 西蒙诺夫:《苏联散文发展的几个问题》,《苏联人民的文学——第二次苏联作家代表大会报告、发言集》,上册,北京:人民文学出版社,1955年,第34页。
② 林默涵:《胡风的反马克思主义的文艺思想》,《文艺报》,1953年第2号。
③ 周扬:《我们必须战斗》,《周扬文集》,第2卷,第325页。
④ 蔡仪:《批判胡风的资产阶级唯心论文艺思想》,见蔡仪《探讨集》,北京:人民文学出版社,1981年,第70—72页。

实。"①他也同样认为世界观是辨别"社会主义现实主义"和过去的现实主义的基本根据。不难看出，胡风的批判者们所强调的，都是世界观、社会主义精神、马克思列宁主义等在"社会主义现实主义"理论中的意义与作用。这一现象反映了当时中国文艺理论界的权威人士们对"社会主义现实主义"的几乎一致的理解。

不过，1956年前后苏联社会政治生活和文学生活中所发生的变化，反对"粉饰现实"、提倡"干预生活"的主张，还是在中国文坛激起了回响。中共中央提出"百花齐放，百家争鸣"的方针以后，最早把"社会主义现实主义"的口号介绍到中国来的周扬，1956年8月在中国作家协会文学讲习所的一次讲话中，说出了他对这一口号及其定义的一些新的看法。一方面，周扬继续强调："社会主义现实主义这个口号不应该去掉，社会主义现实主义是人民艺术发展的方向，为什么我们要反对这个新方向？"另一方面，他又认为："对于社会主义现实主义的学习，决不能陷入教条主义的泥潭。"他指出，排斥非"社会主义现实主义"的作家，对"批判现实主义"的估价不够，和"社会主义现实主义"以外的艺术流派之间存在着不正常的关系（只有打击，没有合作；只教训别人，不向人家学习），等等，都是把"社会主义现实主义"当作教条和公式的表现。周扬提醒道："我们应该把社会主义现实主义了解为一种新的方向，而不能把它当作教条，或者当作创作上的一种公式。不然的话，就有很大的危险。"②周扬还主张："对于社会主义现实主义，我们要反对把它当作教条，不要去推敲它的定义"，"不管定义有没有问题，我觉得我们不必去强调它"；"社会主义现实主义只是指示人们一个方向"，

---

① 冯雪峰：《关于社会主义现实主义》，《雪峰文集》，第2卷，第689页。
② 周扬：《关于当前文艺创作上的几个问题》，《周扬文集》，第2卷，第408—409页。

"至于具体的方法,绝不是立一个定义所能规定得了的。"①在1956年9月中共第八次全国代表大会上的发言中,周扬也是一方面肯定"社会主义现实主义是人类艺术发展的新方向","是一种最进步的创作方法,我们提倡这种方法";另一方面又说:"如果把社会主义现实主义当作教条,当作简单的创作公式,到处乱套,那就只会带来害处。"②周扬的上述意见,既显示出实行"双百方针"的时代活跃的思维,也反映了在政治标尺和艺术价值之间取舍的某种矛盾。

如果说,周扬的身份决定了他必然存在矛盾、有所顾忌的话,那么,另一些文学理论家则曾经坦率地表露了自己对"社会主义现实主义"概念和定义的怀疑。1956年9月,秦兆阳在《人民文学》杂志发表了《现实主义——广阔的道路》一文(署名何直)。他完全同意西蒙诺夫在第二次苏联作家代表大会上对"社会主义现实主义"定义的质疑,还补充指出这一定义的不合理性。秦兆阳写道:"从这一定义被确立以来,从来还没有人能够对它作出最确切最完善的解释,常常是昨天还被认为是很正确的解释,今天又被人推翻了。"经由考察现实主义文学的特征,他认为,"想从现实主义文学的内部特点上将新旧两个时代的文学划出一条绝对的不同的界线来,是有困难的。"因此他建议"称当前的现实主义为社会主义时代的现实主义"。秦兆阳还说:"我之所以要研究社会主义现实主义定义的缺点,是因为由于这一定义所产生的一些庸俗的思想,在我们中国还跟另外一些庸俗的思想结合起来了,因而更加对文学事业形成了种种教条主义的束缚。这些庸俗思想,就是对于《在延安文艺座谈会上的讲话》的庸俗化的理解和解释,而且主要表现在对于文艺

---

① 周扬:《关于当前文艺创作上的几个问题》,《周扬文集》,第2卷,第415、410—411页。

② 周扬:《让文学艺术在社会主义伟大事业中发挥巨大的作用》,《周扬文集》,第2卷,第476页。

与政治的关系的理解上。"①可以看出，秦兆阳事实上是否认了"社会主义现实主义"作为一种独立的创作方法存在的合理性，并且看到了它的定义导致文学中的教条主义，导致对于文艺与政治之关系的庸俗理解。

周勃于1956年12月发表的文章《论现实主义及其在社会主义时代的发展》，表达了与秦兆阳相近的见解。在他看来，现实主义作为一种艺术创作方法，它本身是不应该有什么改变的，所以"前社会主义时代的现实主义与社会主义时代的现实主义在创作方法上，是没有、也不可能有什么区别的"。他认为，《苏联作家协会章程》中关于"社会主义现实主义"的定义，"由于它并没有完全具有对现实主义艺术创作的科学性、确切性的概括，因而从现实主义艺术创作历史的实践来看，或从今天的创作实际来看，都是很难为实践的检验所承认的。"②周勃其实已经清楚地看到，从艺术或美学的角度而言，"社会主义现实主义"这一口号或概念是没有任何意义的。在秦兆阳、周勃的文章之后陆续发表的丛维熙的《对"社会主义现实主义"的几点质疑》（1957）、刘绍棠的《现实主义在社会主义时代的发展》（1957）等一系列文章，都表达了类似的观点。

上述对"社会主义现实主义"的口号和定义发出怀疑乃至否定的意见，迅速受到另一些理论家的反驳。张光年的《社会主义现实主义存在着、发展着》（1956）、黄药眠的《是社会主义时代的现实主义还是社会主义现实主义？》（1957）、蒋孔阳的《关于社会主义现实主义》（1957）、钱学熙的《作家的世界观与创作方法的关系问题》（1957）、叶以群的《我们的文艺方向和创作方法》（1957）等文章，大都从"世界观和创作方法不可分割"的观点出发，确认"社

---

① 秦兆阳：《现实主义——广阔的道路》，见《文学探路集》，北京：人民文学出版社，1984年，第143—144页。

② 周勃：《论现实主义及其在社会主义时代的发展》，见《文艺理论争鸣辑要》（下），上海：上海文艺出版社，1983年，第667—668页。

会主义现实主义"概念中的核心是社会主义,用社会主义精神教育人民是"社会主义现实主义"与过去的现实主义的根本区别所在。所以这些文章的作者都坚定地认为:不能用"社会主义时代的现实主义"的概念来代替"社会主义现实主义"。

同一时期发表的陈涌的《关于社会主义的现实主义》(1957)、蔡仪的《再论现实主义问题》(1957)等文章,也不赞成"社会主义时代的现实主义"这一提法,其基本理由是现实主义的艺术真实性并不能包括"社会主义现实主义"对文学和作家的要求;但这些文章的作者也指出文学的"思想性"不是外加的东西,从而暗示出"社会主义现实主义"定义的不完善之处。王若望在他的《评社会主义时代的现实主义》(1957)一文中,认为秦兆阳等人的主观意图并不是否定"社会主义现实主义"的原则,而是反对文学中的教条主义和公式化倾向,但他又指出:"社会主义时代的现实主义"这一新提法并不能解决这些问题。秦兆阳、周勃、刘绍棠等人的意见虽然受到很多人的反驳,却说明了我国文学界对于"社会主义现实主义"的概念和定义远不是一致认同的。

如果说,以上关于"社会主义现实主义"的这些不同意见的发表,在不同程度上呈现出"百花齐放"的时代氛围,那么,紧随其后出现的批判浪潮,则与"反右派斗争"的气候密切相关。1957年9月1日,《人民日报》发表题为《为保卫社会主义文艺路线而斗争》的社论,批判"右派分子"企图在提倡艺术真实性的旗号下"暴露社会生活阴暗面"的罪恶用心。9月16日,中央宣传部部长陆定一在作协党组扩大会议上强调:即便"社会主义现实主义"不是唯一的创作方法,也是"最好的一种创作方法"[①]。周扬(署名周和)在《反对对社会主义文学的虚无主义态度——与刘绍棠同志商

[①] 参见《文艺报》报道:《陆定一、周扬在作协党组扩大会议上作重要讲话》,《文艺报》,1957年第25号。

权》一文中肯定:"社会主义现实主义的创作方法本身,与无冲突论、公式主义、单调、平庸绝不相容"①。姚文元在他的长文《社会主义现实主义文学是无产阶级革命时代的新文学——同何直、周勃辩论》中,则断言我国文学理论中出现了一种修正主义思潮,"这种修正主义思潮的中心是'写真实',强调社会主义现实主义同过去的现实主义没有方法上的不同,因此不能成为一个独立的流派"②。原先并不赞同秦兆阳、周勃、刘绍棠等人的意见,但认为"社会主义现实主义"的定义确实有不完善之处的陈涌、王若望等人,也同样受到批判。1958年,新文艺出版社选择了报刊上发表的一部分批判文章,结为《社会主义现实主义论文集(一)》予以出版,秦兆阳、周勃的文章也附于书后;次年,上海文艺出版社接着选编出版了《社会主义现实主义论文集(二)》。两本文集共收批判文章58篇。

在"保卫社会主义现实主义"的呼声中,翻译与出版苏联研究者论"社会主义现实主义"的著作,在1956年以后的几年中,曾出现了一个高潮。如留里科夫的《关于社会主义现实主义的几个问题》(殷涵译,作家出版社,1956)、奥泽洛夫的《社会主义现实主义的若干问题》(戈安译,新文艺出版社,1957)、阿·杰明季耶夫的《社会主义现实主义——苏联文学的主要方向》(曹庸译,新文艺出版社,1957)、特罗菲莫夫的《社会主义现实主义——苏联艺术的创作方法》(牛治译,新文艺出版社,1958)等专著,以及收有布·布尔索夫等人论文的《现实主义问题讨论集》(岷英译,新文艺出版社,1958)等,都是在那几年中出版的。人民文学出版社还出版了由中国科学院文学研究所苏联文学组编的《苏联作家论社会主义现实主义》(1960),以及收有苏联文艺界关于"社会主义现实主义"的

---

① 周和:《反对对社会主义文学的虚无主义态度——与刘绍棠同志商榷》,《文艺报》,1957年第15号。

② 姚文元:《社会主义现实主义文学是无产阶级革命时代的新文学》,《人民文学》,1957年9月号。

若干次大规模讨论的重要论文的《世界文学中的现实主义问题》（1958）等文集。译文杂志社选编的《保卫社会主义现实主义》（作家出版社，1958），分为两集出版，其中第一集收录苏联文学界捍卫"社会主义现实主义"的文章，第二集则集中收入东欧各国研究者的同类论文。同一时期，我国的《光明日报》、《译文》（从1959年第1期起改名为《世界文学》）、《解放军文艺》、《哲学社会科学动态》、《文史哲》、《外语教学与翻译》等报刊和《学习译丛》、《文艺理论译丛》、《电影艺术译丛》等丛刊，还大量刊登苏联研究者阐释"社会主义现实主义"的文章，或者报道苏联文艺界有关讨论的情况。

与译介方面的盛况相伴随，我国学者除了发表批判文章外，还在另一些文章中正面表示对"社会主义现实主义"的拥护和捍卫，如茅盾的《社会主义现实主义永远胜利前进》（1957）、郭沫若的《向苏联文艺看齐》（1957）、戈宝权的《苏联文学的创造道路是什么?》（1956）等。其中，郭沫若在他的文章中写道："一面鲜艳的红旗在二十世纪的文学领空迎风招展——社会主义现实主义的红旗，它标志着人类文学艺术发展的新方向。阶级敌人妄想推倒这面红旗，那是徒劳的。"①郭沫若在这里不仅旗帜鲜明地表达了保卫"社会主义现实主义"的态度，而且把问题提到政治斗争的高度来认识。

1958年，茅盾还发表了另一篇长文《夜读偶记——关于社会主义现实主义及其他》。作者申明，他是在读了自何直的文章发表起，在国内八种主要文艺刊物上登载的讨论"社会主义现实主义"的32篇文章之后写下这篇长文的。茅盾扼要地勾勒出欧洲文艺思潮的演变史，梳理了中国文学史的"现实主义与反现实主义的斗争"历程，并考察了这一历程所显示的意义，辨析了古典主义和现代主

---

① 郭沫若：《向苏联文艺看齐》，《文艺报》，1957年第30期。

义、文学中的理想与现实的关系，在此基础上确认"社会主义现实主义"是一种崭新的创作方法。他写道：

> 社会主义现实主义创作方法体验着理想与现实的结合，也体验着革命浪漫主义和现实主义的结合。而所以有此可能，就因为社会主义现实主义的思想基础是辩证唯物主义和历史唯物主义。也就是在这一点上，说明了社会主义现实主义虽然继承了旧现实主义的传统，却完全是一种新的创作方法，因此，认为毋须另立新名（社会主义现实主义）而只要称为"社会主义时代的现实主义"就可以了的说法，是错误的；因为它抹煞了旧现实主义和社会主义现实主义这两种创作方法的思想基础的迥然不同，也模糊了社会主义现实主义的鲜明的阶级性和政治原则。①

茅盾的意见，具有对1956年以来我国文学界关于"社会主义现实主义"的概念和定义的讨论进行总结的性质，并重新回到了1953年9月第二次文代会确认"社会主义现实主义"是中国文艺创作和批评的最高准则的思路上。从上述情况可以看出，1949—1958年间，中国文学界对"社会主义现实主义"予以肯定与积极接受的态度，基本上没有改变，尽管其间也出现过某些曲折与反复。

四、"社会主义现实主义"与"两结合"的口号

1958年，在我国全民"大跃进"的高潮中，在中苏两党和两国关系出现某种裂痕的背景下，毛泽东提出了一个新口号："革命现实

---

① 茅盾：《夜读偶记——关于社会主义现实主义及其它》，《茅盾全集》，第25卷，北京：人民文学出版社，1996年，第227—228页。

主义与革命浪漫主义相结合"（以下简称"两结合"）。由于人们对于1939年毛泽东的题词"抗日的现实主义，革命的浪漫主义"还记忆犹新，所以"两结合"的提法并没有使人们感到突然。

　　但是严格地说，毛泽东并未直接提出"革命现实主义与革命浪漫主义相结合"的口号，而只是在1958年3月中共中央成都会议的讲话中，在谈及我国新诗的发展道路时，指出新诗的内容应是"现实主义和浪漫主义对立的统一"。同年4月，郭沫若在回答《文艺报》编者就毛泽东词作《蝶恋花·答李淑一》所提出的问题时，认为这首词是"革命的浪漫主义与革命的现实主义的典型的结合"①。随后不久，《文艺报》（1958年第9期）便以"革命的现实主义和革命的浪漫主义相结合"为题，发表了几位诗人的一组文章。但这组文章所谈论的内容，主要却是关于新诗和"大跃进"民歌的；《蝶恋花·答李淑一》只是笔谈者大都提到的一个"两结合"的范例。直到《红旗》杂志创刊号（6月1日出版）发表周扬的文章《新民歌开拓了诗歌的新道路》，才第一次正式传达了毛泽东讲话的精神，并对"两结合"这一提法的意义作了说明。周扬写道："毛泽东同志提倡我们的文学应当是革命的现实主义和革命的浪漫主义的结合，这是对全部文学历史的经验的科学概括，是根据当前时代的特点和需求而提出来的一项十分正确的主张，应当成为我们全体文艺工作者共同奋斗的方向。"②可见，"两结合"的口号是由周扬的文章首次向我国文学界传达的。

　　应当注意的是，提出"两结合"的口号之初，并没有以它来取代"社会主义现实主义"的用意，更没有规定不准继续使用"社会主义现实主义"的口号。因此，从1958年到60年代初，在我国的各种出版物中，"革命现实主义与革命浪漫主义相结合"和"社会主

---

① 《郭沫若同志答〈文艺报〉问》，《文艺报》，1958年第7期。
② 周扬：《新民歌开拓了诗歌的新道路》，《周扬文集》，第3卷，第5页。

义现实主义"这两个概念，一度是同时使用的。例如，上面提到的周扬的文章中，就有这样的文字："人们过去常常把现实主义和浪漫主义当作两个互相排斥的倾向；我们却把它们看成是对立而又统一的。没有浪漫主义，现实主义就会容易流于鼠目寸光的自然主义；自然主义是对现实主义的歪曲和庸俗化，它绝不是我们所需要的。当然，浪漫主义不和现实主义相结合，也会容易变成虚张声势的革命空喊或知识分子式的想入非非；而这是我们所不需要的。我们赞成社会主义现实主义的创作方法，就是以这样的理解作为基础的。"①1958年11月在北京大学所作的一次讲演中，周扬也曾明确地说道："我们不能否定社会主义现实主义，但对于社会主义现实主义这一体系，我们也可以研究一下。……我个人认为，革命的现实主义和革命的浪漫主义相结合这个说法是比较完全的。"②又如，1959年5月，在苏联第三次作家代表大会召开之际，出席这次会议的茅盾在致大会的祝词中，仍然明确宣称"社会主义现实主义是国际无产阶级文学基本的方法"③。同年9月，邵荃麟在总结新中国成立以来我国文学发展历程的一篇文章中，还强调并论证了"两结合"和"社会主义现实主义"的关系，再次充分肯定了"社会主义现实主义"。他明确地写道："由于现实主义的发展和反映时代革命精神的要求，在文学上提出了革命的现实主义与革命的浪漫主义相结合的问题。……在文学上提出这个问题，是为了更好地去探讨和阐明社会主义现实主义方法中现实主义与浪漫主义的相互关系。社会主义现实主义是社会主义文学的基本方法，这是必须肯定的。" 邵荃麟还特别提醒人们注意："绝不能错误地理解，以为提出这个问题是和社会主义现实主义有什么矛盾或不一致的地方。这样理解是不

---

① 周扬：《新民歌开拓了诗歌的新道路》，《周扬文集》，第3卷，第6页。
② 周扬：《谈革命现实主义和革命浪漫主义的结合问题》，《周扬文集》，第3卷，第60页。
③ 茅盾：《在苏联第三次作家代表大会上的祝词》，《文艺报》，1959年第11期。

妥当的。"①

除了上述个人署名文章和讲话以外,《文艺报》的两篇社论也同样继续肯定"社会主义现实主义",指出"两结合"和"社会主义现实主义"的一致性。该报在为庆祝建国十周年而发表的社论中这样写道:"十年来我国社会主义现实主义文学艺术的宝贵成果,都是从革命现实的急流中吸取酿制而成功的。……可见,要进一步提高我们社会主义现实主义文学艺术的思想性和艺术性,这才是关键之关键。"②1960年1月,《文艺报》发表的另一篇社论,则直接把两个口号统一起来:"革命的现实主义和革命的浪漫主义相结合的创作原则,创作方法,肯定是经得起考验的,它将促进我国社会主义现实主义文学艺术的新发展"③。

1960年7月,中国文学艺术工作者第三次代表大会召开。周扬在大会上的报告中,依然肯定"社会主义现实主义"的口号"得到了全世界革命作家的赞同",同时揭露了"修正主义者拼命攻击社会主义现实主义"的罪恶目的。他还说:"我们主张文艺应当表现革命发展中的现实和对于更美好未来的理想,把革命现实主义和革命浪漫主义结合起来,这就正是对于修正主义者的进攻的一个有力的回答。"④周扬并没有提出要以"两结合"来代替"社会主义现实主义",更没有否定和放弃"社会主义现实主义"的口号。1961—1962年,周扬在组织编写高校文科教材的过程中,曾多次参加《文学概论》的编写讨论会并发表讲话,其间一再谈到文学创作方法问题。

---

① 邵荃麟:《文学十年历程》,《邵荃麟评论选集》,上册,北京:人民文学出版社,1981年,第370—371页。

② 《向时代的艺术高峰迈进》,《文艺报》,1959年第18期。

③ 《用毛泽东思想武装起来,为争取文艺的更大丰收而奋斗!》,《文艺报》,1960年第1期。

④ 周扬:《我国社会主义文学艺术的道路——1960年7月22日在中国文学艺术工作者第三次代表大会上的报告》,《文艺报》,1960年第13—14期合刊。

他认为,"社会主义现实主义"这个提法本身有缺点,而"革命现实主义和革命浪漫主义相结合"的提法则"较好、较全面,也不至于搞宗派主义";但是,在1962年10月的一次讲话中,他仍然毫不含糊地指出:"社会主义现实主义则是创作方法的新发展。它继承了现实主义和浪漫主义的好东西。我们不要割断历史。……社会主义现实主义在苏联产生、发展,要给予应有的评价。"①后来,国内有的研究者认为,从1960年的第三次文代会起,"中国在创作方法上正式放弃社会主义现实主义这个口号",同时把"两结合"确定为"新的艺术方法",并以它来取代前者。这些判断和结论显然都不符合上述文学史实。

十年内乱期间,在中外文学与文化交流几乎全部中断的大背景下,中国文学界对"社会主义现实主义"理论的译介和评说也基本上处于停滞状态。人们仅仅能够在少数"内部刊物"上才可以偶尔见到少量这方面的译文或消息,例如,《摘译》1974年第3期曾刊登过苏联理论家阿·梅特钦科的《社会主义现实主义原则和艺术实践》的译文;《苏联文学资料》1975年第6期曾报道了"苏社会科学院召开'社会主义现实主义'科学理论会议"的消息;同一刊物1976年第7期又报道了"苏社会科学院讨论'社会主义现实主义理论中的新事物'"的情况,等等。我国学者对于"社会主义现实主义"的评论,在这特殊的历史年代里,当然没有任何发表的可能性,人们只能看到少数把"革命样板戏"说成是实践"两结合"创作方法之典范的文章,如王振铎的《革命现实主义和革命浪漫主义相结合的伟大胜利——学习革命样板戏的创作经验》(载《开封师范学院学报》,1974年第4期)、王为的《革命样板戏是实践"两结合"创作方法的典范》(《天津文艺》,1974年第5期)等。当然,

---

① 周扬:《对编写〈文学概论〉的意见》,《周扬文集》,第3卷,第229、271页。

从一定意义上说，这些文章倒确实是道出了某种实情。

五、新时期以来我国文论界对"社会主义现实主义"的再阐释

从 70 年代末期起，我国文学界又恢复了对"社会主义现实主义"的译介。1979 年，中国社会科学院外国文学研究所编译的文集《70 年代社会主义现实主义问题——苏联关于"开放体系"理论的讨论》，由中国社会科学出版社出版。1981 年，外国文学出版社推出了另一本文集《苏联现实主义讨论集》（北京师范大学苏联文学研究所编译）。阿·梅特钦科关于"社会主义现实主义"的专著《继往开来——论苏联文学发展中的若干问题》（石田、白堤译），则于 1983 年由中国社会科学出版社出版。一些刊物也陆续刊登国外学者论"社会主义现实主义"的文章译文，如波斯彼洛夫的《关于社会主义现实主义文学的论争》（刘宁译，《苏联文学》1980 年第 3 期），埃利亚舍维奇的《社会主义现实主义风格流派的类型划分》（连铗译，《苏联文学》1980 年第 3 期），马尔科夫的《社会主义现实主义体系的统一性》（安迪译，《国外社会科学》1983 年第 11 期），叶尔莫拉耶夫的《关于苏联早期文学理论和社会主义现实主义》（薛君智译，《外国文学报道》1980 年第 3 期），沃尔科夫的《社会主义现实主义文学的形式多样性》（高俐敏译，《外国文艺》1984 年第 5 期），伊·巴斯凯维奇的《是社会主义现实主义创作方法还是"体系"？》（古执译，《当代外国艺术》1984 年第 1 辑）、瓦·诺维科夫的《社会主义现实主义艺术中的英雄主义》（陈军译，《当代外国艺术》1985 年第 2 辑)等。《文艺报》、《苏联社会科学研究》等报刊还报道了苏联文艺理论界关于"社会主义现实主义"的争论的最新情况；《苏联文学》、《外国文学》等刊物则对苏联、美国学者探讨"社会主义现实主义"问题的著作做了介绍。

新时期之初，我国文学界对于"社会主义现实主义"和"两结

合"的看法，集中体现在茅盾和周扬的一些言论中。在1979年召开的中国文学艺术工作者第四次代表大会上，茅盾在发言中说："社会主义现实主义这个名称是斯大林总结了远自高尔基的《母亲》，近到苏联初期的作品如《毁灭》、《铁流》等等而提出来的。……社会主义现实主义要求作家们从现实的革命发展中认识现实的本质。现实的革命发展就包含理想的因素，亦即社会主义的更高阶段即共产主义社会的理想。所以，社会主义现实主义的创作方法实质上既是革命现实主义的，也是革命浪漫主义的，不过没有明确指出来罢了。"①茅盾在此明确指出了"社会主义现实主义"和"两结合"的创作方法实质上的一致性。他同时还介绍了毛泽东当年提出"两结合"的背景，呼吁人们通过探讨，总结出关于"两结合"的具体而明确的定义。但他又提醒人们注意：不能把"两结合"作为必须遵守的创作方法。茅盾的见解显示出和1966年以前大致相同的思路，但又闪烁着作为思想解放运动成果之一的创作方法多元化的思想火花。

　　进入历史新时期以后，周扬仍然继续维护"两结合"的提法。1978年12月，他在广东省文学创作座谈会上说："我们不是一般地提倡现实主义和浪漫主义，而是提倡革命的现实主义和革命的浪漫主义，提倡两者的结合。"②在第四次全国文代会上，周扬再次肯定"两结合"的方法对于作家创作的指导意义。周扬的这两次讲话，有两点是和茅盾相同的。其一，周扬也特别指出斯大林是"社会主义现实主义"口号的最初提出者："斯大林否定了唯物辩证法的创作

---

① 茅盾：《解放思想，发扬文艺民主》，《茅盾全集》，第27卷，北京：人民文学出版社，1996年，第370页。

② 周扬：《关于社会主义新时期的文学艺术问题》，《周扬文集》，第5卷，第84页。

方法的口号，提出了社会主义现实主义的方法"①过去，周扬曾多次说过"高尔基提出社会主义现实主义的口号"。现在之所以出现这一变化，并不仅仅是由于周扬终于看到了文学史上的一个重要事实，更表明他对这一口号本身的合理性、科学性的再思考。其二，周扬重申了"两结合"的意义，但又强调："任何创作口号，都不应成为束缚创作生命的公式和教条。……我们要提倡我们所认为的最好的创作方法，同时更要鼓励创作方法和创作风格的多样化，不应强求一律。"②与茅盾不同的是，周扬没有说明"两结合"和"社会主义现实主义"在实质上是一致的。

1980年以后，周扬不再提"社会主义现实主义"的概念，也不再继续提倡"两结合"，而是强调"革命现实主义"。例如，1980年2月，针对有人讲要恢复"五四"新文学的现实主义传统，要回到"五四"去，周扬在一次剧本创作座谈会上指出："我们过去一些时候坚持现实主义的创作道路不够，林彪、'四人帮'横行时期，现实主义就完全被糟蹋了，现在重新强调革命现实主义，这是十分必要的。但也不是简单回到过去，而是要在今天新的条件下，以新的精神来恢复和发展革命的现实主义。"③在这里，可以看到我国文学恢复现实主义传统的努力对周扬的某种影响。

我国的苏联文学研究者，自70年代末期开始，也撰写了一系列文章，或集中介绍和评价苏联"社会主义现实主义开放体系"，如李辉凡的《70年代社会主义现实主义问题——苏联"开放体系"理论概述》（1979）、吴元迈的《苏联社会主义现实主义理论新阶段》

---

① 周扬：《关于社会主义新时期的文学艺术问题》，《周扬文集》，第5卷，第99页。

② 周扬：《继往开来，繁荣社会主义新时期的文艺》，《周扬文集》，第5卷，第178页。

③ 周扬：《解放思想，真实地表现我们的时代》，《周扬文集》，第5卷，第211—212页。

(1980)、张捷的《一场旷日持久的争论——介绍近年来苏联关于"开放体系"的讨论》(1984)等；或探讨当代苏联"社会主义现实主义"理论与创作问题，如吴元迈的《当代苏联现实主义思潮——现实主义和社会主义现实主义问题》(1983)、李毓榛的《社会主义现实主义问题与苏联当代文学创作》(1986)等。从理论上探讨"社会主义现实主义"问题的文章，主要有马莹伯的《"两结合"与社会主义现实主义》(1980)、王福湘的《走民族的开放的社会主义现实主义之路》(1987)等。

相比较而言，谈论"两结合"的文章更多。其中，对"两结合"持肯定或基本肯定态度的文章有严家炎的《关于现实和理想的统一——对革命现实主义和革命浪漫主义相结合的一些理解》(1978)、何西来、田中木的《现实与理想的辩证统一——试谈革命现实主义和革命浪漫主义相结合的创作方法》(1978)、蒋茂礼的《略论革命现实主义和革命浪漫主义的辩证结合》(1979)、马莹伯的《"两结合"与社会主义现实主义》(1980)、陈涌的《鲁迅的现实主义和浪漫主义问题》(1980)、杨炳的《革命的现实主义与革命的浪漫主义相结合》(1981)、颜纯钧的《"两结合"与社会主义现实主义的规定性》(1984)、巴人的《我们为什么要提出革命现实主义与革命浪漫主义相结合的创作方法》(1985)等。但在这些文章中，也有对"两结合"的具体内涵作重新阐释的。如颜纯钧认为："社会主义现实主义"与"两结合"创作方法在基本精神上是一致的，但"两结合"不是两种创作方法（即革命现实主义和革命浪漫主义）的结合，而是"一种创作方法和一种创作精神的结合"，即"革命现实主义和革命理想主义的结合"①。对"两结合"提出质疑的文章主要有：朱恩彬的《"两结合"能成为独立的创作方法吗？》

---

① 颜纯钧：《"两结合"与社会主义现实主义的规定性》，《文艺研究》，1984年第2期。

(1979)、陈辽的《"两结合"创作方法质疑》(1979)、吕兆康的《"两结合"是一种独立的创作方法吗?》(1980)、吴容甫的《"二革"的创作方法能结合吗?》(1980)、刘光的《"两结合"创作方法与"左倾"思想》(1980)、吕林的《"两结合"创作方法的提出和讨论》(1984)、丁福原的《"两结合"创作方法质疑》(1989)等。这些提出质疑的文章,大都把"两结合"的创作方法和极左文艺指导思想联系起来,有的甚至否定"两结合"能够作为一种独立的创作方法存在。

80年代后半期,苏联社会政治生活的变化,使得文学界怀疑、批判和否定"社会主义现实主义"概念和定义的种种意见逐渐公开发表出来。我国报刊及时介绍了这一方面的动向。如《外国文学报道》1987年第3期发表的吴国璋的《近年来苏联关于社会主义现实主义与现实主义问题的讨论》,《文艺报》1988年7月9日登载的严永兴的《社会主义现实主义:有争议的问题》,《文艺争鸣》1989年第6期刊发的李毓榛的《在苏联面临生死存亡的社会主义现实主义理论》等文章,就使我国文学界和广大读者及时了解到苏联文艺理论家、作家、高校和科研机构的文学研究者关于"社会主义现实主义"的争论意见。1989年,苏联的《文学问题》杂志第2期发表了《关于党在文学方面的政策的史实(伊·格隆斯基与亚·奥甫恰连科的通信)》,透露了一系列鲜为人知的细节,使世人了解到当年斯大林最先提出"社会主义现实主义"这一概念的背景以及把"社会主义现实主义"确定为"创作方法"的过程。这份珍贵的文学史资料,不久后就由徐振亚翻译到我国来(译名为《格隆斯基关于社会主义现实主义创作方法的信》[①]),更对我国研究者深化关于"社会主义现实主义"的认识产生了积极的影响。

[①] 载倪蕊琴主编:《论中苏文学发展进程》,上海:华东师范大学出版社,1991年。

1989年3月22日，苏联《文学报》公布了一个新的、拟供第九次苏联作家代表大会（原定于1991年召开）讨论通过的《苏联作家协会章程》（草案）。《章程》（草案）指出："协会认为，创作自由是文学发展的必不可少的条件"；协会将"一如既往地扶持那些体现现实主义方法和社会主义理想的作品"①。整整一个月以后，我国的《文艺报》在第一版及时报道了这一消息②。作家协会章程中谈及创作方法问题而回避了"社会主义现实主义"的概念，这在苏联是1934年以来的第一次。这意味着，苏联文艺界已最终放弃了"社会主义现实主义"的概念和定义。

几乎与上述变化同时，我国文艺界对"社会主义现实主义"的否定性意见也开始发表出来。首先是《中州学刊》1988年5期推出的李留记的文章：《社会主义现实主义不是独立的创作方法》。这篇文章的作者认为，社会主义现实主义"不是独特的创作方法而只是一种文学思潮"，"它是社会主义革命时代出现的、以马克思主义为思想指导的、表现无产阶级斗争和要求的现实主义文学运动，而不是创作方法"；今后，"社会主义现实主义"这种文学思潮和运动仍将"作为文艺百家中的一家，各种文学流派中的一派，众多竞争对手中的一伙伴长期存在，继续发展"③。可以看出，作者只是否定了"社会主义现实主义"作为独立的、甚至唯一的创作方法存在的可能性，而并没有否定"社会主义现实主义"的概念和定义。

发表了更激烈的否定性意见的是杨春时。1989年1月12日，《文汇报》刊出他的《"社会主义现实主义"再思考》一文；同年，他的另一篇论文《"社会主义现实主义"批判》登载于《文艺评论》第2期。两篇文章的基本内容是一致的。作者尖锐地指出：

---

① 苏联《文学报》，1989年3月22日。
② 《文艺报》，1989年4月22日。
③ 李留记：《社会主义现实主义不是独立的创作方法》，《中州学刊》，1988年5期。

"'社会主义现实主义'并不是一种自发性的文学思潮,它并没有文学创作的自然基础,而是由政治权力结构按照国家意志制造出来并强制推行的文学模式。"①作者认为,"社会主义现实主义"的历史实践是否定性的,它使文学降为"意识形态的附庸,政治的婢女"。在苏联,它中断了俄国19世纪以来强大的现实主义传统,制造了一大批假现实主义文学作品,造成了斯大林时代文学的衰落;在中国,它打断了"五四"现实主义传统,造成本来就很微弱的现代主义的消失,"对胡风文艺思想的批判,实质上是'社会主义现实主义'对'五四'现实主义理论上的绞杀。"在杨春时看来,所谓"社会主义现实主义",或"两结合",其实是一种"新古典主义",即"强调意识形态对文学的控制('文艺从属于政治'),以理性矫饰现实(对理想性和浪漫主义的强调)。它既丧失了现实主义的批判精神,又不具有浪漫主义的反叛精神。"作者还认为,"19世纪现实主义以及'五四'现实主义就是真正的现实主义,只能在这个基础上发展现实主义,而不能在否定这个基础的前提下另搞一种'社会主义现实主义',那样做只能是假现实主义。"②杨春时强调现实主义的本质特征是"人道主义的批判精神",这种精神使现实主义达到了"最高的真实";他呼吁中国文学发展一种"不仅包含着严格、充分的现实主义倾向,而且也渗透着现代主义因素"的"新现实主义"。

杨春时的文章很快就引起了争议。陈辽在他的"商榷"文章中认为:"社会主义现实主义"是在反"左"中提出的"正确的创作方法",它"促进了苏联社会主义文学和我国革命文学的发展",但杨春时却把"左"的教条主义者对"社会主义现实主义"严重歪曲所造成的恶果归咎于"社会主义现实主义"本身,把它和"两结合"画上等号了。陈辽的这篇文章从总体上看虽不免给人以老调重弹之

---

① 杨春时:《"社会主义现实主义"批判》,《文艺评论》,1989年第2期。
② 杨春时:《"社会主义现实主义"再思考》,《文汇报》,1989年1月12日。

感，却也提出了一个独特的见解，即他是在肯定"社会主义现实主义"的前提下否定"两结合"的；他认为后者是在反"右"扩大化和"大跃进"以后，教条主义者认为"社会主义现实主义"已经过时的情况下提出来的，并以它来取代了"社会主义现实主义"，结果便造成了中国文坛上假现实主义和廉价浪漫主义作品的泛滥。所以陈辽认为，应当彻底否定"两结合"，坚持"社会主义现实主义"①。但是，和陈辽的文章同时见报的朱立元的"商榷"文章却认为："所谓的'社会主义现实主义'、'革命现实主义和革命浪漫主义相结合'等等提法，在理论上根本站不住脚，在逻辑上犯了把不同质、不同范围的概念生硬拼合的错误。"②竣东的文章则对杨春时文章中的一些观点提出质疑，强调不是"人道主义的批判精神"、而是"历史唯物主义"能够使现实主义达到"最高的真实"；现实主义不限于批判揭露，也包含对现实的歌颂赞美；那种认为只有19世纪和"五四"现实主义才是"真正的现实主义"的说法，也是一种"新的保守封闭体系"③。可以看出，竣东的文章是一篇驳论性文字，它没有正面论证"社会主义现实主义"概念和定义的提出和存在的合理性，更没有主张必须坚持"社会主义现实主义"。

20世纪最后十年中，由于苏联文学界已几乎不再有人维护"社会主义现实主义"的提法，这方面的讨论与争论基本结束，因此我国文学界对这方面情况的译介也随之停歇。但这一时期西方文学界研究"社会主义现实主义"的某些成果和动向，却受到了我国学者的注意。例如，1990年3月17日《文艺报》刊出范大灿翻译的布莱希特的《从资产阶级现实主义向社会主义现实主义的过渡》一文；同年8月18日的《文艺报》，又发表了布莱希特的另一文章《论社

---

① 陈辽：《"社会主义现实主义"再认识——与杨春时同志商榷》，《文汇报》，1989年3月3日。

② 朱立元：《关于现实主义问题的断想》，《文汇报》，1989年3月3日。

③ 竣东：《谈现实主义的继承与发展》，《文学报》，1989年3月16日。

会主义现实主义》（范大灿译）。同年第 5 期的《国外社会科学快报》，则登载了由莫斯科大学 T.H.别洛瓦整理的综述性资料《近年来英美文学评论中有关社会主义现实主义的争论》（李吟波编译）。这些资料，使我国读书界得以了解到西方学者对"社会主义现实主义"的评价观点。

在 90 年代，我国研究者仍然围绕"社会主义现实主义"问题展开过讨论，但这些讨论主要是将"社会主义现实主义"作为一种文学史现象加以考察和评说，一般不再涉及是否应当继续把它作为中国文学的创作方法的问题。在 1994 年春于无锡召开的全国"苏联文学研讨会"上，"社会主义现实主义理论与实践"成为会议的两大基本议题之一。我国俄苏文学研究界的学者们围绕这一议题进行了热烈的讨论。在发言中，有的学者认为这是一个重大课题，对它的评价需要一个冷静思考观察、深入细致探讨的过程，要进行"一分为二的具体历史分析"。有的学者认为："社会主义现实主义"定义所表述的不仅是一种创作方法，还体现了苏共的文艺方针和对文艺的要求，即"以社会主义精神教育人民"，这样一来，"苏共对文艺的要求就与一种创作方法等同起来，文学创作与政治要求的界限也就混淆了，这就使非社会主义现实主义文学处于极为不利的地位。在有些情况下，与社会主义现实主义方法不相符的文学甚至被视为反社会主义的文学，从而导致对艺术探索与创新的摧残，对艺术多样化的扼杀。这是独尊一种创作方法的错误文艺政策所造成的严重后果。"也有的学者指出："社会主义现实主义"创作方法从提出之日起，就未得到过文艺学和美学的定义和解释；在它被推出后，"苏联文坛失去了 20 年代多元化时期的繁荣，出现了独尊一家的萧条僵化局面"，这是由于"理论上的外行和错误导致了创作实践上的错误"①。还有的学者探讨了社会主义现实主义"幻灭"的原因。由于会议发言者都是长期从事俄苏文学研究的学者,所以他们的发言大都以可靠的第一手材料为依托,具有较强的说服力。以上发言,可以说代表了 90 年代我国俄苏文学研究界对于"社会主义现实主义"的基本看法。

90 年代我国研究者发表的一些署名文章,大都通过对"社会主义现实主义"在苏联的产生及其作用的考察,通过回顾它对中国文学的影响,揭示了它的"政治化"和"大一统"特点及其危害,如吴国璋的《政治化抹煞了文学自身的特殊性》(1995)、《"大一统"扼杀了文学的生命力》(1996)、《"写真实"、"第三真实"、"宫殿"——苏联社会主义现实主义问题初探》(1998),张大明的《社会主义现实主义与中国革命文学》(1998),周可的《社会主义现实主义的两难:叙事还是抒情》(1999)等。不过,仍有文章对"社会主义现实主义"持基本肯定的态度,如孟繁华认为:"中国文学在向苏联追随、学习的过程中,社会主义现实主义是一个最为集中的理论命题。这期间虽然出现过多种阐释、讨论、改造以致最后被置换,但它的核心内容已成为中国当代文学及理论的基本骨架,它所表述的思想早已在主流文学中打下了难以撼动的基础,从而成为一种包容性相当广泛的理论、命题。无论是作为创作方法、艺术思潮、评价尺度,它都拥有不可置疑的权威性和合法性。"②这种说法有些绝对化,也不符合文学史实,因为人们已经看到,不仅"社会主义现实主义"的"权威性和合法性"早就受到质疑,而且它也远不是什么"主流文学"的"难以撼动的基础":呈现于我国广大读者眼前的 20 世纪最后 20 年的中国文学,在创作方法上早已突破了"社会主义现实主

---

① 《关于社会主义现实主义——"苏联文学研讨会"发言摘录》,《文艺报》,1994 年 7 月 9 日。

② 孟繁华:《社会主义现实主义的来源与在中国的接受》,《广播电视大学学报》,1998 年第 4 期。

义"定义的框定，显示出五彩缤纷的多样化特色。事实上，20世纪80年代末期以后，就不再有人坚持把"社会主义现实主义"作为中国文学创作的基本方法了。这样看来，中国文学似乎是和苏联文学一起，同时最终告别了"社会主义现实主义"。

2000年，陈顺馨出版了《社会主义现实主义理论在中国的接受与转换》。该书试图梳理"社会主义现实主义"在我国被接受和阐释的历史，材料颇为翔实，但是由于著者对"社会主义现实主义"的理解有扩大其内涵与外延之误，在阐述上就难免发生偏差。著者认为："虽然社会主义现实主义作为一种创作方法是在一个特定的历史时间和空间提出的，但它既继承苏联批判现实主义的传统，又是19世纪欧洲现实主义潮流的一个组成部分"①；著者还"把这个创作方法的前身、'左联'前期接受的'唯物辩证法创作方法'，和它的后延、被认为是文艺的'解冻'期的'新时期'再度提出的'写真实'口号视为一个有内在延续性的整体"（第1页）。这是该书立论的一个基础。因此，著者才会谈到所谓"社会主义现实主义创作方法追求真实性的原则"（115页）；才会断言"社会主义现实主义"是一个"已经扎根在中国文艺土壤的原则和口号"（322页），并认为"像社会主义现实主义这样具有较长的跨文化传播与接受历史过程的创作方法，其艺术性内涵必然在过程中酝酿或积累了一定的内在生命力"（337页）。

陈顺馨还把30年代胡风与周扬关于"典型"问题的论争，把我国理论界提出的各种"现实主义"（如"新现实主义"、"广现实主义"、"民族革命的现实主义"、"抗日的现实主义"、"新民主主义现实主义"等）概念，把40年代关于接受外来思想要"中国化"的主张，关于文学的民族形式的讨论中提出的一些观点，甚至重庆文艺

---

① 陈顺馨：《社会主义现实主义理论在中国的接受与转换》，合肥：安徽教育出版社，2000年，第12页。本文以下凡引用此书，不再加注，仅在引文后直接注明页码。

界就"苏联批判卢卡契有关世界观与创作方法的关系的观点"而举行的座谈会,统统纳入接受"社会主义现实主义"的框架内。在著者看来,胡风现实主义理论体系的形成是接受"社会主义现实主义"的结果,我国文艺界关于"人生"与"人民"的分别强调则体现了对"社会主义现实主义"的不同接受。沿着这一思路,著者进而把50—60年代我国文艺界所讨论的"写真实"、"干预生活"、"典型论"、"人道主义"、"文学是人学"、"人性论"等问题,统统说成"有关社会主义现实主义的问题";错误地认为"一些曾经被批判的社会主义现实主义理论主张,如'写真实'、'人性论'、人道主义等",在80年代得到了进一步讨论;而80年代我国思想界、文艺界关于"人道主义与异化问题"的讨论,也同样被纳入"社会主义现实主义接受史"的范畴。这样一来,著者给自己设定的研究课题"社会主义现实主义理论在中国的接受与转换",事实上就变成了"30—80年代中国现实主义理论发展中的苏联影响"。问题的症结在于,在著者心目中,"社会主义现实主义"和"苏联现实主义"、"苏联文学理论"乃至马克思主义文论,都是一回事。这种具有极大偏差的认识造成了著者论述上的一系列失误。在我国文学界,持相似认识的也许还大有人在。这种误读,表明我们仍然有必要对"社会主义现实主义"进行再研究,进一步认清它的来龙去脉和"非艺术方法"的本质。

纵观"社会主义现实主义"在中国文坛近60年的理论旅行和命运轨迹,可以清楚地看到,中国文学在自身发展的不同阶段,对它的接受和评价是截然不同的。"社会主义现实主义"的本质是以政治要求来规范文学创作。当人们以为这种规范是必要的、合理的、进步的之际,曾自然而然地接受了它;当人们发现这种规范其实束缚了作家的手脚、妨碍了文学的发展时,便不得不断然抛弃它。中国文学在自己60余年的发展历程中,为认识"社会主义现实主义"概念和定义的实质付出了沉重的代价。20世纪中国文学史上的优秀作品，要么是在这一概念和定义出现以前和消亡以后产生的，要么是较早清醒地看到了它的实质的作家们创造的，几乎无一例外。这一无可回避的文学史事实，不仅充分地说明了"社会主义现实主义"概念和定义的弊端，也让人们看清了它对20世纪中国文学的负面影响。

高尔基的文学理论与批评在中国的接受[①]

伴随着20世纪中国文学发展的曲折行程，高尔基的文学理论与批评在中国的接受，也经历了一个起伏变化的过程。在一个长时期内，相对于其他外国作家，高尔基文论与批评著述在中国的译介，一直处于遥遥领先的地位。然而，由于50年代中期以前苏联文艺理论界对高尔基的片面阐释的影响，中国文学界对于高尔基的理论批评成就的了解远不是全面的，接受的偏离也在所难免。直至20世纪晚期，致力于全面认识和准确理解高尔基文学思想的努力才开始呈现。但是，长期以来形成的思维定势，却难以一下子改变，而思想方法上的简单化，则妨碍着人们校正自己的已有认识。鉴于此，就有必要回顾一下我们对高尔基文论的接受史，并发现其中存在的问题，以便能真正走进高尔基的文学世界。

一

根据目前我们所掌握的资料，高尔基的文学理论与批评文字在我国的译介，始于1920年。这一年10月出版的《新青年》第8卷第2号，刊登了高尔基的《文学与现在的俄罗斯》（郑振铎译）。此文是1919年高尔基为世界文学出版社第一批出版书目而写的。文中说明了该出版社的工作主旨和第一批出版书目的选题依据，阐述了文

[①] 本文原载《吉林大学学报》，2005年第4期。

学的一般作用，特别强调了翻译出版各国文学名著的巨大文化意义。到1928年，《奔流》月刊第1卷第7期又发表了高尔基的《托尔斯泰回忆杂记》（郁达夫译）。这类文学回忆录，大都涉及文学批评，有的就是十分精彩的作家论。此后，高尔基文学论文的译文便不断出现在我国报刊上。

由鲁迅选编、上海光华书局1930年出版的《戈理基文录》，是我国出版的第一本高尔基文论与批评文集。书中收有论文7篇。由此开始到新中国成立前，我国先后出版了多种高尔基文学论文选集，主要有：廖仲贤编译的《给青年作家——高尔基论文选集》（1935），林林从日文转译的《文学论》（1936），以群转译的《高尔基给文学青年的信》（1936），周天明、张彦夫编选的《高尔基选集》第5卷"论文"卷（1936），楼逸夫翻译的《高尔基文艺书简》（1937），杨伍编译的《高尔基文学论集》（1937），以群、荃麟合译的《怎样写作——高尔基文艺书信集》（1937），孟昌迻译的《文学散论》（1941），曹葆华翻译的《苏联的文学》（1943），戈宝权翻译的《我怎样学习写作》（1945）等。

除了上述高尔基文学论文的译本之外，同一时期我国出版的多种译文集中，也收有高尔基的论文。如鲁迅编辑的《海上述林》（1936）上卷中，就收有瞿秋白翻译的高尔基论文20余篇。靖华、琦雨等译的《给青年作家》（1937），伍蠡甫、曹允怀合译的《苏联文学诸问题》（1937），曹靖华翻译的《致青年作家及其他》（1941），徐中玉辑译的《伟大作家论写作》（1944），胡风辑译的《人与文学》（1943），茅盾等译的《外国作家研究》（1943）等，也都收录了高尔基的文学论文或相关言论与文字。

上述文集中，有不少曾多次再版。如楼逸夫译的《高尔基文艺书简》，从1937年到1949年，就出过6版；靖华、琦雨等译的《给青年作家》，至新中国成立前，共出了5版。我国现代文学史上的一些重要刊物，如《奔流》、《文学》、《译文》、《北斗》、《萌芽月刊》、《文艺月报》、《时代》、《苏联文艺》等，都刊载过高尔基文学论文的译文。译者当中，有鲁迅、郑振铎、郁达夫、瞿秋白、胡风、柔石、冯雪峰、夏衍、曹靖华、曹葆华、楼适夷、孟昌、吕荧、戈宝权、黄源、叶以群、伍蠡甫、徐中玉等著名文学家、翻译家。这一切都表明高尔基的文学思想在现代中国受重视的程度。

进入50年代以后，我国文学界对高尔基文论著作的译介开始朝着系统化的方向发展。缪灵珠翻译的高尔基的《俄国文学史》（1956），孟昌、曹葆华合译的高尔基《文学论文选》（1958），巴金、曹葆华合译的高尔基《回忆录选》（1959），曹葆华、渠建明合译的高尔基《文学书简》（上、下卷，1962、1965）等，构成"文革"前17年间我国译介高尔基文学理论与批评著作的主要成果。前此出版的一些高尔基论著译本，在这一时期有不少经过重译、修订或补充后重新出版。适夷翻译的《契诃夫高尔基通信集》（1950），以群、孟昌等翻译的《高尔基论儿童文学》（1956）等，则是这一时期出现的高尔基文艺言论的新译本。同一时期我国出版的《苏联作家谈创作经验》（1956）、《论剧作家的劳动》（1959）、《苏联作家论社会主义现实主义》（1960）等书，也收有高尔基的文学论文或言论。此外，高尔基文论的译文，还散见于这一时期的《文艺报》、《译文》等多种报刊上。

"文革"十年，高尔基文论在我国的接受处于停滞状态，直到1978年才重新开始。高尔基《论文学》（孟昌等译），是年由人民文学出版社出版。次年，同一出版社又推出《论文学（续集）》（冰夷等译）。这两本译文集共收文学论文66篇，大大超过了1958年版《文学论文选》（含28篇论文）所收论文的数量。该出版社1959年版高尔基《回忆录选》的一部分，以《文学写照》为书名，于1978年重新出版。1979年，缪灵珠迻译的高尔基《俄国文学史》，也由上海译文出版社再版。

20世纪最后十年中新出版的、和文学理论与批评相关的高尔基著作，主要有臧乐安等翻译的《三人书简（高尔基、罗曼·罗兰、茨维格书信集）》（1980），林焕平编的《高尔基论文学》（1980），王庚虎译的《高尔基论新闻和科学》（1981），孟昌选译的《高尔基政论杂文集》（1982）等。另外，余一中编选的《高尔基集》（1998）、朱希渝翻译的《不合时宜的思想》（1998）等，其中所收录的高尔基的文章、书信和言论，也有不少是涉及文学理论和批评的。这些新出版的译著或编著，大都带有填补前此高尔基文论译介领域之空白的性质。如《高尔基政论杂文集》一书所收《论傻瓜及其他》，《高尔基集》中所含《两种灵魂》，《三人书简》中的有关信件等，不仅都是首次译为中文，而且大大扩充了人们对于高尔基文学思想的认识。同一时期在我国期刊上陆续发表的高尔基论著和言论的译文，如张羽翻译的《还是那些话》（1993），谭得伶选译的《高尔基给安·普拉东诺夫的四封信》（1988），郭值京译介的《高尔基给斯大林的两封信》（1993），汪介之迻译的《论俄国农民》（1987）、《高尔基致罗曼·罗兰的五封信》（1999）等，也具有同样的价值。

以上回顾使我们看到，高尔基的文论和批评著述，在20至40年代就有相当一部分被译介到我国来了，50至70年代末的译介工作则走向系统化，80、90年代的译介更填补了一些重要的空白。因此可以说，我国翻译界在这方面是功不可没的。当然，这并不意味着译介工作已经全部完成，至少，《高尔基与20世纪初的俄国期刊：未发表的通信》（即《文学遗产》第95卷）这本厚达一千余页的文学书信集，基本上仍处于我国文学界的阅读视野之外。当然，更重要的问题并不在于译介，而在于理解和接受。

二

20—40年代，我国评论界对于高尔基的论著，注意的主要是他关于文学的社会作用、创作方法、文学修养方面的论述。由于这一时期苏联文艺界对高尔基的阐释，也由于当时我国新文学界倡导"革命文学"，强调文学服务于现实政治斗争，因此在相当一些人的意识中，高尔基的文学思想，集中到一点，似乎就是提倡文学发挥歌颂人民、打击敌人的作用。这种认识由为数众多的评论者所反复强调，久而久之，便成为人们"概括"高尔基文学见解的基本框架，它限制了人们去进一步了解作家的丰富文学思想。也许只有胡风等少数人突破了这一框架。胡风的一个基本见解是：文艺不仅要服从于、服务于社会政治斗争，而且还要揭示人民群众中的"精神奴役创伤"，以达到改造国民性的目的。由此出发，胡风在论及高尔基时，特别强调后者的文学是"人学"的思想。胡风认为，高尔基的伟大在于，他始终肯定人的价值，主张以文学改造人生，帮助人洗去"历史遗毒"，"追求'无限地爱人们和世界的'，在至高的意义上说的'强的''善良的'人。"1936年高尔基逝世之际，胡风有感于当时评论界对高尔基文艺思想的片面认识，发出了这样的慨叹："比较高尔基的艺术思想底海一样的内容，我们所接受的实在太少，比较我们所接受的，我们的误解或曲解还未免太多罢。"[①]胡风是较早洞察到我国文学界对高尔基的理解和接受存在偏差的批评家，然而他的声音却未能引起人们的注意。非但如此，进入50年代以后，这位有胆识的批评家还横遭厄运，而他所感叹的"误解或曲解"却仍在继续。

胡风现象也许可以说是"文革"前17年中我国文艺指导思想日益极左化的最初表现之一。在这一大背景下，文学界对高尔基的理解和接受，只能基本上沿着前一个阶段的思路前行。《高尔基是社会主义现实主义的旗帜》（1950）、《社会主义现实主义文学的奠基

---

① 胡风：《M·高尔基断片》，见《胡风评论集》（上册），北京：人民文学出版社，1984年，第330、334页。

者——高尔基》(1954)、《纪念高尔基,歌颂伟大时代的英雄人物》(1959)、《文学为无产阶级政治服务的典范》(1963)、《时代精神·革命真实·英雄人物》(1963)这类文章,充斥于那一时期的我国报刊。这些文章远远谈不上是对高尔基文学思想的认真研究,其主旨不外是认定并强调他是以文学服务于政治的楷模。他的全部理论见解、全部文学活动,都被偶像化、典范化了。1960年,人民文学出版社出版了《苏联作家论社会主义现实主义》一书,其中收有高尔基谈及"社会主义现实主义"的文章或言论、书信片断。同一年,《文艺报》第6号还刊登了高尔基的一组言论,编者所加的题目是《高尔基论资产阶级文学遗产》。这两份材料有着双重的意义:既显示出当时我国文学界对高尔基文学思想的看取侧重,又划出了当时及此后一个长时间内人们认识高尔基理论批评遗产的基本范围。高尔基作为"社会主义现实主义"的鼓吹者、资产阶级文学批判者的形象,就这样被人们接受下来了。

然而,当时也有些研究者、评论者没有盲目地跟着潮流跑,而是提出了一些独到见解,显示出看取高尔基文学思想的另一种视角,即注目于作家的"人学"思想、人道主义精神。例如,1957年,钱谷融发表《论"文学是人学"》一文,认为高尔基把文学叫做"人学",不但说明了文学的对象是什么,而且还把文学的对象同它的性质、特点、任务和作用等相统一起来了。他指出:"在今天,对于高尔基把文学叫做'人学'的意见,是有特别加以强调的必要的。"①作家巴金也从自己翻译高尔基作品的体验出发,把握到了高尔基文学思想的核心。他在1956年的一篇文章中写道:"其实谈到高尔基的短篇,甚至谈到高尔基的一切作品,我觉得用一句话就够了。这是他自己的话。这是他在小说《读者》中对一个陌生读者的

---

① 钱谷融:《论"文学是人学"》,载《文艺月报》,1957年第5期。

回答:'一般人都承认文学的目的是要使人变得更好'。"①作家萧三的《高尔基的美学观》一书,同样表明作者对高尔基文学思想的基本点有深入理解。书中写道:"千百年来,在人的心目中养成一种奴隶性的,对自己的身份、能力、理智估计过低的习惯。……改变这种轻视人的观点及为人的诗意形象而斗争,是高尔基在其文艺创作里及理论批评文字里一贯的方针。"②从这里,不难看出对胡风的某些观点的认同。遗憾的是,上述所有这些见解,都没有引起人们应有的注意,更没有校正人们对高尔基文学思想的片面认识。

也是在50年代,高尔基论著《俄国文学史》的译者缪灵珠,曾在中译本"后记"中,对作者的文学史观点和方法作过这样的概括:"以知识分子对人民的态度作为文学史的主线——这种创举,应归功于高尔基。"③虽然这部译著在50—60年代曾几度再版,但无论是原著的价值还是译者的见解,都没有引起人们的足够重视。

当然,从总体上看,50、60年代我国文学理论界对高尔基的文学思想还是相当重视的,这集中体现在以群主编的《文学的基本原理》(1964)、蔡仪主编的《文学概论》(1963)两本高校文艺理论教材中。两本教材都多次引用的高尔基的言论,其内容涉及文学理论的各个方面。联系教材的框架体例和具体论述,可以看到编者在某些问题的解释和处理上是煞费苦心的,但仍然难免有某种尴尬。例如,两本教材都确认高尔基是"社会主义现实主义"的奠基人,但在论述"社会主义现实主义"时,却难以找到高尔基对这一"主义"的特征和意义的明确阐释;《文学的基本原理》所引用的高尔基的几段话,并不是作家关于这一"新方法"的直接说明,引用者

---

① 巴金:《燃烧的心——我从高尔基的短篇中所得到的》,载《文艺报》,1956年第11期。

② 萧三:《高尔基的美学观》,上海:新文艺出版社,1952年,第37页。

③ 高尔基:《俄国文学史》,缪灵珠译,上海:上海译文出版社,1979年,第590页。

只能把高尔基就一般创作和文学工作发表的意见说成是针对"社会主义现实主义的创作"而发的①。同时，教材只得主要依靠援引日丹诺夫和"拉普"领导人法捷耶夫的言论来为自己找到论据。又如，教材在谈及文学的社会作用、文学发展中的继承和革新等问题时，都把高尔基描述成"资产阶级文学"的批判者，但又无法回避他对一大批"资产阶级作家"的由衷敬佩和大力推崇。教材在引用这类推崇性言论时，都要强调一下高尔基"不是采取无选择、无批判的态度"，但往往语焉不详，含糊其辞，无法令人信服地说明高尔基是坚持以阶级观点来看待以往的文学遗产的。这些现象之所以出现，其根本原因在于编者在"左"的文学观念的指导下，对高尔基的理解和阐释脱离了作家文学思想的实际。

70年代末、80年代初，上述两本文艺理论教材均经修订后出版发行，在我国流传甚广，影响较大。自那时起成长起来的新一代文学研究者对于高尔基文学思想的认识，有很大一部分是从这两本教材开始的。也就是从那时起，中国文学出现了五四以来接受外国文学的又一个高峰期。外来文学思潮的大量涌入，对极左文艺路线的大力反拨，对新中国成立以来文学发展历史经验的回顾总结，使得人们不得不重新思考包括"社会主义现实主义"的意义、西方"资产阶级文学"的价值等在内的一系列根本问题。这一反思的结果，在缺乏对于高尔基文学思想的全面认识的人们那里，必然是导致对于他的种种观点的激烈否定。与此相对应，维护高尔基文学思想的权威性和正统地位的人们，则依然在重复长期以来评论界对他的习惯性描述和评价。这两种观点是截然对立的，可是双方所依据的资料却具有惊人的一致性，一般很少能越出30年代以来占主导地位的评论所设定的接受框架。如陈寿朋的《高尔基美学思想论稿》（1982）一书，分"无产阶级文学中的真善美"、"劳动的美学"、"文

---

① 以群主编：《文学的基本原理》，上海：上海文艺出版社，1989年，第277页。

艺中典型形象的塑造"、"用革命态度继承批判现实主义文学遗产的榜样"、"论社会主义现实主义"等五个方面阐述高尔基的文学思想,只是对前此一个长时期内评论界的基本观点作了一个总结。它的主要不足,在于几乎完全回避了高尔基的"文学是人学"这一核心论题。与这本书相比,复旦大学中文系文艺理论教研室编著的《马克思主义文艺理论发展史》(1995)一书在论述高尔基的文艺思想时,则提及作家关于形象思维和艺术创作中的"直觉"问题的论述,显示出对高尔基文学思想的一种新发现。

三

80年代以来,在我国评论界,对高尔基的文学思想持否定态度的观点,集中在三个问题上:一是高尔基作为"社会主义现实主义奠基人"的相关言论;二是他关于"批判现实主义"的提法;三是他关于浪漫主义的两种不同倾向的观点。所有这些问题,都和以往我国文学界对高尔基文学思想的了解、接受和评论的片面性直接相关。甚至可以说,这种否定正是对以往的片面阐释的一种惩罚。其实,从"社会主义现实主义"概念与定义的出笼及其被法令化,到这一整个过程前后高尔基的相关言论,再到高尔基本人的全部创作,这些文学史事实均清楚地显示出:高尔基不仅不是什么"社会主义现实主义奠基人",而且是当时苏联一整套极左文学指导思想和政策的激烈批判者。但是,斯大林时代的批评家们,为了极左政治和极左文艺路线的需要,却遮蔽了许多文学史真相,并在高尔基去世后对他的言论进行歪曲性解释,炮制出一个关于"奠基人"的神话[①]。我国文学界曾经完整地接受了这一神话。于是,当人们的认识

---

① 参见汪介之:《高尔基:"社会主义现实主义"的奠基人?》,载《译林》,2002年第6期。

水平达到了否定"社会主义现实主义"的高度时，便出现了否定高尔基的观点。应当懂得的是：极左文艺思想、路线和政策的根子是极左政治和个人崇拜，而不是一介书生高尔基。

高尔基曾经把19世纪欧洲现实主义文学称为"批判的"现实主义，这和他的文学史观点有着密切的联系。高尔基认为，现实主义是19世纪的一个主要的、最壮阔的文学流派，这个流派的特征是它那锋利的唯理主义和批判精神；这一派欧洲文学家的著作不仅在技巧上是典范的文学作品，而且是说明资产阶级的发展和瓦解过程的文献，是这个阶级的叛逆者所创造的然而又批判地阐明它的生活、传统和行为的文献。这种批判态度和批判精神，在高尔基看来，不仅是19世纪现实主义文学的重要特点，而且也是一切优秀文学作品的共同品性，因此他又说："如果我们把世界文学作为一个整体来看，那么我们一定会承认：在各个时代的文学中，大都对现实采取批判、揭发和否定的态度，而且愈是接近我们，这种态度愈是强烈。只有那些凡夫俗子，只有那些其作品已经被人遗忘的没有多大才能的文学家，才满足于现实，才去迁就现实，赞美现实。那种公正地获得'伟大'称号的文学，从没有向社会生活现象高唱过赞歌。"① 高尔基还列举了从薄伽丘到福楼拜等一系列伟大作家的名字，指出"他们没有一个曾经向现实讲过肯定的和高尚的'是'"。基于这些认识，高尔基把19世纪现实主义文学称为"批判的"现实主义，可以说是不仅抓住了它的鲜明特征，而且确认了它的成就和价值。这一概念丝毫没有由于19世纪现实主义缺少"肯定"因素而贬低它的含义。相反，在对这一文学的批判特征的认定中，正体现着对于那些"高唱赞歌"的文学的怀疑态度。尽管如此，高尔基也从来没有要求或建议人们把19世纪现实主义一律叫做"批判现实主

---

① 高尔基：《论文学》（续集），冰夷等译，北京：人民文学出版社，1979年，第255页。

义"。

关于浪漫主义，高尔基一向认为，还没有一个能为所有文学史家都同意而又十分全面的定义；但他又指出，浪漫主义中有两个不同的流派："消极的浪漫主义，——它或者粉饰现实，企图使人和现实妥协；或者使人逃避现实，徒然堕入自己内心世界的深渊，堕入'不祥的人生之谜'、爱与死等思想中去……。积极的浪漫主义则力图加强人的生活意志，在他心中唤起他对现实和现实的一切压迫的反抗。"[1]显然，高尔基是从对现实的不同态度来看待浪漫主义的不同倾向的。这和歌德以及席勒很早就说"古典的"是"健康的"、"浪漫的"是"病态的"，在视角和思路上都有相近之处。高尔基没有把政治态度作为划分两类浪漫主义作家的准绳，更没有把浪漫主义划分为"革命的浪漫主义"和"反动的浪漫主义"两个彼此对立的流派。十分明确地从政治立场的角度对浪漫主义作出划分，并分别将其命名为"革命的浪漫主义"、"进步的浪漫主义"和"反动的浪漫主义"[2]的，是苏联文艺理论家依·萨·毕达可夫等人。后来，我国学者编写的《欧洲文学史》模仿苏联文艺理论界的上述提法，作出了"反动浪漫主义"和"积极浪漫主义"的划分，其标准主要是作家们对待法国大革命的态度。今天，人们对这一划分方法提出怀疑和否定，既是出于对根据政治倾向来划分文学流派的庸俗观念的否定，又显示出对于欧洲浪漫主义文学的认识上的深化，无疑是有积极意义的。然而，如上所述，这一庸俗观念并非来自高尔基。

当我国文学理论界出现一股或明或暗的排斥高尔基文学思想之际，老作家巴金却再次表达了他对这一思想的尊崇。他在1982年写道："我苦苦思索的是这一件事情，是这一个问题：文学艺术的作

---

[1] 高尔基：《论文学》，孟昌等译，北京：人民文学出版社，1978年，第163页。
[2] 依·萨·毕达可夫：《文艺学引论》，北京：高等教育出版社，1958年，第476—481页。

用、目的究竟是什么？……我一生都在想这样的问题。通过创作实践，我越来越理解高尔基的一句名言：'一般人都承认文学的目的是要使人变得更好。'"①巴金在这里重复了他早在1956年的那篇文章中就引用过的、但却较少有人注意的话。这句话看起来极为普通，却道出了高尔基文学思想的精髓："文学是人学"，人是文学的出发点和归宿，文学是为了人而存在的。

巴金说出这番话前后，正是我国文学在经受长期劫难后起死回生的年代。全部新时期文学可以说正是以对于"人"的重新发现为起点的。理论界重提"文学是人学"的命题，不仅对1957年钱谷融的呼吁作出了一种悠远的回应，而且事实上是确认了最先作出这一精辟概括的高尔基的文学思想。尽管当时的某些理论家也许是出于某种"避嫌"的心理，显然不是无意地回避了这一命题的最初提出者高尔基的名字，但"文学是人学"这一观点的价值却是无法否认的。

与对钱谷融的呼应相类似，《俄国文学史》的译者缪灵珠在50年代对高尔基的文学史观点和方法所作的概括，也在我国文学研究界引起了回响。高尔基认为："俄国文学大部分是俄国知识分子的思想体系；在这里，在俄国文学里，知识分子追求较好生活地位的历史，他们对人民的态度的历史，乃至他们的心灵、他们的内心生活的全部历史，是特别详尽、深刻、而且忠实地被描划出来。"②高尔基在这里不仅提供了一种看取文学史的独特视角，也甚为精当地概括了俄国文学的一个重要特点：俄罗斯文学是知识分子精神历程、心灵历史的形象描述；作为心灵创造物的作品，往往是创造者的心灵运动的形象记录。从高尔基那里获得启示，我国现代文学研究者

---

① 巴金：《谈自己·后记》，见《巴金选集》（第10卷），成都：四川人民出版社，1982年，第410—411页。

② 高尔基：《俄国文学史》，缪灵珠译，上海：上海译文出版社，1979年，第108—109页。

赵园在她的《艰难的选择》(1986)一书中,由中国知识分子的"思想体系"、知识者与人民的关系这一角度,来把握现代文学的发展进程,勾勒出现代小说中知识分子形象创造的演变及创造者自身精神生活变动的轨迹,从而使中国现代文学史呈露出它的一个特殊的侧面。这一研究成果生动地说明:在似乎早已过时了的高尔基文学思想中,还有许多尚未被发掘出来的富藏。

我国当代一位批评家说过:"只有隐含在具体批评中的理论才是有生命力的。"[1]高尔基的许多有重要价值的思想,正包含在他的一系列批评见解中。如果我们读过高尔基关于布宁、安德列耶夫、别雷、巴尔蒙特、列米佐夫、索洛古勃、阿尔志跋绥夫等白银时代作家的评价文字,也知晓他为那些在苏联时期遭到批判和限制的作家(如米·布尔加科夫、扎米亚京、皮里尼亚克、普拉东诺夫、叶赛宁、左琴科和帕斯捷尔纳克等)所作的辩护、肯定和鼓励;如果我们了解他对"无产阶级文化派"和"拉普"思潮所进行的坚决抵制,他对潘菲洛夫的《磨刀石农庄》、革拉特科夫的《动力》等"降低文学质量"的作品所作的严厉批评,他为此而和绥拉菲莫维奇展开的激烈论战,还有他在"批判形式主义"运动中留下的那些书信和论文[2],那么,在我们面前出现的,就将是一位我们过去所不了解的高尔基。

---

[1] 陈晓明:《打开生动而沉重的历史之门》,载《文艺报》,2001年3月27日。
[2] 参阅张杰、汪介之:《20世纪俄罗斯文学批评史》,南京:译林出版社,2001年,第4章第1节、第8章第3节。

俄国形式主义在中国的接受[1]

一

俄国形式主义是十月革命前即已形成的一个文学理论与批评流派。这一流派最初主要由莫斯科语言学小组、彼得堡诗歌语言研究会两部分人组成。维·什克洛夫斯基的《词的复活》（1914）一书是这个学派最早的论著。由此到 20 年代中期，俄国形式主义的其他理论家们连续推出一系列著作和文章，逐步建立了系统的理论构架。其中，什克洛夫斯基提出的"艺术的目的是提供对陌生事物的感觉"、"艺术的手法是使事物'陌生化'"的观点，对于艺术的本质问题做出了重新回答；雅可布森关于文学研究的对象是作品的"文学性"的见解，则更新了传统的文艺学观念，开倡导文学的"内部研究"之先河。正是这两点创见，成为俄国形式主义的两块理论基石。以此为基础，什克洛夫斯基对小说的结构模式的分析，艾亨鲍姆对悲剧、散文理论及句法和语调的研究，迪尼亚诺夫对电影原理、语义学与诗歌结构之关系的探讨，托马舍夫斯基对作品主题、诗歌韵律和节奏、词义变化的考察，日尔蒙斯基对诗歌结构和诗韵学的研究，等等，则构成这一理论批评流派的主要研究成果。

20 年代中期，俄国形式主义在苏联受到第一轮批判。1936 年，

---

[1] 本文原载《中国比较文学》，2005 年第 3 期。

在苏联文艺界清算"异端美学"的运动中,这一流派再遭厄运,从此一蹶不振。但是,俄国形式主义对文学作品的形式、文学的特质和规律的关注,却打开了文学研究的新天地,并由于形式主义理论家们自身向国外(布拉格、巴黎等地)的迁移,带动了西方文艺理论的革命性变革。所以荷兰学者佛克马后来曾经写道:"欧洲各种新流派的文学理论中,几乎每一流派都从这一'形式主义'传统中得到启示,都在强调俄国形式主义传统中的不同趋向,并竭力把自己对它的解释,说成是唯一正确的看法。"①

然而,这一影响颇大的文学理论与批评流派,在一个相当长的时期内,却几乎完全被排斥在苏联时代的各种文学理论史、批评史著作之外。有些著作只是在谈到那个时代被批判过的各种资产阶级文艺思想时,才附带提及形式主义流派。在中国文学自"五四"以来大量摄取俄罗斯—苏联文学理论和批评成果的潮流中,也几乎看不见俄国形式主义的身影。只有1936年11月出版的《中苏文化》第1卷第6期,曾刊登过"苏联文艺上形式主义论战特辑",介绍过当时苏联国内批判形式主义的情况。直到1983年,我国的《苏联文学》杂志第3期才刊出一篇题为《早期苏联文艺界的形式主义理论》的文章。不过,这篇文章强调:形式主义理论曾"泛滥于整个创作界和理论界,对年幼的苏联文艺的发展产生过十分不良的影响";"它企图在文学研究和文学史中占据垄断地位,因而是早期苏联文艺理论发展中的一块绊脚石。"②基于这样的认定,该文主要转述了20年代中期苏联理论界对形式主义的批判。至于这一流派在理论上究竟有哪些建树,对文学研究和文学批评产生过什么样的影响,人们从这篇文章中仍旧无法了解。

---

① 佛克马、易布思:《20世纪文学理论》,北京:三联书店,1988年,第13—14页。

② 李辉凡:《早期苏联文艺界的形式主义理论》,载《苏联文学》,1983年第3期。

与该文形成某种对照的，是同样于1983年由《读书》杂志第8期发表的张隆溪的文章《艺术旗帜上的颜色：俄国形式主义与捷克结构主义》。它第一次向我国读者简扼地介绍了俄国形式主义及其后的"布拉格学派"的理论要点，使人们对这一流派的基本见解开始有所认识。不久后，陈圣生、林泰在《作品与争鸣》1984年第3期发表的《"俄国形式主义"》，伍祥贵在《当代文艺思潮》1986年第5期发表的《俄国形式主义》，都对这一理论批评流派的起源和主要观点作了述评。这三篇在我国较早评介俄国形式主义的文章所依据的资料，基本上都是英美学术界的研究成果。1986年，比利时学者布洛克曼的《结构主义：莫斯科—布拉格—巴黎》（李幼蒸译）一书的中译本由商务印书馆出版。这部论著将俄国形式主义视为结构主义中的"莫斯科学派"，单辟一章论述其形成背景、学术队伍、理论构架和独特的命运。作者认为，"莫斯科和圣彼得堡、布拉格、巴黎，是结构主义思想发展路程上的三站"，"在俄国形式主义里可以找到结构主义思想的根源"①。经由布洛克曼的描述，俄国形式主义和布拉格学派、法国结构主义的内在联系，它在20世纪西方文学理论史上的地位与影响，较为清晰地呈现出来。上述现象使人们注意到，在我国，对俄国形式主义的正面介绍和评述，首先是从欧美学术界转过来的。诞生于我们的近邻俄罗斯的这一理论批评流派，似乎经过了漫长而曲折的旅程，在西半球饶了一大圈，最后才迟缓地传入中土。这一传播过程延宕大约60—70年之久。

不过，姗姗来迟的俄国形式主义毕竟还是很快就汇入80年代蜂拥而来的国外文学思潮中，并参与了对中国文坛的冲击。1987年，伍蠡甫、胡经之主编的《西方文艺理论名著选编》（下卷，北京大学出版社），就收有论俄国形式主义的代表人物什克洛夫斯基、艾亨鲍

---

① J.M.布洛克曼：《结构主义：莫斯科—布拉格—巴黎》，李幼蒸译，北京：商务印书馆，1986年，第33页。

姆、日尔蒙斯基、迪尼亚诺夫和雅可布森等的论文。我国一般读者由此开始读到俄国形式主义者的理论批评文字。1989年3月，《俄苏形式主义文论选》（中国社会科学出版社）和《俄国形式主义文论选》（三联书店）两本文集同时在我国问世。其中，前者由法国学者茨维坦·托多罗夫编选、我国学者蔡鸿滨翻译，作为"外国文学研究资料丛书"之一出版；后者则由我国学者方珊等编选并翻译，被列入"现代西方学术文库"。两本书的译者在为中译本写的"前言"和"译后记"中，都对俄国形式主义理论进行了评说。同样于1989年出版的4卷本《西方20世纪文论选》（胡经之、张首映主编，中国社会科学出版社）第2卷"作品系统"，也收入了俄国形式主义者的7篇文章。1994年，什克洛夫斯基的代表性论著《散文理论》由刘宗次译出，被列为"20世纪欧美文论丛书"，由百花洲文艺出版社出版。至此，俄国形式主义流派的主要理论成果，已有相当一部分得以呈现于我国读书界面前。

80年代中后期我国学者编选的"现代外国文艺理论译丛"，曾收有佛克马、易布思合著的《20世纪文学理论》（林书武、陈圣生等译，三联书店，1988年版）一书。该书设专章论述俄国形式主义、捷克结构主义和苏联符号学，继布洛克曼的著作《结构主义》之后，使我国学界再一次了解到西方学者对俄国形式主义的评价。另外，俄国形式主义者的一些有代表性的论文，各国学者评论这一理论流派的文章，也曾出现在我国的多种期刊上。

二

我国学者本身对俄国形式主义的评说，自80年代中期开始逐渐增多。从那时起到20世纪末，《读书》、《外国文学评论》、《当代外国文学》、《文艺研究》、《国外文学》和《文艺报》等重要报刊，一些大学的人文社会科学学报和省市社会科学期刊，都陆续发表过我国学者谈论俄国形式主义的文章。从整体上看，这些论文对俄国形式主义者的"陌生化"理论、散文理论、诗歌语言理论、文学史观、文学批评观和方法论等，作了较为全面、客观的评述，并试图探明这一理论批评流派在20世纪欧美文学理论与批评发展史上的地位和意义。其中，钱佼汝的《"文学性"和"陌生化"：俄国形式主义早期的两大理论支柱》（1989），是很有学术分量的一篇论文。该文不仅对俄国形式主义的理论精华做出了准确的概括，而且旗帜鲜明地指出了我国文学界迟迟未能接受俄国形式主义理论批评的症结所在，从而起到了一种振聋发聩的作用。作者认为：文学艺术的内容和形式本来是融为一体的，因此在批评实践中，无论是割断文学和外部世界的联系，只注意形式，而把文学的内容拒之于批评的门外；还是一味强调内容而置形式于不顾，把内容当作游离于作品之外的现实加以评析，并以此为标准来判断作品的价值，都不是真正科学的批评。在作者看来，这后一种倾向所代表的，是"文学批评中一种庸俗的社会学和机械的反映论"。作者接着写道：

  但不幸的是，不仅各种不同流派的当代西方理论家总是把这种庸俗的社会学反映论和决定论强加在马克思主义文艺理论头上，有些从事马克思主义批评的人似乎也默认了这一点。他们一方面心安理得地撇开形式侈谈内容，另一方面则把较多涉及艺术形式的批评理论斥之为"形式主义"，甚至是颓废的"为艺术而艺术"的资产阶级唯美主义等等。也许正因为形式主义如此声名狼藉，所以现代西方文论中一般被称为"俄国形式主义"的文学和批评理论长期以来一直未能在我国的文艺理论界得到较为系统和全面的介绍，更谈不上客观和公正的评价了。然而，具有讽刺意味的是，类似俄国形式主义的基本观点，但在理论方面似乎略逊一筹的英美"新批评"，以及在一定程度上基于俄国形式主义理论的其他当代欧美文艺理论如结构主义文论等，近年来却已不同程度地被引进。实际上，就我国目前文学批评的现状而言，更为实际的恐怕还不是结构主义批评，神话原型批评或后结构主义的解构主义批评这类批评模式，而是经历过类似我国的文艺斗争实际，最终仍被证明是有一定生命力的俄国形式主义批评理论。我们可以说，不了解俄国形式主义的基本论点，就无法真正理解后来出现的各种形式主义理论。在西方，如果没有俄国形式主义的影响，今日西方文论的面貌可能就是另一个样子。①

钱佼汝的这篇论文是我国学者对俄国形式主义理论所做出的最出色的阐释之一。它的重要意义，还在于作者从俄国形式主义在中国和在西方的不同命运的对比中，揭示了我国文艺理论界接受国外文论中的一种奇特现象。当然，这一不正常的状况不久以后就得到了明显的改变。值得注意的是，和前文提及的张隆溪等最初的几位译介者一样，钱佼汝也是英语文学专家，他的文章立论的依据主要也是英文研究资料。或许可以说，这一事实同样是"具有讽刺意味的"？

除了上面提到的几篇论文外，我国学者在 20 世纪晚期发表的讨论俄国形式主义的文章中，还有一些是值得注意的。如周启超的《在"结构—功能"探索的航道上》（1989），考察了俄国形式主义在当代苏联文艺理论界的渗透；谢天振的《什克洛夫斯基与俄国形式主义》（1990），论述了什克洛夫斯基的理论建树和学术活动对于整个学派的意义；朱刚的《现代派文学思潮中的传统维护者》（1991），对英国后期象征派诗人艾略特和俄国形式主义者关于文学的继承和发展的论述，进行了对照分析；陶东风的《俄国形式主义

---

① 钱佼汝：《"文学性"和"陌生化"：俄国形式主义早期的两大理论支柱》，载《外国文学评论》，1989 年第 1 期。

的文学史观》(1992)不仅描述了形式主义者在文学史研究领域的探索和建树,而且指出他们将历史和发展的概念引入形式研究中,恰恰在一定程度上摆脱了其理论的狭窄性和封闭性;吕周聚的《胡适与俄国形式主义学派文学史理论比较研究》(1998),则从一个侧面比较了20世纪初期中俄两国学者文学史观的异同;董晓的《超越形式主义的"文学性"》(2000),还评析了巴赫金对俄国形式主义的批判。尽管这些文章所讨论的问题都是局部性的,但它们却在总体上显示出我国学者对俄国形式主义的研究逐渐走向深入的进程。

方珊的《形式主义文论》(1999)和张冰的《陌生化诗学:俄国形式主义研究》(2000),是我国学者全面而系统地研究俄国形式主义的两部专著。作为《俄国形式主义文论选》一书的编选者和翻译者,方珊以自己掌握的第一手俄文资料为依托,首先为读者描述了俄国形式主义的缘起、演变和基本特征,然后以三个专章分别论述了什克洛夫斯基、雅可布森和这一学派的若干中坚人物(托马舍夫斯基、艾亨鲍姆、迪尼亚诺夫、日尔蒙斯基等)的学术建树和主要论点,勾画出俄国形式主义理论批评的基本轮廓。该书的最后一章"形式结构派文论在中国",还述及俄国形式主义在中国传播的相关情况。如书名所示,这本著作所评述的对象,并不限于俄国形式主义。英美新批评派、法国结构主义和叙事学等文学理论批评流派及其代表人物的重要观点,都在这本书的评析之中。因此,方珊的这部论著,其实是对20世纪欧美文论中属于"作品系统"的若干主要流派所作的一种综合研究。

张冰的《陌生化诗学:俄国形式主义研究》一书则有所不同。这是作者作为俄语语言文学专业博士的学位论文,所以全书的论述更为集中,资料也更为翔实。作者首先从白银时代俄罗斯文学中现代主义思潮的崛起、俄国现代哲学美学思想的要点、特别是象征派语言哲学观的特征等几个方面,考察了俄国形式主义形成的文化—文学背景;接着又认真梳理了这一流派的产生与发展过程,并在这一梳理中初步论及形式主义理论家们研究文学的独特着眼点,从而为后面的论述作了必要的铺垫。在随后的几章中,作者详细评析了这一学派对诗歌语言的关注,对诗歌审美本质的探索;深入考察了"陌生化"这一关键性概念的内涵,以及形式主义者们把它作为一种审美批评标准的意义,它与当代西方文艺理论的关系;最后还论证了俄国形式主义文学史观的重要特点,即对文体与风格的高度关注和着力研究。书中还敏锐地指出:俄国形式主义的两大发祥地——彼得堡诗语研究会和莫斯科语言学小组,从一开始就存在着观点和视角上的某些差异。这种差异主要表现在:"前者将诗学视为文学史和文学理论系统下的一个分支,而后者则将其视为语言学大系统中的分系统;前者体现了一种历史文化价值取向,而后者则体现了语言学的价值标准。"①这就不仅指明了俄国形式主义理论批评体系的内在复杂性,同时也揭示了它和 20 世纪西方文艺理论中的人本主义与科学主义两大潮流的逻辑关联,从而为我们在本文开始时所引佛克马的那段名言提供了有力的佐证。张冰的这本专著表明,在 20 世纪临近结束时,对于俄国形式主义,我国研究者已经达到了一个较高的认识水平。

三

若是说到我国学者将俄国形式主义理论运用于文学研究和文学批评,最早的当推钱锺书先生。他在写于 40 年代的《谈艺录》一书中,就多次提到俄国形式主义,并运用这一学派的理论对中西文学进行比较考察,阐释文艺理论中的一些基本问题。如钱先生写道:"俄国形式论宗许克洛夫斯基论文谓:百凡新体,只是向来卑不足道

---

① 张冰:《陌生化诗学:俄国形式主义研究》,北京:北京师范大学出版社,2000 年,第 11—12 页。

之体忽然列品入流。诚哉斯言，不可复易。"①在80年代所作的"谈艺录补订"中，钱锺书先生又提到："近世俄国形式主义文评家希克洛夫斯基等以为文词最易袭故蹈常，落套刻板，故作者手眼须使熟者生，或亦曰使文者野。"他接着谈了自己的看法："夫以故为新，即使熟者生也；而使文者野，亦可谓之使野者文，驱使野言，俾入文语，纳俗于雅尔。……抑不独修辞为然，选材取境，亦复如是。"②可以看出，对于什克洛夫斯基提出的"陌生化"理论，钱锺书先生是深表赞同的。但是，他不仅认为诗歌语言运用、修辞手法应当追求"陌生化"，同时他还强调无论作品选材，还是文体样式，都不应"袭故蹈常"，而应达到"使熟者生"。在钱锺书先生看来："文章之革故鼎新，道无它，曰以不文为文，以文为诗而已。向所谓不入文之事物，今则取为文料；向所谓不雅之字句，今则组织而斐然成章。"③可以说，钱锺书先生是把握了俄国形式主义"陌生化"理论的精髓。

俄国形式主义者强调关注作品的"文学性"，倡导文学的"内部研究"，这就决定了他们的文学史研究必然注目于文学形式的演进，特别是文体的递变；也决定了他们不限于在社会政治的风云变幻中寻找这种演进和递变的原因。这一文学史观，也深得钱锺书先生的理解和认同。在《谈艺录》的开篇，作者就写道："余窃谓就诗论诗，正当本体裁以划时期，不必尽与朝政国事之治乱盛衰吻合。"④显然，作者也像形式主义者那样，不赞同以政治史的阶段来划分文学的发展进程。同时，钱锺书先生认为用类似于进化论的观点来看待文学体裁的盛衰，也是不可取的。他对我国清代戏曲评论家焦循（字理堂，1763—1820）关于"诗亡于宋而遁于词，词亡于元而遁于

---

① 钱锺书：《谈艺录》，北京：中华书局，1984年，第35页。
② 钱锺书：《谈艺录》，第320—321页。
③ 钱锺书：《谈艺录》，第29—30页。
④ 钱锺书：《谈艺录》，第1—2页。

曲"的说法颇不以为然,并且指出在19世纪的法国,就有一个和焦循的观点颇为相近的文学研究者布吕纳介。钱锺书先生写道:"法国Brunetière①以强记博辩之才,采生物学家物竞天演之说,以为文体沿革,亦若动植飞潜之有法则可求。所撰《文体演变论》中论文体推陈出新诸例,如说教文体亡而后抒情诗体作,戏剧体衰而后小说体兴,与理堂所谓此体亡而遁入彼体云云,犹笙磬之同音矣。" 钱锺书先生认为:"夫文体递变,非必如物体之有新陈代谢,后继则须前仆。"②这一见解,其实也是和俄国形式主义者的观点一致的。后者认为,过去时代的任何一种文体、风格和流派,都不会因为"过时"而不复存在,而是往往存在于从"主流"到"支流"、由中心到边缘、由显性存在到隐性存在的变化之中;在另一时空中,处于"支流"、边缘或以隐性方式存在的文体、风格和流派等,很可能又会成为"主流"、中心,或再以显性方式存在。这是钱锺书先生接受俄国形式主义理论的又一例证。

在具体的文学研究和文学批评方面,钱锺书先生也对俄国形式主义者的某些主张和方法表示认可。俄国形式主义活跃于文坛时,俄国文学研究中还曾一度流行所谓"心理主义"方法。这种研究方法的特点,是特别重视作家的传记—心理,研究目标往往可归结为试图确定作家和作品主人公的同一性。研究者所关注的焦点,与其说是作品的内容,不如说是作品中人物的行为和心理的细节,而且这种关注总是和对作家生平的细致考证结合起来。这样的研究,显然避开了对作品的审美分析和审美评判,不能揭示作品的美学价值。在20世纪前期俄国的普希金研究中,这种研究方法最为流行。形式主义者们对这种研究方法,是持怀疑和否定态度的。如什克洛夫斯基甚至说过:对诗人自己的"坦白招供",切不可轻信。也就是

---

① 即费迪南·布吕纳介(Ferdinand Brunetière,1849—1906),法国文学史家。
② 钱锺书:《谈艺录》,第36、28页。

说，在他看来，研究者不仅没有必要在作品中寻找和作家、诗人们的身世相同的细节，甚至不必相信作家、诗人们关于这种相似性的任何说明。什克洛夫斯基本人的普希金研究，就完全抛弃了那种在浩如烟海的诗人个人档案材料中索隐抉微的方法，将着眼点放在诗人作品的结构模式、表现手法和语言特色上。对这样的研究视角和方法，钱锺书先生是明确表示赞成的。他也反对那种把作品主人公和作家本人等同起来的做法，并援引什克洛夫斯基来支撑自己的观点。钱锺书写道："流风结习，于诗则概信为征献之实录，于史则不识有梢空之巧词，只知诗具史笔，不解史蕴诗心。……希克洛夫斯基论普希金叙事名篇，因笑文学史家误用其心，以诗中角色认做真人实在，而不知其为文词技巧之幻象。"①这里涉及的不仅是一种批评方法，更有诗和全部文学艺术的本质。

　　如果说，钱锺书先生撰写《谈艺录》的当年，我国文学界了解俄国形式主义的学者还为数尚少，那么，到作者对这部著作进行"补订"时，随着译介工作逐渐走向系统和全面，我国已有一些研究者开始尝试运用这一迟缓引入的理论批评方法来思考文学问题，审视文学现象了。80年代中后期，在我国文学界关于文学本体论的讨论中，就曾涌现过形式主义的文学本体论思潮。它的出现，和俄国形式主义及其后续性流派如英美新批评派、法国结构主义、叙事学理论等在中国文坛的传播，有着密切的联系。评论家陈晓明在他的《理论的赎罪》（1988）一文中指出：要确立现代文学理论的新范型，就应当将逻辑起点移到作品的文本内部，把文学作品看成一个世界，一个独立自足的世界。有的研究者则肯定文学作品的形式结构本身对于文学所具有的本体论意味，主张打破内容和形式的二元论或内容决定形式的独断论，认为"形式不仅仅是内容的荷载体，

---

① 钱锺书：《谈艺录》，第363页。

它本身就意味着内容"①。还有的研究者主张首先应当把文学作为语言艺术来看待，如黄子平在《得意莫忘言》（1985）中写道："对于文学作品来讲，本质与现象、内容与形式，全都统一在其独特的语言结构之中。……文学作品以其独特的语言结构提醒我们：它自身的价值。不要到语言的'后面'去寻找本来就存在于语言之中的线索。"他认为："语言性既然是文学的根本特性，文学理论自然不可能长久地对文学的本性熟视无睹。"②所以他提出要打破传统的文学研究和批评的僵硬程式，主张进行"文学语言学"的研究，并且列出了一些具体的研究方向，如"日常语言与文学语言"、"文学作为一种语言行为"、"文学语言的信息交换"、"文学理论的语言分析"等。上述研究者的观点，或呼吁文学研究要"回到作品本身"，或强调作品形式的意义，或高度重视语言的作用，都显示出我国学者对俄国形式主义及欧美其他形式主义流派的理论观点的接受。

在文学批评领域，活跃于新时期的我国批评家们，也有不少人受到俄国形式主义及欧美其他形式主义流派的启示。如黄子平的《论中国当代短篇小说的艺术发展》（1986）一文，放弃了"思想内容概括和艺术形式考察"的传统批评模式，在我国文学研究中较早运用了俄国形式主义者倡导的"结构—功能"的分析方法，令人耳目一新。南帆的《小说技巧十年》（1986）、吴功正的《论新时期小说形式美的演变》（1986）和何振邦的《新时期的文学形式演变的趋势》（1987）等论文，也从宏观的角度检视我国新时期文学形式演变的历史行程，不再像以往的文学批评那样，仅仅关注作品的人物形象、主题思想和社会意义，体现出一种新的研究思路。另如季红真的《神话世界的人类学空间——释莫言小说的语义层次》（1988）、李洁非、张陵的《〈金牧场〉：过去时代的文本》（1988）等，均系

---

① 李劼：《试论文学形式的本体意味》，载《上海文学》，1987年第3期。
② 黄子平：《得意莫忘言》，载《上海文学》，1985年第11期。

关于具体作品的评论,但也同样显示出作者关注文本本身、艺术形式和作品语言的新颖视角。凡此种种,都表明包括俄国形式主义在内的欧美各形式主义理论批评流派在中国文坛的影响。

值得注意的是,我国的文学批评家们,很少在形式与内容彼此割裂的意义上来谈论作品的形式因素,而大都是在两者相互作用、彼此融洽的意义上来看待作品的结构、文体、风格和语言的。与这种现象相对应,在文学理论探索和新体系建构的尝试中,我国理论界也少有坚持"彻底的形式主义"的研究者。人们所追求的,更多的似乎是"文本"与"人本"的综合和互补。20世纪欧美文论中人本主义和科学主义的两大潮流,好像都没有在我国新时期的文学理论与批评中占据过绝对的优势地位。在这里,不难见出中国传统的文学价值观的强大生命力。

巴赫金的诗学理论及其在中国的流布[①]

俄罗斯学者巴赫金(1895—1975)的诗学理论是 20 世纪文学理论与批评中最富有创建性的成果之一,其中的复调小说理论及与此相关的对话理论、狂欢化诗学,不仅打开了文学研究的新天地,而且改变了人们的旧有思维方式,有着世界性的广泛影响。本文拟对复调小说理论和狂欢化诗学作一系统考察,对其理论要点作出概与评述,并探讨这些理论在中国的接受和影响。

一

复调小说理论是巴赫金在考察 19 世纪俄罗斯著名作家陀思妥耶夫斯基的小说创作的过程中所提出来的。"复调小说"的概念来源于音乐术语"复调音乐"。复调音乐是多声部音乐的一种,其特点是:若干旋律同时进行并组成相互关联的有机整体;在横向关系上,各声部在节奏、重音、力度、起讫和旋律线的起伏等方面各有其独立性;在纵向关系上,各声部又彼此形成和声关系。在巴赫金之前,俄国学者科马罗维奇就已经将陀思妥耶夫斯基小说的情节安排比作复调现象,认为这些小说在布局上近似于复调音乐。另外,列·格罗斯曼、奥托·考斯和卢那察尔斯基等研究者也先后注意到了陀思妥耶夫斯基小说的多元化特点,或论及他的小说的"多声部

---

① 本文原载《江苏社会科学》,2005 年第 5 期。

性",明确地提出了复调问题。然而,所有这些研究者都未能揭示陀思妥耶夫斯基的小说作为复调小说的最重要的特征,也未能认识到只有他才是复调小说的真正首创者。巴赫金在继承并超越前辈学者研究成果的基础上,在《陀思妥耶夫斯基诗学问题》(1929,1963)一书中,经由对这位作家的小说创作的悉心研究,系统地阐述了复调小说理论。

巴赫金认为,复调小说是作为"独白型"小说的对立面而出现的,后者是欧洲小说的一种传统模式。托尔斯泰的小说《三死》就是独白型小说的一个范例。这部作品写的是一个地主太太、一个马车夫和一棵大树的死。尽管它也是多线索的,但整部作品只有一个认识主体(作者),而三个形象则都是被认识的客体,都被包容在作家的统一视野和意识里,由作家来对其进行比较、对照和评说。这三个形象和作者不是处于同一层次上,作者也不对他们取对话的态度。三个形象彼此之间也没有不同意识之间的联系,不存在任何对话关系。在巴赫金看来,小说《三死》突出地体现了作家的独白型功能。

如果说,在独白型小说中,作者是"统领"他笔下的所有主人公的,那么陀思妥耶夫斯基的小说则采取了一种全新的作者立场,这是"认真实现了的和彻底贯彻了的对话立场"[①]。这一立场确认主人公的独立性和内在的自由。这些主人公不再是作者的议论所要表现的客体,而是直抒己见的主体;作者不是讲述他们,而是和他们谈话。如巴赫金所说:"作者讲到主人公,是把他当作在场的、能听到他(作者)的话,并能作答的人。"[②] 作者不仅不把主人公作为自己的传声筒,而且把对他们进行"最后定论"的权利也留给了主人

[①] 巴赫金:《陀思妥耶夫斯基诗学问题》,白春仁、顾亚铃译,见《巴赫金全集》第5卷,石家庄:河北教育出版社,1998年,第83页。

[②] 巴赫金:《陀思妥耶夫斯基诗学问题》,白春仁、顾亚铃译,见《巴赫金全集》第5卷,石家庄:河北教育出版社,1998年,第84页。

公，使其变成了主人公自我意识的一个内容。也就是说，在独白型小说中由作者完成的事，在陀思妥耶夫斯基的小说中都是由主人公来完成的。同时，在陀思妥耶夫斯基的小说中，所有主人公的声音都是各自独立、具有充分价值而且不相融合的；每一声音都是一种"信念"或"看待世界的观点"。他们的意识则都被当作独立的、他人的意识。这众多的声音和意识都是地位平等的，它们之间相互倾听，相互呼应，彼此反映，也形成一种对话关系。总之，在陀思妥耶夫斯基的小说中，作者和主人公之间，主人公和主人公之间都是彼此平等的。这种"平等性"成为复调小说的一个重要特点。

  复调小说另一个特点是："思想"成了作品描绘的对象。巴赫金注意到：在独白型小说中，思想或者是观察和描绘世界、选择和组织材料的原则，或者是从艺术描写中引出的某种结论，或者是直接表现在主要人物的见解中的作者的观点。但是，所有这些思想，无论其功能如何，本身都不是描绘的内容。与此相反，陀思妥耶夫斯基所擅长的，正是描绘他人的思想。巴赫金强调：作为描绘对象的思想的形象，是同作为其载体的"思想的人"的形象结合在一起的。陀思妥耶夫斯基作品中的所有主要人物，都是些冥思苦想的人，都有某种"伟大的却没有解决的思想"，思想支配了他们的个性。这是陀思妥耶夫斯基能够描绘思想、塑造"思想的形象"的两个条件之一。另一条件是他深刻理解思想的对话本质。陀思妥耶夫斯基看到了：一种思想只有在同他人的、别的思想发生对话关系之后才能形成和发展，才能寻找和更新自己的表现形式，并衍生新的思想；因此，他把思想看作是不同意识、不同声音之间演出的生动事件。这种认识决定了他的小说的"构形原则"：它们"不是一个由描写对象组成、由他的独白思想阐发和安排起来的世界，而是一个由相互阐发的不同意识组合起来的世界，是一个由相互联结的不同人的思想意向组合起来的世界"①。那么，作者本人的思想处于什么位置、具有什么样的作用呢？巴赫金指出：作者的思想在其作品中不承担全面阐发他所描绘的世界的功能，而是化为一个人的形象进入作品，作为众多其他意向中的一个意向，众多他人议论中的一种议论。

与上述特点紧密相关的是复调小说的"共时性"。在这种小说中，正是同时共存的众多意识构成了复调。巴赫金以前的某些研究者，如恩格尔哈特，也十分明确地揭示了陀思妥耶夫斯基小说的多元性，并发现了它们大都是"描绘思想本身的小说"，但他却把这些小说中的众多思想和意识视为统一发展进程的不同环节，或统一精神形成过程的不同阶段。巴赫金指出：如果情况果真如此，那么这个发展进程的最后一环，不可避免地仍要由作者出场来进行综合，因此，恩格尔哈特还是将陀思妥耶夫斯基的小说独白化了。巴赫金写道："陀思妥耶夫斯基艺术观察中的一个基本范畴，不是形成过程，而是同时共存和相互作用。他观察和思考自己的世界，主要是在空间的存在里，而不是在时间的流程中。……对他来说，研究世界就是意味着把世界的所有内容作为同时存在的事物加以思考，探索出它们在某一时刻的横剖面上的相互关系。"②陀思妥耶夫斯基努力在他的小说中遵循共时原则。他不交代原因，不写渊源，不从过去、不用环境影响等来说明问题，只善于从同时共处这一角度来观察和描绘世界，因此他酷爱人物众多的场面，希望在一时一地汇集起尽可能多的人物和主题。在他的小说里，一切矛盾和双重性，并未连缀为时间的运动，也没有形成发展的过程，而是在同一平面上展开，或是相伴平行，或是相互对峙，或者彼此和谐但互不融合。

---

① 巴赫金：《陀思妥耶夫斯基诗学问题》，白春仁、顾亚铃译，见《巴赫金全集》第5卷，石家庄：河北教育出版社，1998年，第128页。

② 同上，第37页。

复调小说把思想作为描绘对象，但它所描写的不是单个意识中的思想，也不是不同思想的相互关系，而是众多意识在思想观点方面的相互作用。巴赫金曾把复调小说的这种多元共存的世界，形象地比喻为"教堂"。

巴赫金在谈论复调小说以"思想"为描绘对象、众多的声音和意识之间的平等性与共时性特色时，已多次提及这种小说的对话性。陀思妥耶夫斯基的小说就是全面对话性的小说。其作品中的人，是交谈的主体。对话在他的艺术世界中居于中心位置；它不是作为一种手段，而是作为目的本身。这种对话不是一般的情节性对话，而是超情节的，即不受交谈人之间情节关系的制约。如果说，这种不同声音、意识和思想之间的对话，表现在陀思妥耶夫斯基小说的整个布局结构上，那么，在他的作品中，还存在着人物内心的对话。这两种对话是紧密联系的，并同样密不可分地与囊括它们的整部小说的大型对话联系在一起。于是，读者便在陀思妥耶夫斯基的小说中看到："到处都是公开对话的对语与主人公们内在对话的对语的交错、呼应或交锋。到处都是一定数量的观点、思想和语言，合起来由几个不相融合的声音说出，而在每个声音里听起来都有不同。"①复调小说的这种对话性，从根本上说，是以"思想"为描绘对象的小说本身的要求。因此，"对话型的世界感受"贯穿于所有复调小说；而复调小说结构的一切因素，都具有对话的性质。

陀思妥耶夫斯基继承欧洲小说发展中的"对话路线"、创建复调小说具有重大意义。巴赫金认为他好像是实现了一场小规模的哥白尼式变革。因为复调小说不仅是一种新的小说体裁，而且标志着艺术视觉的某些新形式。它拓展了小说家们的艺术视野，使他们有可能从新的视角来观察世界，从而发现人及其生活的一些新的方面。

---

① 巴赫金：《陀思妥耶夫斯基诗学问题》，白春仁、顾亚铃译，见《巴赫金全集》第5卷，石家庄：河北教育出版社，1998年，第359页。

再者，复调小说对审美思维同样提出了新要求。人们的审美思维由于受独白型小说的熏陶和渗透，习惯于把独白形式绝对化，在分析作品时往往要给主人公做最后结论式的评价，或力图找到作者的某种独白型的思想。复调小说是对这种审美思维模式的有力冲击。最后，复调小说的创立，在人类思维的发展中也是一个巨大的进步。复调思维、对话主义作为巴赫金所揭示的一种灌注着平等意识和平民精神、倡导交往和互识的思想，涵纳着对于西方文化中的各种"中心论"的深刻批判，启示人们如何看待不同意识形态体系之间的对立和冲突，使人们懂得主体的建构、文化的建构总是在自我与他者的积极对话中实现的。

二

　　狂欢化诗学是巴赫金诗学理论的又一重要组成部分。它是巴赫金在《陀思妥耶夫斯基诗学问题》中探讨该作家作品的体裁特点和情节布局特点时提出来的。在《弗朗索瓦·拉伯雷的创作和中世纪与文艺复兴时期的民间文化》（1944）一书中，巴赫金在民间诙谐文化的广阔背景下考察拉伯雷的创作特色，进一步丰富和完善了狂欢化诗学理论。

　　巴赫金认为，欧洲小说体裁有三个基本来源：史诗、雄辩术和狂欢节；由此而形成了小说发展史上的三条线索：叙事、雄辩和狂欢体。其中，狂欢体的发展源头应该在"庄谐体"这一体裁样式中去寻找。庄谐体的各种体裁，都同狂欢节民间文艺有着深刻的联系，或多或少都浸透着狂欢节所特有的那种世界感受，其中有些就是狂欢节口头民间文学体裁的翻版。这种文学可以称之为狂欢化文学。

　　庄谐体有两种类型，即"苏格拉底对话"体和"梅尼普讽刺"体。其中，"苏格拉底对话"这一体裁在出现之初，只是对这位古希腊哲学家的谈话内容的追忆，间以简要的叙述；不久后，它就摆脱了历史回忆的局限，但保留了苏格拉底用对话揭示真理的方法以及记录对话、间以短小叙述的形式，如柏拉图、色诺芬等人写的对话体著述。这种体裁形成的基础，是苏格拉底关于真理及人们对真理的思考都具有对话本质这一见解；它的基本手法是对照法和引发法，偶尔也利用对话中的情节场景；参与对话的人都是思想家，而"思想"和它的所有者的形象是有机地结合在一起的。"苏格拉底对话"是狂欢化文学形成的基础之一，不过它还是哲学和艺术相混合的一种体裁。

相比之下，"梅尼普讽刺"体（简称梅尼普体）更直接根植于狂欢体的民间文学。它得名于公元前三世纪哲学家梅尼普，是他创造了这一体裁的经典形式；而率先把这一名称作为特定体裁术语的，是古罗马学者发禄，他将自己的讽刺作品称为"梅尼普讽刺"。罗马文学中塞内加的《变瓜记》、彼特罗尼乌斯的《萨蒂里孔》、阿普列尤斯的《金驴记》等，都是著名的梅尼普体作品。在这一体裁中，笑的因素、诙谐成分的比重明显加大，大胆的虚构、自由的幻想和渊博的哲理、敏锐的观察彼此交融，崇高的象征、神秘的宗教因素同粗俗的贫民窟自然主义有机结合。这类作品往往通过创造异乎寻常的境遇，以引发并考验真理，其中出现了人间、神界、地狱里的对话以及这三者"边缘上的对话"。作品中广泛存在着对生活现象的变形处理，以及精神错乱、个性分裂、梦境、幻觉、癫狂、自杀等不正常的心理表现，还有种种闹剧、古怪行径、插科打诨等场面；充满鲜明的对照、矛盾和反差；不时地插入几乎都带有讽刺模拟性质故事、书信、诗歌、演说等多种文体；既常常包含社会乌托邦的成分，又具有现实的政论性。在巴赫金看来，具有以上特色的梅尼普体，是最如实地反映了那一时代之特点的文学样式。那是民族传说解体的时代，是构成古希腊罗马式理想的"优雅"风度的那些伦理规范遭到破坏的时代，也是基督教这一新的世界宗教酝酿和形成的时代;这个时代在文学上导致的结果,是破坏了人及其命运的那种史诗式和悲剧式的整体性。这种体裁在文艺复兴时期的薄伽丘、塞万提斯、拉伯雷笔下,在18世纪的狄德罗和伏尔泰、19世纪的霍夫曼和爱伦·坡等作家那里获得了进一步发展,而陀思妥耶夫斯基的创作则是这一体裁传统发展的顶峰之一。

巴赫金发现:作为狂欢化文学的一种基本体裁样式,梅尼普体的形成与发展和狂欢节这种古老的欧洲庆典形式有着密切的联系。狂欢节上的所有庆贺、仪式活动及其形式的总和被称为"狂欢式"。狂欢式的四个基本范畴是参与(不分演员和观众,全民参与)、亲昵(取消一切规矩、禁令、限制,特别是等级制,人们之间随便接触)、俯就(神圣与粗俗、崇高与卑下、伟大与渺小、明智与愚蠢彼此接近)、粗鄙(冒渎不敬,粗率平实,时有秽语)。狂欢节上的主要仪式,是笑谑地给国王加冕和随后脱冕。巴赫金认为,这种仪式的基础"是狂欢式的世界感受的核心所在,这个核心便是交替与变更的精神、死亡与新生的精神";这种仪式"还说明任何制度和秩序,任何权威和地位(指等级地位),都具有令人发笑的相对性。"[①]巴赫金还特别强调:狂欢式中所有的形象,都是合二而一的,都具有两重性本质。可以发现,在狂欢式的那些鲜活感性的仪式中,体现了一种来自全体民众的伟大的世界感受,一种在诙谐和轻松中显示出来的嘲笑并颠覆一切教条、官腔和等级的思维方式。

狂欢式转化为形象的文学语言,就是所谓"狂欢化"。从古希腊罗马时期开始,中经中世纪、文艺复兴时代一直到17世纪,狂欢节本身就是狂欢化的渊源。17世纪下半期以后,业已狂欢化了的文学,其影响取代了狂欢节的地位,狂欢化便成为纯粹属于文学的一种传统。文学中的狂欢体接受了狂欢式的所有精神、范畴、方式和

[①] 巴赫金:《陀思妥耶夫斯基诗学问题》,白春仁、顾亚铃译,见《巴赫金全集》第5卷,石家庄:河北教育出版社,1998年,第163页。

结构特点，其中同样有着双重性、笑、降格、颠倒、亵渎、戏拟、加冕脱冕、粗话和傻瓜形象，同一形象同样力图在自身包括事物形成中的两极，或对照事物的双方并将其结合，如诞生和死亡，正面和背面，上和下，夸赞和斥骂，肯定和否定，悲剧性和喜剧性，等等。但是在巴赫金看来，狂欢化绝不是附着于现成内容上的静止的公式，而是艺术视觉的一种异常灵活的形式，是帮助人们发现尚未认识的新事物的某种启发式的原则；它把一切表面上稳定的、已成型的东西全给相对化了，同时又以一种除旧布新的精神，帮助作家进入人的内心深处，进入人与人关系的深层，于是，狂欢化便成了艺术地把握生活的一种强大的手段。"在此后欧洲文学的发展中，狂欢化也一直帮助人们摧毁不同体裁之间、各种封闭的思想体系之间、多种不同风格之间存在的一切壁垒。狂欢化消除了任何的封闭性，消除了相互间的轻蔑，把遥远的东西拉近，使分离的东西聚合。这就是狂欢化在文学史上的巨大功用之所在。"①

当然，狂欢化的作用不限于文学领域。巴赫金认为：狂欢化还提供了可能性，使人们可以建立一种大型对话的开放性结构，把人与人在社会上的相互作用转移到精神和理智的高级领域中去，帮助人们克服伦理上和认识论上的唯我论，懂得每个人即便是在自己精神生活的深邃隐秘之处，也是难以应付自如的，因此就为人们重视交往、对话和沟通，走向理解和包容提供了生动的文学参照。狂欢化诗学理论不仅反对文学的单色调，强调各种文类、语言和表现手法的独特价值，动摇了传统美学的某些基本范畴的权威性和优越感，以"狂欢"的思维结构瓦解了逻各斯中心主义和形而上学的一元权威，而且启示人们摆脱刻板、僵化、静止的教条和等级制的束缚，把创造性的思维从压抑中解放出来，提倡一种以乐观的笑和幽

---

① 巴赫金：《陀思妥耶夫斯基诗学问题》，白春仁、顾亚铃译，见《巴赫金全集》第5卷，石家庄：河北教育出版社，1998年，第177页。

默的态度排除矛盾的人生哲学，一种狂欢广场式的自由生活，张扬了民间文化、大众文化的价值。这便是狂欢化对于一般人类精神生活的意义。

三

20世纪80年代以前，巴赫金的名字在中国还几乎无人知晓。直到80年代年初期，他的著作才开始被译介到我国来。自那时起，作为20世纪晚期在中国未受到排斥的少数几位俄罗斯人文学者之一，巴赫金的诗学理论迅速进入了我国当代文艺学的话语建构中，极大地影响了我国的文学研究和批评。"对话"、"复调"、"狂欢化"等，成为研究者和批评家们常用的术语。研究者们除了沿着巴赫金的思路继续探讨陀思妥耶夫斯基等俄罗斯作家的创作外，还分别考察了薄伽丘《十日谈》的狂欢化色彩，从莎士比亚剧作到福克纳《喧哗与骚动》的复调结构，艾米莉·勃朗特《呼啸山庄》的"复调旋律"，戴维·洛奇《小世界》的狂欢化精神，米兰·昆德拉小说的复调特征，杜拉斯的"双层复调小说结构"；还有的研究者认为歌德的《浮士德》是一部"充满生命狂欢的复调史诗"，而艾丽斯·沃克的《紫颜色》的魅力则来源于它那"狂欢、反叛的复调"，等等。在中国文学研究中，同样可以看到90年代的评论家们在谈论着狂欢化与《红楼梦》的非等级意识，《水浒传》的狂欢化文学品格，巴金《寒夜》和马原《冈底斯的诱惑》的复调世界，钱锺书《围城》里的"人生复调及其文化穿透力"，卞之琳新诗的复调艺术，高行健的"多声部与复调戏剧"，王小波作品的狂欢化诗学和笑谑艺术，池莉小说的"复调与变奏"，直到90年代中国女性写作的对话意识与狂欢化指向，等等。可以说，在20世纪的最后阶段，巴赫金成了在我国影响最大的外国文学理论家和批评家之一。

如前所述，巴赫金的诗学理论，是他在深入考察陀思妥耶夫斯基等作家的过程中提出来的。他的研究思路和方法,突破了切割文学作品的思想内容和艺术特色、对这血肉相连的两个方面分别进行归纳和分析的传统框架,而致力于探索文学作品所显示的美学特质和诗性智慧。在具体研究中,巴赫金往往瞄准文化和文学繁荣发展的鼎盛时代(如欧洲文艺复兴时代、俄国19世纪中后期等),选取最有成就、最具代表性的作家(如拉伯雷、陀思妥耶夫斯基等)作为研究对象,经由细读其作品文本,努力从他们的经典作品中发现这些经典作家对生命、生活和世界的独特感悟以及表达这些感悟的独特形式,并由此而探讨人类思维方式和文化活动的一般特点。这一研究路径给当代中国的文学研究者们以直接的启迪。杨义的《楚辞诗学》(1998)、《李杜诗学》(2001)等学术著作,就是作者接受巴赫金影响而推出的一部分重要研究成果。杨义本人曾经谈道:

> 自上个世纪60年代以来,西方出现了诗学复兴的势头。尽管他们对诗学的定义各有说法,有的甚至几乎把它等同于"文学理论",但是多数人都从不同体裁的作品中,探讨诗性智慧的内质和原理。……苏联理论家巴赫金曾经写过一部《陀思妥耶夫斯基诗学问题》,他也不是从陀氏关于小说的言论或别人评论他的小说的文字中,而是首先从陀氏的经典小说文本中,发掘出"对话诗学"的原则的。遵照相同的学术方法,巴赫金也是从16世纪法国作家拉伯雷的长篇小说《巨人传》中,从它那"民俗化的笑"中创造出"狂欢理论"的。外国这些著名的理论家都是以文学名著为研究对象,进行"经典重读"和"个案分析",从而建构出原创性的诗学原理的。①

在《李杜诗学》一书中,作者在谈到自己的选题动因时还指

---

① 转引自舒晋瑜:《诗学何为?》,载2003年2月12日《中华读书报》。

出：唐诗研究，实际上是一种"高峰分析"；李白、杜甫研究，则是"双重高峰分析"。李杜两人并列为令人高山仰止的盛唐高峰，显示了中国诗学的博大精深和无限生命力。对李杜双峰的研究，必将揭示中国诗学的智慧、生命和神韵的奥秘所在。确实，通过对李杜诗学的研究，杨义不仅把李杜研究和唐诗研究引向了广阔的境地，而且为建构中国诗学体系做出了自己的贡献。杨义的基本研究思路的确立和具体研究方法的选用，显然都借鉴了巴赫金。

巴赫金的复调小说理论，对我国鲁迅研究者也很有启发。如严家炎的《复调小说：鲁迅的突出贡献》（1999）一文，就运用巴赫金的理论重新考察鲁迅，发现了"鲁迅小说里常常回响着两种或两种以上不同的声音"，它们并非来自两个不同的对立着的人物，"竟是包含在作品的基调或总体倾向之中的"①。他在论文中列举了《狂人日记》、《孔乙己》、《药》、《故乡》、《孤独者》和《祝福》等作品，认为这些作品的多声部现象，构成了鲁迅小说的基调。严家炎指出：尽管鲁迅小说并非每篇都是复调小说，但他的小说是以多声部的复调为特点的，这是鲁迅的突出贡献。严家炎还探讨了决定鲁迅小说成为复调小说的几个因素，认为鲁迅主要在三个方面接受了陀思妥耶夫斯基的影响，即写"灵魂的深"，注重挖掘灵魂内在的复杂性，在作品中较多地用全面对话的方式、而不是用单纯的独白体的方式加以呈现。严家炎写道："这三个方面互相紧密联系，构成了复调小说的基础。按照苏联文学研究家米哈伊尔·巴赫金的说法，陀氏笔下主人公都是一些有独立意识、爱思考的人，作者对他们必须采取全新的立场，很难按自己的意志强制他们，这就有助于复调小说的形成。"②严家炎的这篇文章，后来收进了他的《论鲁迅的复调小说》（2002）一书。作者说：书名之所以这样叫，原因之一在于

---

① 严家炎：《论鲁迅的复调小说》，上海：上海教育出版社，2002 年，第 131 页。
② 严家炎：《论鲁迅的复调小说》，上海：上海教育出版社，2002 年，第 147 页。

鲁迅的复调小说是全书较多论文关注的一个中心。这些论文所探讨的鲁迅思想的复杂性，其作品的创作方法的多样性和叙事视角的灵活多变，几乎都与复调小说的问题有直接或间接的关联。由此可见，巴赫金的复调小说理论和他的研究方法，对严家炎深入研究鲁迅小说产生了直接的影响。

郑家建的《被照亮的世界——〈故事新编〉诗学研究》（2001）一书，也多方面地借鉴了巴赫金的诗学理论和研究方法。如同巴赫金研究陀思妥耶夫斯基那样，著者没有沿袭分析思想内容、概括艺术特色的传统套路，而是在细读文本的基础上，深入考察了《故事新编》的语言、创作思维、文体特征和叙事策略，探讨了它与文学传统的关系和它的现代技巧，并由此而思考建构中国现代小说诗学的问题。如著者认为，《故事新编》的创作语言的一个重要特征是"戏拟"，包括单一指向的戏拟和双重指向的戏拟，其中双重指向的戏拟又可细分为多种类型，这些戏拟的深度也有所不同。这些分析，都可以从巴赫金《陀思妥耶夫斯基诗学问题》一书第五章中找到它的参照对象，所以著者说："这一节的写作，我很大程度上得益于巴赫金对陀思妥耶夫斯基小说语言的研究。"[①]在考察《故事新编》的"创作思维"的特点时，著者还直接把巴赫金评价陀思妥耶夫斯基的一段话移用过来评价鲁迅："在别人只看到一种或千篇一律事物的地方，他却能看到众多而且丰富多彩的事物……"[②]在分析《故事新编》的文体特征时，著者更引用了巴赫金关于文学发展过程中各种体裁的命运、关于史诗与小说的区别、关于小说这种体裁在文学史上的地位等论述，并借用巴赫金对陀思妥耶夫斯基小说的共时性原则的评说，来描述鲁迅感受和体验世界的方式。在探讨

[①] 郑家建：《被照亮的世界——〈故事新编〉诗学研究》，福州：福建教育出版社，2001年，第322、29页。

[②] 巴赫金：《陀思妥耶夫斯基诗学问题》，白春仁、顾亚铃译，见《巴赫金全集》第5卷，石家庄：河北教育出版社，1998年，第40页。

《故事新编》的所谓"油滑"问题时，著者也从巴赫金的狂欢化诗学中获得启示，参照了他对于拉伯雷的和民间诙谐文化的研究，对这一难点问题做出了颇有新意的解释。

巴赫金的"狂欢化"诗学，是影响中国当代文学和文化研究的重要理论之一。它使我国研究者获得了一种新的视角，重新考察文化史和文学史中的丰富现象，或近距离检视当下文化与文学生活的纷繁景观，从中发现极易被人们忽略的意义与价值。如文化史研究者赵世瑜的《狂欢与日常——明清以来的庙会与民间社会》（2002）一书，探索明清社会转型期的民众生活和大众文化，揭示庙会这类游神祭祀活动的特征和意义，认为它不仅构成了民众日常生活的一部分，而且也集中体现了特定时空中的"全民狂欢"。作者指出：如巴赫金所说，欧洲狂欢节的中心场地是广场，而"广场是全民性的象征"；中国的庙会活动则以寺庙为中心，以不同的社区范围为单位，形成了一个个同心圆，将生活于这些同心圆中的人们几乎全都卷了进去，因此体现出极强的全民参与性质。作者写道："最深刻地反映这类活动原始性的，是这类活动中体现出的世界感受，用巴赫金的话说，就是一种'交替与变更的精神、死亡与新生的精神。狂欢节是破坏一切和更新一切的时代才有的节日'。"①赵世瑜显然是将中国的民间庙会活动视为一种具有民族特色的狂欢活动来考察的。在研究视角和方法上，他都从巴赫金那里得到启示。另外，世纪之交在我国出现的一些大众文化研究著作，如孟繁华的《众神狂欢：当代中国的文化冲突问题》（1997）、高小康的《狂欢世纪——娱乐文化与现代生活方式》（1998）等对当代大众文化的描述，对"狂欢文化"的内涵和特征的概括，都同样显示出巴赫金狂欢化理论的影响。

---

① 赵世瑜：《狂欢与日常——明清以来的庙会与民间社会》，北京：三联书店，2002年，第122页。

自 20 世纪 80 年代前期以来，巴赫金在中国不仅有幸避免了同一时期俄罗斯—苏联其他理论家、批评家普遍被冷落的命运，受到罕见的大力推崇和广泛接纳，甚至得以跻身于哈贝马斯、德里达、福科、拉康、利奥塔等当代西方思想大师的行列，迅速成为这一时期在我国学术界最有影响的理论家之一。产生这一现象的根本原因，当然首先在于巴赫金理论自身的丰富性和深刻性。这一理论体系虽然脱胎于 20 世纪的俄罗斯，却几乎完全不带有苏联时期官方认可的文艺理论所常有的那种过于追随主流意识形态、以政治判定代替美学分析的极左色彩，具有使文学研究真正返回到其自身的意义。再者，作为这一理论体系之重要组成部分的对话理论，适应了当代思想文化的多元化、多样性格局，在理论上为各种不同甚至互相对立的思想在肯定各自价值的前提下，通过独立表达、言说自身而实现彼此交流提供了合法性和可能性。最后，巴赫金所倡导和运用的文学批评方法，以其出色的研究成果而显示出它的有效性、新鲜性和可操作性，为正处于探索之中的中国当代文学批评和文学研究，提供了一种可资仿照的借鉴。于是，在俄罗斯—苏联文艺理论与批评遭遇怀疑、冷淡和排斥的总体背景上，巴赫金的身影便显得格外清晰和可贵。理论未必是可以常青的，但一种确有价值而又曾经被人为地封锁和淡忘的理论，终究是会被重新发现并发挥其作用的。20 世纪晚期巴赫金的诗学理论在中国广泛流布的事实，就为此提供了一个有力的佐证。

周扬与马克思主义文论在中国的传播[①]

我国马克思主义文学理论与批评领域的代表人物之一周扬(1908—1989),自20世纪20年代末开始涉及文学批评,此后便随着20世纪中国历史和文学史的进程,紧密配合中国共产党的文艺政策的制定和贯彻,在中国文艺理论体系的建构和文艺批评方面发表了一系列颇有影响的见解,提出了许多曾一度被政策化的主张。在长达60年的文学活动中,他既有自己的理论和批评建树,也存在着难以避免的时代局限;既有过矛盾、犹疑和反复,也有理论突破的冲动和成果。他的文学理论与批评,不仅显示出20世纪中国文艺思想史、批评史的某些重要阶段性特征,而且映现出马克思主义文论在中国传播的一幅侧影。

一

周扬的整个文学理论与批评活动,贯穿着对马克思主义文艺思想的论证、宣传和运用。在他的几乎所有文章、报告和讲话中,都可以找到马克思主义经典作家言论的引用,而这些言论又成为周扬检视各种文学现象、分析各类问题的指导原则。当然,他还不时有自己的引申和发挥。这一特点,早在抗战之前他于上海公开发表的文章中,就已经显露出来。如在1933年,针对苏汶的文章《批评之

[①] 本文原载《南京师范大学文学院学报》,2005年第1期。

理论与实践》把文学的真实性和阶级性分开的观点，周扬曾撰写《文学的真实性》一文予以反驳。周扬首先联系马克思关于反对"席勒式"、主张"莎士比亚化"的观点，联系恩格斯关于巴尔扎克是比过去、现在和未来的一切左拉都要伟大得多的现实主义艺术家的见解，联系列宁对列夫·托尔斯泰的"撕下一切假面具"的严峻现实主义特色的评论，对文学反映真实的现实主义主张作了充分肯定。接着，他又根据恩格斯对歌德、列宁对托尔斯泰的内在思想矛盾的评说，说明任何作家，即便是最伟大的天才作家，都不能不受到他们各自的阶级条件的限制。基于此，周扬肯定了文学的真实性与作家的阶级立场之间有着必然的联系。

为了论证文学与政治、与阶级斗争的紧密联系，甚至"文学自身就是政治的一定的形式"，周扬还对恩格斯关于阶级斗争的三种形式的理论作了引申。他写道："恩格斯在《德国农民战争》中指示了无产阶级的阶级斗争的三个形态——经济的，政治的，理论的形态。而成为这三个形态之中心、之枢轴的，是政治斗争。所以，作为理论斗争之一部的文学斗争，就非从属于政治斗争的目的，服务于政治斗争的任务之解决不可。同时，要真实地反映客观的现实，即阶级斗争的客观的进行，也有彻底地把握无产阶级的政治的观点的必要。"①其实，恩格斯的这篇文章，并未肯定"文学斗争"就是阶级斗争中的"理论斗争"的一部分，也没有说过文学所反映的"客观的现实"就是"阶级斗争的客观的进行"。这些见解，显然是周扬从自己的理解出发所作的发挥。

《文学的真实性》一文显示出，周扬在展开论述时，除了经常引用马克思、恩格斯的理论之外，还不时援引苏联早期马克思主义批评家以及当时苏联文学理论界流行的观点。文中多处引用普列汉诺夫、列宁和斯大林的相关言论，论述文学的真实性与阶级性、党

---

① 周扬：《周扬文集》，第1卷，北京：人民文学出版社，1984年，第67页。

派性的关系。周扬认为：列宁对于文学的党派性的规定，是对于文学的阶级性的更完全的认识，是对马恩关于阶级社会中意识形态的阶级性命题的进一步发展和具体化；所以"愈是贯彻着无产阶级的阶级性、党派性的文学，就愈是有客观的真实性的文学。"文章中还有"拉普"领导人法捷耶夫观点的引述，而全文则以号召掌握"拉普"提出的"辩证唯物主义创作方法"结束，肯定只有"把握住唯物辩证法的方法"，才是达到"文学的真实性的最高峰之路"。这一切都是和周扬个人的知识结构相联系的。周扬对马克思主义文艺理论的接受与传播，和他对苏联文学的了解与译介，可以说是彼此关联、同步进行的。联系他的《绥拉菲莫维奇——〈铁流〉的作者》（1931）、《十五年来的苏联文学》（1933）等同时期发表的一系列文章，不难看出他的文学积累和理论努力彼此交迭的初始轨迹。

在写于抗战前的《关于"社会主义的现实主义与革命的浪漫主义"》（1933）、《现实的与浪漫的》（1934）、《现实主义试论》（1936）和《我们需要新的美学》（1936）等论文中，周扬还多次引用马克思、恩格斯论文学艺术的一系列精辟论点。周扬强调："马克思和恩格斯的美学见解，虽是断片的，甚至片言只语，都有决定的重大的意义。"①这一认识是周扬在自己的著述中反复引用马恩言论的基础。他的大量引述，也确曾对马克思、恩格斯的文艺思想在中国文学界的传播，起了极大的推动作用。

在周扬看来，当时的"中国无产阶级文学，无论在理论上或创作上，都还很幼稚"，所以"要向已经有了伟大的无产阶级的文学的欧美各国，特别是苏俄去学习。"②周扬还认为，"马克思主义学说由列宁提高到了新的阶段"。因此，他特别重视列宁的文艺思想。在批判胡秋原的"自由人文学理论"时，他根据列宁《党的组织与党的

---

① 周扬：《周扬文集》，第1卷，北京：人民文学出版社，1984年，第225页。
② 周扬：《周扬文集》，第1卷，北京：人民文学出版社，1984年，第35页。

文学》一文的观点，认为所谓"绝对的自由"只是资产阶级的虚伪的招牌，指责"胡秋原就是在自由主义这个虚伪的招牌底下，很巧妙地来拒绝列宁的原则之在文学上的应用的。"他推崇列宁"常常把政治、哲学、文学看作阶级斗争的形式"的思想，指出"胡秋原之抹杀文学的阶级性，文学的积极作用，其目的也正就是在取消文学上的阶级斗争。"①所有这一切，都显示出和《文学的真实性》一文相同的思路。

二

抗日战争爆发后，周扬由上海转至延安，他的文学活动也由此而进入一个新阶段。从总体上看，他依然沿袭前一时期的基本路径，广泛宣讲马克思主义文艺思想，并积极在中国文艺理论建设和批评实践中加以运用。例如，在谈及艺术的本质，断言"艺术，用简单的定义，就是体现思想于形象"②时，周扬曾引用恩格斯关于"较大的思想深度和意识到的历史内容，同莎士比亚剧作的情节的生动性和丰富性的完美的融合"的提法，来为自己的论点寻找支撑。此外，无论是评说陈独秀在文学革命上的功过是非，还是介绍和阐释车尔尼雪夫斯基的美学思想，周扬都把马克思主义文艺思想作为自己的基本理论武器。他还依据列宁关于两种文化的理论考察鲁迅的思想道路，引用列宁《党的组织与党的文学》、《论无产阶级文化》等文章中的观点，批驳王实味就文艺与政治的关系问题发表的意见。

到了延安以后，周扬在文艺理论领域的努力，鲜明地显示出一种新动向，这就是他开始更致力于对毛泽东文艺思想的宣传和阐

---

① 周扬：《周扬文集》，第1卷，北京：人民文学出版社，1984年，第42、48页。
② 周扬：《周扬文集》，第1卷，北京：人民文学出版社，1984年，第328页。

释。他编选的《马克思主义与文艺》(1944)一书，是他的这一努力初期的重要成果。从编排体例上看，该书以"意识形态的文艺"、"文艺的特质"、"文艺与阶级"、"无产阶级文艺"及"作家、批评家"五大部分辑录从马克思到毛泽东等人有关文学艺术问题的重要言论，反映出周扬本人对马克思主义文艺思想的核心内容的理解，甚或可以说是他对马克思主义文艺理论体系的基本构架的一种勾勒。从编选内容上看，除了马克思、恩格斯的论述外，还有普列汉诺夫、列宁、斯大林、毛泽东等人的言论，又体现了周扬对马克思主义文艺思想发展史的认识。

从出版时间上看，《马克思主义与文艺》是紧随在毛泽东《在延安文艺座谈会上的讲话》之后。在这本书的"序言"中，周扬写道："贯彻全书的一个中心思想是：文艺从群众中来，必须到群众中去。这同时也就是毛泽东同志讲话的中心思想，而他的更大贡献是在最正确最完全地解决了文艺如何到群众中去的问题。"[①]围绕这一中心思想，周扬论述了马克思、恩格斯、列宁、毛泽东的基本观点，勾画出马克思主义者解决这一问题的演进脉络。周扬首先指出：马克思和恩格斯认为文学艺术是群众的劳动所创造的，但是社会分工的结果，却使艺术天才集中在个别人身上，资本主义生产是同艺术相敌对的；只有到了共产主义社会，艺术才能为全体人类所共有。接着，周扬又说明，是列宁在《党的组织与党的文学》等文章和谈话中，"把艺术应当直接服务于劳动群众当作艺术运动的全部方针提出来了"；十月革命后，列宁关于艺术与群众的关系的原则，成了"全世界革命文艺的总的方针"。最后，周扬强调了《在延安文艺座谈会上的讲话》的重要意义。周扬认为，毛泽东的讲话"最正确、最深刻、最完全地从根本上解决了文艺为群众与如何为群众的问题。他把列宁的原则具体化了，丰富了它的内容，使它得到了辉

---

① 周扬编：《马克思主义与文艺》，北京：作家出版社，1984年，第1—2页。

煌的发展。"①这样，周扬就论证了毛泽东文艺思想在马克思主义文艺思想发展史上的意义。

在这篇"序言"中，周扬还对毛泽东讲话中的三个根本问题作了说明，即：什么叫做"大众化"，提高与普及的关系，以及如何表现新的群众的时代。这三个问题正是《讲话》的"结论"部分所论述的主要问题。周扬联系马克思、恩格斯和列宁的有关思想，并结合高尔基、鲁迅等作家的言论，就《讲话》中关于这些问题的基本观点作了进一步的具体说明和论证。如在谈到提高与普及的关系时，周扬曾多次引用高尔基和鲁迅的言论，说明他们都曾注意到这一问题，并试图予以解决。但是他又认为："不论是高尔基，或鲁迅，都没有把普及与提高的相互关系从理论上最有系统地全面地加以解决；对于这个问题的解决，毛泽东同志是有很大功劳的。他关于普及与提高的问题的解决是马克思主义方法论在文艺理论上的最杰出的应用。"②在论及另外两个问题时，周扬同样突出了毛泽东文艺思想的重要意义。凡此种种，自然都是周扬对毛泽东讲话的理解和阐述。不过，下面的事实说明，他的认识无疑得到了毛泽东本人的赞同。

在《马克思主义与文艺》的"序言"中，周扬一开始就说明：本书是根据毛泽东《讲话》的精神编纂的，"这个讲话构成了本书的重要内容，也是它的指导线索。" 周扬认为，"从这本书当中，我们可以看到毛泽东同志的这个讲话一方面很好地说明了马克思、恩格斯、列宁等人的文艺思想，另一方面，他们的文艺思想又恰好证实了毛泽东同志文艺理论的正确"。周扬指出：《讲话》"给革命文艺指示了新方向"，它是"中国革命文学史、思想史上的一个划时代的文献，是马克思主义文艺科学与文艺政策的最通俗化、具体化的一

---

① 周扬编：《马克思主义与文艺》，北京：作家出版社，1984年，第7页。
② 周扬编：《马克思主义与文艺》，北京：作家出版社，1984年，第15页。

个概括，因此又是马克思主义文艺科学与文艺政策的最好的课本。"①这篇"序言"，当初曾发表于 1944 年 4 月 8 日延安《解放日报》。毛泽东事前曾看过此文，并在随后致周扬的一封信中写道："此篇看了，写得很好。你把文艺理论上几个主要问题作了一个简明的历史叙述，借以证实我们今天的方针是正确的，这一点很有益处，对我也是上一课。"②

一个值得注意的细节是，毛泽东的《讲话》在论及文艺工作者和群众的关系时曾说："法捷耶夫的《毁灭》，只写了一支很小的游击队，它并没有想去投合就世界读者的口味，但是却产生了全世界的影响，至少在中国，像大家所知道的，产生了很大的影响。"③周扬的《抗战时期的文学》（1938）一文，也曾说《毁灭》这部作品"写一队游击队牺牲到只剩下十九个人"，"这是战斗的文学，我们目前需要的，就正是这样的作品。"④《毁灭》是整个《讲话》里提到的唯一的一部文学作品，也恰恰是不久前周扬论及的；另外，《讲话》中还有"就国际范围来说，外国的好经验，尤其是苏联的经验，也有指导我们的作用"的说法。这一切是否从一个侧面表明：周扬对苏联文学的推崇，他经由苏联文学接受马克思主义文艺思想的思路，以及他对马克思主义文艺思想要点的理解和阐述，得到了毛泽东的首肯，并成为毛泽东文艺思想体系建构的一种参照？

三

1946 年 7 月，周扬在为《表现新的群众的时代》一书写的"前记"中，曾宣称他将"努力使自己做毛泽东文艺思想、文艺政策之

---

① 周扬编：《马克思主义与文艺》，北京：作家出版社，1984 年，第 1 页。
② 毛泽东：《毛泽东书信选集》，北京：人民出版社，1983 年，第 228 页。
③ 毛泽东：《毛泽东论文艺》，北京：人民文学出版社，1967 年，第 59 页。
④ 周扬：《周扬文集》，第 1 卷，北京：人民文学出版社，1984 年，第 242 页。

宣传者、解说者、应用者"①，十分明朗地确定了自己在文艺工作中的角色、作用和努力方向。事实上，在此之前他也一直是这样做的。不过，自《在延安文艺座谈会上的讲话》发表以后，他便更加主动、自觉地担当他为自己设定的角色了。从那时起直到1966年"文化大革命"爆发前，随着自己逐步成为党在文艺方面的主要负责人的身份地位的变化，周扬在马克思主义文艺理论研究方面的努力，渐渐为对于党的文艺方针政策的宣传、解释和执行所替代。从理论资源上看，这20年中他对马克思、恩格斯的观点和言论的引述反而少了，为他所经常引用、反复提及的，一是列宁有关文学艺术的指示和见解，二是以《讲话》为基础和核心的毛泽东文艺思想。

对于列宁的文艺思想的重视，既和周扬本人的知识结构、和他主要从苏联接受马克思主义文艺思想的路径相关，又一度为中苏两党的良好关系所决定。1950年，在燕京大学作题为《怎样批判旧文学》的讲演时，周扬曾引用列宁在《关于民族问题的批评意见》中所说的"每个民族的文化里面，都有一些哪怕是还不大发达的民主主义和社会主义的文化成分"的观点，论述应当如何正确地对待古代文化和文学遗产的问题。根据列宁的理论，他还说明新文化的创造是离不开继承传统的。1953年9月，在中国文学艺术工作者第二次代表大会上的报告中，周扬又引用列宁《党的组织和党的文学》中的有关论述，强调文学艺术事业既要接受党的领导，又要注意自身的特点和规律。

在1956年召开的全国青年文学创作者会议上，周扬再次引用列宁的观点，告诫青年作家要树立正确的世界观，端正对文学事业的看法。他指出："在五十多年前，列宁给我们提出了一个看法，这个看法是马克思、恩格斯没有告诉我们的。"②列宁说："文学事业应当

---

① 转引自荣天玙：《周扬与郭沫若》，载《中华读书报》，2002年11月27日。
② 周扬：《周扬文集》，第2卷，北京：人民文学出版社，1985年，第373页。

成为无产阶级总的事业的一部分","为千千万万劳动人民,为这些国家的精华、国家的力量、国家的未来服务。"在这里,周扬不仅肯定了列宁的上述观点是整个文艺事业所应当遵循的原则,而且特别指出了马克思和恩格斯没有就一般应该怎样看待文学事业的问题提出自己的见解。这既显示出以周扬为代表的一批中国马克思主义批评家着重从苏联接受和理解马克思主义文艺思想的路径和视野,又表明了他们对于这种思路的坚守。

关于这一点,周扬在1952年为苏联《旗》杂志所写的一篇文章中,说得再清楚不过了。文章引用了毛泽东《论人民民主专政》中的一段著名的描述:"中国人找到马克思主义,是经过俄国人介绍的。在十月革命以前,中国人不但不知道列宁、斯大林,也不知道马克思、恩格斯。十月革命一声炮响,给我们送来了马克思列宁主义。……走俄国人的路——这就是结论。"在这段引文之后,周扬紧接着写道:"'走俄国人的路',政治上如此,文学艺术上也是如此。"①这显然是当时中国马克思主义批评家们的共识。

与此同时,周扬一直把宣讲和执行毛泽东文艺思想,作为自己工作的主导内容。1949年7月,在中华全国文学艺术工作者代表大会上,周扬做了关于解放区文艺运动的报告,总结《讲话》发表以来解放区文艺的成就和经验。他指出:这七、八年间,解放区文艺工作者自觉而坚决地实践了《讲话》所指引的方向,并以自己的全部经验证明了这个方向的完全正确。他还肯定:"毛主席的《在延安文艺座谈会上的讲话》规定了新中国的文艺的方向","除此之外再没有第二个方向了,如果有,那就是错误的方向。"此后,《讲话》也的确成了引导新中国文学艺术发展的旗帜,而周扬则成为坚定地高举这面旗帜的旗手。

新中国成立以后,周扬以更为自觉的意识和强烈的责任感贯彻

---

① 周扬:《周扬文集》,第2卷,北京:人民文学出版社,1985年,第183页。

执行《讲话》的精神和原则。1951 年 5 月周扬在中央文学研究所的讲演，题目就是《坚决贯彻毛泽东文艺思想》，而讲演的前两个部分所谈的，则分别是"《在延安文艺座谈会上的讲话》的历史意义"和"为贯彻毛泽东文艺路线而斗争"。此后，周扬在中国共产党第一次全国宣传工作会议上的报告(1951)，为纪念《讲话》发表十周年而写的长篇文章(1952)，在中国文学艺术工作者第二次代表大会上的报告(1953)，他的《文艺思想问题》(1954)、《发扬"五四"文学革命的战斗传统》(1954)等论文，他在全国青年文学创作者会议上的讲话(1956)，在中国共产党第八次全国代表大会上的发言(1956)，在河北省文艺理论工作会议上的讲话(1958)，在北京文艺工作座谈会上的报告(1961)，在纪念《讲话》发表 20 周年时为《人民日报》起草的社论(1962)，在全国文艺工作会议上的讲话(1963)，在培养青年文学创作者工作座谈会上的讲话(1965)，在全国文化局(厅)长会议上的报告(1965)，都反复强调了《讲话》的巨大意义，肯定执行《讲话》精神的极端重要性。至于在批判电影《武训传》、批判胡风文艺思想、批判俞平伯在《红楼梦研究》中所表现的唯心论观点等历次批判运动中，在宣传和解释双百方针以及反右派斗争的过程中，在"大跃进"年代提倡"新民歌"的运动中，在组织编写《文学概论》、《文学的基本原理》等高校教材的过程中，他更是大力宣传《讲话》的思想，把贯彻毛泽东文艺思想作为自己的天职。1961 年，周扬甚至提出："毛泽东主席的《在延安文艺座谈会上的讲话》，可单独开课。"①他还具体地指出：这门课要"讲清楚它的历史背景，主要论点，可以是四点、八点，甚至更多点。……这门课比把'讲话'拉成几十万字的书更实际些。"②

周扬对《讲话》的高度重视，除了政治上的原因之外，还基于

---

① 周扬：《周扬文集》，第 3 卷，北京：人民文学出版社，1990 年，第 198 页。
② 周扬：《周扬文集》，第 3 卷，北京：人民文学出版社，1990 年，第 236 页。

他对《讲话》的意义的一种独特理解和认识。他曾这样说过:"我想我们有一种特别幸福的、特别好的条件,就是毛泽东同志有《在延安文艺座谈会上的讲话》,这是我们党领导文艺工作的一个特别好的条件。马克思、恩格斯、列宁、斯大林、毛泽东,都是注意文艺工作的,但是马克思、恩格斯没有写过很多关于文艺方面的作品,仅仅有几封信。列宁发表过一些文章,如《党的组织和党的文学》,论托尔斯泰,这是在十月革命以前写的,以后列宁就没有可能来写文章了。斯大林对文艺工作是非常重视的,他写过信,也发表过很多意见,在苏联,有许多重要的文艺问题,都是他提出来的,但是他也没有发表过长篇文章。在这方面,我们很幸福,在1942年,正是我们革命最困难的时候,毛主席恰恰有那么一个机会,在延安文艺座谈会上,作了这样一次讲话,把马列主义的文艺理论非常系统,非常全面地作了一个解释,作了一个发挥,这样,就使得我们对于文艺工作的领导有了一个纲领。假若说'五四'是中国近代文学史上的第一次文学革命,那么,《在延安文艺座谈会上的讲话》的发表及其所引起的在文学事业上的变革,可以说是继'五四'之后的第二次更伟大更深刻的文学革命。"[1]

在周扬看来,《讲话》不仅是中国文学发展史上的具有划时代意义的丰碑,在马克思主义文艺理论史上,也具有空前的意义和价值。这种认识,是周扬真诚地、始终如一地把《讲话》作为自己参与领导文艺工作的纲领性文献的心理基础。他本人自《讲话》发表以后的文学活动经历,就是一部宣传、阐释、执行和捍卫以《讲话》为中心的毛泽东文艺思想的历史。在"文革"前的十七年中,他作为主要领导人之一的整个文学艺术领域,应当说是始终坚定不移地贯彻执行毛泽东文艺思想和党的文艺政策的。

因此,当毛泽东1963年12月12日和1964年6月27日关于文

---

[1] 周扬:《周扬文集》,第2卷,北京:人民文学出版社,1985年,第65—66页。

学艺术的两个批示下达后，周扬的震惊就是可想而知的了。批示之一中写道："各种艺术形式——戏剧、曲艺、音乐、美术、舞蹈、电影、诗和文学等等，问题不少，人数很多，社会主义改造在许多部门中，至今收效甚微。许多部门至今还是'死人'统治着。……许多共产党人热心提倡封建主义和资本主义的艺术，却不热心提倡社会主义的艺术，岂非咄咄怪事。"另一个批示是："这些协会和他们所掌握的刊物的大多数（据说有少数几个好的），十五年来，基本上（不是一切人）不执行党的政策，做官当老爷，不去接近工农兵，不去反映社会主义的革命和建设。最近几年，竟然跌到了修正主义的边缘。如不认真改造，势必在将来的某一天，要变成像匈牙利裴多菲俱乐部那样的团体。"①革命领袖的这些严厉的批评，是否意味着对周扬作为主要负责人的整个文艺部门的几乎全部工作的基本否定？是否说明尽管周扬已经为贯彻毛泽东文艺思想呕心沥血，做了大量的工作，但仍然做得很差？或者，这只是一场巨大的、横扫一切的政治风暴的前奏？

四

在种种震惊、困惑和担忧之后，等待周扬的是十年文化浩劫，八载身陷囹圄。姚文元的那篇"战斗檄文"《评反革命两面派周扬》（1967），似乎是在政治上宣判了他的死刑。然而，人们或许正是从他那些被批判的言论中，看到了他在长期担任文艺界领导工作过程中的一些矛盾、思考和苦衷。那一段被囚禁的艰难岁月，恰好为他的独立而深入的思考提供了一个特殊的时空。当十年动乱结束后，这些深思的果实便获得了一种前所未有的展现天地。这时，重返文坛的周扬虽已是霜满两鬓，却透出一种经过精神炼狱洗礼之后的沉

---

① 毛泽东：《毛泽东论文艺》，北京：人民文学出版社，1967年，第226—227页。

静、睿智和超然风范。思想解放运动的宽松氛围,使他有可能站在新的时代高度上,结合自身的文学生涯和命运遭遇,对20世纪中国文艺运动的经验和教训作一番历史的追寻和理论的反思,回顾马克思主义及其文艺思想在中国传播与被接受的途程,以便为中国文学的未来发展提供借鉴。在复出后的周扬所发表的一系列论文、报告和谈话中,人们看到了一位在进行着独立的理论探索的批评家形象。

贯穿于周扬晚年著述和言论中的一个基本思想,就是强调马克思主义和中国的具体实践相结合,呼吁建设有中国民族特色的马克思主义文艺理论。早在1958年,在河北省文艺理论工作会议上的讲话中,周扬就曾明确提出:马克思主义文艺理论与批评,必须同我国的文艺传统和创作实践密切结合。60年代初,他也曾主张根据马克思主义普遍真理总结中国的文学遗产和"五四"以来的文学经验,"再从中得出我们的马克思主义理论——中国化的理论。"[①]这表明,那时周扬已经有了建设有中国特色的马克思主义文艺理论的思想萌芽。然而,只有在经历了十年动乱之后,在思想解放的时代背景下,他的这一思想才得以定型。1979年5月,在中国社会科学院召开的纪念五四运动60周年学术讨论会上,周扬做了题为《三次伟大的思想解放运动》的报告。在批判以王明为代表的"左"倾教条主义者时,周扬指出:"在他们看来,凡是斯大林和共产国际说的,凡是苏联做的,就是金科玉律,必须照办,丝毫不能更动,稍有违反就是大逆不道,就要扣上种种大帽子,残酷斗争,无情打击。这样,在'左'倾教条主义者手里,马克思主义就走向反面,变成了反马克思主义的新八股、新教条。"[②]这既是对"左"倾教条主义的

[①] 周扬:《周扬文集》,第3卷,北京:人民文学出版社,1990年,第229、231页。

[②] 周扬:《周扬文集》,第5卷,北京:人民文学出版社,1994年,第120页。

痛切批判，也是对于照搬苏联模式作为一种历史现象的沉痛反思。

如果说，这里的反思是就思想理论领域内的一般情况而言的，那么，同年11月，周扬在中国文学艺术工作者第四次代表大会上的报告，就把问题集中到现代中国的文艺运动上来了。在回顾30年代中国文艺界的活动时，周扬承认："当时左翼文艺运动的一些活动家，如瞿秋白、阳翰笙、冯雪峰、阿英等同志，在宣传马克思主义文艺理论和组织左翼文艺队伍方面进行了艰巨的工作；但由于我们马克思主义理论准备的不足，以及对我国革命的实际缺乏了解，缺乏足够的历史知识和社会经验，因此在宣传马克思主义文艺思想和吸取国际无产阶级革命文艺运动的经验的同时，也在不同程度上滋长了教条主义和宗派主义的倾向。"①这是周扬以当年左翼文艺运动领导人之一的身份所做的自我批评，同时也是把重新学习、完整准确地理解马克思主义文艺思想的问题，提到了新时期中国文艺工作者面前。

在同一篇报告中，周扬还特别提出发展马克思主义文艺理论的问题。他意识到，新时期的文艺工作者面临着马克思主义经典作家所没有遇到的许多新情况和新问题，不能要求他们的著作对当前文艺工作的一切问题都已经提供了现成的答案，因此就要重新学习和研究，联系实际进行考察和探索。周扬指出："我们不只要遵循毛泽东同志所阐述的关于文艺问题的根本原则，同时还应当加以具体运用和发展，对他的关于个别问题的某些批示和论述，凡属不适合或不完全适合于实际情况的，要有勇气适当地加以修正和补充。我们应当为丰富和发展马克思主义文艺理论和毛泽东文艺思想作出自己的贡献。"②

---

① 周扬：《周扬文集》，第5卷，北京：人民文学出版社，1994年，第163—164页。

② 周扬：《周扬文集》，第5卷，北京：人民文学出版社，1994年，第190—191页。

这是复出后的周扬对待毛泽东文艺思想的新态度的鲜明表达，显示出他在"乍暖还寒"时节的可贵的理论勇气。1980年5月，在全国文学期刊编辑工作会议上，周扬再次提出要建设具有自己民族特点的马克思主义文艺理论。1983年8月，在接受《社会科学战线》记者采访时，周扬更是集中地阐述了关于建设具有中国民族特点的马克思主义文艺理论的问题，提倡把马克思主义关于文艺的基本理论同中国古代文论结合起来进行探讨，指出建设中国的马克思主义文艺理论，就要在我们民族的基础上进行。显然，周扬在肯定马克思主义文艺理论应当和中国文学艺术的传统、文艺运动的实践相结合的同时，再次表达了摆脱以往那种一律从苏联来接受马克思主义文论的原有模式的愿望和决心。

关于政治和文艺的关系问题，是马克思主义文艺理论中的一个根本问题。由于受到苏联早期庸俗社会学派、"无产阶级文化派"和"拉普"观点的影响，中国的马克思主义批评家们，一贯强调的是文艺必须而且理应从属于、服务于政治。周扬本人过去也多次这样强调过，并批评过那些认为文艺可以脱离政治的人们；但在历史新时期复出后，他对这一问题有了全新的认识。在1980年2月召开的剧本创作座谈会上，周扬作了题为《解放思想，真实地表现我们的时代》的长篇发言。在谈及政治和文艺的关系问题时，他指出："马克思、恩格斯都十分重视政治对文学艺术的巨大影响；但他们都从来没有讲过艺术要从属于政治。艺术不但要受政治的影响，也要受宗教、哲学、道德等等其他意识形态的影响。……如果否定了包括文艺在内的意识形态对经济基础的相对独立性，否定了包括文艺和政治在内的上层建筑各个部分之间的相互影响，否定了文艺除接受政治的影响之外，还接受其他意识形态的影响，否定了除政治作用于文艺之外，文艺也反作用于政治，总之，把上层建筑同经济基础以及上层建筑各种因素之间的本来是极其错综复杂的关系过于简单化，庸俗化，这就不是真正的唯物主义，而是走向了它的反面。"①这是周扬对于文艺和政治的关系的新认识，也是他对马克思、恩格斯关于文艺和政治之关系的论述所作的新阐释。对比他本人1933年的《文学的真实性》一文的基本观点，以及那篇文章中在引用恩格斯《德国农民战争》的一段话之后所作的发挥，不难看出他的观点的变化和升华。

1983年3月，为纪念马克思逝世100周年，周扬在《人民日报》发表长篇文章《关于马克思主义的几个理论问题的探讨》。文章首先指出：马克思主义是发展的学说，它不相信什么终极真理；马克思主义的发展，必须同各个国家、各个民族的历史和实际相结合。这显然是对把马克思主义看成一成不变的教条、又主要照搬苏联人所理解的马克思主义的固定模式的一种反拨。文章认为，"缺少马克思主义的理论准备，这是中国党的一大弱点。"②弱点之一就在于，由于历史文化方面的原因，我国思想界对作为马克思主义的三个来源之一的德国古典哲学接触得最少，也最不熟悉。斯大林对德国古典哲学的蔑视和否定，更冲击了我国思想界，使我们无形中割断了马克思主义和德国古典哲学之间的联系，并在认识论研究上造成偏差。文章还指出了斯大林的《辩证唯物主义和历史唯物主义》的错误以及它所造成的"哲学停滞"，主张在认识论中"用感性、知性、理性三范畴去代替感性和理性两范畴"，从而触及长期以来我们的思想方法上的片面性产生的根源问题。在"马克思主义与文化批判"这一部分，文章强调了马克思主义的批判精神，同时指出这种批判不是简单的全盘否定，而是"扬弃"，即既有肯定，又有否定，既有克服，又有保存。这正是黑格尔辩证法中的否定之否定规律。

---

① 周扬：《周扬文集》，第5卷，北京：人民文学出版社，1994年，第214—215页。

② 周扬：《周扬文集》，第5卷，北京：人民文学出版社，1994年，第458页。

这一规律是马克思、恩格斯所肯定的，但由于斯大林曾竭力加以摈弃，我国理论界也一直未予以重视。文章还指出，把过去的思想发展史概括为唯物论和唯心论两条路线的斗争，把千百年来的文艺史一律归结为现实主义和反现实主义的斗争，都失之简单化。上述旗帜鲜明的观点，在当时拨乱反正、正本清源的时代背景下，在我国思想界、文化界和文艺界起到了振聋发聩的作用，给人以耳目一新之感。

对于马克思主义与人道主义的关系问题的探讨，是周扬这篇文章中和文学艺术的关系最为密切、也是最有价值的部分。周扬指出，许多年来，我们对马克思主义的了解，侧重在阶级斗争和无产阶级专政方面，而忽视了马克思主义对于人的问题的高度重视和精辟论述。这方面的论述集中于马克思的《1844年经济学哲学手稿》等早期著作中。马克思认为，共产主义将使人的本质力量、人的肉体力量和精神力量得到充分自由的发挥和实现，它是"以扬弃私有财产作为自己的中介的人道主义"①。如果说，这还是马克思在自己的这部早期著作中所作的一种表述，那么，后来他还说过：共产主义就是"以每个人的全面而自由的发展为基本原则的社会形式"②。可见，关心人，重视人，主张人类解放，是从早期的马克思到成熟时期马克思的重要思想。而且，这一思想是和历史上的人道主义有着继承关系的。当然，只有马克思主义才找到了实现人的全面发展理想的现实依据和方法。从这个意义上说，马克思主义确实是现实的人道主义。在过去的一个长时期内，我们一直把人道主义当作修正主义来批判，认为人道主义与马克思主义绝对不相容，从而在理论上造成了混乱，在社会生活和文学艺术领域都造成了严重的破坏

---

① 马克思、恩格斯：《马克思恩格斯全集》，第42卷，北京：人民出版社，1979年，第174页。

② 马克思、恩格斯：《马克思恩格斯全集》，第23卷，北京：人民出版社，1972年，第649页。

性后果。周扬的这篇文章,为人道主义正了名,否定了那种把人道主义全部拱手让给资产阶级的反常现象,为人道主义精神在我国文学中的全面复归,起到了理论上的导向作用。

周扬还认为掌握马克思关于"异化"的思想具有重大意义。他肯定"异化"是贯穿于马克思思想发展中的一个重要提法。马克思理想中的人类解放,不仅是指从剥削制度下的解放,而且还指从一切异化形式的束缚下的解放,即全面的解放。周扬指出:社会主义消灭了剥削,克服了异化的最重要的形式,但这并不意味着社会主义社会就没有任何异化了。事实上,我们不仅存在着经济领域的异化,还存在着政治领域的异化,或者叫权力的异化。"至于思想领域的异化,最典型的就是个人崇拜,这和费尔巴哈批判的宗教异化有某种相似之处。所以,'异化'是客观存在的现象,我们用不着对这个名词大惊小怪。彻底的唯物主义者应当不害怕承认现实。承认有异化,才能克服异化。"①周扬的这些论述,为我国新时期文学中表现现实生活中存在的种种异化现象,打开了广阔的思维空间。

然而,《关于马克思主义的几个理论问题的探讨》一文的意义,还不仅在于它对人道主义和异化问题的大胆探讨。更为重要的是,这篇文章显示出,以周扬为代表的一批中国马克思主义批评家,已经彻底摆脱了仅仅从苏联人那里间接地接受马克思主义的传统思路,走向直接从马克思主义经典作家的原著来理解和接受马克思主义,包括它的美学—文学思想。马克思关于人道主义和异化问题的论述较为集中的著作之一,就是《1844年经济学哲学手稿》。这部重要著作在苏联理论界一直没有得到足够的重视。在文艺思想方面,苏联理论界所重视的马克思、恩格斯著述,主要是1931—1932年间由《文学遗产》第1至3集发表的恩格斯谈文学问题的三封信(这三封书信发表时,弗·席勒尔作了详细的注释)。1933年,

---

① 周扬:《周扬文集》,第5卷,北京:人民文学出版社,1994年,第475页。

苏联出版了由弗·席勒尔和米·里夫希茨编辑的《马克思恩格斯论艺术》。1937年，这本书经米·里夫希茨校订和补充后，再次出版发行。在这期间，米·里夫希茨和弗·席勒尔还分别撰写了《关于马克思的艺术观问题》和《作为文学批评家的恩格斯》等文章。上述文献不仅标志出苏联理论界接受和理解马克思恩格斯文艺思想的大致范围，而且框定了长期以来我国文艺理论界接受马克思、恩格斯文艺思想的基本构架，因此周扬才曾有过"马克思、恩格斯没有写过很多关于文艺方面的作品，仅仅有几封信"的不妥说法。《关于马克思主义的几个理论问题的探讨》一文，是周扬直接研读《1844年经济学哲学手稿》等马克思著作的果实之一，也是他最终摆脱苏联理论界设定的狭隘框架，走向独立思考的表现之一。对于中国马克思主义美学思想和文艺理论的整个研究而言，这是一种自主意识觉醒的鲜明标志。对于倾毕生之力在这一领域内驰骋的周扬个人来说，他仿佛是以这篇长文为自己的思想追求画上了一个近乎圆满的句号。

白银时代俄罗斯文学在中国的接受①

一

1998年,中国读书界注意到,白银时代俄国文学作品在国内的翻译出版,似乎出现了一个小小的高潮。年初,上海的学林出版社率先推出郑体武先生主编的"白银时代俄国文丛"(5本)②,内含曼德尔什塔姆的随笔集,沃洛申的日记,罗赞诺夫的文选,济·吉皮乌斯的回忆录,马雅可夫斯基的书信集。3月间,北京的作家出版社又把严永兴主编的"白银时代丛书"(6本)该呈献给读者。这套丛书以小说为主,包括安德烈·别雷的《彼得堡》,安德列耶夫的《红笑》,扎米亚京的《我们》,皮里尼亚克的《红木》,米·布尔加科夫的《大师与玛格丽特》(即《撒旦起舞》),还有格林的《踏浪女人》。正当人们惊喜于这种南北呼应的态势,饶有兴趣地读起这些被尘封多年的作品时,从西南边陲又传来消息:云南人民出版社出版了"俄罗斯白银时代文化丛书"(7本)。这套丛书由叶水夫、吴元迈、石南征等领衔主编,刘文飞、汪剑钊等策划,含安·别雷的长篇小说《银鸽》,罗赞诺夫的文化随笔《落叶集》,

---

① 本文原载《中国比较文学》,1999年第4期。
② 本文完稿时,这套文丛的第二辑5本也已出版,包括别尔嘉耶夫、梅列日科夫斯基的文选,霍达谢维奇、格·伊万诺夫、勃留索夫的回忆录。

舍斯托夫的理论批评文集《开端与终结》，别尔嘉耶夫的"哲学自传"《自我认知》，曼德尔什塔姆的诗文集《时代的喧嚣》，以及短篇小说选和诗选各一本。6月份，中国文联出版公司的"俄罗斯白银时代精品文库"（周启超策划）问世，它包括《小说卷》（张建华主编）、《诗歌卷》（余一中主编）、《名人剪影》（汪介之主编）和《文化随笔》（金亚娜主编）等4本。

我们还未统计被其他出版社列入它们各自出版的各种"丛书"中、同样属于白银时代俄国文学和文化范围的书籍，更难以详尽说出各类期刊发表白银时代作品的情况。仅仅是上述4套22本书，已经是令人目不暇接了。于是有人在《中华读书报》上撰文问道：为什么在短期内几家出版社几乎同时出版了那么多俄国文学丛书，而且统统叫"白银时代"（丛书）？这个问题的提出是很有意义的。它表明，白银时代俄罗斯文学，对于我国广大读者（包括文学界人士）来说，还是相当陌生的，虽然我们常常自以为很熟悉俄国文学。

二

读者诸君如果有机会翻阅一下上述4套白银时代文学与文化丛书，便不难发现，他们的策划者、主编者和译者，包括我国老中青三代俄罗斯文学研究者和翻译工作者。他们当中的大部分人，都是活跃于这一领域并且卓有著译成果的。这一事实有力地说明，至少在要不要系统地译介白银时代俄国文学这一问题上，人们已经取得了较为一致的看法，作出了肯定的回答。不过三四年以前，还有人认定，白银时代是一个"颓废文学泛滥的时代"，由于那个时代的某些文学家及其作品具有唯心主义、非理性主义或宗教神秘主义倾向而否定这个时代的全部文学成就，声称在他们打算编写的文学史著作中"坚决不提'白银时代'"。时至今日，即便有人还要坚持这一观点，恐怕也很难得呼应了。可以乐观地认为：当代中国的文化氛围，决定了俄罗斯文学研究领域难以再形成任何排斥白银时代文学的气候。

从以出版的 4 套丛书所实际包含的作家作品来看，我国研究者对于"白银时代"这一概念的内涵，看法也已趋于一致。有人曾经断言，白银时代是指"俄国现代主义诗歌这种创作思潮"，或曰"俄国诗歌史上的现代主义流派"。这一观点的持有者认为，白银时代的基本内涵是指世纪之交的"两个过渡"，即俄罗斯文学从现实主义向现代主义的过渡，散文时期向诗歌时期的过渡。这一观点恐难以合乎逻辑，也难以符合文学史事实。首先，把一种"创作思潮"或"流派"称为一个文学"时代"甚至"世纪"，显然是不妥的。其次，从 19 世纪末、20 世纪初俄罗斯文学的实际进程看，这个时期既先后出现了象征主义、阿克梅主义、未来主义等现代主义流派，也存在着以高尔基、布宁为代表的现实主义流派，以阿尔志跋绥夫等为代表的自然主义思潮，还有列米佐夫、扎伊采夫、霍达谢维奇、库兹明、沃洛申等不属于任何一个流派的作家和诗人，以克留耶夫、克雷奇科夫、叶赛宁为代表的"乡村诗人"等等。没有任何理由把这些非现代主义流派和作家统统排除在这个时代之外。再次，即便是单就现代主义作家而言，他们也不仅仅是诗歌的作者，小说、剧本、随笔等各种体裁的作品同样出现于他们笔下，勃留索夫、梅列日科夫斯基、济·吉皮乌斯、安·别雷、索洛古勃等都是如此。当然不能认为，他们的诗作属于白银时代，而他们的小说（包括《彼得堡》、《卑下的魔鬼》等）则属于另一个时代。

文学史事实本来是客观存在的，但在特定条件下，观念往往比事实的作用更大，于是一度出现种种为着观念而不顾事实的说法。然而，事实的力量毕竟更为持久。国内已出版的 4 套白银时代俄国文学丛书，不仅收有现代主义作家的作品，也同时收入大量非现代主义作家的作品（如高尔基、布宁、库普林、叶赛宁、霍达谢维奇、茨维塔耶娃、苔菲、列米佐夫、扎伊采夫等）；不仅包括诗歌，还包括小说、随笔、回忆录、文学批评等各类体裁的著作。这一切均表明：认为白银时代的俄罗斯文学并非仅仅包括19世纪末、20世纪初的现代主义诗歌，它还同时涵括同一时期各种流派、各种倾向的文学，以及这些流派的各式各样的品，这一看法已成为国内大部分俄罗斯文学研究者的共识。

顺便说一句："白银时代"的俄文原文是"серебряный век"，国内曾有人将其译为"白银世纪"。Век 固然也可译为"世纪"，但在此种语境中，它显然不是指"百年"意义上的"世纪"。俄语中另有一词 столетие，专指"世纪"、"百年"。由于这些显而易见的原因，"白银世纪"的译法目前已少有人使用。

三

如果说，对于白银时代俄国文学在流派和体裁方面的包容幅度，国内研究者的看法已趋一致，那么，对于这一文学时代的时间跨度，人们的意见却还有较大的分歧。摆在我们面前的4套丛书，即表明它们的筹划者、主编者各有其不同的观点。

例如，"俄罗斯白银时代精品文库"的编者在这套丛书的总序中，明白地将白银时代的时限划在1890—1925年之间；"俄罗斯白银时代文化丛书"的总序中虽未把这个时代的具体年限说得一清二楚，但也指出白银时代文化生发于19世纪末，而到"20年代中期'白银时代'文化在俄罗斯本土消隐"。上述两套丛书的主编者在白银时代时限问题上的观点是十分接近的。"白银时代俄国文丛"的主编者则未具体说出这个时代的起止年份，只是指出那是"19世纪末、20世纪初俄国文学发展史上一个极为特殊的重要时期"。

"白银时代丛书"的主编在对于这个时代的上下限的看法上，显示出较大的灵活性。他在总序中写道：白银时代是在"世纪之交的沙皇时代和十月革命后新生的苏维埃时代的夹缝里"出现的。这好像是说，白银时代起始于19世纪末，中止于1917年。但在同一篇序文中他有说：白银时代"时间不长，从19世纪末，到20世纪20年代中，20余年弹指一挥间，然后逐渐低迷、衰落，到20年代末便无可挽回地消失了"。这似乎又是肯定这个时代结束于1929年。

　　以上是显示在4套丛书序言中的关于白银时代时限问题的不同看法。从入选4套丛书的作品来看，观点的不一致更引人注目。例如，"白银时代俄国文丛"收入曼德尔什塔姆在1928年出版的论文集《论诗》中的若干篇什，等于认定这个时代延续到20年代末。"俄罗斯白银时代文化丛书"收有舍斯托夫1935年的论著《克尔凯郭尔与存在哲学》，别尔嘉耶夫1949年写的《自我认知》一书；"俄罗斯白银时代精品文库"则收了一些俄国侨民作家20—40年代发表于国外的作品。这后两套丛书的编者，似乎认为凡是曾活跃于、或起步于上世纪末至十月革命前的所有作家的全部创作，统统都属于白银时代。"白银时代丛书"视野更为开阔，它不仅把扎米亚京、皮里尼亚克、格林这些在革命前仅仅是初登文坛、革命后才进入创作成熟期的作家们写于20年代的作品一概收入，而且还收进了十月革命后才开始创作的米·布尔加科夫在1940年才完成的长篇小说《大师与玛格丽特》。

　　4套丛书的不同入选标准，不仅使得一般读者眼花缭乱，也让专业圈内的人士颇感困惑。人们不禁要提出这样的问题：如果把白银时代的下限划到1925年，那么，绥拉菲莫维奇的《铁流》（1924）、富尔曼诺夫的《恰巴耶夫》（1923）等小说，是否也应当算是白银时代的作品？如果把这个时代划至1929年，岂不是连法捷耶夫的《毁灭》（1927）、革拉特科夫的《水泥》（1925）等也都要划进去了吗？如果把所有起步于十月革命前、后来侨居国外的作家在异国写下的作品都列入白银时代，那岂不是等于说，白银时代包括整个侨民文学"第一浪潮"？而如果认为凡是在苏联时期被封存、被禁止发表的作品都应属于白银时代,那是不是把白银时代等同于"回归文学"?

看来,对于白银时代的时限问题,还不能随意划定。不妨先对这一概念的出现与"所指"的演化,作一番历史的追寻。

四

公元前8世纪上半叶,荷马之后古希腊最早的诗人赫西俄德曾写下了一部传世之作:长诗《工作与时日》。诗中说奥林波斯山上的神首先创造的人类叫"黄金种族",其后的人类则依次为"白银种族"、"青铜种族"、"英雄种族"和"黑铁种族",与此相对应的五个时代则是黄金时代、白银时代、青铜时代、英雄时代和黑铁时代①。五个时代的提法,后来往往被运用于文化史、文学史的划分。最早是在古罗马文学中。屋大维统治时期被称为古罗马文学的"黄金时代",这就是维吉尔、贺拉斯和奥维德等大诗人的创作达至高峰的那个时代。屋大维死后的200年间,即罗马帝国前期,是古罗马文学的"白银时代"。这个时代的文学成就主要有塞内加的悲剧、菲德鲁斯的寓言诗、彼特隆纽斯和阿普列尤斯的小说、马希尔的铭辞等。不难看出,称罗马文学中的这个时代为"白银时代",似乎是为了说明其文学成就比"黄金时代"略低,但也相当出色,相当令人注目。

20世纪的人们,首先是俄罗斯作家、批评家们,也正是在这个意义上使用"白银时代"这一概念,试图用它来标志出19世纪文学"黄金时代"之后的某一文学时代及其特征的。

据我们目前所见到的材料,在评价、研究俄罗斯文学中最早使用"黄金时代"、"白银时代"概念的,是著名的俄国宗教哲学家、作家和批评家瓦·罗赞诺夫。他在发表于1909年的一篇文章《罗斯

---

① 参见赫西俄德:《工作与时日·神谱》,北京:商务印书馆,1996年,第5页。

与果戈理》中写道：

> 托尔斯泰和陀思妥耶夫斯基的思想更为复杂，更为重要。但是，普希金和果戈理的语言仍然是第一流的，不可超越的。由于这种最大的完美，他们的语言获得了托尔斯泰、陀思妥耶夫斯基和白银时代的其他俄国作家的那些冗赘、绵长和沉重的著作所不曾有过、也永远不会获得的那种青铜纪念像般的魅力、永恒性和确定性。普希金和果戈理毕竟是俄罗斯文学的黄金时代。①

显然，罗赞诺夫认为在19世纪俄罗斯文学中就存在着"黄金时代"和"白银时代"，前者以普希金和果戈理为代表，后者则以托尔斯泰和陀思妥耶夫斯基为代表。这是在文学史研究中"白银时代"概念的用法之一。

"白银时代"概念的另一种用法见于俄国诗歌史研究中。一些俄国诗歌史研究者把为诗人普希金、莱蒙托夫的名字所照亮的那个时代称为俄罗斯诗歌的"黄金时代"，而把以诗人阿·阿·费特（1820—1892）、阿·尼·迈科夫（1821—1897）、亚·彼·波隆斯基（1819—1898）、阿·米·热姆丘日尼科夫（1821—1908）等为代表的那个诗歌时代，叫做俄罗斯诗歌的"白银时代"②。这些研究者显然认为，在19世纪俄罗斯诗歌中，就存在着"黄金时代"和"白银时代"。

以上关于"白银时代"的两种不同用法，都不是用来指称19世纪末、20世纪初那个文学与文化时代。最早把俄罗斯历史上那个经

---

① *Розанов В. В. Русь и Гоголь.* // О писательстве и писателях. Москва：Издательство《Республика》,1995,с. 353－354.

② См.：Краткая литературная энциклопедия. Т. 6. Москва：Издательство《Советская энциклопедия》,1971,с. 476.

历了不可思议的、密集型的文化高涨(首先是哲学和诗歌的繁荣)的时代称为"白银时代"的,是20世纪俄罗斯杰出的思想家和文化批评家尼古拉·别尔嘉耶夫。确认这一点的是当代俄罗斯学者、《白银时代诗人们的命运》一书的编者谢·巴文和伊·谢米勃拉托娃。在该书序言中,两位编者明确地写道:如别尔嘉耶夫所说,20世纪初期,俄罗斯经历了真正的文化复兴;"对这个时代的另一定义——'白银时代',据他的同时代人谢尔盖·马科夫斯基的说法,同样也是属于他的。"①但是这两位编者既未交代马科夫斯基究竟是在哪一篇文章中这样说的,更未具体指明别尔嘉耶夫是在何种场合首先以"白银时代"指称世纪之初那个文化时代的。1996年在莫斯科出版的《白银时代:诗歌》一书的编者塔·贝克也清楚地指出:白银时代"这一名称最初是由哲学家尼·别尔嘉耶夫提出的,但是它被确切地指定使用于俄国现代主义诗歌,则是尼古拉·奥楚普的《俄罗斯诗歌的"白银时代"》(1933)一文问世之后的事"。②然而塔·贝克同样没有指明别尔嘉耶夫是在何处首先提出"白银时代"这一概念的。不过可以肯定的是,上述俄罗斯学者显然不会言之无据,凭空而论。国内有的论者仅仅根据已译成中文的三、四种别尔嘉耶夫著作中没有"白银时代"的提法,就断言他没有使用过这个概念,这多少是有些不能令人信服的。

据我们目前所能看到的中俄文资料,别尔嘉耶夫在《文艺复兴的终结与人道主义的危机》(1923)、《新的中世纪:关于俄罗斯与欧洲命运的沉思》(1924)、《20世纪初俄罗斯的精神复兴与杂志〈路〉》(1935)、《俄罗斯思想:19世纪与20世纪初俄罗斯思想的基本问题》(1946)、《自我认识:哲学自传试作》(1949)等论著中,

---

① Бавин С., Семибратова И. Судьбы поэтов серебряного века. Москва: Книжная палата, 1993, с. 3.

② Бек Т. А. Серебряный век. Поэзия. Москва: Издательство 《АСТ Олимп》, 1996, с. 5.

都以生动的文笔描述了19世纪末、20世纪初那个"罕见的、才华横溢的、闪光的时代",形象地勾勒出这个时代俄罗斯思想文化运动的一般进程及其特点,甚为贴切地传达出那一"非凡的、具有创造天赋的"历史时期所特有的精神文化氛围,并把这个时代称为俄罗斯的"精神复兴"、"文化复兴"或"文艺复兴"时代。别尔嘉耶夫交替使用这三个概念,想必是由于他意识到,正如14至16世纪欧洲的文艺复兴其实是文化复兴、精神复兴一样,19世纪末到20世纪初俄罗斯所经历的也是一场涉及整个思想文化领域的精神潮流和运动。如果说,"文艺复兴"(Ренессанс)的概念更多地联系于欧洲文化史、文学史,那么,"白银时代"(Серебряный век)的概念则是从俄罗斯文化史、文学史发展进程本身提出的。

从别尔嘉耶夫的大量论述中可以看出,俄罗斯的文艺复兴时代或白银时代,是俄罗斯历史上一个特殊的、由近代向现代转换的大时代,一个精神觉醒、思想活跃、文化振兴、创作繁荣的时代。在这个时代之前,是19世纪俄罗斯古典文化(以理性主义、实证主义哲学为主导)和文学(以现实主义为主流)时代;在这之后,在国内是苏维埃文化和文学时代,在国外则形成了独特的俄罗斯侨民文学与文化。别尔嘉耶夫用以考察19世纪末至十月革命这一时代俄罗斯文化和文学的一系列著述,以及这些著述中所提出的观点、所使用的术语,为后来的文化和文学研究者广泛借鉴或采用。

五

别尔嘉耶夫之后,叶·扎米亚京、尼·奥楚普、谢·马科夫斯基、鲍·扎伊采夫等俄罗斯作家和批评家,都曾在他们的论著中以"白银时代"指称19世纪末、20世纪初那个文学与文化时代。当然,他们各自的着眼点与论述侧重有所不同。如扎米亚京在《莫斯科与彼得堡》(1933)一文中,在论述这两大都城在俄国文学发展进程中的不同作用时，认为这一文学经历了"现实主义的黄金时代"和"象征主义的白银时代"①；而马科夫斯基的《在"白银时代"的巴尔纳斯山上》(1962)一书，则是把世纪之交的那个时代作为俄罗斯文化史程的一个特定阶段加以描述的。但是，在他们笔下至少有一点是相同的，即：白银时代指的是自19世纪末到十月革命前那个文化或文学时代。

当代俄罗斯的文学史专家们认同这种观点。高尔基世界文学研究所的研究人员们合编、1995年出版的《20世纪俄罗斯文学(参考资料)》的卷首，有一篇由柳·斯米尔诺娃执笔的文章《白银时代文学中的艺术发现》。文中写道："'白银时代文学'的概念，近年来得到广泛传播。从时间上说，这一时期甚至还不满30年：从1890年至1917年。"②在这里，白银时代的时限被十分清楚地划了出来。

由尼·瓦·班尼科夫编选、莫斯科的教育出版社1993年出版的诗歌选集《俄罗斯诗歌的白银时代》一书，共选入60位诗人的诗作。入选的全部诗作除少数几首系写于19世纪80年代之外，其余均写于1890—1917年之间。编选者心目中关于白银时代的时限同样是十分清晰的。

西方学术界在进行俄罗斯文学史研究时，大都沿用别尔嘉耶夫及其后俄国学者的观点，把世纪之交至十月革命前的文学称为"白银时代"文学。对于这一时代的上限，西方学者的看法不尽相同；而对于这一时代的下限，意见却几乎完全一致，即大都认为它结束于1917年。例如：

英国学者哈里·穆尔和艾伯特·帕里在他们合著的、在西方各国流传甚广的《20世纪俄国文学》一书中写道："俄国文学19世

---

① 转引自薛君智：《回归：苏联开禁作家五论》，北京：社会科学文献出版社，1989年，第134页。

② Смирнова Л. А. Русская литература：XX век. Москва：Издательство《Просвещение》，1995，с.3.

是黄金时代,20世纪(1917年前)是白银时代。"①

由日内瓦大学教授乔治·尼瓦等主编、西方多国学者联合编著的7卷本《俄罗斯文学史》,更显示出西方学术界关于"白银时代"的较为一致的看法。这套文学史由法国法伊雅尔出版社出版,其中的第4卷为专门论述白银时代文学的,由包括乔治·尼瓦本人在内的西方15国共27位学者撰写。这一卷的俄译本已于1995年在莫斯科出版,书名为《俄罗斯文学史·20世纪:白银时代》。该书计12章,论述自1890至1917年的文学。②从其内容看,西方研究者对于俄国文学白银时代的时限的看法,是十分明确的。

美国著名的斯拉夫学者、衣阿华大学教授瓦季姆·克莱德认为,俄国文学白银时代的起点不一定有具体的时间和地点,以某一具体人物为标志,但是,这一时代的曙光无疑是出现于19世纪90年代初;而它的终结则是有明确年限的,即1917年。他的理由是:既然白银时代即俄罗斯的文艺复兴时代,而"文艺复兴需要民族的土壤和自由的空气",那么,在侨民艺术家失去前者、国内艺术家失去后者的条件下,俄罗斯的文艺复兴——白银时代也就不可能再延续下去了。瓦季姆·克莱德把那种认为白银时代延伸到20年代甚至30年代的看法,叫做"无意识的或不自主的黑色幽默"。他还特别指出:虽然1917年以后,原先白银时代的作家、艺术家、批评家和哲学家们还在写作,"但时代本身已然结束"。③

---

① 转引自薛君智主编《欧美学者论苏俄文学》,北京:社会科学文献出版社,1996年,第309页。

② Нива Ж. и т. д. История русской литературы: XX век: Серебряный век. Москва: Издательская группа 《Прогресс》,1995.

③ Крейд В. Воспоминания о Серебряном веке. Москва: Издательство 《Республика》, 1993, с. 6–7.

六

在了解了"白银时代"提法的来龙去脉、搞清了目前俄国与西方学者对俄罗斯文学白银时代的基本看法之后,可以确认的是:第一,白银时代的俄罗斯文学,就是19世纪90年代至1917年之间近30年的俄罗斯文学;第二,白银时代既是俄罗斯文学史上的一个时代,又是俄罗斯文化史上的一个时代,在这后一层意义上,它等同于俄罗斯的文艺复兴或文化复兴时代。因此,严格地说,可列入白银时代俄国文学或文化丛书的,仅仅是1890—1917年间出现的作品与论著。在这一时限之后出现的著作,可以列入其他丛书。譬如说:

马雅可夫斯基的《给艺术大军的命令》、《向左进行曲》,格林的《红帆》、《在浪尖上》等,可列入"早期苏联文学丛书"。

高尔基的《不合时宜的思想——关于革命与文化的札记》,扎米亚京的《我们》,皮里尼亚克的《红木》,米·布尔加科夫的《大师与玛格丽特》,普拉东诺夫的《切文古尔》,阿赫玛托娃的《安魂曲》,帕斯捷尔纳克的《日瓦戈医生》等,可列入"20世纪俄罗斯被禁作品丛书"。

布宁的《阿尔谢尼耶夫的一生》、《幽暗的林中小径》,济·吉皮乌斯的《活着的面影》,霍达谢维奇的《名人陵墓》,别尔嘉耶夫的《自我认识:哲学自传试作》等,可列入"俄罗斯侨民文学与文化丛书"。这个系列中的涉及回忆白银时代文学与文化的篇章,固然可作为白银时代文化遗产的特殊形式的后续,但若编入白银时代文丛,也应予以特别的说明。

俄罗斯白银时代文学在我国的译介,虽然早在本世纪前半叶即已开始(如鲁迅译安德列耶夫与阿尔志跋绥夫,周作人译索洛古勃,茅盾译库普林,巴金译高尔基等),但显示出接受意识和价值重估之自觉的译介，不过是最近几年的事。1998年4套俄国白银时代文学与文化丛书的出现，表明这一译介已形成规模。这是我国俄罗斯文学翻译与研究工作者的一大贡献。目前应注意的问题，是在理清20世纪俄罗斯文学进程与分歧的基础上，精心规划，严格选材，防止一哄而上，把过去未列入苏联文学"正史"的作品统统纳入白银时代，搅乱了读者视听。相信我国俄罗斯文学界的学者们能够及时地注意这一问题，把已经有了一个良好开端的工作更稳妥、更积极地推向前进，不愧对21世纪的广大读者。

新中国 60 年高尔基研究的历史考察[①]

20 世纪俄罗斯伟大作家高尔基（М. Горький，1868—1936）主要是以他的 230 余篇短篇小说、19 部中长篇小说确立在文学史上的地位的。新中国成立 60 年来，我国研究者在建国前研究成果的基础上，对高尔基及其小说创作进行了多方位的研究，取得了新的成就，并显示出随着历史的进程而变化的阶段性特征。系统梳理这一学术历程，对于深入认识高尔基的创作贡献，反思我们的研究方法，都具有不容忽视的意义。

一、建国前研究状况的简要回顾

我国对高尔基作品的翻译始于 1907 年，最初的评介性文字也自那时开始出现。这些评介突出了作家的坎坷人生经历和追求自由的品格，强调了其人其作与下层民众的紧密联系，从中可见与当时的政治改良、文学改良运动的基本精神相贯通的民主意识的张扬。

五四运动至 20 年代末，随着高尔基作品更多的翻译与出版，相关研究开始起步。早期的评论者们往往通过其评说宣扬各自的文学主张，如郑振铎的《俄国文学史略》（1924）突出了高尔基小说"为人生"的意向，瞿秋白和蒋光慈《俄国文学史》（1927）中的评价则接近苏联"无产阶级文化派"、"岗位派"将高尔基视为"同路人"

---

① 本文原载《北京大学学报（哲学社会科学版）》，2012 年第 3 期。

的观点。赵景深的《高尔基评传》(1929)作为一篇概观性评论,指出高尔基早期作品"在写实主义内,实还带了一点浪漫主义气氛",而到了撰写回忆性作品的后期,"才把他真正是个写实主义者显露出来";作者还认为高尔基"不善写长篇"[①]。赵文基本上袭用了俄国批评家德·米尔斯基的见解。高尔基小说的译者耿济之,则以其对于原著的确切了解,在《高尔基》(1928)一文中论及作家的几乎所有重要作品,提出了许多即便在今天看来也甚为精辟的观点,如认为在"奥库罗夫三部曲"、《童年》和《在人间》中"可以寻得俄国人的民性的一切",《我的大学》、《日记片断》和1922—1924年的短篇小说,"完全是真正俄国的写照",而《母亲》则显示出社会政治上的意义和艺术上的"软弱"[②]。钱杏邨的《曾经为人的动物》(1928)对高尔基的流浪汉小说《沦落的人们》进行了鞭辟入里的艺术分析,成为当时中国学者撰写的为数不多的一篇关于高尔基单篇小说的专论。上述评论,由于评论者们所依据的资料本身就存在着不同观点的交叉,因而从总体上看便于无意中避免了任何"一边倒"的偏差,有助于人们多角度地认识高尔基的创作成就。

30—40年代,高尔基的大部分作品都有了汉译,相关的研究也得以向前推进。这期间我国报刊共发表评介高尔基的文章140余篇,出版高尔基研究著作、论文集近20种,上海《时代》周刊的副刊《高尔基研究》(1942—1947)、《高尔基研究年刊》(1948、1949)也先后问世。不过在上述研究成果中,绝大多数文章都属于纪念性、介绍性的,而相关著作则多为对苏联、日本学者著作的编译或改写。一些有分量的评论,往往出自兼为作家和译者的评论者笔下,如茅盾在《关于高尔基》(1931)一文中,分别以《母亲》和

---

① 赵景深:《高尔基评传》,载《北新》,1929年第3卷第1号。
② 耿济之:《高尔基——为纪念他35年创作和60年生辰而作》,载《东方杂志》,1928年第25卷第8号。

《童年》为界,划出高尔基创作的三个阶段,简洁地概括出各阶段创作的不同成就与艺术风格,甚为精当;巴金论高尔基的"草原故事"系列小说,耿济之论《罗斯记游》和《阿尔塔莫诺夫家的事业》,丽尼论《蔚蓝的生活》,穆木天论《初恋》,冯雪峰论《夏天》等,也都显示出独到见解。关于《母亲》的评价在这一时期的研究中占有很大比例,小说被定位为"社会分析小说"(茅盾)、"无产阶级文学"奠基作(戈宝权);它的浪漫主义因素、反抗斗争的主题、艺术技巧和不足之处,都得到了评论者们的关注;作品对于革命运动的直接意义,则受到更多的阐发。只有朱维之曾论及小说的母爱主题[①],在同时期关于《母亲》的评论中独树一帜。

值得注意的是,不同评价观点的交叉对立在这一时期已现端倪。如瞿秋白等人从文学为政治革命服务的观念出发,竭力高扬作家的革命意识。他的《关于高尔基的书——读邹韬奋编译的〈革命文豪高尔基〉》(1933)、《高尔基论文选集·写在前面》(1936)、《高尔基创作选集·后记》(1936)等文章,集中体现了这一倾向。与此不同的是,鲁迅在《〈俄罗斯的童话〉小引》(1935)、《俄罗斯的童话》(1935)两篇短文中,敏锐地指出了高尔基在揭示俄罗斯国民性方面的文学贡献。胡风在评论高尔基时,则特别重视他的人学思想,并于1936年发出这样的感叹:"比较高尔基的艺术思想底海一样的内容,我们所接受的实在太少,比较我们所接受的,我们的误解或曲解还未免太多罢。"[②]胡风较早洞察到我国评论界对高尔基的阐释与作家创作实际之间的偏差,可是他的声音却一直未能得到足够的重视。

中国新文学发展最初30年间的高尔基研究,为新中国的高尔基

---

① 朱维之:《高尔基的〈母亲〉》,载《现代父母》,1937年第5卷第2期。
② 胡风:《M·高尔基断片》,见《胡风评论集》(上册),北京:人民文学出版社,1984年,第334页。

研究奠定了基础。

二、1949—1966年间的研究状况

从新中国成立至"文革"爆发的17年中，我国的高尔基研究鲜明地显示出与那一历史阶段的社会文化生活氛围相联系的时代特征。在欧美"资产阶级文学"普遍受到排斥的大背景下，高尔基却和整个备受推崇的苏联文学一起得到特别的礼遇。他的作品集、单行本在我国大量出版，根据他的小说改编的苏联电影，也在我国城乡放映。每逢高尔基诞辰或逝世纪念日，京沪等地都举行隆重的纪念活动。高尔基在我国获得了任何一位外国作家都不曾受到的殊荣。我国的高尔基研究也有了较大的进展。除了苏联研究者的文章、相关研究资料和专著源源不断地被译介到我国来之外，我国评论者自己撰写的各类文章就有400余篇，但其中大部分仍旧是纪念、颂扬性文字，高尔基作品评论方面的文章只有130余篇。这些文章中，包括高尔基作品中译本序言、后记类文字45篇，评介根据高尔基作品改编的影片类文章14篇，评论高尔基各类作品的文章67篇。在作品研究的文章中，属于综合评论的文章有12篇，论及《伊则吉尔老婆子》、《二十六个和一个》、《福马·高尔杰耶夫》、《没用人的一生》、《马特维·科热米亚金的一生》、《童年》、《阿尔塔莫诺夫家的事业》、《克里姆·萨姆金的一生》等高尔基单部(篇)小说的文章9篇，其余的全部是关于《母亲》的评论。

除了论文选题上的集中性，这一时期的高尔基评论在立论和思路上还显示出以下共同点：首先是强调高尔基的作品塑造正面英雄人物、歌颂革命运动的功绩，如白石的《纪念高尔基，歌颂伟大时代的英雄人物——从〈母亲〉谈起》(1950)，夏衍的《从〈母亲〉谈作品的政治标准和艺术标准》(1958)，臧乐安的《文学为无产阶

级政治服务的典范——略谈高尔基的〈母亲〉》（1963）等。这类文章都努力把高尔基描绘成一位着力描写英雄形象、颂扬和鼓吹革命的作家。其次是大力论证高尔基是一位自觉地以文学创作为政治革命服务的典范性作家，如王西彦的《高尔基的道路》（1951），吕荧的《苏联文学的奠基者——高尔基》（1954），以群的《把文学作为革命斗争的武器》（1963）等。还有许多文章一再强调高尔基是"社会主义现实主义的奠基人"，如臧云袁的《高尔基是社会主义现实主义的旗帜》（1950），徐维垣的《社会主义现实主义的奠基者——高尔基》（1954），郑伯华的《社会主义现实主义的典范作品——〈母亲〉》（1957）等。评论者们往往置高尔基的大量作品于不顾，充分"拔高"《母亲》、《海燕之歌》等少数几部作品，从而遮蔽了高尔基创作的整体面貌。

回望历史，可以看到17年中的上述高尔基评论，相当成功地为中国读者描画出了一幅以偏概全的作家肖像：高尔基严格遵循"文学为无产阶级革命斗争服务"的原则，运用他本人为之奠基的"社会主义现实主义"创作方法，在《母亲》等作品中塑造了一系列高大的革命英雄形象，热情歌颂俄国革命和苏联社会主义建设，为无产阶级文学树立了光辉的榜样。这是一个显然被片面化、偶像化了的高尔基形象。

然而，也有些研究者从高尔基创作的实际出发，力图把握其特质与精华，强调作家的人道主义、现实主义精神。如钱谷融的《论"文学是人学"》（1957）、萧三的《高尔基的美学观》（1959）、等，均论证了高尔基文学思想的人道主义内核。高尔基小说的中译者丽尼则在《高尔基——伟大的战士和"人"》（1952）、《人——骄傲的称号》（1956）等文章中，重申为一般论者所忽略的高尔基对"人"的热爱与重视。作家巴金也曾撰文指出：高尔基之所以为人们喜爱，是由于他的作品帮助读者了解和热爱生活，了解和热爱人，由于它们体现了"文学的目的是要使人变得更好"①。在高尔基似乎是天经地义地被冠以"社会主义现实主义奠基人"的头衔之际，巴金、张天翼等作家却依然认为他属于"俄罗斯现实主义大师"之列。遗憾的是，所有这些观点，在当时都无法从整体上形成一种足以校正那些片面评价观点的力量。钱谷融的文章力求把掌握高尔基文学思想的核心和抵制极左文艺观念联系起来，本来具有重大意义，但在当时却不仅未能引起人们对高尔基文学观的深入探讨，作者自己反而被扣上"宣扬资产阶级人性论"的帽子，遭到批判。这一现象和占主导地位的评论一起，标志出 17 年中我国高尔基研究的鲜明特点。

三、1966 至 1976 年的研究状况

十年内乱中，我国文化事业遭到全面摧残，外国文学领域更是首当其冲。无论是外国文学作品的翻译出版，还是外国文学研究，都陷于几乎完全停顿的境地。无数外国作家连同其作品的中译者一起横遭批判，连高尔基也未能幸免。"文革"刚开始，某个大人物就声称要把高尔基"倒过来看"，于是他的作品也被打入冷宫。直到 1972 年，才有高尔基的《一月九日》、《母亲》译本重印出版。这显然是被视为高尔基全部作品中最"没有问题"的两部。即便是这样十分谨慎的措施，也是在我国社会政治生活中出现某种转机之后的事。

这一时期的高尔基研究几乎完全陷于停顿。自 1974 年起才出现的少数几篇文章，竟被一只看不见的手纳入了政治斗争的轨道，高尔基的作品也被赋予了那一特殊年代中国社会的政治话语特征。如

---

① 巴金：《燃烧的心——我从高尔基的短篇中所得到的》，载《文艺报》，1956 年第 11 期。

有的文章强调《海燕之歌》的意义在于它热情歌颂了海燕那种"敢于反潮流的革命精神",这种精神可以激励人们"积极、勇敢地迎着阶级斗争、路线斗争的大风大浪奋勇前进"①;有的告诫人们要吸取高尔基由于受到资产阶级人性论的影响而犯错误的教训,搞清楚"对资产阶级实行全面专政"的问题,并为"新生事物的萌芽"大唱赞歌②。上海《朝霞》杂志 1975 年第 1 期发表的文章《作家·创作·世界观——从高尔基的〈母亲〉和〈忏悔〉及列宁的批评所想起的》,更是这类评论中的代表作。还有的文章在谈到高尔基《我的大学》时生拉硬扯,说什么"党内不肯改悔的走资派"反对教育革命,"其目的就是妄图把我们的大学重新恢复到"文化大革命"以前的老样子,甚至恢复成高尔基在《我的大学》中所描写的喀山大学、神学院那样的旧面貌",把学生"培养成他们复辟资本主义的工具"③。这类令人啼笑皆非的文字,是在 20 世纪 60—70 年代中国的独特文化语境中出现的一种空前绝后的现象。

与上述情况形成鲜明对照的是,十年浩劫发生前在我国出版的高尔基作品的各种译本,这一时期却仍然在民间、特别是在知青读者群中秘密流传。在那一书荒严重的岁月中,高尔基的短篇小说、自传体三部曲等作品,以鲜明而真实的艺术画面,如同清凉的雨露一样滋润着无数被迫辍学的青少年几近干涸的心田,引起了几乎是和新中国同时诞生的整整一代人强烈的共鸣。属于这一代的作家乔良后来在一篇文章中曾忆及自己当年偷读高尔基的印象:"最早给我

---

① 仲文:《学习高尔基的〈海燕〉》,载《北京师范大学学报》,1974 年第 2 期。
② 艾克思:《用无产阶级专政理论武装文艺工作者——读列宁给高尔基的信的札记》,载《河北文艺》,1975 年第 10 期;裴宝坤:《为"新生事物的萌芽"唱赞歌——读列宁给高尔基的信》,载《光明日报》,1976 年 1 月 3 日。
③ 钟石坚:《读高尔基〈我的大学〉》,载《开封师范学院学报》,1976 年第 3 期。

留下了深刻记忆、以致至今仍然无法淡忘的，恰恰是高尔基的两个短篇：《马卡尔·楚德拉》和《伊则吉尔老婆子》。……至今都对高尔基怀着敬意，并且至今都以 15 岁的天真认为，没什么人写的短篇能比这两篇更为出色。"①事实表明，那些当年曾有力地震撼过巴金等一代老作家的高尔基小说，在十年动乱中同样震撼着乔良和他的同时代人。当这一代人在那疯狂的岁月里被迫走上一条充满灾难和屈辱的人生之路时，是高尔基的作品给了他们精神上、文学上的滋养。诚如诗人舒婷所说："我要在那里上完高尔基的'大学'。……这个人间大学给予我的知识远远胜过任何挂匾的学院。"②她立志要写出曾受益于高尔基的作家艾芜所写的《南行记》那样的作品，"为被牺牲的整整一代人作证"。这类在"文革"结束后出自一代知青作家笔下的回忆性文字，可视为 1966—1976 年间我国学人关于高尔基的最佳评论，并生动地说明了高尔基的创作遗产怎样和中外文学史上那些保持着恒久艺术魅力的作品一起，在新中国历史发展的一段特殊时期内，无声地培养着将活跃于"后文革时代"的新一代知识者，为他们在历史新时期的崛起准备了条件。

四、1977 至 2010 年的研究状况

进入历史新时期，随着思想界、文化界活跃氛围的形成和外国文学研究领域新局面的出现，我国的高尔基研究也开始步入一个崭新的时代。从 1977 年起到 21 世纪第一个 10 年末，这一研究历程大致可以分为三个阶段，每一阶段都显示出不同的特征。

---

① 乔良：《徜徉在这一片海洋》，载《外国文学评论》，1987 年第 2 期。
② 舒婷：《生活、书籍与诗》，见《走向文学之路》，长沙：湖南人民出版社，1983 年，第 283 页。

(一)第一阶段(1977—1989)

这一阶段的高尔基研究,体现出从停滞走向复苏的时代特色。20卷《高尔基文集》等作品集的出版,为研究工作的进一步开展提供了必要的基础。十余年中,我国报刊共发表高尔基研究论文200余篇。高尔基研究著作也相继出版,如谭得伶的《高尔基及其创作》(1982)、陈寿朋的《高尔基美学思想论稿》(1982)和《高尔基创作论稿》(1985)、李树森等的《高尔基》(1984)、王远泽的《高尔基研究》(1988)、马家骏等的《高尔基创作研究》(1989)等。一些研究者还注意介绍国外高尔基研究的动态,如谭得伶的《高尔基学简论》(1984)一文,系统地梳理了苏联高尔基研究的历史;薛君智的《英美的苏联文学研究》(1979)),介绍了西方学者对高尔基的评价。这对于我国的高尔基研究,无疑具有参照作用。80年代中期以后,随着苏联国内社会政治生活的新变化,许多被长期封存的文学史资料陆续公开发表,众多苏联研究者推出了重新评价高尔基的论著。我国报刊对这些新资料、新成果作了部分介绍,为我国的高尔基研究提供了新信息。

由杨周翰等主编的《欧洲文学史》(下卷,1979)中关于高尔基及其小说的论述,显然仍带有其完稿年代(1965年)的时代特征。该书在"19世纪末至20世纪初俄国文学和高尔基"的专节标题下评说高尔基,未能论及他自十月革命至去世之前共20年间的全部创作,自然是合乎逻辑的;但编者明确指出这一时期高尔基的著名作品有《海燕之歌》、《底层》、《敌人》、《母亲》等,认定《母亲》是高尔基最优秀的代表作。这些断言不仅表达了当时学界对高尔基创作成就的一般评价,而且在很大程度上划出了此后一个时期内人们认识高尔基的基本框架。书中的论述正是以《母亲》为重点,同时涉及《海燕之歌》、《底层》等作品,而对作家的意义更为深远、也更有艺术魅力的《童年》、《在人间》、《奥库罗夫镇》、《马特维·科热米亚金的一生》等重要小说只是一笔带过。这样，编者便在无意中为片面阐释高尔基添上了浓重而影响颇大的一笔。

考察这一阶段我国学者撰写的论文，可以发现，由刘保端发起、李辉凡和吴元迈等参与的关于高尔基的文学是"人学"思想的讨论（1980、1981），张羽对高尔基小说《忏悔》和他的"造神论"观点的评说（1987），吴元迈关于普列汉诺夫和高尔基之文学关系的考察（1981），李树森对《阿尔塔莫诺夫家的事业》的探讨（1980），陆人豪对高尔基批判市侩习气的系列小说的关注（1981），尚知行、冷旭光关于《马卡尔·楚德拉》在高尔基创作中的地位的争鸣（1984、1985），张杰关于奥库罗夫系列小说心理分析艺术的研究（1988），章海凌对高尔基晚期短篇小说的重视（1982），汪介之的《论高尔基小说的心理现实主义特色》（1986）等系列论文，均涉及我国以往的高尔基研究所未能深究的问题。但这类有新意的论文在这一时期的高尔基研究中所占比重却较小，而其余的文章在选题上仍过多地集中于《母亲》、《海燕之歌》等少数作品。一些文章虽然开始更多地注意高尔基小说的艺术特色，或挖掘了其作品所表现的人性美，但由于选题老化，所以不能拓宽和深化读者对于高尔基的认识。同样的问题也存在于某些高尔基研究著作中，如有的论著只是对 50 年代中期以前苏联研究者的一些基本观点进行了综合；有的论者在论述高尔基的美学思想时，避开了作家的文学是"人学"这一核心思想；有的著作在评论俄国两次革命（1905 年革命和十月革命）之间的高尔基创作时，竟得出了作家这段时间由于思想矛盾而导致"创作出现停顿"[①]的片面结论。一方面是庸俗社会学的某些"定论"还在被宣扬，无意义的重复研究还在进行，另一方面是高尔基的许多重要作品无人论及。这一切都表明我国的高尔基研究确实不能再原地踏步了。

---

① 王远泽：《高尔基研究》，长沙：湖南教育出版社，1988 年，第 11—12 页。

不过，一些研究者已开始注意高尔基的创作实绩和某些旧有评论之间存在的偏离，呼吁人们重新认识高尔基，如谢昌余的《高尔基的现代意义》(1986)、汪介之的《关于高尔基研究的片断思考》(1987)、应天士的《重新评价苏联文学》(1988)等论文。陈应祥的《论〈马特维·科热米亚金一生〉的错误倾向》(1987)通过考察这部小说来分析作家的"错误思想"，其观点未必能获得广泛的认同，但却显示出我国研究者的眼光已不再局限于高尔基的少数几部作品。

从非俄罗斯文学专业领域传出的声音，表明高尔基的形象在这一时期我国学人心目中正经历着一种微妙的变化。如刘再复曾率先重提"文学是人学"的思想，形成对 1957 年钱谷融文章的悠远呼应，但却始终避而不谈是高尔基提出这一命题的；周来祥撰文缺乏根据地说"拉普"当年提出的"辩证唯物主义创作方法"，曾"得到高尔基等人的认同"①；一位中国现代文学专家在北京的一次中青年文学评论家座谈会上，断言"高尔基阻碍了中国文学的发展"，如此等等。这些言论，既反映了我国学者对极左文艺路线的厌弃，又说明他们并不知晓高尔基本人就是这种路线的最大受害者。与上述声音截然有别，活跃于当代文坛的几代作家（如巴金、丁玲、路翎一代，高晓声、鲍昌、张贤亮一代，以及上文提及的知青一代），却不约而同地谈到自己怎样受到高尔基的良好影响。鲍昌写道：高尔基的《童年》、《我的大学》、《蔚蓝的生活》等小说，曾使他"产生了非常亲切的心情"，"觉得是吸进了新鲜空气"；"高尔基的小说不是一般地使我佩服，而是引导我去思索小说以外的很多东西。"②梁晓声则说："我对俄罗斯文学怀有敬意。一大批俄国诗人和小说家使我崇拜。……我认为托尔斯泰和高尔基是俄国近代文学史上的两位

---

① 周来祥：《现实主义在当代中国》，载《文艺报》1988 年 10 月 15 日。
② 鲍昌：《他山之石》，载《外国文学评论》，1987 年第 1 期。

现实主义之父,尽管他们也写过非现实主义的优秀的名篇。"①这些肺腑之言说明,只要真的读过高尔基的小说,就不会像某些理论家那样对他怀有偏见。

(二)第二阶段(1990—1999)

20世纪最后10年中,审美价值取向多元格局的形成,使得人们的接受视野更为开阔,不再偏重于某一国别文学和有限的几位作家。这期间,在我国各类报刊上出现的有关高尔基的评论文章,总共不过50余篇。表面上的轰轰烈烈不见了,论文质量却有了提高,不同观点的交叉也明显存在。随着苏联的解体,大量历史文献资料公开发表,俄罗斯国内学界对高尔基的评价也出现了重大变化。高尔基的《不合时宜的思想》、罗曼·罗兰1935年访苏期间写下的《莫斯科日记》、高尔基与罗曼·罗兰等人的部分来往信件,俄罗斯学者的某些新的研究成果,都被译介到我国来,对我国研究者产生了直接影响。

1996年10月在北京大学召开的纪念高尔基逝世60周年学术研讨会,正是在上述背景下举行的。与会代表围绕"重新认识高尔基"的议题展开了热烈的讨论。会议论文和发表于90年代的相关论文,一起显示出我国学者对于高尔基的认识已进一步深化。其中,张羽关于重新评价高尔基的思考,蓝英年对十月革命后高尔基出国和回国前后一系列史实的考察,汪介之关于高尔基在俄国两次革命之间和晚期思想的探讨,韦建国就作家的创作方法和代表作问题所进行的系列研究,余一中关于"我们应当怎样接受高尔基"的思索,都涉及高尔基研究中的一些关键问题。在作品研究方面,孙静云关于高尔基《忏悔》的文本结构的分析,张中锋对《瓦莲卡·奥列索娃》、《克里姆·萨姆金的一生》的评价等,在研究方法上也突破

---

① 梁晓声:《致友人》,载《外国文学评论》,1989年第4期。

了以往的单一社会历史批评模式。

90年代出现的高尔基研究专著有陈寿朋的《高尔基晚节及其他》(1991)、汪介之的《俄罗斯命运的回声：高尔基的思想和艺术探索》(1993)和韦建国的《高尔基再认识论》(1999)等。其中，《高尔基晚节及其他》系由若干篇访问记、论文、座谈会纪要和译文组成，集中讨论作家的晚期思想。该书认为《不合时宜的思想》是"高尔基整个创作中的'败笔'"，"集中反映了作家的错误思想和立场"；作家晚年"一直未能认清斯大林的专制主义"，即便是在"终于对苏维埃繁荣表面下汹涌而来的灾难有了直接感受的时候，仍然说了一些不切实际的、甚至违心的话"，这是他"在强权之下硬装出来的一种'姿态'"①。1998年，该书的增订本《步入高尔基的情感深处》出版，基本观点未变。由于始终未能联系高尔基的晚期作品来考察他的思想，对许多事实又缺乏了解，这本书的片面性难以避免。《俄罗斯命运的回声》一书沿着高尔基一生创作发展的轨迹，考察了作家各个时期的思维热点和创作内驱力，从新的角度揭示了高尔基作品的丰富思想内涵及艺术风格的演变。著者把高尔基的全部创作分为三个时期，认为《母亲》属于"社会批判"时期的作品，但它并不是作家的代表作；而高尔基在"民族文化心态批判"时期的六大系列作品则构成了作家整个创作中最辉煌的时期；在"回眸历史，探索未来"的晚期作品中，作家借鉴了西方现代主义的艺术经验，表明他在创作方法的运用上不拘一格。国内学者将该书列为"对俄罗斯经典作家创作的评介日趋深化"的"重要研究成果"之一(吴元迈)，称其为"中国高尔基学历史上的标志性著作之一"(邱运华)。韦建国的《高尔基再认识论》对高尔基和"社会主义现实主义"的关系、小说《母亲》和后期创作等进行了考察。

---

① 陈寿朋：《高尔基晚节及其他》，呼和浩特：内蒙古大学出版社，1991年，第42、45、48、135页。

作者指出:"与其说《母亲》是社会主义现实主义的奠基之作,不如说它是一部浪漫主义的文学杰作。"①他还以"没有反映当代新生活"来说明高尔基晚期创作的"缺憾",但又认为作家晚年的两部长篇是"经典之作"。这些评说,表明该书作者试图在接受和容纳诸多研究者的不同观点的基础上提出自己的新见解,但却难以达到成功的整合,因此有不少难于自圆其说之处。尽管如此,上述论著却共同显示出我国研究者重新认识高尔基及其创作的意向。

(三)第三阶段(2000—2010)

21世纪最初10年我国的高尔基研究承续前一阶段的特点并有所深入,仍然是同时期国内俄罗斯文学研究的重要组成部分。汪介之的《当代俄罗斯高尔基研究的透视与思考》(2008)、李建刚的《俄罗斯的高尔基研究近况》(2010)等文章,对苏联解体后的高尔基研究现状作了评述,得到国内学界的重视(前一篇文章曾由《新华文摘》全文转载)。报刊上陆续出现的20余篇论文,一部分以高尔基小说为研究对象,另一部分属于作家思想研究。刘文飞的《高尔基的人道主义》(2008),汪介之的《高尔基的文学理论与批评在中国的接受》(2005)、《关于俄罗斯灵魂的对话——高尔基与别尔嘉耶夫民族文化心理观的比较考察》(2008),徐娟的《中俄革命知识分子的思想苦斗》(2006)等,在作家的文艺观、政论和创作的联系中探讨其思想特点和价值;汪介之的《高尔基:"社会主义现实主义"的奠基人?》(2002)以翔实的第一手资料为依托,对似乎是天经地义的关于"奠基人"的定位提出了质疑。在作品研究方面,方坪的《高尔基早期作品与尼采》(2004)注意到了作家"流浪汉小说"中的人物身上有着尼采思想影响的痕迹。常江虹的《在宗教与革命之间》(2003)、马晓华的《高尔基作品中的母性形象》(2001)、敖丽的

---

① 韦建国:《高尔基再认识论》,西安:陕西人民出版社,1999年,第153页。

《两种选择,两种命运——高尔基的〈母亲〉和鲁迅的〈祝福〉》(2001)等,都对《母亲》进行了深度考察,论证了这部小说的丰富意蕴,其中马晓华的文章显示出对上世纪30年代朱维之观点的呼应。韦建国的《复制还是超越?——高尔基的〈忏悔〉与"造神说"关系再解读》(2001)认为,高尔基的这部小说非但没有复制"造神说",反而清晰地表现了对"寻神说"和"造神论"的超越,以及关于个人与民众之关系的精辟见解。这些观点虽然未必能得到广泛的认同,却无疑能引发人们的深入思考。

这10年中我国学者撰写的高尔基研究专著不多,陈寿朋的《高尔基创作研究》(2002)和《高尔基美学思想研究》(2002),汪介之的《高尔基研究:作家的思想探索与艺术成就》(2005)等,其实都是旧著重版。黎皓智的《高尔基》(2001)是一部新出版的作家评传,却鲜有新意可陈。该书第8章第3节"小说艺术的试验"对于《日记片断》、《1922—1924年短篇小说集》的评介,对于人们全面了解高尔基小说创作的成就是有意义的,但著者所言"这两部小说集所作的艺术试验,对他晚年创作的风格所起的作用不大"①,却令人不敢苟同。在评价《不合时宜的思想》时,著者引用斯大林当年的抨击文章进行再批判,显示出对旧有褊狭结论的坚守;而著者说高尔基与列宁发生争论的焦点在于:"到底是推翻罗曼诺夫王朝200余年的黑暗专制统治,以便实现国家在政治、经济、文化上的复兴,还是在这个专制体制的框架内进行'文化启蒙'?"②则更有逻辑上的混乱和史实上的错谬。这表明,在我国评论界,对于高尔基及其作品的评价仍然存在着诸多不同的意见,研究水平也参差不齐。

---

① 黎皓智:《高尔基》,成都:四川人民出版社,2001年,第268页。
② 黎皓智:《历史的困扰与心灵的束缚》,载《俄罗斯文艺》,2002年第2期。

新中国成立以来60年的高尔基及其作品研究，从一个侧面折射出我国俄罗斯—苏联文学研究的历史面貌。60年时光流逝之后，高尔基在我国评论界仿佛成了一位有争议的作家。这是因为，以瞿秋白等人为先导、为文革前17年的无数论者所继承和强化了的评论，已把一个被片面化、偶像化了的高尔基形象，牢牢定格于相当一部分人的心目中；当年胡风所言的对这位作家的"误解或曲解"仍在延续，仍反映在从小学语文课本中的注释到大学外国文学教科书的诸多出版物中，并以此而"先入为主"地制约着一代又一代年轻读者对高尔基的认识。"无产阶级作家"——"社会主义现实主义的奠基人"——"代表作《母亲》"——"高大的英雄形象"——"热情歌颂革命"这类和高尔基的名字紧紧相连的评论话语，既建构了一种似乎永恒的认知框架，又于无意中在高尔基的作品和读者之间树起了一个巨大的屏障。无论是高尔基的作品文本，还是重新评价高尔基的所有努力，都难以进入人们的接受视野，难以激起人们重新认识高尔基的兴趣与热情。从这一现象中不难看到，把文学视为一种服务于政治的部门和工具的庸俗社会学批评，可以把一位作家歪曲到什么程度，可以把他的创作面貌遮蔽到什么程度。

另外，在苏联解体前后陆续出现的对高尔基的另一种曲解，也不时随着北风吹到我国来。例如，1989年春，作家鲍·瓦西里耶夫发表长文，指责高尔基1928年从意大利回国期间对残酷的现实一声不响，将保卫人民、文化和正义的大事置于一边，却忙于参观视察、会见权贵和出席各种庆典活动。1990年科洛德内依在《双头海燕》一文中，说高尔基好像有两个脑袋、两副面孔，这只曾经呼唤革命风暴的海燕，晚年竟在证明斯大林主义的正确性，甚至支持恐怖手段、暴力和屠杀。上述评价一度使我国部分读者真伪莫辨，另一些人则随声附和，而那些郑重地对作家晚年的思想、文学活动和社会活动进行客观评说的观点（约·瓦因贝格、斯皮里东诺娃、弗·巴拉霍夫、普里莫奇金娜等），却难以进入国人的视野。

与此同时，我国学者关于高尔基的重新评价也一直在进行之中。这种评价从胡风的感叹中获得启示，沿着鲁迅点评高尔基"描写俄罗斯国民性"、钱谷融和萧三等强调高尔基"人学"思想的思路前行，坚持从文学史实出发，致力于揭示他的原本面貌，发现他的整个创作和文学活动的真正意义所在。其基本观点可以概括如下：

第一，关于高尔基的创作成就和代表作。纵观高尔基的创作道路，可以看到其主要文学功绩并不在于歌颂"无产阶级和劳动人民摧毁旧世界、建设新世界的伟大斗争"[①]。他的大部分作品，着力描写了十月革命前俄罗斯蛮荒阴暗的现实，提供了俄国社会各阶层的人物众生相，揭示本民族的文化心理特征及其与民族发展进程、民族命运之间的内在联系，探测未来历史的动向，如"奥库罗夫三部曲"、自传体三部曲、《罗斯记游》、《俄罗斯童话》、《日记片断·回忆录》、《1922至1924年短篇小说集》、《克里姆·萨姆金的一生》等。这些作品在艺术上也达到了炉火纯青的高度。十月革命前后作家发表的《不合时宜的思想》和出国后写就的《论俄国农民》，不过是作家的上述思想和意向在历史巨变时代的直接表达。如果说，"代表作"指的是最能代表作家的思想深度和美学追求的作品，那么，自传体三部曲和《克里姆·萨姆金的一生》无疑是高尔基的代表作。

第二，关于高尔基与"社会主义现实主义"的关系。细读高尔基的作品文本，认真考察1934年《苏联作家协会章程》出台前后的史实，便不难发现，关于高尔基是"社会主义现实主义的奠基人"的定论难以成立。史料表明，最先提出"社会主义现实主义"概念，为苏联文学的创作方法定名的是斯大林；在第一次苏联作家代表大会上发表演讲，对"社会主义现实主义"进行阐释的是日丹诺夫；

---

① 朱维之、赵澧主编：《外国文学史》（欧美部分），天津：南开大学出版社，1988年，第616页。

而高尔基却在1935年初致苏联作家协会理事会书记谢尔巴科夫的信中表示了对"社会主义现实主义"的怀疑。在创作实践中，高尔基的早期作品，具有以现实主义为主、兼用浪漫主义、象征主义的特色；致力于民族文化心态批判的中期创作，显示出清醒、严峻的现实主义风格；晚期的长篇小说《阿尔塔莫诺夫家的事业》和《克里姆·萨姆金的一生》，在现实主义基本方法之外，还广泛运用了西方现代主义文学在心理描写方面的新鲜经验。

第三，关于高尔基晚年是否成了个人崇拜的吹鼓手。在十月革命和国内战争的严酷年代，高尔基就凭借自己的声望和影响，为保护"理智的力量"做了大量鲜为人知的工作。20年代末、30年代初，在个人崇拜泛滥时期，高尔基为保护一大批受到不公正批判的作家挺身而出，与极左思潮展开了针锋相对的斗争。他对诸多遭受批判的作家的赞扬，同样具有抵制极左路线的意义。直到逝世前不久，他还写信给斯大林为横遭批判的音乐家肖斯塔科维奇辩护，对"批判形式主义"运动提出怀疑。

毋庸讳言，随着80年代中期以来俄罗斯—苏联文学在我国影响的急剧衰落，高尔基研究不再成为研究热点，研究成果的数量统计在最近20余年中也呈递减的趋势。对比苏联解体以来俄罗斯国内的高尔基研究，我国学界的研究力度过小，研究的水平和视野都很为有限。可以预见，受制于当代文化语境和精神气候，未来一个时期的国内高尔基研究仍将难以在量上有明显增长，但出现有所突破的高质量的研究成果的可能性却依然存在。

高尔基之谜:"破解"还是曲解?

——《倒转"红轮"》第二章读后质疑[①]

对于20世纪俄罗斯作家高尔基的评价,历来存在着不同观点的交叉,无论是在俄罗斯国内还是国外,也无论是在他生前还是死后。一个具有象征意义的现象是:高尔基的头像,从他诞辰100周年纪念日起,就曾和普希金头像一起,每周出现在影响颇大的俄罗斯《文学报》报头上;但到苏联解体前夕,从该报1990年第18期(5月2日)起,高尔基头像却悄然消逝。类似的情形也发生在原俄罗斯联邦作家协会机关刊物《我们同时代人》的封面上。莫斯科的高尔基大街和伏尔加河畔的高尔基市也恢复了它们的原名:特维尔大街和下诺夫戈罗德市。一时间,高尔基在他的祖国,似乎真的像我国"十年内乱"期间一位大人物所说的那样,要被"倒过来看"了。可是,到了2004年4月22日,在《文学报》编辑部为创刊75周年而举行的新闻发布会上,主编尤里·波里亚科夫却向与会者郑重宣布:本报在广泛征求读者意见的基础上,已决定从即将出版的新一期报纸起,在报头上恢复高尔基的头像。于是,从4月27日出版的《文学报》(第16期)开始,高尔基头像在"退隐"14年后又重新出现,继续和诗人普希金的头像并列;波里亚科夫本人为此而写的专论《高尔基的回归》也在头版头条发表。值得注意的是,当时还健在、一向对高尔基持否定态度的著名作家索尔仁尼琴并没有反

[①] 本文原载《文学报》(上海),2013年7月11日、25日。

对《文学报》的这一举措。但假若编辑部要来我国征求意见，一定有人不同意，这么一个"没有人性的御用作家"①，怎么还让他和普希金一起，作为俄罗斯文学的象征，每周出现在报头上？俄罗斯广大读者、文学界乃至"整个知识界"的良心到哪里去了？

如果真的能够依据作家作品和文学史实，破解高尔基的生活、思想和创作之谜，使人们认识真正的高尔基，那无疑是《破解"高尔基之谜"》（《倒转"红轮"》第二章，以下简称《破解》）的一大贡献。然而我们现在所看到的，不过是历来歪曲、贬损、诋毁高尔基的种种言论的大汇集，当然还加上了作者的"合理"想象、无中生有和任意发挥。人们不禁要问：这究竟是"破解"还是蓄意曲解？

一、1905年革命后高尔基是否"迅速左倾化"？

《破解》断言：1905年革命和1906年美国之行后，高尔基有一个明显的"激进化"过程；他的创作方式和思想上发生了第一次突变——迅速左倾化，1907年以后"几乎结束了文学创作"，成为"比列宁更为激进的'极左'活动家之一"（69、73页）。事实果真是如此吗？

史料清楚地显示，1905年革命失败后，高尔基思索的重心是：作为一场重大的历史事件，这场革命的发生、发展和结局，有无其内在的必然性？这一切同俄罗斯历史文化传统、民族性格之间是否有一种有机联系？为了探明这些问题，他阅读了一系列历史和哲学著作，力求认识俄罗斯历史发展的独特性，捉摸到民族文化心理特点及其与民族命运之间的关系，探测未来历史的动向。其中，克柳

---

① 金雁：《倒转"红轮"》，北京：北京大学出版社，2012年，第109页，以下引文仅注明页码。

切夫斯基的《俄国历史教程》关于俄罗斯民族和国家的特殊形态的描述，对于民族性格与民族历史之关系的洞察，达尼列夫斯基的《俄罗斯与西方》一书关于俄罗斯与西方作为两种不同的文化—历史类型彼此之间存在着矛盾的论述，都对高尔基的社会—文化史观的形成产生了直接影响。通过阅读和思考，高尔基开始感到研究民族文化心理的必要性，逐渐意识到民族精神特点和历史进程之间的不可分割的联系，提高民族精神文化素质是推动历史前行的关键所在，而知识分子则是连接进步文化和人民群众的纽带。为着系统地认识俄罗斯历史与民族文化特征，高尔基在 1911 年间曾筹划出版"俄罗斯人民的历史"丛书，尝试以此提供俄罗斯人的处世态度和人生观的历史轮廓，显示出民族性格形成与变化的历史场景与条件。5 月初，他曾写信给俄国出版家伊·瑟京商谈丛书的出版，后因种种外部条件的限制而未能实现这一构想。从对于沙皇专制社会的激烈批判转向民族文化心理研究，这就是第一次俄国革命（1905—1907）后高尔基思想转变的基本轨迹。这难道就表明他"迅速左倾化"？

《破解》断言高尔基"迅速左倾化"的论据之一，是高尔基在卡普里期间与所谓"召回派"的接近。这是一种违背史实的蓄意曲解。当时俄国社会民主党内部存在着列宁和波格丹诺夫等"前进派"之间的分歧和论争，后者是 1905 年革命后布尔什维克队伍中出现的一个人数极少的小派别，存在时间近 5 年（1909—1914），其本身又分为"马赫主义"和"召回主义"。高尔基曾直言不讳地反对列宁和"前进派"之间的争论，认为文化工作比政治斗争更为迫切、后者应当让位于前者，因此在 1908 年 2 月 18 日、1909 年 11 月 18 日两次给列宁写信，对双方都既有肯定又有批评，主张彼此团结一致，为推动俄罗斯的发展尽力。基于同一心理动因，他还曾设想筹建一个介于右翼立宪民主党人和左翼社会主义党派之间的党派，并与普列汉诺夫商讨过此事。当今俄罗斯研究者列维亚金娜正确地指出：高尔基的上述言论和活动表明，1905年革命失败后，他在思想上"曾倾向于社会民主主义类型的社会主义，即社会主义与民主制的结合，重视社会主义理想在其发展过程中的历史继承性和人道主义化"①。高尔基的确曾与"前进派"成员有过不同程度的接近，但是，这就能说明他在1905年革命后"迅速左倾化"吗？他究竟做了些什么，从而成了"比列宁更为激进的'极左'活动家之一"呢？

《破解》还说高尔基在1907年以后"几乎结束了文学创作而成为社会活动家"，这更是公然置文学史实于不顾，企图蒙骗读者，并为下一步断言高尔基"不是知识分子"做铺垫。文学史事实告诉我们：1907年之后，高尔基不间断地完成了一系列作品。如果说，中篇小说《没用人的一生》（1908）、《忏悔》（1908）和《夏天》（1909）显示出他的创作从社会批判向民族文化批判的过渡，那么，包括中篇《奥库罗夫镇》（1910）、长篇《马特维·科热米亚金的一生》（1911）和未完成的《崇高的爱》（1912）在内的"奥库罗夫三部曲"，则成为作家系统考察民族文化心理特征的最初艺术成果。作品揭示了外省小市民的生活秩序和传统怎样经由一代代人而繁衍和延续，触及本民族历史发展滞缓的某些基本根由。完成于这一时期的自传体三部曲的前两部《童年》（1913）和《在人间》（1916），不仅是作家本人早年生活的形象化录影，更成为表现俄罗斯民族风情和文化心理的艺术长卷。含有29个短篇的《罗斯记游》（1912—1917），着力勾画俄罗斯心理的若干特征和俄罗斯人的某些最典型的情绪。由16篇故事构成的《俄罗斯童话》（1911—1917）则为国民劣根性及其在斯托雷平年代的显现，提供了一组绝妙的写照，正如这部作品的中译者鲁迅所说："虽说童话，其实是从各方面描写俄罗斯

---

① Келдыш В. А. (отв. ред.) *Неизвестный Горький. М. Горький и его эпоха: Материалы и исследования. Выпуск 3.* Москва：Издательство《Наследие》,1994,с. 10.

国民性的种种相"①；"短短的十六篇，用漫画的笔法，写出了老俄国人的生态与病情。"②高尔基的《日记片断》（1924）更是对于民族生活和文化心理特征的直接研究和如实写生；《1922—1924 年短篇小说集》（1925）及写于 20 年代的多篇小说，已开始呈露出将民族文化心态同个人与民族的道路、命运结合起来思考的趋向。以上六大系列作品，彼此连缀成民族风情、民族文化心理的生动艺术长卷，赢得了广大读者和无数批评家的好评，表明高尔基恰恰在此时进入了自己的创作高峰期。《破解》说高尔基在 1907 年以后"几乎结束了文学创作"，根据究竟何在？

与上述形象化资料互为补充、彼此印证的，是高尔基在同一时期写下的其他著述，如 1908—1909 年间于卡普里编撰的《俄国文学史》讲稿，回国后陆续发表的《两种灵魂》（1915）、《致读者的信》（1916）等文章。从中可以清楚地看到，作家思想和创作确实发生了很大的变化，但绝不是什么"迅速左倾化"。这位在 20 世纪初年曾以一曲《海燕之歌》热情呼唤革命的作家，在第一次俄国革命后的暗淡年代里，并没有继续以高昂激越的旋律为另一场革命风暴的到来而呐喊，而是以清醒的写实笔法绘制出一幅幅民族风情画和民族心理素描。他在这一时期留下的文学批评和政论文字，同样呈露出批判性地考察民族文化心理的倾向。1917 年革命爆发后发表的《不合时宜的思想》，不过是 1905 年革命失败以来作家的那些日渐成型的思想在历史巨变时代的必然表现而已。

为了证明高尔基的"迅速左倾化"，《破解》还杜撰了俄国宗教哲学家别尔嘉耶夫"是 1905 年革命的参加者"、革命失败后"高调忏悔"并"右转"的"事实"，凭着想象说什么高尔基的"左转"和《路标》作者"右转"成为"当时俄国思想界的两件大事"，无中生

---

① 鲁迅：《鲁迅全集》，第 10 卷，北京：人民文学出版社，1991 年，第 399 页。
② 鲁迅：《鲁迅全集》，第 8 卷，北京：人民文学出版社，1991 年，第 457 页。

有地称"已经出国的高尔基立即成为批判《路标文集》的第一人",并"与知识界集体决裂"(72、73页),用移花接木的手法把高尔基在1908年初写成的《个人的毁灭》一文中的某些文字(引文错误甚多)说成是对1909年出版的《路标:关于俄国知识分子的论文集》的批判。难道身在意大利的高尔基事先就看过了还未面世的《路标》全书?这是对学界和读者理智的极大蔑视!有意思的是,《个人的毁灭》中的一些批评象征主义作家、宗教哲学家梅列日科夫斯基等人的话语,竟被《破解》说成是对《路标》的抨击;其实,梅列日科夫斯基本人就是最早批判《路标》的学者之一(写有《七个被驯服的人》),另一宗教哲学家罗赞诺夫就写过《梅列日科夫斯基反对〈路标〉》一文。还有,高尔基两度撰文反对把陀思妥耶夫斯基的小说《群魔》搬上舞台,不过是一位作家坦率地表达了自己的观点,任何一位读者或观众也有权这样提出意见,而且高尔基一再声明自己"不是反对陀思妥耶夫斯基,而是反对把陀思妥耶夫斯基的长篇小说搬上舞台"①,怎么就成了"政治干预文学艺术"的事件呢?此事发生在1913年,作为流亡者的高尔基有可能在沙皇统治时代以此来"封杀"陀思妥耶夫斯基的作品吗?请不要遮蔽以下史实:1935年1月20日《真理报》发表署名文章,指责苏联科学院出版社决定重版陀思妥耶夫斯基的"旨在反对革命的污秽的谤书"《群魔》具有某种政治目的,把大力支持这一出版计划的高尔基称为"文学的腐败物"。高尔基随即发表《关于〈群魔〉的出版》一文回击该文的指责,重申坚决赞同再版《群魔》。《破解》怎么解释这一现象?这是"左转"还是"右转"?

《破解》之所以做出上述种种歪曲的判断,原因之一在于作者所坚持的是以政治上的"左"和"右"来给所有人和事划线的二元

---

① 高尔基:《论文学(续集)》,冰夷等译,北京:人民文学出版社,1979年,第185页。

对立思维模式，无论什么社会、哲学、宗教、文学、艺术现象，统统都被放到在政治上"左"还是"右"的天平上去衡量。这是一种以"阶级斗争"的眼光看待一切的思维方式的具体体现。

二、高尔基是否是"卖身投靠权势的看家犬"、"个人崇拜的奠基者"、"斯大林政治的传声筒"？

1928年以后高尔基对斯大林、个人崇拜和极左政治的态度，是《破解》抨击高尔基的主要着力点。该书说，高尔基"从海外归来后就一头扎进了肉麻吹捧斯大林体制的队伍中"，成了"顺从极权国家的卫道士"，"卖身投靠权势的看家犬"，"斯大林制度的维护者"（65页）。这些评价，就其用语的恶辣而言，已使迄今为止国内外对高尔基的所有否定性评价望尘莫及。对极权体制、个人崇拜和极左政治深恶痛绝的善良读者，如果不了解1928年以后高尔基做了些什么，看到这一顶顶抛给他的"桂冠"，怎能不恨透他、恨死他！

《破解》罗列了高尔基在1932—1934年间的一些文章和讲话中有着"吹捧"斯大林之嫌的某些说法，紧接着写道："后来在1935年10月，季诺维也夫第一次把马、恩、列、斯四个人的名字连在一起，从此产生了'四大导师'的提法。所以说，高尔基是斯大林个人崇拜的奠基者一点也不过分。"（101页）看到这段文字，人们不能不钦佩《破解》的超常推理能力；当然，这里的"季诺维也夫"如果能换成"高尔基"，那就更有说服力了。

事实告诉我们，1929年11月27日，也即高尔基结束第二次回国访问、返回意大利之后不久，便给斯大林写了一封信，表达了自己对于国内正在发生的"大转折"的看法。就在这一年，布哈林、李可夫、托姆斯基等苏联领导人被打成"右倾投降主义集团"，不久后布哈林便被开除出中央政治局，托姆斯基被解除了全苏工会中央理事会主席的职务。所谓"反右倾斗争"、"干部革命"等运动，也从这一年起开始席卷全苏。针对这些现象，高尔基写道："在青年一代中间，遗憾的是，悲观主义和怀疑主义情绪正在蔓延，而且那些最善于思考的青年也陷入这种情绪之中。这些青年是从老布尔什维克的经验、著作和言论中吸取营养的。现在他们却看到自己的导师一个接着一个地脱离了党，被宣布为异端分子——这不能不使他们感到不安……在对于青年的教育方面，党的影响并不像它本来可以产生的那样大，这在一定程度上是由于党内摩擦而造成的。"①这里的"老布尔什维克"、"导师"和"老知识分子"，指的是那些在"干部革命"中被清洗的共产党人。保存至今的高尔基档案中，共留有这封信的4份草稿。在草稿之一中，高尔基这样写道：青年们把党内矛盾"理解为两个派别为了权力而进行的斗争，甚至还理解为反对您的'个人专制'的斗争"②。由此不难看出，高尔基希望能够阻止斯大林排除异己、迫害"敌对分子"的一系列行动。

一个无可回避的事实是：正是在30年代初，高尔基拒绝了给斯大林写传记。1931年10月高尔基在苏联国内时，斯大林通过国家出版局局长哈拉托夫向高尔基转达了自己的意愿，希望作家为他写一部传记。高尔基先是对此事采取了回避态度，后来则以缺少材料加以推脱。年底，哈拉托夫又写信追问已回索伦托的高尔基："我们已经给您寄去撰写约(瑟夫)·维(萨里昂诺维奇)传记的材料，请来信告知：您是否还需要什么材料，您打算何时将传记交给我们。"③高尔基立即就回了信，列举出自己近期要尽快完成的十来件事情，唯独避而不谈为斯大林写传。1932年，高尔基把给他寄来的有关斯大

---

① *Известия ЦК КПСС*,1989,№ 3,c.185.

② Спиридонова Л. А.（отв. ред.）*Вокруг смерти Горького. Документы, факты, версии. М. Горький. Материалы и исследования. Выпуск* 6. М.：ИМЛИ РАН, Издательство 《Наследие》,2001,c.292.

③ Баранов В. И. *Огонь и пепел костра. М. Горький：творческие искания и судьба.* Горький：Волго-Вятское книжное издательство,1990,c.307.

林的材料全部退回。高尔基为什么拒绝写《斯大林传》？《破解》没有、按照其混乱的逻辑也无法做出任何解释，仅仅用"意味着高尔基的利用价值已经完结了"（120页；请读者注意：这是在1931—1932年）搪塞过去。人们不禁要问：如果高尔基真的是"个人崇拜的奠基者"、"卖身投靠权势的看家犬"，那么，为斯大林作传，不正是"肉麻吹捧"、向领袖献忠心的最好机会吗？哪一个"仆人"会放弃这个求之不得的为"主人"效劳、歌功颂德的"天赐"良机呢？

《破解》还写道："斯大林想到了高尔基在《白海—波罗的海运河建筑史》中的'创作'能力，便钦定由他来主编斯大林时代最重大的历史学项目——多卷本的《苏联国内战争史》。"（115页）这段话以及随后的所谓"小说家编写历史"的说法，充满着时序颠倒、概念错误和想当然的演绎。实际情况是，试图利用高尔基的声望、由他撰写一部《斯大林传》，已经显露出斯大林本人要掀起个人崇拜狂热的端倪，当时苏联的一些趋炎附势者对此心领神会，使尽浑身解数推波助澜，以便让斯大林如愿以偿。《阶级斗争》一刊的主编波克洛夫斯基就是其中之一。此人曾约请高尔基为杂志创刊号写一篇文章，强调斯大林在现代历史上的地位和作用，以便为多卷本《国内战争史》定下基调。但是高尔基所写的《人民应该知道自己的历史！》（1931）一文，却强调要让劳动人民了解历史真相，而且自始至终没有一次提到斯大林的名字。波克洛夫斯基抱怨此文缺乏与当代政治现实的联系。这一事实，只是随后不久围绕《国内战争史》的编写而发生的矛盾冲突的开端。高尔基明确主张，《国内战争史》丛书15卷的编写，都应当从国内战争期间的历史资料出发，尊重历史真实，提供关于那一段历史的真实图景。但斯大林却企图利用该书的编写夸大自己在国内战争中的作用，为自己树碑立传，这就难免使高尔基同那些力图迎合斯大林意愿的编委们发生冲突。编委会成员布勃诺夫曾一再强调：讲述斯大林在国内战争中的作用，具有"非常重要的意义"。高尔基却坚定地重申：出版丛书的目的不是为了突出个人的作用,而是要展示历史的进程。在考虑丛书各卷的具体内容时,高尔基指出:北方区、伏尔加河沿岸、顿巴斯、北高加索地区、西伯利亚和远东等地区,都应当出分卷。但斯大林却在高尔基的计划外加上了外高加索、突厥斯坦、乌克兰和白俄罗斯等自己待过的地区,显然是要突出和强调自己的地位。高尔基一再提醒编委们不要"用我们的观点强调"个人的作用[①]。由于丛书主编高尔基的意图和斯大林的意图明显地不一致,这套丛书的出版便受到了人为的阻遏。原定于1932年出版的《国内战争史》第1卷,一直拖延到高尔基去世后的1936年8月才得以问世。高尔基去世后,《国内战争史》丛书已无法继续编辑出版,因为要按照尊重历史真实的原则来编写,就必然要提到"反对派"托洛茨基等人的名字,必然要提到后来被斯大林镇压的红军元帅和高级将领图哈切夫斯基、艾德曼、布柳赫尔等人的名字,而这是斯大林绝对不能同意的。就这么一本集体编著,却被《破解》说成"这部高尔基晚年呕心沥血的大部头著作与《联共(布)党史简明教程》齐名,成为斯大林时代两大史学'名著'"(116页)。其捕风捉影的能力真令人惊叹!稍有些俄国文学史常识的人都知道,高尔基晚年呕心沥血的著作是四卷本长篇小说《克里姆·萨姆金的一生》。

另一事实是,《白海—波罗的海运河》一书是原"拉普"要人阿维尔巴赫直接奉国家政治保卫总局头目亚戈达之命组织编写的。国家政治保卫总局强迫犯人在20个月内完成了这条运河的开挖。运河的每一公里、沿河的每一设施,都浸透了犯人的血汗。但亚戈达之流却感到这正是炫耀自己功劳的好机会。1933年8月,他们组织了120多位作家参观了刚刚建成开通的运河,并为《斯大林白海—波罗的海运河》一书写稿。高尔基并未去参观,更未看到犯人开通

[①] Спиридонова Л. А. М. Горький: диалог с историей. Москва: Издательство 《Наследие》,1994,с. 263.

运河的艰难过程，不了解强制性劳动的具体情景；即便是去参观的作家们也未必都了解，因为他们到达时，运河已经疏通，死去的犯人已被掩埋。亚戈达一伙人一度成功地掩盖了自己的罪行，造成了很大的欺骗性。去运河参观并写稿的作家们，有许多人本来是不愿意动笔的，只是亚戈达、阿维尔巴赫等人要用这些作家的名字来"装饰"这本书，还一定要让高尔基的名字出现在这本书的显要位置上。亚戈达、阿维尔巴赫们策划编写这本书的目的，无疑是要为国家政治保卫总局的"功勋"树碑立传，为斯大林的极左政策唱赞歌，但是，高尔基却没有顺从他们的意旨。保存下来的编写计划表明，本来是指定高尔基撰写一篇特写"国家和国家之敌"的，但是他却拒绝了，结果只为这本书写了一篇序言，题为"社会主义的真理"。他在序言中肯定了被组织起来的人的精力战胜了严酷的自然力量，称赞那些参与修建运河的犯人们，并指出给他们恢复公民权利正是对于他们的有效劳动的一种报偿。三个月前刚刚回国定居的高尔基，并无机会了解亚戈达一伙强迫犯人开挖运河的残酷程度，并不知道这一工程实施过程中犯人的非人生活条件和工作条件。和参加撰写本书的大部分作家一样，他只看到了运河开通的奇迹般的结果，而未能看到达到这一结果的严酷过程，并在此种情况下对这种劳作方式进行了不无理想主义色彩的肯定与赞颂。他未能了解全部事实真相就写出了这篇序言，当然不是无可非议的，但是他并没有说违心的话。重要的是，这并不意味着高尔基对亚戈达一伙强制推行强迫性劳动的全部残忍和反人道行径表示认可，不能说明他认为当时的所有犯人在劳改营中所遭受的一切非人待遇都是他们应得的惩罚，更不意味着他赞同斯大林、亚戈达等人自 20 年代末期以来对于持不同政见者、知识分子和普通群众施行的无情镇压。此事发生在 1933 年 8 月之后，而《国内战争史》的编写开始 1931 年，怎么可能是斯大林想到了高尔基编写《白海—波罗的海运河》的"创作"能力，便钦定由他来主编《国内战争史》呢？明明是亚戈达、阿维尔巴赫之流组织作家去参观运河的，怎么就成了"高尔基动员"的呢？"动员"之后他自己不去？

　　高尔基对待联共（布）党内"反对派"的态度，也表明他绝不是什么"斯大林制度的维护者"，"卖身投靠权势的看家犬"。例如，1933 年 9 月 9 日，在看过卡冈诺维奇寄来的《联共（布）党史简明教程》之后，高尔基写信给他说："第 57 页上称托洛茨基为'最可恶的孟什维克'。这很好，但是不是过早了？实际上不是过早，只是读者可能会提出问题：'最可恶的'怎么就不仅进入了党内，而且还占据了党的领导岗位呢？……我担心，书中所提供的对于加米涅夫、季诺维也夫、布哈林及其他某些人的评价，同样也会在读者那里产生类似于关涉托洛茨基的问题。姑且不论，依我看来，这些评价其实是对以上诸人永远关闭了党的大门。"[①] 又如，高尔基和联共（布）中央政治局委员、列宁格勒党委第一书记基洛夫之间一直保持着友好的关系，但是他们之间的来往却受到种种猜疑和严密的监视。1933 年，基洛夫在政治局会议的几次讲话中曾主张实行某些更灵活的政策和"自由化"的制度，改善党和知识分子的关系，得到了很多中央委员的支持。在 1934 年 1 月召开的联共（布）第 17 次全国代表大会上，曾有人建议把斯大林调到人民委员会或苏联中央执行委员会主席的岗位上，而选举基洛夫来担任联共（布）中央总书记的职务。这一建议被基洛夫本人所拒绝。2 月 9 日，代表大会选举中央委员。投票结果显示，基洛夫的得票数远远高于斯大林。斯大林感到他的地位受到了严重的威胁，于是便发生了 1934 年 12 月 1 日基洛夫被害的悲剧。几天以后，在致加米涅夫的信中，高尔基说自己"完全被基洛夫遭杀害一事击昏了"[②]。紧接着基洛夫被暗杀之后出现的大逮

---

① Спиридонова Л. А.（отв. ред.）*Вокруг смерти Горького*. 2001, с. 293.

② Заика С. В.（отв. ред.）*Неизданная переписка. М. Горький и его эпоха*: *Материалы и исследования. Выпуск 5*. Москва：Издательство《Наследие》, 1998, с. 256.

捕，破除了高尔基的许多善良而脆弱的希望。他对于斯大林的个人专断、极左政治的抵制，也不再像原先那样一般采取劝导、调解、提意见的形式，而往往是直接表示抗议和反对。他并不隐瞒自己的思想情绪与斯大林的严重对立。他抗议对加米涅夫的逮捕和审讯，坚决反对并试图阻止迅速蔓延全国的大逮捕、大处决，称之为"国家恐怖"。据1934—1935年冬季和高尔基相见的莫罗兹回忆："除了国民教育问题之外，高尔基对苏联政权的内外政策从没有说过一句赞许的话。"①这一切同样表明，高尔基从来就没有成为"顺从极权国家的卫道士"，"斯大林政治的传声筒"。

高尔基对"领袖至上主义"的抨击，更有力地证明他不仅不是"个人崇拜的奠基者"，而且正是它的坚决反对者。1933年，高尔基在一次谈话中指出："领袖至上主义是一种心理病症，当自我中心主义扩展起来，它便像肉瘤一样毒化、腐蚀着意识。患领袖至上主义疾病时，个人因素膨胀，集体因素衰竭。领袖至上主义无疑是一种慢性病，它会逐渐加剧……为领袖至上主义所困者，都患有好大狂，而在它背后便是如同黑色阴影般的迫害狂……"②曾在高尔基身边工作的《我们的成就》杂志助理编辑伊·什卡帕回忆道，1934年间，有一次高尔基曾在自己家中谈到普希金的小悲剧《莫扎特与沙莱里》，对其中的"天才和暴行，水火不相容"这句话十分赞赏。他说："是的，天才和暴行是水火不相容的，因为天才是服务于集体的，他不会走罪恶之路！而暴行则是将自私自利奉为圭臬，是集体的不共戴天之敌。……真正的天才永远是宽厚待人的！"③透过这些言论，不难看出高尔基对于个人崇拜和专制主义及其后果的警觉和反对。人类历史上和现代社会中，哪一个"仆人"敢于针对正处于

---

① Спиридонова Л. А. *М. Горький: диалог с историей*. 1994, с. 274.

② Баранов В. И. *Огонь и пепел костра*. 1990, с. 327.

③ Баранов В. И. *Огонь и пепел костра*. 1990, с. 338–339.

权力顶峰的"主人"发出这样的声音呢?

三、高尔基是否从 1928 年以后就"没有捍卫过人民、没有捍卫过文化、真理、正义、法律",而"助纣为虐的事他又干得太多"?

《破解》断言高尔基从 1928 年以后就"没有捍卫过人民、没有捍卫过文化、真理、正义、法律",而"助纣为虐的事他又干得太多"(129 页)。这更是公然地置历史事实于不顾。实际上,高尔基在保护知识分子、社会活动家和受到种种不公正对待的群众方面付出了不懈的努力。请看以下事实:

1928 年 3 月 30 日,尚在索伦托的高尔基就写信给握有大权的国家政治保卫总局负责人亚戈达,吁请赦免被流放到乌拉尔斯克的儿童文学家维·比安基,同时还请亚戈达注意"普希金之家"文学档案工作者乌斯季莫维奇向政府提出的请求。

1929 年 1 月,作家为他早年在卡普里结识的雅库特文化活动家阿列克谢·谢苗诺夫及其夫人失去公民权一事写信给亚戈达,使得这对少数民族知识分子夫妻恢复了公民权。

1929 年 7 月 15 日,高尔基致信亚戈达为被捕的乌克兰作家、翻译家莫吉良斯基说情,但由于亚戈达的顽固坚持,莫吉良斯基最终未能幸免于难。

1930 年 2 月 6 日,高尔基又应罗曼·罗兰之请致信亚戈达,为在苏联被捕的意大利无政府主义者弗·盖泽说项;同年 8 月 18 日,他再次写信为作家阿·佐罗塔廖夫辩护,使后者受到的处罚得以减轻。

在苏联政法机关对所谓"工业党"、"孟什维克联盟委员会"进行审判期间,高尔基先是于 1930 年 11 月 2 日给亚戈达写信为巴扎罗夫开脱,使后者得以免于受审;后来又在 12 月 11 日致亚戈达的信中表示，他不相信他早就熟悉的苏汉诺夫和奥萨奇等人会手持武器进行反对斯大林制度的活动。

高尔基还曾应罗曼·罗兰的请求，为叶·库达谢娃伯爵夫人及其亲属免于被驱逐出莫斯科而奔走，为一些年老体弱、希望侨居国外的人顺利出境而努力。

1931年5月，原临时政府的部长人选之一帕维尔·马利扬托维奇律师被判关进劳改营服10年苦役。在高尔基以及叶·巴·彼什科娃的斡旋下，他得以被改判为流放3年。

1931年，苏联政法机关逮捕了一批历史学家，其中包括谢·普拉东诺夫、叶·塔尔列等有很大影响的学者，还有一批有成就的历史学家被撤离重要的岗位。对被捕的历史学家的审判，预定于这一年夏季进行，后来又改为先组织一场批判会，然后把他们流放。高尔基得知这一消息后，立即开始活动，竭力使他们免受或少受不公正的处罚。正是由于他的力争，塔尔列等人才得以免于不幸。

正是由于高尔基的推荐，被免去全苏工会领导职务的党内"反对派"的托姆斯基才出任国家出版总局局长。1932年1月25日，高尔基给斯大林写信，竭力推荐已被开除出党的加米涅夫担任科学出版社社长，使官方改变了原先的决定。

1933年5月高尔基回国后，由于他的争取，著名雕塑艺术家维拉·穆欣娜的丈夫、生理学家阿·扎姆科夫教授得以提前结束流放生涯，返回莫斯科。

1934年5月，在高尔基的提议下，"反对派"加米涅夫被任命为世界文学研究所所长。

为了法国作家和政论作家维克多·谢尔日能够被释放并返回祖国，高尔基更付出了极大的努力。谢尔日1931年因被指控宣传托洛茨基主义而在苏联被捕，1933年被流放到奥伦堡。1933年4月30日，罗曼·罗兰就为此事致信尚在索伦托的高尔基，请他设法使谢尔日能够无罪释放。经过三年的曲折和高尔基的不懈努力，1936年4月12日，谢尔日及其家人才终于得以离开苏联。

《破解》的作者是否了解上述史实？如果了解，为什么要蓄意遮蔽这一切，混淆是非，颠倒黑白？如果不了解，又有什么根据断言高尔基从1928年以后就"没有捍卫过人民、没有捍卫过文化、真理、正义、法律"？

一方面闭眼不看大量明白无误的事实，一方面把以往一些评论者对高尔基的攻击无限升级，肆意发挥，这是《破解》的基本"研究"手法。运用这种手法，高尔基被《破解》说成了"助纣为虐"、"没有人性的御用作家"。1929年6月高尔基参观索洛维茨劳改营一事，成了他"蜕变为斯大林'螺丝钉理论'吹鼓手"（108页）、赞扬暴政的证据。然而，只要读过高尔基的《苏联游记》的最后一篇"索洛维茨劳动改造营"，就能清楚地看到，其中既没有什么对"英勇的肃反人员"和"强制性劳动改造"的歌颂，也没有什么"消灭阶级敌人"的号召。对索洛维茨岛自然景色和岛上修道院生活的描写，关于修道院历史的勾画，占去了全文五分之一以上的篇幅。其余的篇页，主要是记载了作家同一些刑事犯人的谈话和自己的印象。高尔基肯定了以集体劳动的方式对刑事犯进行改造的可能性和前景，也写到了一些刑事犯的抱怨，离开索洛维茨岛之后，他没有忘记岛上刑事犯们的一些请求，而是设法使他们的条件得到了改善，其中有的未成年犯人还被释放，返回内陆。所以索尔仁尼琴在《古拉格群岛》中写道：在高尔基离去以后不久，岛上就出现了一个从管理中心派来的委员会，原先的劳改营长官艾赫曼斯被撤换了，其继任者扎林则实行带有"自由主义"色彩的管理方式①。但高尔基在岛上所看到的远不是事情的全部真相，因为保安人员始终伴随在他左右，仅仅是在剧院演出活动的幕间休息时，高尔基才有机

---

① Солженицын А.《Архипелаг ГУЛАГ》.// Новый мир. 1989, № 10, с. 101.

会和犯人对话。他们成群地涌向作家，向他诉苦。作家从他们手中接过许多字条，并小心地把它们藏好。可是后来高尔基的两只装有笔记和字条的手提箱却不翼而飞了。国家政治保卫总局和亚戈达做出的一系列安排，使高尔基无法看到并向世人讲述索洛维茨岛的全部真实。即便是他根据自己亲眼所见的有限真实写出来的文字，亚戈达们也不敢将其按原样发表。当年陪同作家访问索洛维茨岛的莫罗兹后来在一篇文章中曾引用高尔基的这样一段话："至于说到已发表在报刊上的关于索洛维茨群岛的那篇文章，那么，在稿子上编辑的笔没有触及的仅仅是我的签名——剩下的全部内容同我本来所写的完全是矛盾的，都已辨认不出来了。"①

《破解》还根据高尔基的《如果敌人不投降，就消灭它》（1930）一文，断言他"良知已经泯灭"（109页）。发表该文的1930年，高尔基没有回国。就在这一年中，苏联国内又接连发生了一系列事件：交通运输方面的"反革命组织"被揭露，进行了对于"工业党"、"劳动农民党"的大规模审判，"食品托拉斯"案也搞得人心惶惶。紧接着，1931年初又对孟什维克分子进行了审判，同年还镇压了48名所谓"饥荒组织者"。面对自己不在国内的这一年多时间里一下子发生的这么多事件，高尔基感到困惑不解。似乎就是为了打消高尔基的困惑，苏联官方通过各种渠道把大量的报刊、文件资料、审判速记报告、被告人的供词等源源不断地寄送到索伦托。身在索伦托的高尔基为这些白纸黑字、"根据速记稿整理"的供词所震惊，并据此认为当时苏联国内已处于接近"战争"的状态，而国内的敌对势力又是受国外反苏势力控制的。作家完全没有想到，这类供词的大部分是在逼供情势之下做出的，被告们似乎认为供得越多，把自己说得越坏，就越能减轻对自己的惩罚。高尔基是在这样的背景下，于索伦托写出《如果敌人不投降，就消灭它》一文的，

---

① Спиридонова Л. А. *М. Горький: диалог с историей*. 1994, с. 223.

而当苏联报纸发表此文时却出现了奇怪的现象:《真理报》用的题目是《如果敌人不投降，就消灭他》(Если враг не сдаётся, его уничтожают);而《消息报》却用了另一个标题:《如果敌人不投降，就歼灭他》(Если враг не сдаётся, его истребляют)。苏联两份最大的中央日报在刊出高尔基的同一篇文章时使用了不同的标题，这一反常现象本身就透露出官方对此文任意进行改动的蛛丝马迹。这篇文章的标题很快就被赋予广泛的意义。极左政治路线之下的各级执政者随时都可以利用这句话来为自己的各种反人道行为辩护，符合极权主义利益的各种暴力措施，仿佛也因为有这句口号而合法化了。还不断有人将高尔基文章标题中的"敌人"的概念无限扩大，断言它既包括在30年代大清洗、肃反运动中遭到迫害的大批无辜者，也包括敢于反对这些暴行的知识分子和党内有正义感的人们，甚至还包含那些只是有点儿自私自利、自由主义或市侩习气的人们。高尔基文章的标题仿佛变成了30年代斯大林乱杀无辜、迫害人民群众的宣言，成了大大小小的极左政治、极权主义的推行者的口头禅。谁能记得，这一标题来自俄国象征主义诗人明斯基的诗作《工人颂歌》(1905)呢?《破解》则发挥罕见的想象力，说这一标题成了苏联的"经典语录"，家喻户晓的"时代语录"(109页)，进一步给高尔基栽赃，真是费尽心机了。

四、苏联作家协会是否是由高尔基建立的?
"社会主义现实主义"的概念是否是高尔基"发明"的?

《破解》还歪曲事实，说高尔基30年代回国建立起"苏联作家协会"(110页)，"发明"了"社会主义现实主义"的概念，并把它"变成一种政治原则提了出来"，还提出了"艺术思想政治化"的口号，"奠定了后来文学作品中正面人物高、大、全的写作模式"(113页)，成了"御用作家的领军人物"(65页)。《破解》频频使用"言下之意就是说"、"无非就是说"这类措词,大胆演绎,肆意涂抹,把苏联文学中极左思潮的泛滥、极左政策的推行、"文学变成政治的工具"等罪责,统统加到了高尔基头上。然而,文学史实所显示的却是完全相反的另一幅图画。

"社会主义现实主义"概念的提出和苏联作家协会的建立,是斯大林在文学领域推行极左政策的两大措施,也是极左文学思潮占据上风的表征。极左文学思潮自十月革命后即已现端倪,最初体现在"无产阶级文化派"和"拉普"(俄罗斯无产阶级作家联合会)的主张和活动中。进入30年代,苏联高度集中统一的政治经济体制要求文学尽快实行一统化。"拉普"感到自己的良机已经到来,大有称霸文坛、一展雄图之势,只是因为它树敌过多,不可能成为一统化格局中一个真正有凝聚力的组织,它的"辩证唯物主义创作方法",也因其明显的庸俗性而无法作为统一所有作家思想的口号。这就决定了实现文学一统化必须以对"拉普"的否定为前提,于是就有联共(布)中央1932年4月《关于改组文学艺术团体》的决议的颁布。决议宣布取消包括"拉普"在内的所有作家团体,筹备建立统一的苏联作家协会;为文学界制定"统一的思想原则——创作方法"的任务也同时被提到议事日程上来。这两项工作都由苏联作家协会组织委员会主席格隆斯基负责。此后不久,斯大林曾询问格隆斯基对于创作方法问题的意见。格隆斯基建议把苏联文学的创作方法称为"无产阶级社会主义的现实主义"或"共产主义的现实主义"。斯大林说:"如果我们把苏联文学艺术的创作方法称为社会主义现实主义,那么您以为如何?"[1]紧接着,斯大林就说明了这一提法的优点。格隆斯基无条件地赞同,5月20日便在莫斯科文学小组积极分子会议上宣布苏联文学的基本方法是"社会主义现实主义"。这

---

[1] Гронский И. И Овчаренко А.《Переписка》.//Вопросы литературы, 1989, No 2, с. 148.

一史实明确地告诉我们：发明"社会主义现实主义"这一概念的，就是斯大林本人。

不过斯大林并不愿意将"社会主义现实主义奠基人"的头衔留给自己，因为这样做多少有些名不正、言不顺。于是，1932年10月26日，抓住高尔基在国内的时机，斯大林在莫斯科小尼基塔街高尔基的寓所召开了一次由5名中央政治局委员和40多位作家参加的座谈会。斯大林在会上说："艺术家应该真实地描写生活，而如果他真实地描写生活，那么他就不可能不注意到、不可能不反映生活中引导它走向社会主义的东西。这就是社会主义现实主义。"①这是斯大林公开表明自己提倡"社会主义现实主义"的标志。值得注意的是，这次晚间座谈会虽然是在高尔基寓所举行的，但他却始终没有谈过作家应当运用什么创作方法写作，更没有使用过"社会主义现实主义"的概念；10月29日，作家协会组织委员会召开第一次全会，委员会秘书吉尔波丁对"社会主义现实主义"进行论证，会上还选举高尔基为组织委员会名誉主席，但他却恰恰在这一天重返意大利。斯大林显然是希望造成高尔基和"社会主义现实主义"的提出有密切关系的印象，但作家却并未领情。

高尔基是1934年第一次苏联作家代表大会的主持人，并在大会上当选为作家协会第一任主席，"社会主义现实主义"又是在这次大会上被正式确立为苏联文学的"基本方法"的。这一切似乎为高尔基是"社会主义现实主义的奠基人"这一判断提供了证据。但是透过这些表象，却可以看到一些更具实质性的内容。在大会上以文学主管身份对"社会主义现实主义"进行阐释的，不是高尔基，而是中央书记日丹诺夫。他逐句解释了作协章程中关于"社会主义现实主义"的定义，论述了它的主要规约以及对作家的基本要求，强调

---

① Зелинский К.《Одна встреча у М. Горького》.//Вопросы литературы,1991,№5,с.167.

文学为政治服务的宗旨。高尔基始终没有附和日丹诺夫的意见。相反，对于同日丹诺夫的演讲形成鲜明对照的布哈林的发言，高尔基却表示赞同。他本人在大会的多次讲话中，也反复强调要重视文学的美学特性，呼吁"提高散文和诗歌的质量"，与日丹诺夫强调"以政治为指针"的演讲形成明显的反差。尤其值得注意的是，1935年2月19日，大会开过刚半年，高尔基就在给作协理事会书记谢尔巴科夫的信中，对《苏联作家协会章程》中"社会主义现实主义"的提法提出怀疑。他写道："关于社会主义现实主义，过去和现在都写过不少东西，但是还没有一致的和明确的意见，这说明了这样一个可悲的事实：在作家代表大会上，批评没有显示自身的存在。……我怀疑，在社会主义现实主义——作为一种方法——以完全必要的明确性显示自身之前，我们已经有权来谈论它的'胜利'，并且是'辉煌的胜利'。"①由此不难看出高尔基对于把"社会主义现实主义"作为一种"基本方法"而确立下来的真正态度。上述事实有力地表明：高尔基既不是"社会主义现实主义"概念的发明者，也不是"社会主义现实主义的奠基人"！

《破解》还毫无根据地说什么"高尔基直接参与了第一届苏联作协的组织工作"，断言他"坐上了官方'文学党'的第一把交椅"（112—113页），成为"御用作家的领军人物"。事实上，高尔基恰恰为阻止那些"御用作家"贯彻实施极左文学政策、为反对他们把文学置于政治之下，进行了坚决的抗争。他激烈反对把作家协会实际上变成扩大了的"拉普"，力求阻止原"拉普"的一批领导人控制作协理事会，进而称霸整个文学界。作家代表大会召开前的1934年7月23日，作家协会组织委员会书记尤金在《真理报》上发表《论共产党员作家》一文，提出了他所圈出的作家协会理事会组成人员

---

① Горький М. *Собрание сочинений в 30 томах*, Т. 30, Москва: Государственное издательство художественной литературы, 1956, с. 381, 383.

名单，包括绥拉菲莫维奇、别德内依、肖洛霍夫、法捷耶夫、潘菲洛夫、革拉特科夫等。针对此事，高尔基于 8 月 2 日给斯大林写信，直言不讳地指出了原"拉普"的这一批核心人物在某些"首长"、"负责同志"或"达官贵人"的庇护和支持下，力图控制文学界的事实，可谓一针见血。高尔基看到了问题的症结所在，但是却未能有效地阻止这批人进入作协理事会。对于这样的结果，高尔基十分不满，于是，在代表大会闭幕的 9 月 1 日，他又给中央委员会写信，再次指出那些被最高领导视为党在文学领域的主要依靠对象、志在掌权的一批作家虽然都是些共产党员，但思想贫乏，"职业水平不高"，"却习惯于发挥行政管理者的作用，并竭力巩固自己的指挥员职位"。高尔基在信中表示自己将"拒绝和他们一起工作"①，盛怒之情溢于言表。尽管他发出了如此激烈的抗议，也曾通过努力争取到让布哈林在作家代表大会上做了一个重要发言，使大会期间出现了不同的声音，试图以此来抵制日丹诺夫演讲的恶劣影响，但是这一切所起的作用却甚为微小。

如果说 30 年代的苏联文学中存在着一批"御用作家"，那么它的基本构成正是高尔基力求阻止其进入作协理事会的那批人。也正是这批作家成为文学领域极左政策的执行者、极左思潮的推波助澜者，奠定了文学作品中"正面人物高、大、全的写作模式"，后来还纷纷获得"斯大林文学奖"。文学正是在他们手里变成了"政治的工具"。这一切首先应当归功于斯大林本人，然后是日丹诺夫。"御用作家"们不过是执行了、实践了最高领导作为"一种政治原则提了出来"的"社会主义现实主义"。但是，经过《破解》不顾事实的歪曲，由斯大林总体设计、日丹诺夫进行"理论阐述"、格隆斯基和尤金组织操作、阿维尔巴赫和法捷耶夫以及叶尔米洛夫等原"拉普"要人具体实施的这一"文学政治化"过程，全都变成了始终在抵制

---

① *Известия ЦК КПСС*, 1990, № 5, с. 217 – 218.

这一过程的高尔基的"功劳"。

与以上文学史实相对应的是，从1928年到1936年去世前，高尔基还致力于保护一批遭到"御用作家"批判的作家。1929年，皮利尼亚克的小说《红木》在柏林出版。"拉普"随即组织了一场对于作家的严厉批判，"全俄作家联盟"撤除了他的理事会主席职务。高尔基及时发表《论精力的耗费》一文，为《红木》及其作者辩护，对"拉普"进行反批评，捍卫文学创作的自由。"拉普"的批评家们猛烈反击，对高尔基进行围攻。高尔基又写了《还是那些话》一文，继续为皮利尼亚克辩护，反对把"阶级斗争"的概念引入文学领域，反对把文学政治化。但是他的这篇文章却被官方报刊拒绝登载。

扎米亚京的小说《我们》在国外出版后，苏联报刊也不断发表文章对其进行批判。1929年，"拉普"指责《我们》是一部诽谤性、污蔑性的反苏作品，命令"全俄作家联盟"列宁格勒分会进行改组，迫使列宁格勒作家出版社撤销了扎米亚京的编辑职务。从此，这位才华横溢的作家便处于无法继续写作的状态，于是决定迁居国外。高尔基及时帮助扎米亚京办好了出国许可证。

1928年，布尔加科夫完成了剧本《逃亡》。俄罗斯联邦剧目审查总委员会断定该剧是"一曲白卫军运动的挽歌"，禁止它上演，但莫斯科艺术剧院还是希望上演这部剧作。10月9日，剧院邀请高尔基参加艺术委员会举行的讨论。高尔基认为这是一部很出色的喜剧，建议把他搬上舞台，并预言它必将取得成功。但因他很快就动身返回意大利，布尔加科夫和艺术剧院便失去了有力的支持者。1931年11月，身在索伦托的高尔基还写信给斯大林请求解决布尔加科夫的生活困难。

围绕巴别尔的短篇小说集《骑兵军》，高尔基和红军将领布琼尼之间也曾展开过论战。布琼尼谴责巴别尔歪曲了第一骑兵军战士的形象。"拉普"评论家也纷纷撰文，支持布琼尼的观点。但高尔基却为巴别尔辩护,认为他写得很成功,肯定他的独特艺术才能,1928年9月还在《谈谈我怎样学习写作》一文中高度赞扬巴别尔的作品。布琼尼随即发表《致马克西姆·高尔基的公开信》,火气很旺地指责高尔基。11月27日,已回索伦托的高尔基又写了回答布琼尼的公开信,直言不讳地说:"我不能同意您对巴别尔《骑兵军》的看法,并且对您给予这位有才华的作家的评价表示坚决的抗议。"①

具有独立精神的作家普拉东诺夫、左琴科,从英国回苏联的杰出批评家德·米尔斯基等,都长期受到极左文学势力的歧视和排挤,但却得到高尔基的高度评价和热情支持。他对极左文学思潮和政策的坚决抵制,不可避免地引起文学界极左势力的反扑。前文已提及,1935年初,高尔基因支持科学院出版社决定出版陀思妥耶夫斯基的小说《群魔》而被扎斯拉夫斯基称为"文学的腐败物"。1月24日,高尔基发表《关于〈群魔〉的出版》一文,回击扎斯拉夫斯基的指责,重申完全赞同出版《群魔》。第二天,《真理报》又刊出扎斯拉夫斯基的文章《关于高尔基的意见》,批判他的"自由主义"。1月28日,受到高尔基多次批评的潘菲洛夫也在《真理报》上发表《致阿·马·高尔基的公开信》,摆出一副新生力量反对老朽力量的架势,似乎要对高尔基来一次总清算。高尔基随即写就《致费·潘菲洛夫的公开信》和《关于"公开信"和别的信件》进行回击,但两文均被《真理报》扣压,拒绝发表。这时,高尔基事实上已经很难就苏联文学公开发表自己的意见了。

1936年1月17日,《真理报》刊登斯大林在莫斯科大剧院和《静静的顿河》剧组谈话的消息,说斯大林批评艺术家的舞台设计受到"结构主义残余"的影响,指出了那种"和人民格格不入"的形式主义的危险。从1月28日起,《真理报》连续发表4篇编辑部

---

① 高尔基:《答谢·布琼尼》,火明译,载《苏联文学》,1991年第6期,第66页。

文章，把斯大林的上述意见进一步具体化。一场批判形式主义的运动随即展开。高尔基迅速作出了反应。1936年3月，他直接给斯大林写信，对《真理报》批评肖斯塔科维奇的歌剧《姆岑斯克县的麦克白夫人》的编辑部文章《纷乱代替音乐》提出反对意见，同时对苏联人民委员会和联共（布）中央关于关闭莫斯科第二模范艺术剧院的决议表示异议。1936年4月，高尔基又发表《论形式主义》一文，表达了对于这场批判运动的怀疑，并对作家代表大会闭幕后的19个月中的苏联文坛状况提出了批评。

以上文学史实，不仅有力地表明高尔基绝非像《破解》所说的那样，是什么"御用作家的领军人物"，而是坚决反对把"文学变成政治的工具"的真正的知识分子，而且也使《破解》关于高尔基1928年以后就"没有捍卫过人民、没有捍卫过文化、真理、正义、法律"的说法不攻自破。

五、是否是"人格问题"？

站在21世纪人类认识发展的新水平上指责高尔基并不困难，人们总可以从他的言论和文章中找到一些有着"吹捧"之嫌的词句和内容，就像我们很容易发现在特定历史年代中无数知识分子与普通群众，都跟在后面喊过四个伟大和万寿无疆、说过那三个副词一样。高尔基并非完人，他在自己的晚年所说的和所做的一切，无疑不是完美的。但是，高尔基的全部不足、迷误和缺陷，只是他的认识上难以避免的局限性所致，而丝毫不带有趋炎附势、卖友求荣、见风使舵、助纣为虐的性质，丝毫无损于他的人格光辉。他个人的经历、修养、知识结构和他对于世界的理解，他当时所处的国际国内条件，决定了他在自己的晚年只能那样说、那样做，也使得他时时充满着思想矛盾与精神痛苦。这些矛盾与痛苦的根源在于：作为俄罗斯母亲的儿子，他要力图维护自己的祖国在世界上、特别是在西方民主知识分子面前的形象，但是 20 年代末期以后的苏联现实本身却不断地破坏着这一形象；他始终怀抱着一种可以称之为"集体理性"的社会主义理想，但是斯大林"实现"社会主义的途径与方式却是直接同专制主义、践踏民主的行径联系在一起的；他一直寄希望于科学和文化的振兴与繁荣，但是反科学、反文化的因素却不断从外部强有力地牵制着科学与文化的发展。面对这一切，高尔基始终不渝地在力所能及的范围内保护文化、保护知识分子；但是他既不可能从根本上阻止个人崇拜的蔓延和极左路线的推行，更无力拯救所有受到不公正对待的人们；既不可能超越时代，也不可能超越人类的认识水平去解决那些不断困扰着他的现象、矛盾和问题。这就造成了罗曼·罗兰 1935 年访问莫斯科期间所发现的他的内心痛苦："我感到在他心底，有着一种隐藏着的深深的忧郁。……这头不幸的老熊，虽然被缠上桂冠，备受礼遇，但在灵魂深处他对所有这些功名利禄都极为冷漠。他宁愿舍弃这些，换回往日流浪汉的独立自由。他的心灵承受着悲伤、怀旧和痛惜的重负……我非常爱他，也可怜他。他很孤独，尽管他几乎从未有过独处的时候！我觉得，假如我和他俩单独在一起（且若能消除语言障碍），他会抱住我长时间地无声痛哭。"[1]我们何时才能达到像罗兰这样的对高尔基的同情性理解呢？

20 世纪最著名的自由主义知识分子之一以赛亚·伯林写道："高尔基直到 1936 年才逝世；而只要他还健在，就会利用其巨大的个人权威和声望保护一些杰出的引人注目的作家免受过分的监管与迫害；他自觉地扮演着'俄国人民的良心'的角色，延续了卢那察尔斯基（甚至是托洛茨基）的传统，保护着有前途的艺术家免受官僚统治机构的毒手。""高尔基的逝世使知识分子失去了他们唯一强有力

---

[1] Ромен Роллан.《Наше путешествие с женой в СССР》.// *Вопросы литературы*，1989，№ 5，c. 181，183.

的保护者，同时也失去了与早先相对比较自由的革命艺术传统的最后一丝联系。"①愿我们的研究者三复斯言！

"高尔基之谜"的谜底究竟在哪里？《破解》最后认为这位作家"完成了'从普罗米修斯到流氓'的转变"，在"更大程度上是个人格问题"（128、129页）。"从普罗米修斯到流氓"是高尔基在撰写长文《个人的毁灭》时曾考虑过的标题，他是以这一提法来描述西方及俄国"个人的精神不断贫困化的过程"及其在文学主人公变换上的反映，这一概括是否恰当属于另一问题，但它绝非像《破解》生拉硬扯的那样，是高尔基对"路标派"的"痛骂"。《破解》还敏捷地联想到，"这用来描述他自己是不是很合适呢？"（127页）随后就认定高尔基"完成了'从普罗米修斯到流氓'的转变"。当《破解》把"流氓"、"看家犬"、"马戏团里的丑角"、"猥琐龌龊"、"谄媚与冷酷"等一大堆污言秽语慷慨地抛洒到高尔基头上时，是否曾想到，在上世纪20—30年代，在抵制极左路线、专制主义和个人崇拜以及保护知识分子和文化事业方面，这位无党派作家所发挥的作用，已经超过了任何一位知名人士、任何一位同时代人？当作者还没有搞清楚一些最基本的文学史实，还没有认真解读过高尔基的任何一部作品；还把波兰历史学家格林—格鲁津斯基辨析关于作家死因的7种说法的文章说成是"调侃他的善变"，把俄国流亡作家霍达谢维奇说成"德国诗人哈德谢维奇"，把俄国宗教哲学家弗·索洛维约夫、英国作家罗斯金说成谁也不知道的"斯拉夫维耶夫"、"拉斯金"，当一本书中还错漏百出（包括引文）时，作者是否能够一边大言不惭地说自己是××类型的知识分子，一边说高尔基根本算不上知识分子呢？对于目前还健在、还在写文章、接受采访和领奖的任何一位学者或作家，如果有人说他"人格堕落"，"没有人性"，那

---

① 以赛亚·伯林：《苏联的心灵》，潘永强、刘北城译，南京：译林出版社，2010年，第5、8页。

么一定会被视为人身攻击而非学术研究。但高尔基只能默默地听着，不再能够为自己辩护了，不过他也无须辩护。持续出版的俄罗斯《文学报》所表达的知识界和广大读者对他的永远的纪念，从美丽而忧伤的《童年》、穿透历史风云的《不合时宜的思想》到蕴涵丰富的《克里姆·萨姆金的一生》的存世，从罗兰到伯林等无数知识分子对他的理解，就足以让他含笑九泉了。

《钢铁是怎样炼成的》在中国的接受[①]

20世纪30年代在苏联出现的一部小说——作家尼古拉·奥斯特洛夫斯基(1904—1936)的作品《钢铁是怎样炼成的》(以下简称《钢铁》),在20世纪的中国曾激起了奇特的回响。伴随着历史风云的变幻和我国读者接受视野的转换,这一反响在不同的时代采取了不同的形式,并呈现出不同的特点。在我们写下这篇文字的时候,有关这部作品的争议似乎才刚刚告一段落,但显然还不能说已经完全平息下去了。这一文学接受现象不仅体现了俄罗斯—苏联文学对于中国现代文学进程的参与方式和参与程度,而且映照出20世纪中国文学接受外来文学发展演变的一个侧影。

根据目前我们所掌握的资料,《钢铁》一书最早被译介到我国来,是在1937年。这一年5月,上海潮锋出版社出版了这部小说的第一个汉译本。译者是段洛夫、陈非璜。由于印数不多,这个译本流传的范围很为有限,坊间也是早已就难以寻见了。与这个译本的流传情况相似的,是1943年由重庆国讯书店出版、弥沙翻译的《钢铁》(上卷)。

一度流传较广的《钢铁》汉译本是1942年上海新知出版社出版的译本。据这个译本的译者梅益先生1979年回忆,他是在1938年春从八路军上海办事处负责人刘少文同志手中接过这部作品的英文译本的(英译本为阿历斯·布朗所译,纽约国际出版社1937年出

[①] 本文原载《南京晓庄学院学报》,2008年第2期。

版)。梅先生说:当时刘"要我作为党交办的一项任务,把它译出来"①。到1941年冬,梅益先生完成了这项任务,次年梅译本即与我国读者见面。这个译本出版后,1946—1949年间,旅大、冀鲁豫、太行、太岳、中原和山东等解放区书店曾先后翻印过。

新中国成立后,人民文学出版社请刘辽逸先生等根据《钢铁》俄文原本(1949年版本)对梅译本作了校订,并补译了英译者所删节的内容。校订本于1952年出第一版。后来,中国青年出版社、少年儿童出版社也分别于1956、1961年翻印了这一译本。到1966年,这个译本共印刷25次,发行100多万册。

"文革"期间,黑龙江大学俄语系翻译组和该系72级学员联合翻译了《钢铁》。这个译本于1976年由人民文学出版社出版。它是我国读者所读到的第一个直接译自俄文的译本。

1979年,梅益先生又根据1957年莫斯科外文出版社版的普罗科菲耶娃的英译本对1952汉译本作了修改。修改完毕后,梅益先生写道:"这个译本不久又将和读者见面了,想到1938年党组织交给我的任务,经过了41年之后仍有着现实的意义,这对译者来说,实在是非常快慰的事。"②修改后的译本初版于1980年,至1995年共印32次,发行130多万册。

1994年,漓江出版社出版了由黄树南先生翻译的《钢铁》(全译本)。据有关专家考证,所谓"全译本"其实是将1989年俄文本《尼·奥斯特洛夫斯基文集》里《钢铁》一书中以注释形式印出的、过去未发表的部分手稿译出,插入正文中而形成的③。尽管如

---

① 尼·奥斯特洛夫斯基:《钢铁是怎样炼成的》,梅益译,北京:人民文学出版社,1980年,"后记",第495页。

② 尼·奥斯特洛夫斯基:《钢铁是怎样炼成的》,梅益译,北京:人民文学出版社,1980年,"后记",第498页。

③ 余一中:《〈钢铁是怎样炼成的〉是一本好书吗?》,载《俄罗斯文艺》,1998年第2期。

此，这个"全译本"的问世却带动了一股出版热潮。一时间，全国十几家出版社争相仿效，纷纷把各种重译本、"全译本"、再版本推向图书市场。

2000年2至3月间，中央电视台在"黄金时间"播放了中国版20集电视连续剧《钢铁》。漓江出版社也迅速推出《钢铁》电视连续剧文学本，首版发行20万册。紧随其后，又有多家出版社再版、重印或组织新译《钢铁》一书，真的颇有点儿"大炼钢铁"的气氛。围绕着电视剧《钢铁》的播映，各地报纸、刊物、电台和电视台也作了大量的宣传报道，或组织专题讨论，或请有关专家走进直播室发表谈话。在有关部门的安排下，在电视剧《钢铁》中扮演保尔等形象的几名乌克兰演员，还于2000年3月间到我国深圳一家书城举行了签名售书活动，据说当时购书者排成了200多米的队伍。《钢铁》这部于30年代在苏联问世的小说，在20世纪末的中国似乎成了一本畅销书。

比出版界、影视界"大炼钢铁"所掀起的热浪来得更早的，是评论界自1998年起围绕《钢铁》而进行的讨论。当然前者无疑又给后者一种特别的推动力，并使得讨论在更广泛的范围内开展起来。这其实是《钢铁》被译介到我国60年以来的第一次公开讨论。因为在过去的漫长的历史时期内，我国学术界不仅从未就这部小说举行过任何讨论，而且对这部作品进行认真研究的文章也极为少见。检视一下1998年以前发表于国内各种报刊杂志上的有关《钢铁》和作家奥斯特洛夫斯基的文章，不难发现它们所注意的主要有两个方面：一是对保尔·柯察金这个人物的不屈不挠的英勇奋斗精神表示由衷的赞美，论证这种精神曾怎样感染、教育了几代人，并呼吁后来者继续学习这一精神；二是高度评价作家奥斯特洛夫斯基本人，对他在双目失明的困难条件下终于完成这部小说表示无限钦佩，认为他和保尔一样为我们树立了光辉的榜样。即便是在进入历史新时期以后，我国评论界对俄罗斯—苏联文学进行几乎是全方位的再研究、再发现、再评价的学术潮流，也没有波及《钢铁》。80年代至90年代初出现的评论这部作品及其作者的文章不多，主要有：

《战士自有战士的爱情——谈保尔·柯察金的爱情观》（1984）；

《不灭的英灵，不朽的形象——纪念奥斯特洛夫斯基诞生80周年》（1984）；

《伙夫与小姐之间的爱情——评保尔与冬妮亚的爱情插曲》（1984）；

《艰难而又幸福的人生道路——保尔·柯察金英雄形象分析》（1985）；

《谈〈钢铁是怎样炼成的〉的艺术成就》（1989）；

《浅谈保尔与冬妮亚》（1992）。

这些文章中，除一篇论及作品的艺术成就外，其余均沿着赞颂保尔精神风貌的思路展开论证，而对于保尔从革命原则出发"坚决果断地结束了"与冬妮亚的爱情关系，则给以充分的肯定性评价。如有的文章认为："这两个少年的爱情一开始就有着种种无法调和的矛盾"，只不过当初"青春的友谊暂时掩盖了阶级的裂痕"；"与冬妮亚的决裂是保尔在斗争生活中所取得的新胜利"，而"小说中描写保尔与冬妮亚的爱情插曲是作者从另一侧面来描写保尔的成长过程"[1]。这篇文章的观点，应当说是很有代表性的。保尔如此处理自己与冬妮亚的关系，似乎成了他的优秀品质的一种体现。如同过去几十年间的情况一样，没有任何人针对这类观点在报刊或其他出版物上公开发表不同意见。

---

[1] 李文珍：《伙夫与小姐之间的爱情——评保尔与冬妮亚的爱情插曲》，载《俄苏文学》，1984年第5期。

直至 1996 年，才出现了解读《钢铁》的另一种观点，其切入口恰恰就是对保尔与冬妮亚的关系、各自性格和价值的独特理解。这就是刘小枫的文章《记恋冬妮亚》。文章作者回顾了自己在"文革"中多次阅读《钢铁》以及对两位主人公的认识变化的过程。作者初读这部小说时，曾为冬妮亚和保尔惋惜：要是冬妮亚与保尔一起献身革命，成为革命情侣，那该多好。后来，这种惋惜感渐渐淡薄了，作者开始懂得冬妮亚何以没有跟随保尔献身革命。在他看来，"冬妮亚是'从一大堆读过的小说中成长起来'的，古典小说的世界为她提供了绚丽而又质朴的生活理想。她想在自己个体的偶在身体位置上，拥有寻常的、纯然属于自己的生活。""她的生命所系固然没有保尔的生命献身伟大，她只知道单纯的缱绻相契的朝朝暮暮，以及由此呵护的质朴蕴藉的、不带有社会桂冠的家庭生活"，然而，"保尔有什么权利说，这种生活目的如果不附丽于革命目的就卑鄙庸俗，并要求冬妮亚为此感到羞愧？"刘小枫写道："'史无前例'的事件以后，我没有再读《钢铁是怎样炼成的》。保尔的形象已经黯淡了，冬妮亚的形象却变得春雨般芬芳、细润，亮丽而又温柔地驻留心中，像翻耕过的准备受孕结果的泥土。"①

《记恋冬妮亚》的作者声明自己是以"文革"的经历和对那场大事的"私人了解"来读《钢铁》的，也即强调了他的文章是一种"个人接受"的产物。可是，正如接受美学的理论家们曾论证过"个人接受"在一定条件下可能转化为"社会接受"那样，刘小枫这篇文章的意义也越出了纯属"个人理解"的范畴，因为它在我国读书界率先亮出了对于《钢铁》的另一种解读方式，提供了关于该作品的两位主人公的另一种认识。如果说，前此对于《钢铁》的肯定性评价，是基于对保尔的鲜明阶级意识、坚强革命意志和英勇斗争精神（包括他对于个人问题的革命式处理）的赞同与认可之上的，

---

① 刘小枫：《这一代人的怕和爱》，北京：三联书店，1996 年，第 56—60、61 页。

是由于这部作品"在抗日战争、解放战争和全国解放后曾经教育了许许多多的中国读者",曾经鼓舞着他们"前仆后继、英勇奋战";那么,刘小枫的文章则表明,这样一种存在已久的认识已经在"文革"时期还是少年的那一代人心中被置换了,而这种置换所由产生的条件和环境恰恰就是发生在 20 世纪 60—70 年代的"文革"本身。那是一个真与假、是与非、善与恶、美与丑、笑与泪、爱与恨、喜与悲、亲与仇统统被置换、被颠倒、被搅浑的年代,因此,在暴风骤雨终于过去之后,惨遭精神劫难的年轻一代,才把自身的痛切体验凝练为"我不相信"、"中国,我的钥匙丢了"这样的诗行;我们才会读到同样属于这一代的一位作家在 90 年代初写下的这样一段话:

> 在我读小学中学的年代,正是社会大力提倡英雄主义、理想主义的时代,怀着辉煌的理想崇拜英雄是那时少年青年的特征。……在那段充满理想主义色彩的日子里,有一本书是在我的青春的生命上留下深深的烙印的,那就是奥斯特洛夫斯基的《钢铁是怎样炼成的》。保尔·柯察金的形象曾经是一代青年人的楷模。……
>
> 如果没有发生"文化大革命",也许我们的思想会沿着保尔·柯察金的道路发展下去。然而"文革"曾经残酷地撕毁了以前所建立起来的全部光辉灿烂的理想,于是我们的世界观发生了痛苦深刻的极其复杂曲折的转变。①

《记恋冬妮亚》其实是拥有相同体验的那一代人在"文革"结束以后 20 年历史—思想发展的新高度上回望曾经感动过自己的作品《钢铁》的产物。它并非学院式地"重读经典"的结果,但它所发

---

① 王小鹰:《从川端康成到托尔斯泰》,载《外国文学评论》,1991 年第 4 期。

出的却是真诚的心声。

《记恋冬妮亚》一文拉开了中国读者重新思考、重新认识《钢铁》的序幕。不过,它仍然没有激起我国读书界、评论界对于《钢铁》的广泛讨论。自 1998 年开始的讨论,首先是在国内俄罗斯文学研究领域的两位专家之间展开的,起因是要不要把《钢铁》收入新编的高校俄语语言文学教材《俄罗斯文学选读》中。这年 4 月出版的《俄罗斯文艺》第 2 期,辟出了一个专栏:"关于《钢铁》的讨论"。在此,任光宣、余一中分别发表了自己的文章《重读长篇小说〈钢铁是怎样炼成的〉》和《〈钢铁是怎样炼成的〉是一本好书吗?》。其中,任光宣的文章经由分析保尔的形象,确认"这个形象的艺术魅力不会随着时间的推移而消失,他的精神具有一种永存的价值"[①]。余一中的文章则从作品所描写的时代及其真实性、保尔的形象、作者与《钢铁》的成书过程、读者对《钢铁》的接受等角度考察了这部作品,认为保尔"只是 30 年代苏联官方文学理论的一种演绎",小说所表现的是"怎样把一个普通人变成斯大林路线的拥护者和'材料'的过程",因此《钢铁》"不是一本好书"[②]。两篇文章的意见可谓针锋相对。

随后出现的两个现象,可以说是上述讨论所导致的直接结果。现象之一是,1998 年 9 月出版的、作为国内高校外语专业外国文学选读教材之一的《俄罗斯文学选集》[③],没有收入《钢铁》这一作品。不知这是否意味着,那个成为引发这一讨论的最初起因的问题,在经过讨论之后已经基本得到解决。至少,广大读者和学生可

[①] 任光宣:《重读长篇小说〈钢铁是怎样炼成的〉》,载《俄罗斯文艺》,1998 年第 2 期。

[②] 余一中:《〈钢铁是怎样炼成的〉是一本好书吗?》,载《俄罗斯文艺》,1998 年第 2 期。

[③] 张建华、任光宣、余一中编:《俄罗斯文学选集》,北京:外语教学与研究出版社,1999 年。

以这样来理解。现象之二是，1998年夏秋两季，在《中华读书报》、《文论报》等报刊上出现了一系列文章，围绕着《钢铁》以及任、余两位先生文章中的观点展开了进一步讨论。7月下旬，大连广播电台文艺台"滨城时空"节目还邀请辽宁师范大学外国文学教师杜林走进直播室，介绍了《钢铁》一书的内容和上述讨论中出现的基本观点，并接听和回答了听众的热线电话。1999年第1期《俄罗斯文艺》在"关于《钢铁》的讨论"专栏中报道了这则消息，同时刊出杜林根据自己的广播谈话而整理出来的文章。

从1999年秋季开始，国内各地多种报刊上就不断出现关于一部由中国人和乌克兰人合作的电视连续剧已开拍的报道。2000年初，传说中的电视剧本的作者之一梁晓声写的《重塑保尔·柯察金》一书由同心出版社出版。同年2—3月间，新编电视剧《钢铁》在中央电视台正式播出。紧接着，各地报刊关于《钢铁》的宣传报道就一下子多了起来，其中有关于电视连续剧创作、摄制情况的介绍，有编者、演员（乌克兰）、新老译者、出版者、发行者发表的谈话，有对于小说或电视剧《钢铁》的评论，等等。诸如《大炼〈钢铁〉》、《国产〈钢铁〉炼得精》、《中国大炼〈钢铁〉，苏联英雄回归》这类文章频频出现在大小不同的报纸上。

由电视剧《钢铁》播放所带动的"《钢铁》热"再次激起关于这部作品的讨论。4月间，有人在《文艺报》上发表文章，认为《钢铁》的价值无可置疑，并且断言对保尔所处的那一历史时代进行质疑、反思或批判，就是"割断和歪曲那一段历史"。而同一个月出版的《当代外国文学》第2期，则发表了余一中的又一篇文章《"大炼〈钢铁〉"炼出的废品——评〈钢铁〉电视连续剧文学本》。该文首先列举了漓江出版社出版的《钢铁》电视剧文学本中出现的大量修辞与语法错误、地名与人名错误、体例错误、翻译错误，指出了充斥全书的一系列有关俄罗斯历史、地理、社会、政治、宗教、文化等方面的错误信息，认为它是"一部没有达到出版水平的书"；

随后，文章又通过对人物形象的再分析，发现电视剧中的保尔是"一个由'三突出'原则制造出来的假保尔"。文章还由这部电视剧的出台而论及文艺创作的目的、动因、境界等问题。5月24日，余一中的另一篇文章《炼出的一炉"废钢"》由《新闻出版报》在"曝光台"栏目发表。6月26日，同一报纸又刊出"钟宜渔"的文章：《由批评编校差错所引发的论争——兼议余一中先生有关〈钢铁〉的评论》。此文认为，余一中对《钢铁》的一系列评论，"已不是严肃的学术研究，而是在借题发挥，肆意攻击"——"这种批评的用心就值得怀疑，而且这样的批评也远远地超出了学术讨论的范畴"①。这家报纸还同时发表了"编者按"，指出了"余一中先生"和"钟宜渔同志"之间的论争的"政治性、重要性"。

2000年秋，《俄罗斯文艺》杂志第3期又在"对话与争鸣：关于《钢铁》的讨论"专栏中发表一组文章，继续就这部作品展开讨论。其中，吴俊忠的《我们是否还需要"保尔精神"》一文认为，"在当今中国弘扬'保尔精神'，无论从历史的还是当下的文化视野来看，都是十分必要的"；"今天，人们重塑保尔、呼唤'保尔精神'，则是更成熟、更自觉、更理性的自主行为。"杜致万（朱宪生）的文章《网上对话录——关于保尔与比尔·盖茨》，以别具一格的形式，在中学生、大学生、研究生、老学究和马列老太等人之间的对话中，传达出不同时代、不同层次的人们对于同一部作品、同一个文学人物必然会有不同理解的意见，文章的形式本身也象征性地说明各种不同认识可以而且应当采取"对话"的方式相互交流，彼此共存。余一中在他的题为《再谈〈钢铁〉是一本好书吗？》的文章中，再次就"斯大林时代"、30年代苏联文学、"保尔精神"、作品的艺术性以及它在中国所造成的实际影响等问题，进一步阐述了自

---

① 钟宜渔：《由批评编校差错所引发的论争》，载2000年6月26日《新闻出版报》。

己的见解。董健的文章《"保尔热"下冷思考》(以及他发表于另一期刊上的《保尔复出与历史反思》一文),则紧密联系自己在50年代的阅读体验和20世纪的历史经验,深刻剖析了"保尔精神"的实质及其与时代的联系,表明当年曾被《钢铁》深深感动过的一代读者,今天怎样在理性的反思中获得了对于这部作品及其所产生的时代的新认识。在如何看待《钢铁》一书以及保尔这个人物所产生的那个时代、如何看待"保尔精神"这两个关键问题上,董健的文章应当说是作出了观点鲜明而令人信服的回答。

上述一组文章发表以后,关于《钢铁》的讨论可以说是暂告一段落了。当然,《俄罗斯文艺》一刊的讨论专栏还将继续办下去,国内其他报刊也还会刊出一些涉及这一问题的文章,但是,有关《钢铁》的主要意见显然已经公之于世,往后人们新发表的见解也将大致沿着已出现的两种不同意见的基本思路延伸。对此,人们将拭目以待。现在,不妨对近几年来的讨论做一番思考,看看其症结何在,而不同观点的碰撞作为一种文化现象又是在何种历史—文化—心理背景下出现的。

总起来看,有关《钢铁》的讨论,乃至电视剧《钢铁》的拍摄、播放以及随之而起的出版热,都可以说是20世纪末国人(除了少数抱有某种功利目的人之外)经由《钢铁》这部作品对世纪中叶历史的一种反顾,对那个已然逝去的、曾经和他们的青春、理想、信念、激情与追求紧密相连的"火红的年代"的一种回望。这也就从一个方面解释了:为什么卷入"《钢铁》现象"的人们,一般都出生于30—50年代。

尽管反顾者、回望者生活于同一历史时空,他们却拥有不同的记忆储备、情感历程、知识结构、文化眼光和思想水准,这种主观条件上的差异决定了他们不仅是对于《钢铁》、而且对于许多文学作品都有着不同的理解。但由于《钢铁》这部小说产生于30年代的苏联,作品所描写的内容主要是20至30年代的苏联社会生活,它曾在50年代的中国得到了大力推崇和广泛欢迎，它在中国的读者又是以30至50年代出生的人为主的，它在当时也确实感动过这些中国读者，因此，在历史向前跨进了一大步之后，人们对那个过去时代的再思考，就不能不和完全属于那个年代的文学作品《钢铁》联系起来。在一定意义上说，《钢铁》及其主人公保尔已成为苏联30年代时代精神的一种象征，一种符号；而中国读者目前对《钢铁》的再评价，则不仅关涉对于30年代苏联历史的再评价，而且紧密联系着对于自己初读《钢铁》并深受感动的那个时代本身的沉思。无怪乎1998年以来在我国读书界所展开的讨论，无可回避地集中到两个问题上：其一，对于苏联30年代、"斯大林时代"的评价；其二，对于这个时代的典型——保尔之精神的论争。而且，几乎所有的评说都扣紧了评说者自身的阅读经验。

英美"新批评派"诸子所强调的文学的"内部研究"，如果面对《钢铁》这部作品，可能会遇到严峻的挑战。在这里，人们（无论持何种意见）首先不得不把目光注向《钢铁》产生的外部条件，即30年代的苏联现实环境。关于这个时代，历来就有完全不同的看法。在近几年国内的讨论中，有人依旧肯定：在那个时代，"苏联人怀着对未来的社会主义社会的美好期望和憧憬掀起了大规模的建设社会主义的热潮。那是充满激情的火红的年代。"有人继续对斯大林时代予以好评，坚持相信"斯大林使苏联在三个五年计划内成为世界第二工业强国"、"斯大林率领苏联人民消灭了法西斯"的说法。不仅如此，有人甚至认为对斯大林时代进行反思、批判本身就意味着"割裂和歪曲"历史，并强调"轮不到任何人对伟人的背影指指点点"。这是第一种意见。

另一种意见则认为，苏联的30年代或斯大林时代，远不是一个美好的时代，而是"一个进步与倒退并存、文明与愚昧相间、民主与专制较量、无产阶级先进思想与《共产党宣言》里提到的形形色色的假共产主义思想交织的极其复杂矛盾的时代。"有的论者不局限于对 30 年代本身的界定，而是以更开阔的视野评说 70 余年的苏联历史，指出高尔基在十月革命刚刚发生时，就看到了"具有'俄国特色'的共产主义革命与无产阶级专政的某些负面或曰阴暗面。正是这些负面或阴暗面被斯大林发展与强化了，才使革命走向反面。

……历史发展的结果是，苏联这个庞然大物到了 90 年代，一夜之间就顷刻垮台了"。"不是外敌，不是天灾，而是高尔基早就洞察到的那些阴暗面在斯大林主义体系中得到了恶性膨胀，长成了一种背弃马克思主义与社会主义原则的新蒙昧主义与新专制主义的肿瘤，才导致第一个'社会主义国家'垮台这样的历史大曲折。"①

以如此截然不同的眼光来看待 30 年代的苏联历史，得出如此鲜明对立的结论，当然就不可能对一部产生于那个时代的主流意识形态背景下、肯定并讴歌那个时代、弘扬那个时代的主旋律的文学作品，作出任何彼此一致或者是大同小异的评价。20 世纪才刚刚过去，人们对这一百年中所出现的所有现象都可以通过自己的再认识、再思考而得出自己的结论，对于 30 年代的苏联历史或所谓"斯大林时代"，当然也不例外。对于作品《钢铁》的评价，也同样可以多种不同意见共存。只是我们在对 30 年代的苏联进行再认识、再思考时，也许应当想一想邓小平同志所说的"苏联搞了几十年，还没有搞清楚什么是社会主义"，想一想我国的社会主义事业在摆脱苏联模式之后所取得的举世瞩目的进展。至于有人提出反思历史、对过去的时代予以重新评价就是歪曲历史，不允许对斯大林这样的"伟人"进行任何形式的批评，那恐怕也过于武断了。无论如何，坚持认为 50 年代中期以前的苏联是社会主义的好模式，并且容不得别人的怀疑与否定，这样的认识必然难以得到广泛的认同，或许真的有歪曲历史之嫌。

当然，就相当一部分肯定《钢铁》的论者和读者而言，他们对

---

① 董健：《"保尔热"下冷思考》，载《俄罗斯文艺》，2000 年第 3 期。

这部作品抱有无法排除的好感，并不是出于肯定或维护苏联的30年代，而是与一种怀旧情绪紧密相关。他们对在市场经济大潮冲击下出现的种种不良现象、丑恶现象深恶痛绝，或是在新的时代条件下由于种种原因而产生这样那样的失落感，于是感叹世风日下，今不如昔，把目光转向自己记忆中的美好时代，宁愿回到高扬"保尔精神"的50年代去。这种情绪具有一定的普遍性，其表现也远不限于对一部《钢铁》的维护与肯定。然而，情绪不能作为理性判断的依据，历史的车轮也不可倒转，50年代和90年代中国的历史差距是显而易见的，解决任何现实问题的路径只能是在我们足下，而不是在过去。至于有的论者认为："可恨的中国现状是，满街甫志高，遍地余永泽，一个个西服革履或者是青鞋布袜，一边嘲笑着保尔和江姐，一边叫卖着他们的逃避哲学。"①以对于中国现状的这种描述来和当年"火红的年代"相对照，可能过于偏激，也不能使人信服。

讨论中出现的不同意见集中的另一焦点是关于"保尔精神"。有的论者认为，保尔的人生道路"是革命人生观的最完美的体现"，"他身上的优秀品质属于人类永恒的道德范畴"，因此"保尔精神"的价值是永存的。有人则把保尔的精神特点概括为"他的真诚、他的忘我，他对共产主义理想的执着与奉献，他的遇到灭顶之灾时的顽强"，并认为"这不仅是一个革命战士的优秀品质，也是人类自古以来所肯定与赞叹的一切阶级的英雄的特质"，因此，"保尔的形象获得了超出阶级与时代的、普遍人性的魅力"。还有人认为"保尔精神"是多层面的，其中有的层面"已随时间的流逝而消失"，有的在今天已显示出"某种极端性"，"但作为其精神核心的思想层面，即对社会主义的坚定信念，对共产主义理想的执着追求，对人生意义的阐释等，却仍然闪闪发光，并将归于不朽"。以上意见的共同点，在于确认"保尔精神"的内涵是坚定的理想、信念和革命的人生

---

① 孔庆东：《史成芳与保尔》，载1998年9月9日《中华读书报》。

观，而这一内涵就决定了"保尔精神"的永恒与不朽。

对"保尔精神"的持另一种看法的论者，也认为保尔本人单纯、顽强、忠诚、无私、英勇，"无疑是一位人格高尚、意志坚强、理想远大的青年"，"是个大好人"。但是他们又看到，保尔这一形象当初是在特定的政治斗争的背景上，带着浓厚的意识形态性走进读者的视野、深入到读者的心灵之中的，而读者当时又是带着读《联共（布）党史简明教程》所获得的阶级立场和政治激情、带着对当时苏联的无限向往之情去理解和接受保尔形象的，因此，当这些政治背景的真实面貌渐渐显示出来之后，当年被感动过的读者就有理由、也有权利重新审视自己所接受的一切。其次，有些论者还认为，任何理想、信念、追求都是有方向性的，并不能对其一概加以肯定。另外，理想和信念的树立与坚守也有两条完全不同的途径，或是开放的、理性的，或是封闭的、非理性的，保尔"在十月革命后高尔基所指出的那些负面风气下所形成的那种'阶级斗争'、'无产阶级专政'的狂热与偏执，渗透在他那带有乌托邦性质的理想和信念之中，是有着很明显的封闭性、非理性特征的"。当然，这并非保尔个人的缺陷，而是斯大林个人崇拜与专制主义的结果，"正是这种个人崇拜与专制主义种下了以后苏联垮台的种子，而苏联的垮台又成为保尔理想和信念落空的铁证"。有的论者还进一步指出：对某些性格特点也不能简单地一概肯定，如"爱憎分明"、一切服从"集体"、迷信政治领袖，这些特点"是有可能被政治上的专制主义者用作培养'驯服工具'、宣扬奴隶主义的道德'资源'的"①。

看来，关于"保尔精神"的看法，分歧主要不在于保尔的个人品质，而在于和特定的政治背景、特定的政治方向相联系的这种品质，能不能成为供后人学习的永恒的榜样，是不是具有永存的价值或"归于不朽"。人们注意到，与 50 年代前后推崇保尔作为革命

---

① 董健：《"保尔热"下冷思考》，载《俄罗斯文艺》，2000 年第 3 期。

的、无产阶级的、为共产主义而顽强奋斗的英雄形象不同的是，现今肯定"保尔精神"的论者几乎一致地强调这一精神的超阶级、超时代性，它的全人类性，它的普遍性和永恒性。其实质在于强调"保尔精神"没有过时，也永远不会过时。读者们甚至看到了这样的高见："保尔·柯察金是不是共产党员，这并不重要。退一万步说，即使他是一个纳粹法西斯，就凭他面对多种病魔，面对死亡，仍然为自己的理想而战斗不息，这本身就是值得尊敬的。"①这也就是说，一个人只要顽强、忠诚、执着、坚定不移，宁死不屈地为自己的理想而战斗，无论他怀抱着的是社会主义的、专制主义的、法西斯主义的、霸权主义的还是其他什么样的理想信念，统统都是值得别人永远尊敬和学习的。但是，这样的结论恐怕很少有人能够接受，因为思维健全的人们不能不关注、不能不思考：他究竟是在为一种什么样的理想而不息奋斗。

还有的论者特别指出保尔是在俄罗斯文学传统的沃土上生长起来的文学形象，是这一文学中具有"自我牺牲精神"的文学形象在20世纪的延续。其实，19世纪俄罗斯文学中并不存在这样一个形象系列，唯一可以作为例证的大概是车尔尼雪夫斯基《怎么办？》中的拉赫美托夫。然而不应忘记，俄国早期马克思主义批评家普列汉诺夫在谈到"每一个优秀的俄国革命者身上都有很大一部分拉赫美托夫性格"时，还曾说"车尔尼雪夫斯基通过拉赫美托夫给我们描绘了一个道地的苦行者。拉赫美托夫完全是在折磨自己。……很多人，包括皮萨列夫在内，都认为这只是一种怪癖。"②高尔基关于拉赫美托夫则说得更为尖锐，他写道："这不是一个'人'，而是'木雕泥塑'。这是用所谓'良心'的那种俄罗斯污泥相当拙劣地塑成的

---

① 孔庆东：《史成芳与保尔》，载1998年9月9日《中华读书报》。
② 普列汉诺夫：《普列汉诺夫哲学著作选集》，第4卷，北京：人民出版社，1974年，第138页。

生灵；良心又加上天真和基督徒的禁欲主义。"①不难看出，普列汉诺夫和高尔基（还有皮萨列夫）都没有把拉赫美托夫作为具有"自我牺牲精神"的英雄人物加以肯定，而是看到了这个形象身上的一种清教徒式的热诚与坚贞，一种由潜在的宗教意识而生发的殉道精神。保尔和拉赫美托夫之间固然有一些相似之处，但试图通过这种微弱的历史继承关系来证明保尔形象的不朽，却是没有说服力的。

文学作品和文学形象的生命力总是和作家的艺术才华、作品的艺术成就联系在一起的。近几年来我国读书界关于《钢铁》的讨论，似乎回避了对这部小说的艺术品位的注意，可能同它缺乏鲜明的艺术特色有关。但是至少决心"重塑保尔"的作家梁晓声是以其艺术敏感发现了《钢铁》艺术上的不足。或许他认为，"重塑"可以弥补这些不足，通过艺术上的加工改造能够推出一个新的、能够为当代读者和观众所接受的保尔形象来。殊不知这样一来便违背了艺术创作的规律，因为离开生活积累、离开生活本身的"暗示"，带着任何先入为主的观念去"塑造"英雄人物是行不通的，不是来源于生活本身的文学形象和文学作品终究是立不起来的。梁晓声的"重塑"同样是一种"激情回望"，是在回望之后产生某种遗憾乃至失望时尝试进行的一种补救措施。可是人们不得不遗憾地指出，他的"重塑"的尝试没有、也不可能取得成功。

然而，对于保尔形象的"重塑"毕竟还是引起了一些老读者的"激情回望"。中国版电视剧《钢铁》播放后，一位观众写道："保尔的'余光'第一能勾起我对少年时代的回忆，第二能给我脆弱的怀旧情绪以淡淡的温慰，第三，也是更重要的，能叫我在理性的反思之中庆幸这'余光'悲剧性地消失并愉快地与它告别。"这段文字出自《钢铁》老读者董健笔下。董健并不否认自己的怀旧情绪，但他没有沉湎

---

① 高尔基：《俄国文学史》，缪灵珠译，上海：上海译文出版社，1979年，第395页。

于这种情绪之中，流连忘返，玩味再三，感叹今不如昔，而是以冷静的理性眼光剖析了他曾经拥有的激情及其所由产生的时代，从而获得了一种高远的认识。他还说："保尔其人也已成为历史人物，保持他的原貌供后人解读以认识那个时代，也就够了。"①这也许可以视为他对于《钢铁》作为一部作品的"认识意义"的肯定。

如果说，董健以精炼的文字传达了30年代出生的那一代读者回望《钢铁》的一种真切感受，那么，出生于50年代的《钢铁》读者，则有很多是在刘小枫的一些随笔中找到了自身体验的诗意表述：

> 这一代人从诞生之日起，就与理想主义结下了不解之缘。然而，这代人起初并没有想到，理想主义竟然也会有真伪之分。这代人曾幼稚地相信，神圣的社会理想定然会在历史的行动中实现……
>
> 我们这一代曾疯狂地吞噬着《钢铁是怎样炼成的》和《牛虻》中的激情，吞噬着语录的教诲，谁也没有想到，这一切竟然会被《金蔷薇》这本薄薄的小册子给取代了！我们的心灵不再为保尔的遭遇而流泪，而是为维罗纳晚祷的钟声而流泪。这是两种截然不同的理想。可以说，理想主义的土壤已然重新耕耘……②

毋庸赘言，刘小枫以及他所属的那一代人，同样并不认为《钢铁》这部文学作品已无有任何意义。这意义其实已经在他的《记恋冬妮亚》一文中得到了相当出色的阐发。也许，这一代人还将再度回望当年初读《钢铁》时的激情，通过《钢铁》回望自己被消磨掉了的青春，并从这一回望中获得关于理想、关于爱情、关于生命的

---

① 董健：《"保尔热"下冷思考》，载《俄罗斯文艺》，2000年第3期。
② 刘小枫：《这一代人的怕和爱》，北京：三联书店，1996年，第14—15页。

真正价值、关于20世纪人类历史命运的诸多启示。然而，这部小说从整体上影响国人思想、情怀与精神的时代，毕竟已经远逝了，尽管报刊上偶尔还会有"向保尔学习"的文章出现。不知在未来的某个时期，这部产生于20世纪30年代苏联的作品，是否还能在中国广大读者中再度激起一种悠远的回响……

帕斯捷尔纳克与中国知识者的精神关联[①]

20世纪俄罗斯伟大作家鲍里斯·帕斯捷尔纳克(1890—1960),虽然早在十月革命前就已步入文坛[②],但由于种种原因,直到80年代中期以后,他的作品才开始进入中国一般读者的接受视野。不过,这一迟缓的接受并未妨碍他迅速成为最受中国读者欢迎的俄罗斯作家之一。他作为一名知识分子的历尽沧桑的遭遇,他的主要作品所触及的世纪性主题、所具有的深邃意蕴,他对自己以及他所属的那一代人与时代的复杂联系、对他们的共同命运的独特言说方式,都使中国读者、特别是广大知识分子产生了一种特殊的亲切感。当充满苦难、奋进、困惑和沉思的20世纪走完自己漫长的行程,当人们开始以上一个世纪的"过来人"的眼光回望历史时,他们似乎突然感到,帕斯捷尔纳克其实早已在以其诗的语言叙说着那渐渐远去的世纪。于是,抚今追昔的中国知识者便深切地感受到了自己与这位俄罗斯作家之间有一种"剪不断,理还乱"的内在精神关联。

一

1958年10月,帕斯捷尔纳克由于"在现代抒情诗和伟大俄罗斯

[①] 本文原载《探索与争鸣》,2007年第9期。
[②] 帕斯捷尔纳克的创作开始于俄罗斯文学"白银时代",其作品首次发表于1913年。

叙事文学传统领域所取得的重大成就"而获得诺贝尔文学奖。然而紧接着，苏联作家协会理事会却做出了开除作家会员资格的决定，《真理报》、《文学报》等各大报纸也连篇累牍地发表指责作家的文章。在巨大的压力下，帕斯捷尔纳克不得不两次写信承认自己"犯了错误"，表示"自愿拒绝接受诺贝尔奖金"。消息传到正处于"大跃进"、"大炼钢铁"高潮中的中国大陆。也许直到这时候，中国的大部分读者才第一次听说帕斯捷尔纳克的名字，但是却很少有人读过这位作家的作品。对于轰动一时的所谓"《日瓦戈医生》事件"，中国广大读者当然无从做出任何反应。不过，翻阅一下那个时期的报刊，还是可以看到少量的批判、声讨的文章，如《文艺报》1958年第21期发表的《诺贝尔奖金是怎样授予帕斯捷尔纳克的》、《杜勒斯看中了〈日瓦戈医生〉》，《世界文学》1959年第1期刊出的《痈疽·宝贝——诺贝尔奖金为什么要送给帕斯捷尔纳克?》、《市侩、叛徒日瓦戈医生和他的"创造者"帕斯捷尔纳克》等。这些文章的题目和内容，都很接近刚刚在苏联报刊上出现的同类文章：《国际反动派的一次挑衅性出击》、《围绕一株毒草的反革命叫嚣》①等。而且，同苏联报刊上的那些文章的作者一样，中国报刊上的这些文章的作者似乎也没有读过《日瓦戈医生》。不过，在当时的中国，毕竟还没有出现在苏联出现的那种"义愤与怒火：万众谴责帕斯捷尔纳克"的场面。人们好像是在有意无意地回避谈论这位似乎很幸运而又很倒霉的作家。

当然也曾有过某种偶然的情景，那仅仅保留在少数人的记忆中。例如，"左联"时期进入文坛的老作家、东北师范大学教授蒋锡金先生，在50年代曾由一个特殊的角度读到《日瓦戈医生》，于是

---

① 这两篇文章分别刊载于苏联《文学报》，1958年10月25日，《真理报》，1958年10月25日。

便在大学文艺理论课堂教学中对这部作品里的人性描写予以大胆评述①。这在当时的时代氛围中,确实是难能可贵。又如,1959年6月间,上海复旦大学外语系英美语言文学专业举行期末考试。在口试时,主考教师之一徐燕谋教授与学生范家材之间有过这样一段简短的对话:

(徐:) Have you ever heart of Bolis Pasternak?
(范:) Yes. He studies Shakespeare.
(徐:) Is that all?
(范:) Yes, that's all.

看来,徐燕谋教授当时对帕斯捷尔纳克和他的《日瓦戈医生》已有所了解,在考试中忽然间就此问及学生,除了想测试学生的知识面之外,还"可能寓有深意焉"。诚如范家材先生回忆,帕斯捷尔纳克获奖一事,"在当时的中国,若隐若现,微波荡漾,莫测高深"。范先生当时是一名谨小慎微的戴"帽"学习的"右派学生",关于帕斯捷尔纳克虽略有所闻,但深知《日瓦戈医生》是"烫手的山芋",不敢"造次评说",只好"躲开敏感的焦点,避重就轻,给了一个中性回答"。而徐教授对这一回答恰恰是满意的,因此给了范先生一个优等分。40余年之后,范先生忆及此事,认为徐教授的想法可能就是"That's all"——"到此为止"。在当时的时代气氛中,师生之间的交流也往往很难直言不讳,有时只能采取迂回曲折的方式表达某种看法。"帕氏雅治莎学,走笔诗歌小说,对其评价,就应该在人文范畴内思辨探讨,到此为止。何必扩大到政治上的阶级斗争,强加非学术性的批判?"②——这也许就是在这一简短的师生

---

① 刘百达:《造访锡金》,载《作家》,1993年第10期。
② 范家材:《一瞥难忘》,载《文汇读书周报》,2001年3月17日。

对话和交流中双方所达成的一种共识。无论这一对话的表层内容、深层内涵,还是它的形式,都很典型地映现出那个时代的中国知识分子精神生活的特点,并说明在公开的大批判文章之外,人们对于帕斯捷尔纳克及其《日瓦戈医生》还能够做出什么样的反应。

二

"《日瓦戈医生》事件"之后,帕斯捷尔纳克的名字在中国读书界的视野中消失了整整20年之久。直到1978年,也即"十年动乱"结束后的第三年,才有一篇关于这位作家的消息出现在我国的《外国文艺》(1978年第2期)杂志:《有关帕斯捷尔纳克的回忆在美国出版》。这一客观的、谨慎的报道似乎有着某种试探性,它当然还未能引起人们对于帕斯捷尔纳克的广泛关注。一年以后,中国社会科学出版社出版的三卷本《外国名作家传》(中册)收有帕斯捷尔纳克的评传一篇。这篇评传可以说是我国大陆出版物中首次出现的关于这位作家的正式评介性文字。遗憾的是,它对于帕斯捷尔纳克和《日瓦戈医生》的评价,仍旧显示出对20年前大批判文章的一种回应。撰稿者认为,帕斯捷尔纳克是那些"长期坚持资产阶级的思想和艺术立场"、"始终与苏联人民格格不入,最后被人民唾弃"的旧文人中的一个代表;"长篇小说《日瓦戈医生》结构混乱,内容既反动又露骨"[1]。这种批判的音调在《中国大百科全书·外国文学》卷(1982)的"帕斯捷尔纳克"条文中已不复见到,尽管从中人们仍可看到"反对以暴力实现革命的目的"、"表现出对十月革命和苏联社会的怀疑和反感"之类的文字。前后两篇评介性文字之间的差别以及这种差别的程度,与它们出现的时代的整体文化氛围紧密

---

[1] 《外国名作家传》(中册),北京:中国社会科学出版社,1979年,第218、221页。

相连，并由一个侧面显示出新时期之初中国一般知识者的思想和心理现实。

然而直到此时，中国广大普通读者实际上尚未能直接读到帕斯捷尔纳克的作品。因此，同样是在1982年，张秉衡翻译的帕斯捷尔纳克的诗作在《世界文学》（1982年第6期）的刊出，就获得了特殊的意义。译者选译了《日瓦戈医生》一书最后一章《尤里·日瓦戈的诗作》中的若干首诗歌，以其中的一首《风》为题。这些译诗使中国一般读者第一次看到了帕斯捷尔纳克的作品，虽然它们还只是诗人丰富创作成果中的极小一部分。1983年，上海文艺出版社编辑出版的四卷本《外国文学作品提要》，收入由方明编写的《日瓦戈医生》一书提要，又使中国广大读者第一次粗略地了解到帕斯捷尔纳克的这部代表作的梗概。然而，这一切均未能在我国读者中激起范围广泛的反响。对于学术界、包括俄苏文学研究界而言，造成较大心理冲击的，则是美籍俄裔学者马克·斯洛宁撰写的《苏维埃俄罗斯文学史》在我国的翻译出版。该书单辟一章，以《鲍里斯·帕斯捷尔纳克：另一个俄罗斯的代言人》为题，综论这位作家的生平与创作。著者以翔实的第一手材料为依托，通过精彩的描述、扼要的概括和精辟的分析，揭示出《日瓦戈医生》这部作品的"难以置信的独创性"[①]。从这里，人们不仅感到无论是对于《日瓦戈医生》，还是对于作为诗人和小说家的帕斯捷尔纳克，都有一种深入认识的必要，而且还隐隐约约产生了对以往的研究方法和结论的某种怀疑。此书出版之后的两年内，乌兰汗翻译的帕斯捷尔纳克的诗歌和"自传性随笔"《人与事》片断，陆续出现在我国的《世界文学》、《外国文艺》等期刊上；他所编选的《苏联当代诗选》（外国文学出版社，1984年），也收入了帕斯捷尔纳克的诗作。人们预感

---

① 马克·斯洛宁著：《苏维埃俄罗斯文学史》，浦立民、刘峰译，上海：上海译文出版社，1983年，241页。

到，这位杰出的俄罗斯作家的最重要的作品，也许很快就会有中译本问世。

果然，1986年，力冈、冀刚翻译的《日瓦戈医生》中文全译本由漓江出版社推出，这部长篇小说首次出现于中国读者面前。1987年，蓝英年、张秉衡合译的《日瓦戈医生》由外国文学出版社出版；同年，湖南人民出版社又推出由顾亚铃、白春仁联手翻译的这部小说的又一译本。在两年之内出版的这三种《日瓦戈医生》的中译本，使我国范围广大的读者群直接阅读到这部曾在30年前引起轩然大波、在苏联国内长期被封存、人们对其评价至今不一的作品。它对我国读者造成了一种真正的艺术震撼力，并迅速引发对帕斯捷尔纳克的阅读热情。北京大学等国内高校的俄语系、中文系师生，还曾围绕《日瓦戈医生》及其作者进行了热烈的座谈讨论。而作为对于广大读者的接受热情的一种回报，由我国文学翻译工作者移译的帕斯捷尔纳克的诗歌、短篇小说、随笔、回忆录、书信等，不断出现于80年代末到90年代的《俄罗斯文艺》、《当代苏联文学》、《世界文学》、《外国文艺》、《作品与争鸣》上。这期间，我国出版的帕斯捷尔纳克作品的中译本，除《日瓦戈医生》之外，主要还有力冈、吴笛合译的《含泪的圆舞曲——帕斯捷尔纳克诗选》（浙江文艺出版社，1988年）、乌兰汗、桴鸣翻译的《人与事》（含回忆录、随笔、书信等；三联书店"文化生活译丛"之一，1991年）、安然、高韧合译的《追寻》（花城出版社"流亡者译丛"之一，1998年）等。

帕斯捷尔纳克的作品大量在我国翻译出版之初，国内评论者的评说有的还是相当谨慎的。这一点，首先可以从《日瓦戈医生》的几个中译本的初版"前言"或"译后记"中见出。人们或者指出这部小说"没有写出十月革命的伟大意义，没有反映出伟大时代的人民的精神面貌"，或者认为主人公日瓦戈是20世纪俄罗斯文学中又一个"小人物"，一个可悲的"多余的人"，一个消极因素。从这些慎重的评价中，不难体察出经历过十年内乱的一代中国知识分子的心理重负。既十分赞赏这部作品，又不能一下子坦率地说出自己的真情实感，这种矛盾似乎为那个时期的不少评论者所共有。何满子、耿庸两人《关于〈日瓦戈医生〉的对话》①，则显示出不同评价意见的交叉，但双方都不否认这是一部极有价值的作品。如前者针对漓江出版社译本的"前言"，认为从历史、从人类心灵发展的远景来看，可以称日瓦戈为大人物，为必要的人，为积极因素；而后者则指出《日瓦戈医生》既是对 19 世纪俄罗斯现实主义传统的承继，也是给这传统输入新时代的活力，是对于这传统的发展。与此同时，对帕斯捷尔纳克及其作品持总体否定态度的评论也依然存在，如《帕斯捷尔纳克的迷误》②等文章。然而，这样的评论文章毕竟是少数。以 1987 年《外国文学评论》创刊号上发表的薛君智的长篇评论为先导，大部分评论者对《日瓦戈医生》和帕斯捷尔纳克的艺术创作均持鲜明的赞扬的态度。从《反思历史，呼唤人性》（薛君智）、《一代知识分子的命运》（易漱泉）、《哲学和道德的审视》（郑羽）、《个人自由与人性尊严的捍卫者》（张宏莉）等论文中，可以看到占压倒多数的评论已经是从 20 世纪的历史与个人、特别是与知识分子之关系的视角来观照《日瓦戈医生》的主人公，来理解帕斯捷尔纳克创作的意义，而《拉拉：一个极富诗意的女性形象》（谭得伶）、《在瞬间感受中捕捉永恒》（顾蕴璞）、《与世纪争辩的诗人》（楼肇明）等论文，则表明评论者们的眼光已不局限于日瓦戈的形象以及《日瓦戈医生》一部作品，而是论及小说中的其他形象和帕斯捷尔纳克的诗歌等其他作品。

我国评论界对于帕斯捷尔纳克及其创作的系统评说，集中体现在薛君智的《回归：苏联开禁作家五论》、高莽的《帕斯捷尔纳克：历尽沧桑的诗人》两本专著中。在《回归》一书中，著者从文

---

① 载《外国文学评论》，1988 年第 2 期。
② 载《文艺理论与批评》，1989 年第 2 期。

学史实和作品文本出发，对作家的生平与创作道路作了简要的描述，对其思想特点和文学观进行了系统的考察，对《日瓦戈医生》一书的创作动因、主要人物形象、中心主题和艺术特色进行了深入的分析。这一研究成果驱散了长时间内笼罩在帕斯捷尔纳克其人其作上的一团迷雾，为我国广大读者提供了对于这位作家和他的《日瓦戈医生》的一种较为客观、公允的评价。著者指出："《日瓦戈医生》这部堪称史诗性的长篇"是帕斯捷尔纳克毕生创作的"最后的总结、最高的成就和最大的收获"；但是它的出现不可能更早，这既是由于客观的历史条件尚未成熟，也是因为作家对历史的思考是相当谨慎的，"只有到50年代客观历史的巨变才使作家可能以成熟的艺术目光去辨别和判断革命后一系列事件的历史意义，从而把它们总结在自己最后的长篇中。"①这些评说，不仅明确地肯定了《日瓦戈医生》的艺术成就，而且把这部作品放置于总结与反思20世纪历史的高度上加以认识，既显示出评论者自身的目力，又传达出同样也在思考20世纪历史的中国广大知识者的体验与感受。《帕斯捷尔纳克：历尽沧桑的诗人》一书的作者，是帕斯捷尔纳克诗歌的最早汉译者之一高莽。在这本书中，他以如诗如史的笔触，生动地再现了这位跨越两个时代的俄罗斯知识分子所经历的不同文化环境和时代氛围，勾勒出作家的思想探索和艺术追求的演变轨迹，力求揭示为什么《日瓦戈医生》真正成为一部"描绘俄罗斯近45年的历史面貌"、表现"一代知识分子命运"②的重要作品。评论者们的视角容有不同，却都把《日瓦戈医生》及其作者的思索和人们对于20世纪的回望联系在一起，足见帕斯捷尔纳克究竟是在哪里拨动了中国知识者的心弦。

---

① 薛君智：《回归：苏联开禁作家五论》，北京：社会科学文献出版社，1989年，108—109页。

② 高莽：《帕斯捷尔纳克：历尽沧桑的诗人》，长春：长春出版社，1999年，第171、174页。

三

在中国当代知识界,帕斯捷尔纳克的作品激起了强烈而深沉的回响。这位历尽沧桑的作家对于个体价值的确认和守护,对于思想自由的追求和坚持,他本人以及他笔下的主人公对于"超越了世俗的光荣与爱之神的召唤",都受到了中国知识分子的由衷钦佩和广泛认同。

属于"知青一代"的中国女作家张抗抗在读过《日瓦戈医生》中译本之后不久写下的一段话,或许不少人都有同感:"……因着复生的《日瓦戈医生》和《阿尔巴特街的儿女》,在我临近 40 岁的时候,我重新意识到俄苏文学依然并永远是我精神的摇篮。岁月不会朽蚀埋藏在生活土壤之下的崇高与美的地基——我们拆除掉密不透风的愚昧的笃信,重新开启了疑问之窗的笃信。如果不笃信在人世的丑恶与伪善之上,还有超越了世俗的光荣与爱之神的召唤,人生还有什么值得过的呢?"①在充满苦难、不幸、泥泞和失望的时空中始终保持着崇高与美的心灵,蔑视世俗的羁绊,听从光荣与爱之神的呼唤,这一切正是日瓦戈和拉拉这两个看似弱不禁风的、孤单的身影在一望无际的雪野上没有倒下去的根本原因。人物的命运也正是作家帕斯捷尔纳克和他那一代知识分子共同遭遇的艺术写照。中国当代知识者在这些形象身上看到了那种有俄罗斯民族文化传统培育起来的面对苦难时的从容、自信与高洁。

帕斯捷尔纳克对于个性精神自由的坚守,是他深受中国知识分子崇敬的又一原因。正如当代散文家筱敏所说过的:

> 帕斯捷尔纳克曾被称为"另一个俄罗斯的代言人",他像一

---

① 张抗抗:《大写的"人"字》,《外国文学评论》,1989 年第 4 期。

个在故乡的旷野上终日漂泊的幽灵,被家宅里庆祝太平盛世的合唱声驱赶出来,在没有栖处的荒原呼唤个人理想的权利。他承继了酷爱俄罗斯大地须臾不能离开的俄罗斯文学传统,但拒绝像同时代的许多作家那样,将俄罗斯与极权主义融合为一个民族的形象,并在民族的定义下放弃个人生活和思想的权利。他的声音——一个人的声音何其微弱!——每每被时代的进行曲所淹没,被强权禁锢和扼杀。但是,当那些唯唯诺诺纷纷攘攘的合唱潮水一样退去的时候,这个声音就像礁石一样凸现出来,穿过时间的屏障,让人们看到隽永的人的心灵史。①

筱敏的感慨是面对上文已提及的"流亡者译丛"之一《追寻——帕斯捷尔纳克回忆录》而发的。这套"译丛"收有20世纪的各个不同时期遭到批判的苏联作家、艺术家的作品以及关于他们的回忆录等。由于中俄两国和两国文化之间的特殊关系,当代中国知识分子都能意识到这些曾被长期封存的文字对于自身的意义。因此,读者才在丛书序言中读到这样火热的话语:这些书中所描写的时代氛围和事件,众多苦难的制造者和承担者,等等,都是我们所熟悉的。今天,当我们为了确立未来的坐标而回首前尘的时候,当我们凝视历次政治运动的累累伤痕、寻思"文革"十年噩梦的时候,面对这些发烫的书,我们将作何感想?它们能在多大程度上触动和开启我们的心灵?我们是否经得起良心的最后的质问?在这里,当代中国知识分子所感受到的,已经不只是帕斯捷尔纳克一位作家、而是与苦难的时代共命运的整个20世纪俄罗斯文学同中国知识界的深刻精神关联。毫无疑问,当严酷的年代结束时,能够在人们的记忆中留下痕迹的,就不再是那些"唯唯诺诺、纷纷攘攘的合唱",而只能是富有个性的独立自由的声音。

---

① 筱敏:《流亡与负重》,《南方周末》,1998年5月1日。

如同自己的那些杰出的思想和文学前辈一样，帕斯捷尔纳克所追求和呼唤的个性精神自由，从来不限于明哲保身式地维护一己的安宁。在20世纪俄罗斯文学史上，他更是作为一个"时代的承担者"而存在的。中国当代诗人王家新对此有深刻的感悟。他曾以诗的语言传达出自己对帕斯捷尔纳克的这种理解，并由此而进一步感受到俄罗斯文学与文化对中国知识分子的启示和借鉴作用。王家新的《帕斯捷尔纳克》（1990）一诗，以深沉的忧伤和思虑体认了一个时代苦难的承担者的形象，并赋予这一形象以坚定地守护内心良知与人类整体原则的精神特征："你的嘴角更加缄默，那是／命运的秘密，你不能说出／只是承受、承受，让笔下的刻痕加深／为了获得，而放弃，／为了生，你要求自己去死，彻底地死"。在这位中国诗人笔下，帕斯捷尔纳克无疑是一个苦难时代的见证人，同时他又自觉地承担起这种苦难，承担起时代和命运的巨大重负，试图以微弱的力量保持童稚般清纯的心灵，使人类精神得以承续："那些放逐、牺牲、见证，那些／在弥撒曲的震颤中相逢的灵魂／那些死亡中的闪耀，和我的／自己的土地！那北方牲畜眼中的泪光／在风中燃烧的枫叶／人民胃中的黑暗、饥饿，我怎能／撇开这一切来谈论我自己？"

于是，帕斯捷尔纳克便成了20世纪俄罗斯知识分子的一种精神象征，他似乎站立在主动守护人类精神的高度上，启示着中国知识分子的自我审视与历史反思："这就是你，从一次次劫难里你找到我／检验我，使我的生命骤然疼痛"；"不是苦难，是你最终承担起的这些／仍无可阻止地，前来寻找我们／发掘我们：它在要求一个对称／或一支比回声更激荡的安魂曲"；"这是你目光中的忧伤、探询和质问／钟声一样，压迫着我的灵魂"①。

王家新的这首题为《帕斯捷尔纳克》的诗一经发表，就震撼了中国读者的心灵，成了广为传诵的诗作。诗人自己后来曾谈到帕斯

---

① 王家新：《王家新的诗》，北京：人民文学出版社，2001年，第76—78页。

捷尔纳克及其《日瓦戈医生》对他的巨大震动和影响,也谈到他和他所属的那一代人对帕斯捷尔纳克的一种"灵魂上的无言的亲近"。1992年在伦敦,在回答国内一家刊物提出的问题时,王家新曾经说过:

> 我不能说帕斯捷尔纳克是否就是我或我们的一个自况,但在某种艰难时刻,我的确从他那里感到了一种共同的命运,更重要的是,一种灵魂上的无言的亲近。帕斯捷尔纳克比曼德尔什塔姆和茨维塔耶娃都活得更久,经受了更为漫长的艰难岁月,比起后两者,他更是一位'承担者'(这包括了他对自己比死者活得更久的内疚和压力),而他在一个黑暗年代着手写作《日瓦戈医生》时所持的信念与所经历的良知上的搏斗,也恐怕是我们任何人都难以想象的。正因为如此,他会'找到我,检验我,使我的生命骤然疼痛',似乎他那皱紧的眉头,对我来说就形成了一种尺度……
>
> ……西方的诗歌使我体悟到诗歌的自由度,诗与现代人之间的尖锐张力及可能性,但是帕斯捷尔纳克的诗,茨维塔耶娃的诗,却比任何力量都更能惊动我的灵魂,尤其是当我们茫茫然快要把这灵魂忘掉的时候。……的确,从茫茫雾霾中,透出的不仅是俄罗斯的灵魂,而且是诗歌本身在向我走来:他再一次构成了对我的审判……①

尽管王家新尚未踏上俄罗斯的土地,可是他的诗心却更接近俄罗斯。他在帕斯捷尔纳克等俄罗斯诗人那里所感受到的东西,首先是诗人对时代和民族之苦难的自觉承担。在他看来,这种主动的承

---

① 王家新:《回答40个问题》,《对隐秘的热情》,太原:北岳文艺出版社,1997年,第277页。

担意识恰恰是中国诗人所缺乏的。1995 年，王家新又在另一篇文章中写道："我难忘七八年前当我读帕斯捷尔纳克的《日瓦戈医生》是所经历的战栗，我记下了书中这样的话：'现在我和你，是这几千年来人世间创造的无数伟大事物中的最后两个灵魂，正是为了那些已消失的奇迹我们才呼吸、相爱、哭泣、互相搀扶……'我们这个时代缺乏什么？缺乏的正是这样一种默默的承担。"①正是基于这种感慨，王家新才在动荡不安的岁月里写下了《瓦雷金诺叙事曲》（1989）、《帕斯捷尔纳克》等蕴涵着深沉思考的诗篇。他所深情倾诉与歌咏的对象帕斯捷尔纳克，以"缄默"抗拒着世俗的喧哗，进入灵魂的孤独和忧伤之中，但绝不是逃避对时代的责任，绝不是从苦难中抽身，而是以一种把"苦难化作音乐"的勇气直面"冰雪"和"黑暗"，以"守望者"的姿态维护着人的自由和尊严。这既是王家新对诗人帕斯捷尔纳克的讴歌，也是他对自己作为诗人的"审判"和"检验"，更是对中国知识分子"承担"意识的呼唤。

　　当代中国的学者们在面对帕斯捷尔纳克这样优秀的作家、面对《日瓦戈医生》这样杰出的作品时，难免也会反问自身，反顾我们的文学，并由此而清醒地意识到自身的某些缺憾。当代俄罗斯诗人安德烈·沃兹涅先斯基在他的那篇纪念文章《帕斯捷尔纳克的世纪》中曾经写道："20 世纪选择了帕斯捷尔纳克。"的确，无论对于俄罗斯文学，还是对于俄罗斯民族及其心灵的艺术表现，帕斯捷尔纳克都是刚刚过去的那个世纪的象征性形象之一。在他生活和创作的那个时代，由于文学之外的原因，俄罗斯文学中固然出现了不少平庸之作，却也产生了一系列具有长久艺术生命力的佳作。特别是像《日瓦戈医生》、《安魂曲》、《切文古尔镇》、《大师与玛格丽特》、《生活与命运》这样的杰作，都是作家们在极其艰难的条件下

---

① 王家新：《"理想主义"与知识分子写作》，《对隐秘的热情》，第241—242页。

完成的,更难能可贵。今天,俄罗斯人在回眸20世纪本土文学的艰辛历程时,毕竟能够以一大批写就于特殊年代的优秀作品而自豪。遗憾的是,中国当代文学却很难有这种自豪感。这是值得我们的文学研究者深思的。中国当代知识者已经注意到这种差距,所以潘知常先生写道:

> 相比之下,我们还没有在中国的作家中看到过帕斯捷尔纳克那种令人充满敬意的负债感以及对于作家天职的自觉。最终的结果,就是20世纪令人遗憾地与我们擦肩而过。而在新百年新千年来临之际,倘若我们还有进取之意,那么,唯一的选择必须是也只能是:回到俄罗斯文学,回到帕斯捷尔纳克和他的《日瓦戈医生》。因为,那里是培育人性的温床,也是爱的学校。痛定思痛,在俄罗斯文学面前,在帕斯捷尔纳克和他的不朽名作《日瓦戈医生》面前,我们必须低下自己卑微的头![1]

"俄罗斯作家为什么比我们走得更远?"这是许多中国读者、学者和作家在阅读20世纪俄罗斯文学、特别是帕斯捷尔纳克时往往会产生的困惑。这一问题本身就说明了中俄两国文学的特殊联系——一般说来,人们很少会问到为什么美国、英国或法国作家比我们"走得更远"。当代中国知识者看到,由于缺乏俄罗斯作家的那种前后相继的信仰传统,我们的义学普遍地拘泥于此岸世界和世俗世界,普遍缺乏对绝对责任的共同承担,缺乏帕斯捷尔纳克式的欠债感,缺乏悲天悯人的"旷野呼告"和人类灵魂的声音。正因为如此,潘知常才发出了"回到俄罗斯文学,回到帕斯捷尔纳克"的呼吁。

---

[1] 潘知常:《爱的审判——帕斯捷尔纳克与他的〈日瓦戈医生〉》,《跨文化对话》第20辑,南京:江苏人民出版社,2007年,第39页。

就帕斯捷尔纳克的作品在中国一般读者中的接受面而言，他也许远逊于其他一些俄罗斯作家。然而，他在当代中国知识者的心目中，却无疑占据着一个崇高的位置。这一点已经为20世纪末中国读书界的某些现象所证明。如人们所注意到的，1999年，《中华读书报》组织了一次面向全国读者的"我心目中的20世纪文学经典"的问卷调查活动。调查结果显示：在入选的100部经典作品中，俄罗斯文学作品有5部，其中，帕斯捷尔纳克的《日瓦戈医生》位居第一①。如果说，这次调查活动的对象是普泛的，那么，专业性很强的刊物《俄罗斯文艺》所组织的"我心目中的20世纪俄罗斯文学经典"的讨论与评说活动，则较多地反映了国内俄罗斯文学研究者的意见。从已发表的评论文章中，可以发现《日瓦戈医生》被公认为是20世纪俄罗斯文学中的一部经典作品②。这一切都是在一个世纪的喧哗已然过去，中国读者渐渐沉静下来，回望自己的读书经历时所发出的肺腑之言。

帕斯捷尔纳克和他的《日瓦戈医生》之所以深受中国读者的热爱与推崇，无疑是由于这位一度"名不见经传"的诗人小说家，曾以他的诗意盎然的笔触抒写了20世纪知识分子的命运，吟咏过他们的追求与失望、幸福与苦难、困惑与梦想，发出了对时代的叩问。人们似乎在帕斯捷尔纳克的那些"零散的抒情日记"中读出了自己的精神传略。帕斯捷尔纳克及其作品的分量和命运，也为中国知识分子提供了反思自身的契机。能够与中国知识者有着如此深刻的精神关联的俄罗斯作家作品，毕竟是屈指可数的。

---

① 参见《中华读书报》，1999年9月15日。
② 参见《俄罗斯文艺》，2000年第2期、第4期。

弗·索洛维约夫对中西文化的比较考察[1]

俄罗斯文学与文化由传统向现代的转型发轫于19世纪90年代。正是从那时开始，陆续出现一批具有现代意识的思想家、人文学者、诗人和作家，他们先后提出了一系列具有现代意义的问题，创造了一批具有现代特色的作品。俄罗斯文学史和文化史由此进入"白银时代"（1890—1917）。这个时代后来也被某些思想家、文化史家们称为俄罗斯的"文艺复兴"时代，它是20世纪俄罗斯文化和文学的伟大开端。在这个时代最初的思想文化活动中，可以看到一位重要人物弗·索洛维约夫（1853—1900）的身影。从他生活的年代来看，他显然属于19世纪的人物。但是，他的学说却影响了白银时代的整个思想文化潮流。一方面，他的宗教哲学思想为别尔嘉耶夫、谢·布尔加科夫那一代思想家所继承，推动了20世纪初俄罗斯独特的宗教哲学的形成，所以哲学史家们称他为"地道的俄罗斯哲学体系的创造者"[2]；另一方面，他的思想和他本人的诗歌创作，又给俄国象征主义者以直接影响，促成了白银时代俄罗斯诗歌的繁荣，因而他又被称为俄国象征主义的先驱。

弗·索洛维约夫治学领域宽广，一生著述颇丰。十月革命前，俄罗斯就两次出版过他的10卷本文集。收入文集中的著作，涉及哲

---

[1] 本文原载《江苏社会科学》，2002年第6期。
[2] Лосский Н. О. История русской философии. Москва：Издательство 《Советский писатель》，1991，с.154.

学、神学、政治学、历史哲学、伦理学、教育学、美学和文学等众多学科门类，显示出作者渊博的知识和开阔的视野。值得注意的是，东方民族与东方文化问题也曾引起索洛维约夫的兴趣，他曾写有《新约的以色列》(1885)、《中国与欧洲》(1890)、《日本：历史评述》(1890)等论著。从《中国与欧洲》这篇长文中，可以见出作者在西方文化的认知背景上考察中国文化、对中西文化进行比较研究的独特眼光。

一

关于《中国与欧洲》一文的缘起，索洛维约夫本人在文章的开头作了详细说明。1889年，正当法国人在巴黎隆重庆祝大革命100周年之际，中国清朝政府发布了关于在北京和汉口之间修筑铁路的法令。索洛维约夫在报纸上读到这一消息，认为这是"中国政府断然决定，让自己的国家掌握欧洲文明的物质工具"①的一项举措。由于这一消息，他又回忆起大约一年半以前在巴黎地理学会的一次会议上所听到的中国外交官陈季同②的发言。索洛维约夫注意到，此人是唯一的一位身穿中式服装、却能够说一口流利而纯正的法语的会议参加者；更重要的是，在他那充满俏皮话的发言中，包含着"有足够分量的思想"。其大意是：我们中国人准备而且有能力从你们这里获取我们所需要的一切，你们的全部技术，但是不打算吸收你们

---

① Соловьёв В. С. *Собрание сочинений*: В 10-х томах. Т. 6. С-Петербург: Книгоиздательское Товарищество《Просвещение》,1912, с. 93.

② 陈季同(1852—1907)，福建侯官人。1867年入福州船政学堂(法文学堂)学习。1877年被清政府派往欧洲学习，先后入巴黎政治学堂、法律学堂学习，读书期间即担任中国驻欧使馆翻译，后任外交官，1891年回国。与欧洲政界、文化界有着广泛的联系，曾应邀作各种讲演，并以法文创作《中国人自画像》(1884)、《巴黎人》(1891)等作品8部，其中7部均在巴黎初版。

的任何信仰、思想，也不会模仿你们的风格；我们为你们的进步而高兴，但是既没有必要、也没有兴趣积极参与其中。弗·索洛维约夫认为，这位中国官员的一番话，说出了与他站在一起的四万万中国人的整个信仰。从当时许多西方人的一种特有的戒心出发，索洛维约夫把中国人对待欧洲的这种态度视为一种威胁，同时又指出：欧洲的精明人士已经带着警觉和担心注意到来自远东的、正在逼近的雷雨云，其代表人物之一就是法国著名的宗教史研究者阿尔别特·拉维尔。

根据弗·索洛维约夫的引述，可知拉维尔在他的《中国的宗教》（1889）一书中，对中国文化的特点、中西文化冲突的必然性及其后果作了充分的论说。拉维尔认为：当今世界只存在两种文明——西方文明和中国文明，前者是古希腊罗马文化在新形式中的发展，而后者则是独立形成的。世界其他各地区的文明都依附于这两种文明。拥有几亿人口的中国文明是极为丰富、充满活力的，这种文明的"扩张"可能给西方人带来顾虑和不安。中国人的特点是勤劳、顽强、节俭而讲礼貌，但对异国的观念、习俗和嗜好等，一般持冷漠态度，这一切将使他们在和西方人的竞争中最后获胜。因此拉维尔说：西方人将拥有整个世界，如果没有中国的话。

但是弗·索洛维约夫却认为，对于西方人而言，更大的危机也许是中华帝国在充分掌握了欧洲最新的先进技术之后，国力和军队都变得强大起来；不过从基督教的观点来说，不应当把任何一国人民（当然也包括中国人民）视为自己的敌人，并且谋求以武力征服之。在索洛维约夫看来，"可能引起我们的厌恶与担心的，倒不是中国人民自身的独特性格，而仅仅是他们与其他各国人民的隔绝状态"。在中西文化的冲突中，西方人若想取得"外在的胜利"，有一个先决条件，那就是对中国生活的固有的、特殊的制度建立于其上的历史因素的"内在的克服"；而要做到这一点，首先必须了解中国古老的精神生活和社会生活的基础。正是出于这种"了解中国"的愿望，索洛维约夫决心着手撰写《中国与欧洲》一文。作者声明："我的任务不在于描述中国人过去和现在是怎样生活的，而在于阐明他们是根据什么、为着什么而生活的，一句话，是要说明中国人的理想。"①从他的这篇长文的实际内容看，作者显然是要在认真考察中国文化、力求发现其特质的基础上，试图厘清中西文化的主要差异，对中西文化冲突的后果作出预测，探讨两种文化融合的可能性，为俄罗斯民族未来的发展寻找一种文化参照。

经由弗·索洛维约夫本人在《中国与欧洲》一文注释中的交代和他实际引用的资料，可以看出，他所依据的参考文献主要有中国《书经》的俄文译本，《四书》的法文译本（1841），《大学》和《中庸》的德文译本（1875，1878），老子《道德经》的法文译本（1842）；主要参考研究资料则有俄国著名汉学家 C. M. 格奥尔基耶夫斯基（1851—1893）的著作《中国的生活原则》（1888），前文已提到的法国学者阿·拉维尔的《中国的宗教》一书，以及德国学者撰写的、19 世纪 60 年代在慕尼黑出版的论中国古代文化和中国宗教的两本研究著作。所有这些参考文献和研究资料，使得从未到过中国、也不懂中文的索洛维约夫，能够凭借自己对于法语和德语的熟练掌握，捉摸到中国古代思想文化的某些重要内容和基本特点，并作出相当准确的描述与概括。一个多世纪过去了。今天，透过那厚厚一叠发黄的书页，我们仍然可以领略到作者的睿智和深刻，尽管其中也难免某些偏见。

二

在这篇题为《中国与欧洲》的长篇论文中，弗·索洛维约夫用

---

① Соловьёв В. С. *Собрание сочинений*: В 10-х томах. Т. 6. С-Петербург: Книгоиздательское Товарищество《Просвещение》,1912,с.98.

了百分之七十以上的篇幅考察中国文化。他的考察以中华民族的形成为切入点。经过研究，他认为，在中国，无论是个人生活还是国家制度，无论是宗教还是道德观，都是从一个统一的、共同的"根"上生长和发展起来的，这个"根"就是家庭因素，更确切些说，就是绝对的父权制。这一直至今天仍在决定着中国的全部生活体系的因素，也是中国作为一个国家产生的原初根由。如果说，在以畜牧业为主的游牧时代，母权制曾占据绝对的统治地位，那么，随着农耕文明的逐步建立，父权制便取而代之。父亲是任何一个农业家庭的最高权威人物。无数个农业家庭结合为一个紧密团结的、统一的大家庭，这就是中华民族最初的基本构成。黄河是中华民族的发源地，黄河文明正是一种农耕文明，中国最初的国家政权也就是在黄河流域建立起来的。从那时起，绝对的父权制就成为中国生活制度的至今不变的基础。索洛维约夫指出：今天①中国的全部复杂的政治结构，在中国人自己看来，不过是父权制的同心圆的扩大——村长即一村之父，州官乃一州之父，省官也似乎就是一省之父，而皇帝则是全国所有家庭、黎民百姓之父了。总而言之，国家好像就是家庭的扩大和延伸。

通过研读中国古代文献，弗·索洛维约夫注意到，在中国的家庭中，父亲的绝对权威、统治地位和决定一切的作用，不仅表现在他是家庭所有其他成员的精神生活和物质生活的指导者，是维系现有家庭之稳固的主导力量，而且还体现于他同时又是这个家庭举行经常性的祖先祭祀仪式的当然主持人。这后一种身份使得父亲似乎成了这个家庭的已故祖先和现有成员之间的中介人，其使命就是把先辈的意志和教训传达给现在的家庭成员，并通过他们保留这些作为家庭永久性精神遗产的东西，将来再传递于后辈子孙。如此代代相传，连绵不绝，家庭之根、家庭之本于是得到保存和延续。在这

---

① 指作者写作此书时的19世纪90年代。

一无尽的"承前启后"的过程中，父亲始终发挥着中坚的作用。然而，这个作为一家之长的父亲自身在人格上却完全不是独立的，他无论在任何年龄阶段、任何状况下，都不具备任何个性意识，无须有任何个人创见，不能根据自我的意愿去行动，而只能执行已故先辈的意志，随时随地按照本家族先人的遗训办事。一个家庭中的父亲去世后，其长子便接替他而成为家庭的主脑，继承先父的遗志，继续沿着他的生活之路走下去。

　　索洛维约夫承认，正如拉维尔和格奥尔基耶夫斯基在各自的研究著作中所谈到的，祖先崇拜在中国有着特殊的重要意义，祭祖仪式的举行在中国比在世界上任何其他国家都要更为普遍和经常。无疑，对于现代①受过一定教育的中国人来说，这类活动不过是对先辈的追念和缅怀的一种表示，也许还有提醒本家族成员强化团结意识的作用。但是在中国古代，原初的祖先祭祀仪式却具有另一种形式和性质。祭祀活动中的祭品最初竟是一家之主的嫡长子，即父亲的亲生大儿子。主持祭祀仪式的父亲沿袭一种传统做法，把亲生儿子作为牺牲品奉献给自己的已故长辈。从词源学的角度看，嫡长子的另一称谓"冢子"即由这种把活人当祭品的现象而来。索洛维约夫指出：这一现象虽然没有明确的文献记载，仅见于传说，但传说本身即说明中国人对祖先、对已故长辈的虔诚崇敬的程度。索洛维约夫还引用格奥尔基耶夫斯基的《中国的生活原则》一书的内容，从汉语中"尸"这个字的原初意义说明中国古代祭祀仪式的演化。古汉语中"尸"的本义是指代表死者受祭的活人。在实际的祭祀活动中，一般由已故死者的嫡孙装扮成死者的模样，接受活着的家庭成员们的顶礼膜拜。这个扮成已故祖父的样子并代其受祭的年轻人，当初就被叫做"尸"。后来，这种形式渐渐被放弃，人们开始用其他物质材料仿制出已故先人的形象，并由它们来替代死者接受祭祀。

---

① 所指时代19世纪90年代。

但无论祭祀活动的形式怎样演变，这类仪式终究是中国人祖先崇拜的具体而有力的表现形式，而且它的主持者始终是作为一家之长的父亲。

弗·索洛维约夫认为，祖先崇拜成为中国的全部制度赖以建立其上的基础，它首先决定了中国家庭的统一与稳固。体现于每一家庭的父亲身上的那种神秘的宗教——家庭因素，具有一种伟大的延伸力量，它内在地决定着中国这个世界上人口最多、历史最为悠久的国家的整个政治结构。拥有全部庞大复杂的官僚机构的中国国家政权，始终不变地保留着父权制的性质。初看上去，国家"父权制"和家庭父权制的宗教基础似乎有所不同：一家之长是家庭祭祀活动的主持者，是已逝父亲的儿子，也是先父和自己的家庭成员之间的中介人；一国之君则是"祭天"仪式的主持人，是"天子"，也是"天"与"地"之间的中介人。这里就出现了所谓"天"本身的内涵以及"天"与家庭祭祀活动的对象——已逝先辈的关系问题。经过研究，索洛维约夫发现，在中国古代文化中，"天"是具有多种不同含义的概念。例如，在道家学说中，"天"与"地"、"阳"与"阴"是两两对应的概念。"阳"与"阴"指的是自然界两种最基本的力量或因素，二者既彼此对立，又相互制约、相互依存；"天"与"地"则是"阳"与"阴"两种力量或因素的原始外化或体现。然而在儒家学说中，"天"的含义却有所不同。为了说明这一层含义，索洛维约夫引用了中国先秦典籍《孟子》中的一段话：

万章曰："尧以天下与舜，有诸？"

孟子曰："否；天子不能以天下与人。"

"然则舜有天下也，孰与之？"

曰："天与之。"

"天与之者，谆谆然命之乎？"

曰："否；天不言，以行与事示之而已矣。"

曰:"以行与事示之者,如之何?"

曰:"天子能荐人于天,不能使天与之天下;诸侯能荐人于天子,不能使天子与之诸侯;大夫能荐人于诸侯,不能使诸侯与之大夫。昔者,尧荐舜于天下,而天受之;暴之于民,而民受之;故曰,天不言,以行与事示之而已矣。"

曰:"敢问荐之于天,而天受之;暴之于民,而民受之,如何?"

曰:"使之主祭,而百神受之,是天受之;使之主事,而事治,百姓安之,是民受之也。"①

在这段引文中出现的"天"与"百神"两个概念,索洛维约夫认为其含义是相同的,正如在中国"百姓"即指所有家庭、全体人民一样,"百神"也就是"天",即所有神的总和,包括整个神的世界。同样是在《孟子》一书中,索洛维约夫还发现了关于"天"与"民"之关系的明确说法:"天之生此民也,使先知觉后知,使先觉觉后觉也。"他由此而展开推论,认为"民"(百姓)对"天"(百神)的关系,等同于个别家庭对其祖先的关系。如果说,每一家庭与其祖先的联系是通过一家之长得以保持的,那么,民族和国家整体与"天"的联系则是经由一国之君而实现的。

进一步的探讨使索洛维约夫得知,所谓"百神"(天)的具体构成,并不是仅仅包括"天上之神",而不包括"地上之神",这一概念其实囊括了所有的神。再者,虽然"百神"在"百姓"心目中的位置相当于每一家庭的祖先在该家庭现有成员心目中的位置,而"百姓"就是所有家庭的总和,但是"百神"并不是所有家庭的已

---

① 《孟子·万章章句上》,转引自朱熹:《四书集注》,长沙:岳麓书社,1983年,第385—386页。弗·索洛维约夫引文见 Соловьёв В. С. *Собрание сочинений: В 10-х томах*. Т. 6. С-Петербург: Книгоиздательское Товарищество 《Просвещение》,1912, с. 109-110.

逝祖先的相加。由于"祭天"(百神祭祀)活动是在国家民族整体的层面上进行的,因而只是对于某一家庭才有祭祀价值的该家庭的祖先,不可能理所当然地作为"百神"之一而受到举国之祭。于是在中国就有"封神"一说。只有那些对于民族和国家具有无可否认的功绩、在某一方面成为全民之表率的已逝者,才有可能被"封"为"神",进入"百神"之行列。不过,中国的"封神"并不具有严格的系统性、连续性和确定性。通过以上探讨,索洛维约夫确认:中国宗教中的"天",就其实际构成而言,"是那些以自己的特殊品格或功绩促进了作为民族—政治整体的中国的建立与发展的已逝中国人的聚集","天也即中国人民之父"①。

弗·索洛维约夫从祖先崇拜和祭祀活动在中国人生活中的重要意义中发现,在一般中国人的信仰中,正如每一家庭的父权似乎就是列祖列宗的权力,最高国家统治权也好像就是"天"的统治权,"百神"的统治权。然而他又认为,即便中国古代国家的社会政治制度为一种神秘的宗教因素所决定,也不能像拉维尔那样,把这种制度叫做"世俗神权政治"。在索洛维约夫看来,拉维尔使用的"世俗神权政治"这一概念所表达的具体内容,在中国古代国家政治生活中其实是看不到的。相当于西方宗教生活中的最高司祭、最高主教的角色,在中国就是由皇帝本人来担当的。祭天之权、祭天之礼,是中国的国家政权的特别的和唯一的基础。孔子在谈及武王、周公对于"天"及祖先之"孝"时说过:"明乎郊社之礼,禘尝之义,治国其如示诸掌乎!"②索洛维约夫在自己的文章中引用了这段话,意在说明在中国古代祭天仪式与治国的关系。经由主持这一重大活动,国家的最高统治者充分显示出自己不仅是"天"与"民"之间

---

① Соловьёв В. С. *Собрание сочинений*: В 10-х томах. Т. 6. С-Петербург: Книгоиздательское Товарищество《Просвещение》,1912, с. 113.

② 《中庸·第十九章》,《四书集注》,第45页。

的唯一联系人，而且是代表"天"对"民"实行统治的唯一代理人、执法者和教导者。既然国家最高祭祀的主持人和政治统治者的身份集于皇帝一身，那么他的整个政权的各级机构也必然是统揽各级各地区的祭祀主持权和世俗统治权，从村镇到州府的任何地方官必然同时是其管辖范围内的祭祀主持者、执法者和教导者。索洛维约夫把这种现象称为中国政治制度的"绝对父权制原则"。

通过格奥尔基耶夫斯基的《中国的生活原则》一书，索洛维约夫了解到，中国古代的祖先崇拜和祭祀活动，决不像世界上其他一些民族那样，仅仅具有一种形式上的意义，而是有着具体的、实际的内容。无论是在个别家庭的祭祖仪式还是在国家的祭天仪式中，都有祭祀主持人向已逝先辈、向"天"进行"报告"和"请示"的议程。前者是向"百神"、向祖先汇报执行其意志的情况，后者是就下一步的重要活动向他们请示，希望知晓他们的意志，获得他们的指示和教导。这些指示和教导将是从帝王到家长用以教育全体人民或家庭成员的基本内容。

弗·索洛维约夫由此而认定：中国的这些大大小小的教导者的"学说"，都不是个人思考的产物，而是来源于先人、来源于古代圣贤的一种被偶像化了的传统智慧。"中国人的理想整个说来是属于过去的，他们通常是朝后看，而不是向前看。"即便是像孔子这样的为"改革"而奔忙的人物，其"改革"的目的也是要消除种种有害的新措施，尽量恢复到原有的秩序上去，所谓"克己复礼"者是也。索洛维约夫指出："正是这种保守主义，这种对于传统生活基础的绝对偏向，是完全中国式的、有其独特性质的抽象思维发展的支点"，并逐渐作为一种民族精神而得到自我强化，在这一过程中，"生活的任何实践动机都丧失殆尽，而全部人道的态度则归于原始的虚无。"[①]

[①] Соловьёв В. С. *Собрание сочинений*：В 10-х томах. Т. 6. С-Петербург：Книгоиздательское Товарищество《Просвещение》,1912,с. 118.

三

索洛维约夫认为，在中国古代思想家中，把上述以保守主义为内核的思想引向荒谬地步的是老子，于是他便转向对老子学说的评析。

老子学说的内容十分丰富，引起索洛维约夫特别注意的，主要有四个方面。一是关于"无"的思想，即所谓"无，名天地之始；有，名万物之母"；"天下万物生于有，有生于无"。二是关于"无为"的主张，即他所说的"道常无为而无不为"；"为无为，则无不治"；"是以圣人处无为之事，行不言之教"。三是关于含混、不争、漠然的人生态度，如所谓"道之为物，惟恍惟惚"；"圣人之道，为而不争"，"夫唯不争，故无尤"；"多言数穷，不如守中"。四是关于"无知"的建议，包括"常使民无知无欲"，"绝学无忧"，"古之善为道者，非以明民，将以愚之"[①]等。在索洛维约夫看来，老子学说的这种"原则上的蒙昧主义"有其独特的性质和意义：虽然醉心于极端的抽象思维，老子依然想到自己是"百姓"的成员之一，因此没有放弃对于普通人的实际利益的考虑；在否定理智和学问的同时，他没有仅仅沉浸于"绝对虚无"的"道"的个人思辨，而是把"纯朴无知"作为一种社会理想推荐给全体人民。但老子断定受教育只能给人们带来害处，思考和"有知"只能增加人们的欲望和忧伤，这些观点又是索洛维约夫所不能同意的。他认为"这种对于原始状态的简陋朴野的追求，是与中国人所共有的对过去的崇拜相联系的，正是这种崇拜为老子的原始虚无的思想奠定了基础。"[②]索洛

[①] 以上所有老子言论，弗·索洛维约夫都加以引用（根据法文译本），老子这些言论的中文原文依此见《老子》第1、40、37、3、2、21、81、8、5、3、19、65章。

[②] Соловьёв В. С. *Собрание сочинений*: В 10-х томах. Т. 6. С-Петербург: Книгоиздательское Товарищество《Просвещение》, 1912, с. 122.

维约夫还特别提到老子的"法令滋张，盗贼多有"的见解，指出这是对"恶"采取消极态度的一种主张，它是和老子的整个思想相联系的。

弗·索洛维约夫看到，老子学说是对中国人的祖先崇拜意识的理论化，并成为制约中华民族世界观的基础之一，它仍然没有摆脱根深蒂固的保守主义。把绝对的虚无作为抽象原则，把对生命、知识和进步的否定作为必然的实际出路，这就是体现在老子学说中的中国古代思想的实质。索洛维约夫意味深长地说：当人们把一切都交给过去的时候，也就从根本上否定了现在和未来。不过他相信，老子的思想是不可能实现的。老子本人就没有执行他对人们提出的种种要求，如他主张"弃智"，但他自己却是一个拥有非凡智慧和发达智力的思想家；他把学问看成恶的根源，却以自己的学问教育了一大批学生，形成了一整个哲学流派。更重要的是，摆脱原始状态的简陋朴野是人类进步的必然趋势和结果，停留或回复到那种状态是不可能的；而如果要求人们都"无知"、"无欲"，甚至不使用文字和计数法（"使民复结绳而用之"），彼此之间断绝一切联系（"邻国相望，鸡犬之声相闻，民至老死不相往来"），那就不仅是对文明生活的否定，而是对全部生活的取消。

中国的儒家学说，在索洛维约夫看来，正是作为对老子的上述"荒谬而不可实现的"思想的一种克服而出现的，因此他又对儒家学说进行了考察。索洛维约夫把作为儒家学说之基础和核心的孔子学说，视为中国古代思想的抽象原则和民族生活的实际需求之间的一种妥协形态，认为这一学说的任务是要以新的、更为宽泛而严整的形式恢复本民族的古风；它把古代宗教和新的社会生活内容纳入同一的道德实践秩序的体系中，其形式是唯理主义的，其实质是保守主义的。孔子赋予中国人的祖先崇拜以更浓厚的道德性质和悟性特征，使这一道德原则成为中国古代全部社会政治生活制度的基石。

在简略地描述了孔子学说在中国历代的不同命运之后,索洛维约夫强调:孔子首先是一位古风崇拜者。这既表现在他的治学态度和治学方法上,也体现于他对已逝先辈和长者的虔敬上。所谓"述而不作,信而好古","我非生而知之者,好古,敏以求之者也"①,说明孔子认为自己的全部学问乃至思想都来源于古人。在道德原则上,孔子相信家庭是社会生活的基本形式,而儿孙对前辈和长者的孝敬这种美德则是家庭的基础。遵从古人遗训,孔子要求儿孙之孝不能限于对在世父母的孝顺,而要扩大到对已故先辈的崇敬。《论语》中所谓"祭如在,祭神如神在"②,说的就是孔子祭祀之诚意以及他对祖先的孝敬。但索洛维约夫又指出,对祖先之敬在孔子的道德思想中并不占有特别显著的地位,他更重视的是儿女对于生身父母之孝,因此他才说:"父在观其志,父没观其行,三年无改于父之道,可谓孝也。"③索洛维约夫发现,孔子的这一思想对中国人的影响是深远的。俄国汉学家格奥尔基耶夫斯基在他的《中国的生活原则》一书中,曾引用中国南戏的代表作之一、元代高明所作《琵琶记》一剧的第四出"蔡公逼伯喈赴试"中的一段④,试图说明子辈对父辈意志的遵从是中国人道德观念的一个基本方面。索洛维约夫在自己的文章中也转引了《琵琶记》中的这一段,旨在强调这一深入人心的道德观念正是来源于孔子的思想。南戏《琵琶记》表现的"彰孝义,美教化"的主题,的确是儒家伦理学说所大力提倡的。

当一家一户的儿孙对于长辈之孝扩展到全国范围内的百姓对于帝王的忠顺时,"孝"便成为中国人的一种普遍的品性,这种品性在"礼"的完整体系中得到了定格。索洛维约夫认为,这是孔子思想

---

① 《论语·述而》,《四书集注》,第120、125页。
② 《论语·八佾》,《四书集注》,第88—89页。
③ 《论语·学而》,《四书集注》,第74页。
④ 参见钱南扬校注:《元本琵琶记校注》,上海:上海古籍出版社,1980年,第28—29页。

对中国道德观念产生重大影响的一个主要方面。"优优大哉！礼仪三百，威仪三千。"①可见"礼"是"极于至大而无外，入于至小而无间"的，它覆盖了人们生活的方方面面。孔子要求人们："非礼勿视，非礼勿听，非礼勿言，非礼勿动"②，强调"不知礼，无以立也"③，为中国成为"礼仪之邦"奠定了必要的道德基础。但是索洛维约夫紧接着又指出：过分的"礼"使中国人的道德行为带上了机械的性质，同时"礼"作为一种普遍的道德规范，却偏偏忽视了对于人的某些主要恶习的批评和反对。索洛维约夫注意到，在孔子不遗余力地为确立"礼"而发表的大量言论中，几乎找不到对于虚伪和残酷的任何谴责。索洛维约夫赞同格奥尔基耶夫斯基对孔子的伦理观所作的某些概括，认为孔子确实是把人对他人的关系归结为五个方面：对父亲、对兄弟、对妻子、对朋友、对帝王的关系。在这五种关系中，孔子又把第一种关系视为最主要的，即肯定一个人如果不爱自己的父母，他就不可能爱自己的兄弟；而如果不爱父母和兄弟，他也就不可能爱妻子、朋友和祖国。这一见解有一定的合理性，但它同时造成了中国人"博爱"精神的缺乏，包括中国古代另一思想家墨子的"兼爱"思想也未为中国人所广泛认同与接受。中国人似乎认为，"博爱"对于个人而言实际上是不可能实现的，除非无视对父母的先天性义务。另外，索洛维约夫还注意到《论语》中的这样一段文字：

宰我问曰：仁者虽告之曰，井有仁焉。其从之也？子曰：何为其然也？君子可逝也，不可陷也；可欺也，不可罔也。④

---

① 《中庸·第二十七章》，《四书集注》，第 56 页。
② 《论语·颜渊》，《四书集注》，第 163 页。
③ 《论语·尧曰》，《四书集注》，第 234 页。
④ 《论语·雍也》，《四书集注》，第 117 页。

索洛维约夫感到，孔子在这里所说的话，表明在他看来，冒着生命危险去解救他人是不明智的；而这一点又说明，他所提倡的道德不仅有其特定的对象范围，而且取决于特定的要求程度。至此，索洛维约夫把由以孔子学说为核心的儒家思想所培养起来的中国古代道德观归结为一种"有节制的利己主义"，它是充分考虑到与特定社会群体的团结一致并受其制约的，个人的命运实际上也明显地受这一群体的支配。

经由对老子学说和孔子学说的一番考察，弗·索洛维约夫试图对中国古代思想的要点作出一种概括。在他看来，如果说，把遥远的过去想象为美好的黄金时代，这一特点曾为世界上许多民族所共有，那么，中国人的不同之处则在于他们千方百计地要"延续"这样的黄金时代，并且把对自己的制约权全部交给过去，同时拒绝创造性的思想和独立的创举，扼杀自己关于新的美好未来的任何幻想。原封不动地保持从祖先那里继承下来的生活制度，再把它传给下一代。这就是中国智慧的保守主义实质。中国人承认的完美仅仅在于古已有之的东西；宗教和道德融合于对一劳永逸地确立下来的秩序的崇拜之中。已逝先人是宗教生活的真正对象，敬重在世长者是个人和社会道德的基础，全部严整的等级秩序也即建立于这一不可动摇的基础之上，并由"礼"的体系而得到巩固。承认这一秩序，遵守"礼"的各种规范，这就是中国人对自身的全部道德要求。

在这样的概括之后，索洛维约夫觉得孔子学说其实是把中国的保守主义的理想提到了理论上的利己主义原则的高度，不过在民众实现这种理想的过程中，却要求有一种摆脱任何功利主义打算的、利他主义的社会道德感情。因为人们如果没有对于祖先和长者的依恋，就不可能真正履行对于他们的责任和义务。由于对崇拜祖先、尊重长者之"礼"的有意识地树立并加以合法化，人们的上述依恋感得以发展与巩固，于是一种独特的利他主义在中国人民中得到培养。但是索洛维约夫又不无遗憾地指出:"在大多数情况下,专制主义秩序与其说是靠这种温情、不如说是靠对于违法者的残酷惩罚而得到维持的。"①

四

当然,索洛维约夫本人并不满足于对中国古代社会道德理想的描述,对其特点的概括。他感到,如果从信奉这种理想的一般结果来看问题,或许可以对其作出更令人信服的评价。他把中国人坚持自己的世界观的历史结果归结为三种主要事实。事实之一是:中国的民族—国家实体在历史上是无与伦比的牢固而持久的。她没有像其他闭关自守的民族那样,或很早就丧失了自己的独立性,依附于别的国家;或完全失去了人种学意义上的存在。中国在四千年的漫长岁月中不仅始终保持着民族和政治的独立,而且还扩大着对周边国家的影响。中国的巨大存在,使人们不得不把中国文化和欧洲文化作为两种势均力敌的文化形态加以看待。这一事实说明中国的生活原则自有其合理性。但是索洛维约夫紧接着又指出了第二种事实,即:中国文化尽管牢固持久,却没有结出多少精神果实并使别的民族受益。这种文化对于中国人本身来说也许很好,但它却没有为世界提供任何一种伟大的思想,任何一个方面的永久性的、绝对有价值的精神创造。索洛维约夫对中国文学、音乐和绘画的评价也是不高的(对此,我们将在下文予以评说),并认为中国人在实用科学方面尚处于初始阶段,尽管在某些时候也显示出进行局部工作的巨大才能。不过,索洛维约夫又声言:不能从基督教和欧洲人的视角来指责中国人的生活与思想,他们的不足最好是由他们自己来批

---

① Соловьёв В. С. *Собрание сочинений*: В 10-х томах. Т. 6. С-Петербург: Книгоиздательское Товарищество 《Просвещение》,1912,с.137.

评。其实，早就有一些中国人试图在儒家思想之外寻找某种精神支柱，他们被认为是道教或佛教的信奉者。在官方认同的社会道德理想之外所进行的这种探寻，可视为与以上两种事实并列的第三种事实。由此可见，索洛维约夫是把中国的道教和佛教都作为儒家思想的对立面看待的。

索洛维约夫看到，中国道教的信奉者总是把自己和老子及其学说联系起来。他也承认两者之间的某种联系，但又发现它们之间有着重要的区别。他认为，老子在"道"这一概念下所思考的，是一种绝对的"虚无"，是一种超时空的永恒存在，天地万物之起源；道教在"道"中寻找的，却是长生不老、永世平安的秘密，即一种类似于西方的所谓"哲人石"、长命水的东西。后来的道士更纷纷热衷于修炼、神仙方术、巫医、炼丹术等，并把许多天神地祇作为自己的崇拜对象，这一切都是老子所始料不及的。索洛维约夫把道教的实质看成是以一种更为复杂的形式重建未开化的初民们的原始宗教，并认为它之所以有一定的吸引力，是因为中国人希望在其中找到官方礼教不能提供给他们的东西，如在贫困的生活中获得某种奇迹般的帮助，和某些异己力量的自由交往，等等。道士们对儒教等官方学说的蔑视，他们自身没有任何官职，这一切正是普通民众感到可贵的。但是，中国人的宗教需求并没有因道教而得到满足，这至少是由于道教像儒教一样很少知道"来生"。于是到公元一世纪，佛教便从它的诞生地印度传入中国，占据了一个牢固的位置，虽然它并未成为中国的国教。

中国的佛教在索洛维约夫看来，同由释迦牟尼创建、保留在"三藏经"中的印度佛教，是既有联系又有区别的。他把印度佛教的精髓归纳为三大要点：赋予释迦牟尼以绝对的最高存在的意义、涅槃、将"节欲"和"行善"视为所有人的拯救之途。他认为，在印度佛教的全部浩繁复杂内容中，中国人发现的是一种"实用宗教"，它有着比儒家学说和道教更为丰富的神秘内容，也更具有理想色彩和道德色彩。"善有善报,恶有恶报"的观念,在中国流传广远,深入人心。佛教僧人在中国获得了比道士更多的尊重。这些"出家人"所宣扬的禁欲主义的道德原则和善待芸芸众生的人生态度,也在一定程度上遏制了人的物欲和人对人的残酷。

索洛维约夫强调,虽然中国人希望在道教中获得某种"方术"的帮助,在佛教中寻求某种精神上的安慰,但他们仍然信奉官方儒学并履行其宗教义务。佛教僧人和道士尽管得到官方的承认,对于世俗的百姓却没有任何控制权。任何一个中国人,无论他的个人宗教信仰如何,他仍然属于同一个无所不包的社会,仍然只承认一种对于自己的至高无上的统治,即集神权和世俗政权于一身的"天子"的统治。索洛维约夫还指出,中国的统治者也意识到单一的儒教不能满足自己的臣民的宗教需求,因此完全容许道教和佛教的合法存在;而且作为"百神"祭祀仪式的主持者,"天子"也同时主持道教和佛教的祭祀活动。最高统治者以这样的身份出现,不仅具有象征性的意义,而且在事实上是肯定了三教合一。然而,道教和佛教在中国的发展,同样没有促成中国社会生活制度的任何进步,因为这种生活制度认为自身已经包含了任何可能存在的宗教信仰,只要这些宗教不触动这种制度的基本原则,不吞没君主制的传统理想。

通过以上几个方面的系统考察,索洛维约夫发现,中国人理想的真正支点在于承认"过去"具有对于"现在"的权利,在于承认活人的义务与责任是为已逝先人服务,树立并不断巩固对先人的依恋感。对此,这位俄国哲学家提出了一系列问题,如:怎样才是对祖先的真正的尊重和热爱?我们究竟能为已逝先人做些什么?为什么应当"返回"到早已有之的生活秩序中去?他认为,真正理想的生活既不是在过去,也不是在眼前,而是在未来,但这种未来不会自行到来,只有依靠人自身的积极努力才能达到。索洛维约夫写道:"如果我们真的依恋往昔,如果我们深爱着先辈,那么我们所应当致力的,就不是原封不动地保留旧有的、我们所珍视的东西已在那当中毁灭的生活形式,而是相反,那就是面向未来,经常不断地更改、完善我们的生活。"①这无疑是一种忠告,可是他同时又建议中国人根据"全世界进步的基督教欧洲思想"走实现理想生活道路。

五

正如索洛维约夫这篇长文的题目所示,他要对中国与欧洲、特别是两者的文化之异同进行比较考察。对于他本人而言,欧洲文化是甚为熟悉的,因此基本上廓清中国文化就成为进行这种比较的必要前提。在对中国古代思想文化作了一番认真的梳理之后,索洛维约夫才进入对于两种文化的比较。他首先指出,中国文化与欧洲文化的矛盾,其实质可以归结为两种思想的矛盾,即"秩序"的思想与"进步"的思想的矛盾。从"秩序"的观点来说,最重要的是社会关系的稳固;"进步"的思想所要求的,则是这种关系的完善。稳固的秩序是一种状态,它是靠传统的力量来支撑的;追求完善的进步是一种行动,它决定于对未来的理想。在索洛维约夫看来,中国已经建立了稳固的秩序,这是没有疑问的;但欧洲究竟在多大程度上实现了社会的完善,却还是一个问题。从这样的认识出发,他又对欧洲的"进步"观念展开了辨析。

索洛维约夫颇有辩证观点地指出:真正的进步不能只具有批判的、破坏的性质,不能仅仅是对"秩序"的反对;真正的进步应当是"秩序"的进步。他认为,从18世纪以来,欧洲的"进步"概念便显示出一种特别的意义,即这种"进步"是以对过去、对传统秩

---

① Соловьёв В. С. *Собрание сочинений*: В 10-х томах. Т. 6. С-Петербург: Книгоиздательское Товарищество 《Просвещение》,1912, с. 146.

序的断然否定态度为前提的。这个意义上的"进步"只能是虚假的进步,它不仅远离真理,而且直接取消了"进步"一词本来所表示的"循序渐进的发展和前进"的本质特征。真正的进步要求新一代和老一代人形成真正的内部团结一致,新的真理应当扎根于过去。今天的工作不应从对已有一切的简单破坏开始,不能与传统割断联系。如果今天的人们这样做了,那就为后辈人这样做提供了权利。虚假的进步将不仅失去现实生活的任何支撑,而且将完全丧失对未来的确定的理想。在索洛维约夫看来,这种虚假的进步思想所造成的实际后果,已经在法国大革命和使欧洲震惊的激进主义思潮中显露出来。他对这种"进步"观念无疑持反对态度。

与上述虚假的进步思想相对立的,是当时流行于欧洲的另一种思潮,索洛维约夫称之为"反动思潮"。这一思潮的代表人物所鼓吹的观点之一,是主张把中国古代思想中的保守主义原则当作救世良方,无条件地崇拜过去,特别关心并支持从已失去任何内在力量的传统秩序中发掘有用的东西。同时,索洛维约夫把只爱自家人、只珍视自己所拥有的一切、讲求实利以及崇拜实在的力量等特点,也同中国古代思想联系起来,并认为这一切都在欧洲"反动思潮"那里得到了呼应。

索洛维约夫从其"基督教的欧洲"立场出发,断言以上彼此对立的两种思想的冲突,在理论上都不具备真理性,但在实践中却是危险的,它们当中的任何一方在欧洲与中国这两个文化世界的冲突中,"都同样会耗费我们的内部力量"。索洛维约夫预测:如果虚假的进步思想占了上风,那么欧洲就将陷入没有信仰、没有理想,为一己的意愿和琐碎的利己主义打算所左右的混乱之中;而如果主张把中国古代思想当作原则的思潮占了上风,那么情况也不会更好。这是因为,在索洛维约夫看来,"中国的理想对于中国人来说是力量的原则,对于欧洲人来说却是衰弱和毁灭的起因。接受这一理想对于我们而言就是自我否定(在这个词的最坏的含义上),也即背弃自己好的一面，背弃基督教。而这种背弃就无异于彻底失去我们的历史存在的根据本身。"①索洛维约夫还说：在持彼此对立的两种思想的欧洲人面前，中国人不仅更有力，而且更正确。

那么，弗·索洛维约夫本人究竟认为什么样的思想最好，欧洲与中国究竟应该走怎样的道路呢？他的主张可以归结为两点，其一是调和，其二是基督教拯救世界。所谓调和，也就是让处于两极的中国文化与欧洲文化实现"真正的、内在的调和"，既把"不断的进步"当作积极为先辈效力的最好方法，也把"不倦地追求理想的未来"当作恢复古风的有效途径。这一主张从表面上看似乎是将"中国的生活原则"和欧洲的进步思想合而为一，但这样认定未免过于简单。索洛维约夫"调和"的思想主旨是基督教学说。在这位思想家的心目中，基督教学说为我们揭示了全部真理，其中既有我们未来的理想，也有我们过去的精神之根，即我们祖先的信仰；既包含着积极的秩序原则，包含着那种深深地、实在地扎根于历史土壤中的生活制度，也包含着上接云天的崇高思想。因此，奉行基督教思想原则，是达到"真正的生活"的唯一道路。无论是中国的"秩序"原则，还是欧洲的"进步"思想，在索洛维约夫看来，都是违背基督教思想的，都不能完全接受，两者应当在基督教原则的基础上加以"调和"。这样看来，索洛维约夫的两点主张其实是同一主张的两个方面。

作为一个欧洲人，索洛维约夫当然不是、也不可能站在一种超然的位置上评说中国与欧洲的思想，关心中国与欧洲的命运。他显然是从维护欧洲的基督教文化传统、维护欧洲人的利益的角度来看问题的。他钦佩中国人坚持自己的信仰，但是他又说，如果欧洲基督教世界也像中国人那样坚守信仰，那么，这个世界就将"征服远

---

① Соловьёв В. С. *Собрание сочинений*: В 10-х томах. Т. 6. С-Петербург: Книгоиздательское Товарищество 《Просвещение》,1912,с. 149.

东",当然不是靠武力,而是靠精神吸引力,也就是基督教这种能够作用于整个人类的对"完全真理"的信仰。这里的所谓从精神上"征服远东"的说法,和前文已提及的对中国的生活制度赖以建立其上的历史因素的"内在克服",都是相同的意思,即要在思想文化和精神生活领域以欧洲传统"战胜"中国传统。这其实是从"欧洲中心论"或"西方优越论"出发提出的文化战略之一种,带有精神—思想侵略的嫌疑。我们看到,与此相类似的文化战略的实施早已开始,并贯穿于19世纪以来中西文化交流史的全过程,且至今仍在继续。索洛维约夫作为一位哲学家,固然是从思想文化的角度提出问题的,但是在历史实践中,文化的冲突往往不是孤立的。特别是带有预设的"克服"、"征服"意图的文化战略,其实施过程常常伴随着经济侵略、政治颠覆乃至军事干涉,饱经磨难的中国人民对这方面的沉痛教训记忆犹新。因此,我们在对索洛维约夫的学识表示充分尊重的同时,不能不指出其思想的狭隘与偏颇。

同样的偏颇也许还显示于索洛维约夫对基督教学说的无限推崇中。作为一位宗教哲学家,他如此表达自己信仰的坚定与虔诚,是十分自然的。然而,基督教是否真的能够统一起东方人和西方人的全部思想信仰,是否真的能够拯救世界?这个问题已经不是一个单纯的文化问题,也已远远超出了本文所讨论的范围,我们只能把它交给人类的历史本身去回答。

如前所说,索洛维约夫借以考察中国文化的参考文献资料是较为有限的,这一客观条件不能不影响他的评价的正确性。例如他认为,中国文学是丰富的,但除了一些产生于民间的真正富有诗意的诗歌和童话之外,其余的都没有任何美学的意义,也许只有历史学的和人种学的价值。他对中国戏剧、小说、音乐和绘画的评价,同样显示出他对中国文学的历史与成就知之甚少。如果说不了解还不能说是一种过失的话,那么,基于这种不了解而随意加以评判,则至少过于轻率和武断了。当然,我们相信,索洛维约夫在评价其本国文学时，应该不是如此。

　　索洛维约夫之所以考察中国文化，对中国与欧洲进行一番比较，其目的是为他自己的国家俄罗斯寻找前进的参照。在他对中国作为一个国家长久稳固的赞叹中，在他对中国人相信自己、坚守自己的信仰的感慨中，在他对欧洲激进主义和反动思潮的批判中，在他对基督教思想的推崇中，都不难发现他面对的首先是俄罗斯读者。尽管如此，尽管也存在着上文提到的一些局限与偏颇，索洛维约夫对于中国古代文化的研究，对于中国文化与欧洲文化的比较考察，还是给了我们多方面的启示。譬如说，他经由对老子学说和孔子学说的探讨，揭示了中国的全部社会生活制度形成的基础，发现了中国人的道德观念和行为准则的内在依据，是否在一定程度上触及了中国在漫长的历史行程中既稳固又虚弱、既庞大又落后的远因？直到今天，我们在自己的思维习惯、人生态度、情感表现方式乃至"终极追求"之中，是否还可以找到为索洛维约夫所概括的老子思想和儒家学说的根深蒂固的影响？索洛维约夫所指出的中国文化和欧洲文化调和融合的前景，如果忽略它的具体框定，是否可以作为我们的一种参照？回答也许应当是肯定的。

高尔基笔下的"东方"与中国[①]

对于20世纪俄罗斯伟大作家高尔基来说,中国首先是一个带有神秘色彩的国度,这一片神奇的土地曾孕育了、并且还在孕育着灿烂的文化,她始终拥有巨大的吸引力。由于中俄两国是唇齿相依的邻邦,其历史文化传统和现代命运又都有着某些相似性,这就使得高尔基对中国怀抱着一种特殊的友善、亲切的情感,并往往带着好奇与尊重希望了解中国文化的悠久历史,注视着中国的现状和她的发展。基于自己对东西方文化关系的看法,高尔基心目中的中国又是东方文化理所当然的代表。当他思考处于东西方文化之间的俄罗斯文化的独特性、探询民族的命运与道路时,他就不能不想到中国。在高尔基的作品中,常常可以看到中国和中国人的形象。这一切都显示出一种跨越民族和国界的人文关怀。

一

早在不幸而有趣的童年时代,高尔基就知道在遥远的东方有一个神圣的国家——中国。不过,他最初关于中国的概念是以一种奇特的方式获得的。读小学的时候,有一天晚上,高尔基从家里拿了一个卢布,用它买了一本《使徒传》和两本安徒生童话集。第二天,他把这些书带到学校,中午休息的时候,便和同学们一起读安

[①] 本文原载《学习与探索》,2009年第3期。

徒生的童话。后来在自传体小说《童年》中，作家描述了当年的情景："我们开始读一个美妙的童话《夜莺》，这个童话立刻抓住所有人的心。'在中国，所有的居民都是中国人，连皇帝本人也是中国人。'我记得，这一句话，由于它的单纯、含着快乐地微笑着的音乐，还由于它有一种异常美好的东西，使我感到愉快的惊奇。"①

为了这一卢布，母亲把高尔基打了一顿，"把安徒生的书没收了去，永远藏在不知什么地方，这比挨打更令人悲伤"。但是，高尔基毕竟从此知道了中国这一神奇国家的存在。当然，由于安徒生的这篇童话事实上没有提供关于中国的任何真实描绘，所以高尔基不可能从中认识中国。这种认识可以说是从阅读19世纪俄国著名作家冈察洛夫的旅行记《战舰巴拉达号》开始的。这本书是冈察洛夫1852—1854年间随俄国海军中将普佳京作环球旅行之观感的记录，其中生动地描述了欧亚一些国家的风土人情，包括1853年造访我国香港和上海的情形。高尔基读这本书是在他被迫辍学、走进"人间"之后。那是他大量读书的一个时期。普希金、莱蒙托夫、果戈理、屠格涅夫、陀思妥耶夫斯基、列夫·托尔斯泰等俄罗斯作家的作品，巴尔扎克、斯丹达尔、司各特、狄更斯、福楼拜等西欧作家的作品，他都是在那个特殊年代里阅读的。冈察洛夫的旅行记以其对于"异域风情"的真实再现吸引了高尔基，使他对中国这一东方大国有了初始的认识。

从高尔基的自传体小说《在人间》中我们得知，他曾在下诺夫戈罗德城的一家圣像作坊当学徒。晚间，他有时候给大家读书，有时候则把书中的故事"表演"出来让大家欣赏。他所表演的"中国鬼秦友东的故事"曾经给圣像作坊的工人带来少有的欢乐。这个故

---

① 高尔基：《童年》，刘辽逸译，见《高尔基文集》，第15卷，北京：人民文学出版社，1985年，第230页。

事出自俄国作家拉·左托夫①写的一部长篇幻想小说《秦友东，又名阴魂做的三件善事》。高尔基在他的小说中这样记述了自己的表演：

> 最受观众欢迎的是中国鬼秦友东的故事，巴什卡扮这个想做善事的可怜的鬼，其他一切角色都由我担任。我一会儿扮男，一会儿扮女，又扮各种物体，扮善鬼，甚至还扮过石头，让中国鬼每次因做不成善事而伤心的时候好坐在上面休息。②

高尔基能够根据拉·左托夫的幻想小说的情节进行表演，说明他不仅读过这部作品，而且喜爱它，对它的内容有较深入的了解。他扮演与中国有关的这部小说中的形象的过程，无疑也是深化对于中国的认识的过程。中国人善良的天性，经由"秦友东"这一奇特的艺术形象，给高尔基留下了难忘的印象，以至于他在后来的一些作品中，曾反复提到中国人的善良品性(详见下文)。

留在少年时代高尔基印象中的，还有下诺夫戈罗德城市场中心救主大教堂两旁的"中国商场"。这儿经营茶叶、糖、纸张等与中国多少有些关系的商品。商场的名称大概来源于它的建筑式样。它那复杂的、奇形怪状的屋顶，屋顶的角落上作为装饰而设置的盘膝而坐的中国人石膏像，都引起了高尔基的强烈好奇心。也许正是出于这种好奇心，少年时代的高尔基有一次曾和几个朋友一起向那些人像扔石子，结果砸坏了一些人像的脑袋和胳膊。写作《在人间》的时候，提起这件事，高尔基心中已充满着惭愧与自责。

---

① 拉·左托夫(1795—1871)，俄罗斯作家、戏剧家。
② 高尔基：《在人间》，楼适夷译，见《高尔基文集》，第15卷，北京：人民文学出版社，1985年，第538页。

二

随着时光的流逝,有关中国的印象在高尔基的头脑和心灵中不断积累着、丰富着。到 20 世纪初,高尔基已经成为一名享誉欧洲文坛的大作家。这个时期发生在中国的义和团反帝爱国运动,引起了高尔基对中国的更为密切的关注。1900 年 7 月,高尔基曾接连两次致信契诃夫,邀请后者一起去中国,甚至打算向某家报纸自荐担任驻中国的通讯记者。在其中的一封信中,高尔基给契诃夫写道:

> 去中国的念头在折磨着我。非常想到中国去!我很久没有像这样强烈地想望一件事了。您不是也想结伴去远方旅行吗?真要去吗?那就太好了![①]

在连续收到高尔基的两封信不久,契诃夫便应前者关于"去中国一事,务请回复"之嘱,回信说明了不能马上到中国去的原因。当时,契诃夫本人希望能坐下来,集中精力写一点东西,同时也十分关心高尔基正在进行的剧本创作。由于契诃夫在回信中所表示的态度,还由于其他种种原因,高尔基访问中国的计划后来一直未能实现。然而,高尔基并未停止对于中国的关注。

如果说,20 世纪初中国的义和团爱国运动曾成为高尔基向往中国的一个契机,那么,辛亥革命的胜利则再度引起这位俄罗斯作家对于中国的热情。辛亥革命成功的消息,高尔基是在意大利卡普里岛上听到的。他对这场革命的领导者孙中山先生十分钦佩。早在 1897 年,他就在《俄国财富》杂志上读过孙中山先生写的《伦敦蒙

---

① Горький М., Чихов А. *Переписки, статьи, речи* . Москва: Государственное издательство художественной литературы,1951. c. 74.

难记》一文的俄文译文。1912年,高尔基又得知孙中山在法文刊物《社会主义运动》第7—8期合刊上发表了《中国革命与社会问题》一文。此时,中华民国临时政府已宣告成立,孙中山先生已就任临时大总统。于是,高尔基便从卡普里岛给孙中山先生写了一封热情洋溢的信,对他表示热烈的祝贺,同时还请他为《现代人》杂志撰文。高尔基当时正担任该刊《国外生活纪事》专栏的主持人。他在信中把孙中山先生比作古希腊神话中那位清除了"奥吉亚斯牛圈"、完成了十二件大功的英雄赫拉克勒斯,对收信人表示"深深的尊敬"。高尔基坚信,中俄两国人民"在精神上是弟兄,在志向上是同志"。他恳请孙中山先生写文章谈谈中国人民对于欧洲资本的掠夺野心一般抱什么样的态度,目的是要让俄国人民能够"从正直的中国人的叙述中"来真正认识"中国的复兴"。后来孙中山先生是否给高尔基写了回信,是否应高尔基之约撰写了《现代人》杂志所需要的文章,现今都已无从考察。也许是由于繁忙的国务活动,这两件事情孙中山先生都未能顾得上,但是高尔基对于中国人民的友好和关切之情,于此却可见一斑。

1913年5月,依然是在意大利卡普里岛,高尔基迫切需要了解中国古代思想家"孔夫子的社会计划"。他曾写信给西伯利亚的学者、作家瓦·伊·阿努钦,希望能从后者那里知道:"按照孔夫子的意见,将如何组织'世界大同的国家'?他所想象的'全世界会议'是怎样的情形?还有,在中国何时曾实行过土地和工业国有化的企图?"①这封信写于高尔基由意大利回俄罗斯(1913年底)之前不久。回国以后,高尔基没有再继续追寻这个问题。在卡普里岛他之所以一度希望搞清楚孔子的社会理想及与此无关的一些问题,显然同他当时对俄罗斯命运的沉思、对俄罗斯未来的探测密切相关。

---

① Горький М. Собрание сочинений в 30 томах, Т. 29. Москва: Государственное издательство художественной литературы, 1955, с. 302.

20世纪30年代，对于中国人民来说，是灾难深重的年代。1931年的"九一八"事变和1932年的"一二八"事变，是日本帝国主义的全面侵华战争计划开始实施的两大重要步骤。日本帝国主义者的侵略暴行，引起了包括高尔基在内的全世界爱好和平人士的强烈愤慨。当孙中山夫人宋庆龄女士代表反帝大同盟向各国进步人士和知识界代表人物发出呼吁书，请求他们声援中国人民时，高尔基随即给苏联《消息报》写信，表示积极"响应宋庆龄的呼吁"，发出了"不许干涉中国"的严正呼喊。1931年2月7日，中国"左联"作家柔石、胡也频、殷夫、李伟森和冯铿等被国民党反动派秘密杀害于上海龙华。消息传出，世界各国的著名作家义愤填膺，迅速发表联名抗议书，谴责国民党政府制造白色恐怖。高尔基在这份抗议书上第一个签名，表示对中国作家的生存现状与命运的密切关注和同情。1934年9月初，第一次全苏作家代表大会刚刚结束，高尔基在报纸上看到有关中国红军突破包围、胜利进军的消息，他又特意写了一篇热情洋溢的祝词，在前往莫斯科参加代表大会的中国作家举行的晚会上宣读。在祝词中，高尔基对中国作家和中国人民表示由衷的钦佩和赞美之情；同时，他还迫切希望并大力呼吁中苏两国作家一起努力，争取能够彼此通晓对方的语言，"避免相对哑口无言"的状况，以便更顺利地展开交流，更好地发挥文学的作用。作为一名人义知识分子，高尔基对中国的真诚关切，于上述言论中可见一斑。

三

高尔基是一位毕生追求真理和世界文化进步的伟大作家。对俄罗斯本民族历史的熟知，对人类文化成果的了解，使他清楚地看到了东西方文化的差异。可以说，他是欧洲先进思想文化的崇拜者。

他在谈及普希金与果戈理的关系时所说的一段话，颇能说明这一点。他说："俄国比别的国家更多生活在宗教及神学教育的重压之下。这说明了为什么只有当欧洲式的人物普希金———个熟知本国的过去、但并未受其毒害的人，指导着果戈理的意志和想象的时候，果戈理才是健康的、积极的。"①高尔基对于俄罗斯传统文化的弊端，对于欧洲文化、特别是欧洲现代文化的优越性是有深刻洞察的。他曾在《两种灵魂》（1915）一文里较集中地阐明了自己这方面的见解。高尔基指出：东方是悲观主义的永恒怀抱，因而也就是神秘主义、无政府主义、无所作为和无个性的永恒怀抱；西方及其文化则体现出"生命的赋予"、乐观主义、积极精神以及对劳动和个性的崇拜。"欧洲人是自己的思想的领袖和主人，东方人则是其幻想的奴隶和仆役。"②基于上述理解，高尔基认为中国先秦思想家老子的"无为"哲学是东方思想的重要组成部分之一：

  中国人老子教导说：

  "我唯一所害怕的就是为。众人都应当无为。无为比天地间所存在的一切都更有益。当众人都无为时，大地上就会出现完全的安宁。"③（吾所以有大患者，为吾有身。夫天下神器，不可为也。无为之益，天下希及之。为无为，则无不治矣。）

  ……正是这种因绝望而产生的独特的东方思想，是亚洲国

---

 ① 高尔基：《论文学》（续集），冰夷等译，北京：人民文学出版社，1979年，第181页。

 ② Горький М. Статьи 1905—1916 гг. Петроград：Издательство《Парус》，1918. с.174.

 ③ 原文为老子言论的俄文意译，出处不详，在《老子》中也难以找到与之意思完全相同的文字。现试将高尔基的引文译为中文，同时将《老子》中意思与之相近的文字附在括号内，供读者参照。

家的政治停滞和社会停滞的基本原因之一。①

高尔基是在对比东西方"两种不同的世界观、两种思维习惯、两种灵魂"的过程中，把老子的思想作为"衰弱的东方智慧"的生动体现之一而加以引述的。我们不难看出高尔基对于和落后的亚细亚生产方式相联系的东方思想的激烈批判态度，尽管他对这一思想的理解与表述不一定十分准确。与其说这种激烈的批判和他对苦难中的东方人民的深切同情这两者之间有着某种矛盾，毋宁说这正是作为人道主义者的高尔基在面对东方世界时所必然采取的态度。也正因为如此，我们才会在高尔基的作品中看到全然不同的中国人形象。

首先是我国清朝的"北洋大臣"李鸿章的形象。

1896年，掌管当时清朝外交、军事、经济大权的李鸿章，曾以中国使团团长的身份去俄罗斯，参加沙皇尼古拉二世的加冕典礼，缔结中俄条约，并参观全俄工业与艺术博览会（博览会上设有中国馆）。这次博览会是在高尔基的故乡下诺夫戈罗德市举办的。博览会开幕期间，高尔基曾为《尼日戈罗德报》、《敖德萨新闻》撰稿，报道博览会的情况。在他写的新闻稿中，就有关于中国馆的介绍和李鸿章参观博览会的报道。30年之后，高尔基在创作他的最后一部艺术作品、长篇巨著《克里姆·萨姆金的一生》第一卷时，又利用自己当年在博览会期间的所见所闻，艺术地再现了那次博览会的纷繁景象。该卷最后一章的最末一节，就是专门描写李鸿章在全俄工业与艺术博览会上的活动情景的。请看高尔基为李鸿章所画的一幅肖像：

---

① Горький М. Статьи 1905—1916 гг. Петроград：Издательство《Парус》,1918. c. 176－177.

此人中等身材，穿着肥大的长袍马褂，颜色如同晚秋时节霜打过的树叶，难以捉摸。他的衣服轻盈如影，裹着他那瘦骨嶙峋的身躯。这位老人的面孔呈两种色调：在暗黄色的脸皮上明显地点缀着许多好似古锈般的棕色雀斑；灰白的小胡子把那张冷冰冰的脸面拉长了。他的胡须寥寥可数，嘴角上也长着些像小刷子似的灰毛，向下扎煞着；下嘴唇的颜色也如铁锈一般，令人厌恶地搭拉着，下唇上面是一排参差不齐的黄牙；一双眸子斜向两边额角，两只尖尖的活像野兽般的耳朵紧紧贴在头盖骨上。他头戴一顶饰有串珠和红缨的朝帽，看上去跟某个神秘教会的祭司一模一样。……两只眼睛就跟美术大师画的一幅栩栩如生的古代人像一样，无论从那个角度来看，都牢牢地盯着你。①

在高尔基笔下我们看到：李鸿章这位显要人物迈着轻盈的步子，在博览会上从这个展馆走到那个展馆。他那冷若冰霜的面孔毫无表情。人们都敬畏地向他行礼，闪到一旁给他让路，可是他根本就不理睬众人。他一边走，一边浏览商品，当他在某些展品前面停留时，便将藏在大袖子里的双手搁在肚子上，暗示他对某一展品有兴趣。这时，跟在他身后的中国翻译官就会及时向俄方人员了解情况，并迅速把打听来的内容翻译给他听。高尔基写道：这个中国翻译官"躬腰俯首，不敢抬头看李鸿章的脸"。

高尔基的作品中还有两个不可忽视的细节。

镜头之一：一位俄国将军想把皇家陈列馆指给李鸿章看，不小心走到了他的前面。于是，"李鸿章忽然停住脚步。中国翻译官这下可慌了手脚，急得团团转，又是陪笑，又是鞠躬，俯首低语，表现

---

① 高尔基：《克里姆·萨姆金的一生》，靖宏译，见《高尔基文集》，第17卷，北京：人民文学出版社，1983年，第733页。

出一副无可奈何的神情。"

镜头之二：在阿尔泰展览厅，李鸿章在各色宝石陈列台前停住，翻译官马上要求打开玻璃柜。当玻璃盖被掀开后，这位显要人物就从袖子里伸出留着长指甲的手，从玻璃柜里拿起一枚巨大的绿宝石——这个展厅中最珍奇的展品。"李鸿章把绿宝石举到眼皮底下，来回瞧着，微微点了点头，便把那只拿着绿宝石的手藏到衣袖里去。'这宝石他要了！'翻译官彬彬有礼、笑容可掬地解释李鸿章的这一举动。"

读过高尔基小说中关于李鸿章形象的描写，我们不能不钦佩这位俄罗斯杰出作家的惊人观察力和卓越的描写才能。中国广大读者对李鸿章这个人物多少都是有些了解的，但是恐怕较少有人能够像高尔基这样抓住他的本质特点。经由高尔基出色的艺术描画，李鸿章这个赫赫有名的大人物的外貌、个性和心理特征，更清晰地呈现在我们中国读者面前。当然，高尔基所提供给我们的艺术形象，并不是一个普通的中国人，而是中国晚期封建主义的一个重要代表。此人暮气沉沉，老朽不堪，却以其"古代魔术师般的"装饰维持着虚假的尊严，在众人（包括外国人）面前仍然是威风凛凛，颐指气使，大有"普天之下，舍我其谁"的自我感觉。这一切，正是病入膏肓的晚清封建统治者色厉内荏的特点和气数已尽的处境的生动艺术写照。李鸿章在阿尔泰展览厅众目睽睽之下拿走绿宝石的特写镜头，活画出那些利欲熏心、专横霸道、厚颜无耻、不择手段的腐败官僚们的丑态。高尔基不愧是艺术大师，他在描写李鸿章的活动时，始终没有冷落这一显赫人物身边的随员——"翻译官"。这一形象既是一种陪衬，又具有独立的意义。由于这个"翻译官"的存在，李鸿章的飞扬跋扈、不可一世得到了更突出的表现；人际关系中随处可见的等级森严现象，在他的神态、言语和动作中有着鲜明的呈露；他自身则是作为一个典型的奴才形象而出现的；他的行为价值，更说明在具有"官本位"传统的中国，知识和知识者的作用仅仅是为统治者效劳。19世纪晚期中国官场面貌和中国官员的风采，与东方亚细亚生产方式相联系的中国传统文化的某些弊端，长期生活于封建制度重压下的中国人的某些精神心理特点，都经由高尔基对1896年下诺夫戈罗德全俄工业与艺术博览会上的若干场面的形象描摹而获得了艺术的展示。

和李鸿章的形象形成对照的，是高尔基笔下的普通中国农民形象。在他的《夏天》、《抱怨》等作品中，都可以看到对于中国农民的描写。

中篇小说《夏天》(1909)是高尔基在1905年革命失败后完成的一部作品。作家以清醒的目光观照这一历史时期的俄国农村现实，提供了关于当时俄罗斯农民精神心理状态的真实艺术写照。在这一基本主题之外，小说还通过一个参加过日俄战争、到过中国的退伍兵格涅多伊（绰号"中国人"）之口，表现了俄罗斯农民反对战争的鲜明态度和对中国农民的理解与同情。战争开始时，格涅多伊同许多普通的俄国农民一样，在"为了祖国"之类口号的欺骗下，进入了中国的国土。他对于这块陌生土地的第一感觉是：俄国人应该是到这儿来开动脑筋的，而不是应该来这儿打仗的。因为在格涅多伊看来，俄国农民可以向中国农民学到很多东西。他曾遇见一位中国农民兄弟，并与之交谈。这次交谈使他对于战争的反人道本质、对于中国农民的善良、勤劳、爱好和平的天性有了更为直接的感受和认识。回国以后，格涅多伊是这样和乡亲们谈起自己的经历和印象的：

> 我问那个中国人："老乡，你是干什么的呀？"那中国人这样回答："就是干这个，种地嘛！"那是个对咱挺温和、挺尊敬、又挺健壮的中国人，他丝毫不愿意打仗，就愿意和和平平地过日子，什么是非也不沾惹。可是，咱们的军队却到那儿去毁坏他的田园，烧他的房子，砍伐他的树林，打伤他的身体。哎唷！

我的天啊！真可怜，真叫人痛心流泪呀！要是那个中国人愿意打仗，他一定会给俺们一顿好打的！他虽是个健壮汉子，但心挺慈悲善良。看见他眼前这情景，他会想："这些混账王八蛋！都是从哪儿来的呀?!"他有屁股大的一小块田地，从那块田地里生产出来的粮食，好像从母牛身上流出来的奶汁一样丰美。要是咱们好好儿地请教请教这个中国人，他会教给咱们干许多好事！他是他那块田地的亲人，他深知田地需要什么。他真像收拾他的床铺一样仔细地收拾田地，嘿呀呀！①

在这里，高尔基经由他笔下的俄罗斯农民格涅多伊这一艺术形象，间接地描写了一个普通的中国农民形象，传达出自己对于中国人民的优良品质的由衷赞美之情，并从这一特殊角度对那场既损害俄罗斯人民的利益、又给中国人民带来灾难的日俄战争作出了严正谴责。"为什么说中国人是我的仇敌呢？为什么呢？"格涅多伊的这句问话，其实是高尔基代表广大爱好和平的普通俄罗斯人向沙皇专制政权发出的有力反诘。

与《夏天》中的格涅多伊形象彼此补充、互为印证的，是高尔基的短篇小说《抱怨》（1911）中的什韦措夫的形象。这是一个诺夫戈罗德的农民，一个不愿打仗而被强行推到前线的俄国士兵。和他一起到了中国东北的其他俄国士兵，都同样不愿打仗，也不知道为什么打仗。有一次，俄军抓到一个"中国密探"。此人其实是一位老实的农民，"挺魁梧的一个小伙子"，高尔基笔下的又一中国农民形象。什韦措夫等人在押送他的路上，和他谈起庄稼与土地。这位中国农民对什韦措夫他们说："你们把我们的土地全给糟蹋了，全给毁了。"什韦措夫向他解释道："兄弟，这不是我们的错……这是上面

---

① 高尔基：《夏天》，陆风译，见《高尔基文集》，第11卷，北京：人民文学出版社，1985年，第470—471页。

下的命令,命令叫我们来,我们就来了。我们也是种地的庄稼人。我们明白。"可是就在当天傍晚,俄军军官却下令枪杀这个"密探",什韦措夫也是执行者之一。于是,这个中国农民就在落日的余晖中倒在自己的土地上。深受良心谴责的什韦措夫夜里无法入睡,独自站在一棵树下无声地祈祷,"就像一头驾轭的公牛,低垂着头,用手指头戳着自己的脑门儿、肩膀和胸脯。"①下令开枪的军官看见什韦措夫时,后者更对这个军官表达了愤怒的谴责。高尔基通过什韦措夫和一位惨遭杀害的中国农民形象,在此又一次揭示出日俄战争的反人道性质,显示出对于无辜受到戕害的中国农民的由衷同情。

不难看出,在作为人道主义者的高尔基的心目中,"东方"和中国是在两个不同的层面上被看待的。在文化形态、文化发展史的层面上,"西方"是与现代大工业、现代科学技术、现代的思想文化相联系的,它具有很多积极的、进步的因素;而"东方"则与落后的亚细亚生产方式、偏低的科学技术水平、保守的思想文化相联系,带有一系列消极的、停滞的特征。正是在这一层面上,高尔基在他的大量作品和论著中,对"东方文化"(包括俄罗斯文化中的"东方因素"、中国传统文化中的落后面)作出了痛切的批判。在国家和民族的关系、20世纪人类生活现实的层面上,"西方"又往往是和干涉、入侵、颠覆、霸权、掠夺等行为相联系的;"东方"和中国则成为所有这些反人道行径的受害者。从这一层面上看,高尔基的笔端又倾注了对作为被欺凌、被损害者的"东方"和中国的真挚同情。无论在何种情况下,这位曾两度邀请契诃夫一起来中国、却终于未能成行的俄罗斯作家,都显示出对于中国的深切的人文关怀。

---

① 高尔基:《抱怨》,孙静云译,见《高尔基文集》,第5卷,北京:人民文学出版社,1983年,第336—337页。

阿赫玛托娃等诗人与中国诗歌文化[①]

对于诗歌的热爱，在俄罗斯是一种普遍现象。在莫斯科和彼得堡等城市的广场旁、街头的白桦树下、地铁里或者公共汽车上，往往都可以看到不同年龄层次的人们，手捧开本不一的诗集，沉迷入阅读欣赏之中。与这一景象相适应，俄罗斯写诗的人也不少，所以才有这样一句广为流传的话：诗人诗人何其多，每片树叶都有两人去讴歌。这样看来，除了中国之外，俄罗斯也是一个相当可观的"诗国"了。

然而俄罗斯诗歌的历史并不十分悠久。12世纪的民间英雄史诗《伊戈尔远征记》之后，诗坛沉寂了数百年之久。18世纪才出现第一批俄罗斯诗人，但其诗歌成就很为有限。直到19世纪20年代，以天才的诗人普希金为先导和核心，俄罗斯才出现了诗歌的真正繁荣，形成了俄罗斯诗歌史上的"黄金时代"。19世纪末至20世纪初的"白银时代"，诗歌再度勃兴，涌现出一大批杰出诗人，与"黄金时代"交相辉映。在20世纪的漫长岁月里，俄罗斯诗歌和它的创造者一起，走过了一条曲折的道路，留下了累累硕果。其间，由于中国诗歌传统的巨大存在，俄罗斯诗人们心仪中国这一诗歌大国，与中国诗歌文化发生了密切的联系，并因此而丰富了自己的诗学思想与诗歌创作，在中俄文化关系史上写下了崭新的篇页。

[①] 本文原载《俄罗斯文艺》，2002年第3期。

一

  这里我们首先应当提及的是"俄罗斯诗歌的月亮"安娜·阿赫玛托娃(1889—1966)。这位女诗人在自己的国度被认为是20世纪诗坛上屈指可数的"几十年间始终使读者怀有好感的诗人"之一,她的诗作则被看成"复杂而伟大的时代百感交集并思考许多问题的现代人的抒情日记"①。除此而外,她在诗歌翻译方面也颇有成就。如法捷耶夫1956年自杀前不久在一封信中所说:"她是当今艺术造诣极高的翻译家,翻译过我们兄弟共和国以及东西方的许多优秀的诗歌作品。"② 1965年,《诗人的声音:安·阿赫玛托娃所译外国诗人作品选》一书在莫斯科出版,其中就有她所翻译的中国诗人的作品。1969年出版的俄文版译诗集《东方古典诗歌》,也收有阿赫玛托娃翻译的中国诗以及印度诗、朝鲜诗和埃及诗。

  让我们先看一下20世纪50年代阿赫玛托娃给她的儿子列夫·古米廖夫的一封信中的一段话:

    我在继续看中国古文献,又碰到了匈奴。这是公元一世纪的事。两位汉人(苏武和李陵两位将军)被匈奴俘虏,在匈奴那儿住了19年。后来一位将军(苏武)返回故乡,另一位吟诗相送,这首诗歌已被译成英文(无韵体)。③

---

① 亚·特瓦尔多夫斯基:《安娜·阿赫玛托娃》,《复活的圣火》,广州:广州出版社,1996年,第109、111页。

② 转引自阿曼达·海特:《阿赫玛托娃传》,蒋勇敏等译,上海:东方出版中心,1999年,第221页。

③ 《阿赫玛托娃诗文集》,马海甸、徐振亚译,合肥:安徽文艺出版社,1999年,第381页。

列夫是阿赫玛托娃和诗人尼古拉·古米廖夫的唯一的儿子。他历经磨难,后来成为专门研究东方历史和文化的史学专家,写有关于匈奴的学术研究专著多部。因此,阿赫玛托娃总是把自己所接触到的、和东方历史文化有关的资料及时告诉他。阿赫玛托娃信中所说的苏武、李陵之事,见于我国东汉时代班固所撰《汉书·苏武传》。她所阅读的"中国古文献",此处当指《汉书》(具体为何种译本,不详)。书中记载:匈奴与汉和亲之后,苏武终于获准返汉,于是李陵置酒祝贺苏武。席间,李陵起舞并歌,歌曰:"径万里兮度沙幕,为君将兮奋匈奴。路穷绝兮矢刃摧,士众灭兮名已隤。老母已死,虽欲报恩将安归!"①阿赫玛托娃将李陵所吟唱的这首诗歌以散文体译成俄文,附在致列夫的信中。若将她的译文再回译为中文,则是:"我行程万里/穿越茫茫沙漠/效忠皇上/去抗击匈奴/……"她希望自己"从古文献中摘录的这些内容和逐字逐句的译文"能引起儿子的兴趣,并对他的研究有所助益。毋庸赘言,阿赫玛托娃的这一阅读和翻译,也是她本人认识中国诗歌文化的一种方式。

在致其子列夫的上述信件中,阿赫玛托娃还提及:她见到了1954年北京外文出版社出版的我国先秦诗人屈原的诗作(英文版)。在此之前,她曾将屈原的长诗《离骚》译为俄文,译文后来收入俄罗斯著名汉学家费德林编选的《屈原诗集》(1954)一书中。阿赫玛托娃不懂中文,她是依据其他外文译本、在费德林等俄国汉学家们的帮助下转译《离骚》的。为了使自己的翻译尽量贴近原作,阿赫玛托娃在翻译之前曾请费德林等人给她提供一些有关中国诗歌的资料,以便了解中国诗学、音韵和调性等。另外,她还请费德林多次给她用汉语朗诵《离骚》,为的是"听一听屈原原作的读音、他的诗段的韵律"。以同样的方式,她还翻译了我国唐代诗人李商隐的一

---

① 冉昭德、陈直主编:《汉书选》,中华书局,1962年,第169页。

些无题诗。阿赫玛托娃的这些译作，在俄罗斯读者中受到广泛的欢迎。费德林认为，阿赫玛托娃的翻译，是"在我们眼前复活了中国远古歌者的声音。那声音清纯不虚假，充满心灵的激情与悲剧情节。原本是陌生的外国诗，我们眼看着它渐渐地变成了自己的、我们感到亲切的诗。这种变化实际上是让中国诗在俄国土壤上二度开花。"①

对于阿赫玛托娃个人而言，诗歌翻译可以说在很大程度上促使她进一步拓宽了自己作为诗人的感知世界的领域。对包括中国在内的东方民族在不同时代所留下的诗歌遗产的了解，进一步引起了诗人对于东方文化的兴趣。1941—1943 年间因法西斯入侵苏联，阿赫玛托娃随着疏散群众一起迁居于中亚城市塔什干。这一历史的机遇，又为她具体感受东方的大自然、东方人的生活和文化提供了条件。古代文化的沃土，在她的意识中唤起了东方神话般的先知、思想家和情侣们的形象，也唤起了她一种难以言说的亲切感。阿赫玛托娃写于塔什干时期的、反映疏散时期生活的组诗《明月当空》（1942—1944），同她直接感觉到了笼罩着这块土地的独特诗歌文化氛围有着紧密的联系。从中可以读到这样的诗行：

> 在这儿，谁敢对我讲，
> 我是身在异乡？
>
> 我不曾到这里约有七百年，
> 但什么也没有改变……
> 还是那些星辰和流水，
> 还是那深黑的苍天，

---

① 费德林：《与阿赫玛托娃一起译〈离骚〉》，乌兰汗译，《世界文学》，1993 年第 3 期，第 204 页。

还是那吹来种子的风，
还是那母亲的歌儿相伴……

阿赫玛托娃不仅以自己的诗作表现了东方的壮丽、庄严和迷人，而且抒发了自己对这块神奇土地的亲情。对于诗人而言，这里的土地、文化和人们，一切都是她所熟悉的，她有一种"回故乡"之感。因此，她才会这样写道："在这块古老干旱的土地上／我又重新回到家中，／中国吹来的风在朦胧中歌唱，／一切都不再陌生……"

在认识中国文化、在阅读和翻译中国诗歌的过程中，阿赫玛托娃的诗歌创作也无疑受到了一种潜移默化的影响。透过诗人晚年的抒情杰作、组诗《子夜诗抄》（1963—1965），不难发现这一影响的存在。在她当年翻译的中国唐代诗人李商隐的无题诗中，有一首是既为中国读者所熟悉、也为俄罗斯读者所喜爱的，即："相见时难别亦难，东风无力百花残。春蚕到死丝方尽，蜡炬成灰泪始干。晓镜但愁云鬓改，夜吟应觉月光寒。蓬山此去无多路，青鸟殷勤为探看。" 阿赫玛托娃的《子夜诗抄》[①]从艺术构思到意象创造，都有李商隐诗作影响的痕迹。如《子夜诗抄》第1首诗题为"迎春哀曲"，以"春"为背景写离愁别绪，在构思上接近李诗。李商隐诗中"镜"的意象，在《子夜诗抄》中也一再出现，如第3首诗以"在镜子的背面"为题，第2首诗"初次警告"中有"我曾生活在多少面镜子里，／我曾歌唱在多少深渊之畔"的诗行。另外，诗人还从自己的长诗《没有主人公的叙事诗》（1940—1962）的第二部分《硬币的背面》中引了两句诗，作为《子夜诗抄》的题词："只有镜子能梦见镜子，／只有寂静能维护寂静……"李商隐诗中"夜吟"一句，在

---

① 中译文见乌兰汗编选：《苏联当代诗选》，北京：外国文学出版社，1984年，第14—19页。以下《子夜诗抄》引文均引自该选本。

"迎春哀曲"中化为"寂静像是奥菲丽娅，／通宵为我们歌唱"；李诗中"蜡炬成灰"一句，则化为阿赫玛托娃"夜访"（第6首诗）中"那时蜡烛又将闪射出昏黄的光亮，／梦境悠悠"、"初次警告"中"万物都会化为灰烬"的诗句。"代献词"中的"我能够背负离别之苦，／可是忍受不了与你的会晤"两行诗，更明显地受到"相见时难别亦难"诗句的启示。善于表现离别相思之情且往往别有寄托，是李商隐无题诗的重要特色之一，这一特色与阿赫玛托娃的诗情颇为契合。这就使得阿赫玛托娃在她所了解的中国诗歌中很容易领受李商隐的诗歌精神，成为一种必然。

二

饶有趣味的是，阿赫玛托娃的第一位丈夫、诗人尼古拉·古米廖夫（1886—1921）也同中国诗歌文化有着某种联系。古米廖夫精通法语，曾在巴黎大学索邦本部学习法国文学和艺术，学成回国后又有机会再去巴黎。他曾翻译过法国作家伏尔泰、诗人戈蒂耶的作品，还通过法文阅读过中国诗人李白、杜甫等的诗作。后来，古米廖夫曾对这些中国诗人的作品进行了"自由的改写"，并将这些改写之作结为一集，以《瓷器陈列馆：中国诗歌》（1918）为书名正式出版。据俄罗斯研究者考证，古米廖夫改写的诗作，显示出他本人的诗歌所具有"精雅与纤细"的风格，并吻合于改编者的情思①。

诗集《瓷器陈列馆：中国诗歌》的出现，与古米廖夫对于异国风情、异域文化（包括东方文化、非洲文化）的浓厚兴趣有着密切的联系。这一兴趣甚至使得这位没有到过中国、也不懂中文的俄罗斯诗人创作了一些中国题材的诗歌，如诗集《珍珠》（1910）中的《中

---

① Бавин С., Семибратова И. *Судьбы поэтов серебряного века*. Москва: Издательство 《Книжная палата》, 1993, с. 147.

国行》、《箭筒》（1916）中的《中国小姐》等诗。《中国小姐》一诗中写道：

> 我常常从这亭子，
> 朝着那彩霞凝望，
> 有时我还要注视
> 树枝是怎样摇晃；
> ……
> 未婚夫毕竟还爱我，
> 尽管他狡猾而苍老，
> 不久前他在广州
> 毕竟通过了会考。①

古米廖夫的这首诗共有六节，每节四行，在形式上显示出诗人对于中国古代诗歌的某种认知。诗作的内容，从一位"中国小姐"的角度，表现她在"独处"时的情思。全诗从景物描写起笔，由远而近，再写到主人公自身，在其自我感情的抒发之后，最终写到她对未婚夫的思量。这样的运思轨迹和艺术构架，在中国古代诗歌、特别是唐代诗歌中常常可以见到，这表明古米廖夫确实认真阅读过中国古诗。从《中国小姐》一诗所涉及的景物、爱情婚姻关系、科举考试制度等内容来看，诗人对于中国文化也有一定程度的了解。

三

在苏联时代的俄罗斯诗人中，阿·阿·苏尔科夫（1899—1983）

---

① 顾蕴璞编选：《俄罗斯白银时代诗选》，广州：花城出版社，2000年，第127—129页。

与中国诗歌文化有着较为密切的联系。他曾担任九卷本《简明文学百科全书》(1962—1978)的主编,苏联作家协会第一书记(1953—1959)。1955年10月,苏尔科夫曾经来中国访问,并根据沿途见闻和感受,创作了一系列关于中国的诗。这些诗后来都收入他出版的诗集《东方和西方》(1957)中。他还曾将若干首毛泽东诗词译成俄文。他所写的关于中国的诗,或以充满激情的诗句描画中国的优美自然景色(如《中国的风景》),或赞美中国的悠久历史和灿烂文化(如《人民的心》),或讴歌中苏两国人民的友谊(如《暴风雪》),均显示出20世纪50年代苏联知识分子对于中国文化的眷恋,对于中国人民的友好感情。

与苏尔科夫情况相似的是另一位俄罗斯诗人尼·谢·吉洪诺夫(1896—1979)。他是诗人兼小说家。早在1936年,我国就出版过他的小说《战争》(茅盾译);1952年,他的一本诗集又被译为中文出版。吉洪诺夫从青少年时代起就向往着东方和中国。1952年和1959年,他曾先后两次来中国访问。在第二次访问中国期间,他曾满怀激情,写下了一组赞颂中国和中国人民的诗歌,不久后即出版了诗集《五星照耀着绿色的大地》(1961)。在《中国人》这首诗的开头,吉洪诺夫引用毛泽东词作《沁园春·雪》中的名句"数风流人物,还看今朝"作为题词,既表明自己对于毛泽东诗词的理解,也点出了他本人这首诗歌的主旨,即对当代中国人的钦佩与赞美。他的《在韶山村》一诗,系根据自己参观毛泽东故居的印象写成。诗中写道:"屋后一片丛林,远方是倾斜的山坡,/树影倒映在池塘中,/…… ……/依旧是这座房屋,这深深的池塘,/天空一片绯红就像丝绸一样,/但是,再也看不到他走过的小路,/和那遥远的消逝了的春光。"[①]诗人由眼前的景物联想到毛泽东在这里度过的童年时代,不乏斗转星移、世事沧桑之叹,感慨于韶山这个小小的村庄

---

① 乌兰汗编选:《苏联当代诗选》,第146—147页。

对于中国和世界的贡献。同样写于1959年的《"中国人民是最贵重的金属"》一诗,以拟人化的手法和对话的形式,形象地说明了中国固然需要煤炭、钢铁、石油和有色金属,但比这一切更可宝贵的是中国人民。在这里,诗人吉洪诺夫以质朴的语言传达出20世纪50年代中期以后在苏联大力提倡的人道主义,涉及"一切在于人,一切为了人"这一古老而常新的话题。

四

在20世纪俄罗斯诗坛上,还曾徘徊着一位联结起传统与现代、俄语文学世界与英语文学世界的个性独特的诗人身影,他就是1987年诺贝尔文学奖的获得者——约瑟夫·布罗茨基(1940—1996)。他生于列宁格勒的一个犹太人才家庭,由于不满于学校教育,15岁时便自动退学,走向人间独立谋生,先后做过十几种不同的工作,同时开始进行诗歌创作。这些诗作不能在苏联公开出版,却作为"地下出版物"广泛流传。1964年,他因"社会寄生虫"的罪名被判处五年劳改,1972年被驱逐出境。这期间,他已有诗集多种在美国出版。1977年,他获得美国国籍,在那里同时用俄语和英语写作,逐渐成为一名具有世界性影响的大诗人。

布罗茨基曾经"偶然地"到过中国。1979年12月,诗人在接受《巴黎评论》记者采访时谈到,他16岁时跟着一支地质勘探队,在中苏边境的伊尔库茨克一带住过相当长的时间。他说:"一次发大水的时候,我过河去了中国。不是我存心要去,而是运载我们全部装备器材物品的木筏漂到了阿穆尔河①的右岸。所以我在中国呆了一会

---

① 即黑龙江。

儿。"①这一经历也许未给布罗茨基留下关于中国的任何深刻印象。到了自己生命的晚年,当布罗茨基对中国文化有了较多的了解时,他却真的"存心要"访问中国了,但一场重病使得他的愿望未能实现。

布罗茨基对中国文化和历史怀有十分强烈的兴趣。这在一定程度上是由于他的诗歌导师阿赫玛托娃的影响。他于1961年结识阿赫玛托娃,成为她的学生。阿赫玛托娃凝重宁静的诗风、哀歌的音调和她安详中的深邃思考,都无声地渗入布罗茨基的心灵,制约着他的诗歌创作。他知道,阿赫玛托娃曾经翻译过中国诗人屈原、李商隐等的诗作,热爱中国古典诗歌。这使得布罗茨基也开始有意识地阅读中国诗歌,关注中国文化。他曾经对中国唐代大诗人李白和杜甫作出了高度评价。在他本人的诗作中,也可以看到他的艺术思维和中国文化的某种联系。

这种联系清晰地显示在布罗茨基的诗作《明朝来信》(1974)中。全诗由假想之中居于中国明朝的外国人给自己国内亲友写的两封"信"构成,内容是写信者对收信人谈自己在"明朝"的见闻与印象,表达自己的情思。这种叙述角度,令人想起18世纪法国作家孟德斯鸠的小说《波斯人信札》。在第一封"信"中,布罗茨基所采用了现代诗歌中常见的戏拟手法,表现了明朝某皇帝的奢侈、残忍和难以消除的危机感,也间接地反映了当时农村凋敝、怨声载道的现实。第二封"信"以"千里之行,始于足下"的中国古训开头,在充分抒发了写信人的乡愁之后,通过一系列象征性的形象传达出对于中国传统文化的交汇着崇尚与批判的某种双重态度:

风吹向西方,有如从豆荚中迸出的

---

① 《约瑟夫·布罗茨基采访记》,见约瑟夫·布罗茨基:《从彼得堡到斯德哥尔摩》,王希苏、常晖译,桂林:漓江出版社,1990年,第565页。

> 黄色豆粒，——吹向长城屹立的地方。
> 在长城的衬托下，人如同象形文字似的丑陋可怕；
> 就像任何其他无法辨认的字样。
> 这单向的运动把我变成
> 某种被拉长的东西，好比马头那样。
> 活跃于体内的力量，都消耗在阴影
> 和野麦的干瘪麦穗的摩擦上。①

在中国历史上，明朝被认为是一个中央集权达到极盛的时代，又是一个"即将转型的关键时代"，还是唯一的一个在农民起义成功的基础上建立起来的朝代②。布罗茨基选取明朝这样一个特殊的朝代作为中国封建统治时代的代表性王朝，从独特的艺术视角表现出对于中国传统文化的严峻审视，表明他对中国历史和文化的了解已具有一定的深度。

诗体的"流动演出剧"《20世纪的历史》（1986），是布罗茨基精心构思的一部长诗。诗人设想以歌颂、白描、夸张、揶揄、戏拟、反讽等交替使用的多种手法，对20世纪人类在经济、政治、军事、科学、艺术和文化各领域出现的一系列重大现象，逐年地加以总结性"展示"；对一系列重要历史人物和重大历史事件，一一予以评说。后来由于种种原因，这部长诗未能全部完成。已完成的部分（从1900年到1914年），约有1，000行。在这部未完成的20世纪的新型史诗中，布罗茨基多次写到中国。如诗人在1900年、1901年的两章中，都写到中国的义和团运动。这场运动的反帝性质和锐利锋芒，它不久就被清朝统治者当作"拳匪"加以申斥的历史事实，

---

① Бродский И. А. Избранные стихотворения. Москва: Издательство 《Панорама》，1994，c. 354--355.

② 参见黄仁宇：《中国大历史》，三联书店，2001年，第177、183页。

都在布罗茨基笔下得到了表现。在 1911 年的一章中，诗人写到辛亥革命：

> 中国人剪去长辫，兴致冲冲，
> 孙逸仙博士出任首届总统，
> 领导共和。（三亿二千五百万，
> 这么多人的事务由一个议院管理，
> 坦率地说，我感到非常难办。
> 问题就是，中国式的宫殿里
> 到底能排进几多议席？
> 即使每百万只选一位参议，
> 无须半数，比如说，十分之一，
> 竟有几何？这无异于细数沙粒！
> 因为这个民主制没有字典！）[①]

在这里，布罗茨基以诗的形式论及 20 世纪中国历史上的一个重大事件，也论及中国现代化进程中的一个甚为关键的问题。诗人既非凭空而论，也不是随意闲谈。他在 20 世纪 80 年代中期对世纪初中国历史所做的诗的回望，显示出对于中国文化传统的洞察，或许仍可以给已进入 21 世纪的中国人以某些启迪。

[①] 约瑟夫·布罗茨基：《从彼得堡到斯德哥尔摩》，王希苏、常晖译，桂林：漓江出版社，1990 年，第 407—408 页。

巴赫金对中国文学的描述[①]

众所周知，20世纪俄罗斯学者米·巴赫金(1895—1975)的治学领域宽广，可以说是一位杰出的、百科全书式的人物。他掌握法语、德语、拉丁语、意大利语、丹麦语等多种外语，在哲学、语言学、美学、文艺学、历史文化学、人类学、民俗学等学科领域都做出了卓越的贡献，并已经对人文科学的发展产生了积极的影响。无疑，俄罗斯本民族的文学和文化遗产，以古希腊罗马文化为源头的欧洲思想文化传统，是巴赫金的创造性思维得以孕育、生成和发展的主要资源。在他的大量著述中，人们不难看出他对欧洲文化和文学的熟知，也可以发现他曾反复强调透彻了解别国文化和文学对于研究工作的极端重要性。然而，也许很少有人知道，巴赫金对与中国文化和文学也有相当程度的了解。他还曾呼吁对中国文化和文学进行深入的研究，并认为这种研究对于俄罗斯—苏联而言具有特别重要的意义。

巴赫金对中国文化和文学的理解集中显示于他在20世纪50年代初期所拟的一份题为《中国文学的特征及其历史》的提纲中。当时巴赫金在苏联的摩尔多瓦国立师范学院(位于萨兰斯克市)任教，担任该校语文系的"总体文学教研室"主任，主讲文艺学、俄罗斯文学史、西方文学史等课程。据当时这个教研室的青年教师 В.Б.叶斯季菲耶娃后来回忆，50年代初是苏联人对中国文学的兴趣大增

---

① 本文原载《阅江学刊》，2010年第6期。

的时期，在一次教研室会议上，决定由她来组织一个研究中国文学的学生小组。叶斯季菲耶娃从来没有专门研究过中国文学，不知从何入手，于是就向巴赫金请教。巴赫金建议这个小组先研究鲁迅的创作，同时指出有可能把俄罗斯文学与外国文学联系起来。巴赫金还答应写一份关于中国文学的提纲，以便让叶斯季菲耶娃在第一次小组活动时可以根据这份提纲讲一个"引论"。这样，出自巴赫金笔下的《中国文学的特征及其历史》这份有意义的提纲就诞生了。

当然，对于今天的人们来说，这份提纲的意义已不在于它是一份可据以了解和认识中国文学的历史发展和基本特征的资料，而在于它为我们提供了走进"巴赫金的世界"的又一条独特的路径。经由这份提纲，人们可以发现巴赫金对中国文学和中国文化的独到理解，他对于这一文化与文学的把握方式，他的关注侧重，还可以体悟到俄罗斯作家和学者对于中国文化与文学的一种特殊亲近感。

巴赫金亲自撰写的《中国文学的特征及其历史》共分为三大部分。其中，第二、三两个部分显然是巴赫金在准备起草这份提纲之前阅读大量文献时所留下的札记，它们是提纲得以形成的材料基础；第一部分是根据这些札记而拟定的大纲正文，它是巴赫金对中国文化与文学进行认真思考的结果，显示出作者清晰的思路，并表明在他看来，对于一个不具备中国文化和文学方面的基本知识的外国人而言，学习这一文化和文学应当从哪里开始。

巴赫金阅读札记的两大部分，分别被冠以"中国文学"和"汉语"的标题。在"中国文学"这一部分（即全文的第二部分）中，可以看出作者为着认识中国文化和文学而阅读了一系列有关文献。巴赫金对自己的阅读印象与收获进行了认真的梳理，大致按照历史的顺序记录了中国文化与文学在其发展的各主要阶段所取得的基本成就，注意到了中国最早的文字形式（甲骨文）、最早的书面文学作品的出现，从先秦到晚清各个不同时代、各种不同体裁的文学的演变轨迹，而对于自19世纪90年代末期开始中国文学的历史性变化更给以特别的关注。这一记录与勾画止于 1930 年中国左翼作家联盟的成立。在这一部分的最后,作者记下了俄国学者编著的中国文化与文学方面的三部著作,即:戈卢别著《中国的精神文化》(1912)、В. Д. 瓦西里耶夫院士著《中国文学简史》(1880)和 Ю. 舒茨基的《中国抒情诗选》(1923)。出版于不同年代的俄国汉学家的这三本著作,可能是当时巴赫金了解中国文化与文学的主要参考资料。

巴赫金阅读札记的第二部分题为"汉语"(也即全文的第三部分)。这一部分末尾处仅列出了一部参考书,即因诺肯季编的《全编华俄字典》(1909 年,北京版)。但是,看来此书并非巴赫金据以了解汉语的唯一资料来源,因为字典一般不具备使读者初识某种外语的功能。从巴赫金的札记中,可以看出他对汉语已经有了一些初步了解。他根据这一了解指出:汉语口语分为两种,一种是以北京方言为基础的"国语",一种是所谓"民间俗语",也即各地区的方言;汉语书面语也分为两种,即"古典的文言"和"现代的白话"。巴赫金还知道,汉语中只有为数不多的单音词,大部分词是由单音字组合而构成的;虚词是汉语中的一个特殊存在。关于汉语的文字,他认为其基础是"几乎通用于整个远东的象形字"[①],它的特点是表意性、诉诸视觉和表现概念。巴赫金还提及 1918 年由北洋政府教育部公布的"注音字母",注意到汉字改革的趋势。

《中国文学的特征及其历史》大纲的正文(即全文的第一部分),是巴赫金对中国文化与文学的历史线索进行梳理的结果,也是他本人有意于把握这一漫长历史行程的一种尝试。大纲共 15 节,除第 1 节谈"同中国永远友好的政治意义",第 2 节总结"沙皇时代的中国文化研究"之外,其余各节基本上是循着历史的纵向线索描述中国文学从先秦典籍到 20 世纪 50 年代的发展。其中,第 3 至 11 节

[①] 巴赫金:《巴赫金全集》,第 4 卷,白春仁等译,石家庄:河北教育出版社,1998 年,第 139 页。

勾画出自"最古的时期"——"前封建时代文学"至清代文学的历史进程，充分注意诗、词、散文、小说、戏剧、故事等各体文学以及民间文学的地位，兼顾各个不同时代思想文化的特点及其对文学的作用；第12至15节则是对进入20世纪后中国文学的演进发展和基本特点的概述，提及一系列社会文化事件、文学思潮与流派、重要的作家作品。这后4节的篇幅和前9节（3—11节）的篇幅大致相等，表明巴赫金对于20世纪中国文学的高度重视。

从《中国文学的特征及其历史》大纲正文以及作者为着起草这份大纲所记下的文献阅读札记中，可以看出巴赫金作为一位学识渊博的学者在考察、了解和试图把握中国文化与文学时的独特视野、思维方法及关注侧重。例如，巴赫金首先强调同中国永远友好的政治意义，提请人们注意中国在国际上的地位，指出某些人"想贬低中国人"的事实，看起来似乎与了解中国文学关系不大，其实恰恰是从一个特定角度说明了认识中国文化与文学的重要性和必要性。在巴赫金对某些人总是企图证明中国人"无可救药，必须'欧化'"的引述中，不难发现他肯定的正是中国人保持自身文化传统的意义，以及他对中国文化的发展前景的信心。

但是，在沙皇俄国时期对中国文化的研究却远不是从"同中国永远友好"的角度出发的。巴赫金准确无误地看到了那时的"研究"有着明显的"扩张主义"目的。在沙皇政府控制下的官方"研究者"眼中，中国人只不过是"剥削的对象，而不是自己独特文化的载体"①。沙皇时代也出现过一些汉学研究著作（如上文所提到的巴赫金使用的几部主要的参考书），但这些著作还远远谈不上对中国语言、文化和文学的系统研究，文学史似乎仅仅被看成"宗教与哲

---

① 巴赫金：《巴赫金全集》，第4卷，白春仁等译，石家庄：河北教育出版社，1998年，第129页。

学体系的历史",而"狭义的语文学分析"①则替代了对于大量优秀作品的深刻内涵和美学特色的透彻把握。正因为如此,巴赫金才认为全面认识中国文化与文学的成就,是摆在他所属的那一代人面前的一项重要任务。

巴赫金对中国文学的考察从一开始就显示出一种宽阔的文化视野,这既是他本人的治学特点使然,也取决于中国文学与本国文化自身的血肉联系。巴赫金注意到,中国最早的文学经典,如《诗经》、《书经》、《春秋》、《论语》等,都不是单纯的文学著作,而是一些文化典籍。这一事实制约了以后很长时期内中国人对"文学"这一概念的宽泛理解:在历史悠久的中国文学中,"基本的形式是诗歌",但是"归入文学的,还有以无韵诗体写成的关于历史、考古、哲学、艺术等的文章"②,所有这些出自"辞章家"之手的文章,都被收入"文选"之中。先秦文学经典就集中反映了儒学思想。儒学所关注的基本问题是塑造理想的人格,包括理想的封建统治者,这种理想人格是通过所谓"功"、"善"、"荣"而表现出来的。如果说,"信"与"实"是理想人格所不可或缺的构成因素,那么,"学而优则仕"则指明了造就理想人格的根本途径。巴赫金还依据自己的理解概括了儒家典籍的形式特点,这就是往往采用对话或自白的形式,通过格言式的议论和情感的直接抒发来表达某种见解与主张,或以寓言般的短小情节凸现出理想的人格形象。巴赫金认为,正如儒学思想决定了漫长时期内中国文学的"性质"那样,儒家经典也决定了其后整个中国古代文学的"形态和风格"。应当说,巴赫金在这里显示出他的敏锐目光。

将特定时代文化的总体繁荣视为文学繁荣的外在条件,把文学

---

① 巴赫金:《巴赫金全集》,第4卷,白春仁等译,石家庄:河北教育出版社,1998年,第129页。

② 巴赫金:《巴赫金全集》,第4卷,白春仁等译,石家庄:河北教育出版社,1998年,第135页。

的繁荣看成文化繁荣的表征之一，也是巴赫金从文化视角考察中国文学的体现。例如，巴赫金注意到中国唐代文学、特别是诗歌的极大繁荣，既有着中国"封建制的繁荣"这一社会政治背景，更依赖于同时代艺术与科学的发展——他称之为"封建意识形态的繁荣"[①]。同样，文学的深刻的历史性变动也是和文化的转型紧密联系的，这特别表现在中国新文学诞生之际。巴赫金在提及五四"文学革命"时，简要地描画出那个时代的社会文化图景：陈独秀主编的《新青年》杂志的重要作用，"凡尔赛会议引起的民族精神的高涨"，白话文的推行，新语言在学校的首先使用，外国文学作品的大量译介，新的印书规范的执行，西方文化与文学思潮的涌入，大批文学刊物和文学社团的出现，等等，这就既扼要地说明了新文学出现的文化背景，又强调了文学的转换始终是文化转换的一个重要组成部分。

文学和文化的内在联系深刻地体现在教育对文学的作用上。巴赫金在考察中国古代文学的发展进程时，注意到"教育的性质"及其对文学的制约和影响。中国古代从隋朝起就建立了设科考试、选拔官吏的制度，至明清两朝更规定作文必须以"四书"、"五经"的文句为题，用"八股文"的格式，以朱熹《四书集注》等书为依据进行解释，展开论说。这一"科举制度"直到1905年推行学校教育时才得以废除。巴赫金指出，科举考试的目的，在统治者是"按阶级选人"，在文人举子是"考取官职"，为此而施行的教育要求"能背颂文章和写诗"。这种做法，不仅是把文学、教育和进入官场直接联系起来，造成了文学和教育两方面的功利主义，而且也给文学本身带来了不良后果，即如巴赫金所说的，导致了文学中的"形式主义"，"因袭前人"，"模仿古人，而不知创新"。巴赫金在两次提及中

[①] 巴赫金：《巴赫金全集》，第4卷，白春仁等译，石家庄：河北教育出版社，1998年，第130页。

国古代诗歌在唐以后的衰落时,均特别谈到"教育"问题,恐非偶然,想必是发现了后者对前者的牵制。

在概括中国文学的形式特点时,巴赫金看到诗歌在一个长时期内是这一文学的主要的和基本的体裁。他指出,作为中国文学之真正开端的《诗经》就是一部诗集。中国的诗具有"固定的格式和节奏"(律诗),其中"形式居于主导"地位。从"第一位诗人"屈原的"哀歌《离骚》"及全部《楚辞》起,中国诗歌艺术便不断发展,至唐代出现极大繁荣,"唐诗选"中有两千作者(包括李白、杜甫、王维等在内)的五万首诗,"这是古老中国的民族骄傲"。唐宋以后,这种"高雅的古典诗歌"走向衰落,代之而起的是"长篇和中篇小说以及戏剧"的发展。巴赫金没有忽略这一重要现象,即:小说与戏剧在长时期内"未得到正式的认可",被称为"俗文学",因为它们是"与程式严格的儒家诗歌相对立"的,使用"较为平易的语言"[①];但是,这些作品在数百年间上百次地刊印,最终还是被归入了中国的优秀创作之列。巴赫金还谈到了一些著名小说的特色,如他认为,《三国演义》作为一部历史小说,"有心理刻画,概括的性格",运用了"拟人手法";《红楼梦》"篇幅巨大,人物达数百之多",有着"复杂曲折的情节"和对于繁复的日常生活的生动描写;《水浒传》是一部"惊险的历史小说";以历史上的人民起义为背景,可称之为"中国的英雄史诗";《金瓶梅》则是一部"性小说",写的是一个"富贾的情爱史"。清代的小说《九尾龟》,巴赫金是将其作为在中国"首次出现"的讽刺文学的代表作而提到的,并认为其主题是"鞭笞统治阶级的腐败没落"。巴赫金指出:小说在中国获得了"各阶层读者的喜爱",且由于街头流浪说书人的口头传播而产生了广泛的影响;小说还被改编为戏剧,由流浪艺人演出。

---

① 巴赫金:《巴赫金全集》,第4卷,白春仁等译,石家庄:河北教育出版社,1998年,第135页。

关于中国戏剧,巴赫金认为"主要的形式是历史戏和征战戏",另外还有"传奇戏与喜剧"①;戏剧的繁荣是在元代,而"最早的戏"则是《西厢记》。和诗歌的长期繁荣及明清以后小说的兴起相比,元代之后中国的戏剧"较为落后",这种情况一直延续到中国文学的现代阶段。巴赫金的概括,大致是符合中国文学发展的实际状况的,可以说是为俄罗斯人初识中国文学提供了一个较为可靠的框架。

关于民间文学在整个中国文学中的地位,巴赫金予以高度注意。他在大纲中专门列出一节谈论民间文学,认为它构成中国文学"发展的另一条线索"。从体裁上看,民间文学作品有小说、短篇故事、戏剧等,还"存在不少幻想小说和神话小说"。从思想倾向上看,民间文学是与儒学经典作品相对立的,反映出佛教和道教思想的影响,如吴承恩的著名小说《西游记》,写的就是"佛教高僧去印度寻求经书"的故事。关于道教,巴赫金认为它主要反映了早期"村社农民的思想",其核心是"老子的辩证法",后来则"渗进了神秘、幻想、奇异的成分",《聊斋》就反映了"道家的幻想特点"②。《西游记》、《聊斋》这些小说,在巴赫金看来,都是"处于经典文学和民间文学之间"作品。此外,巴赫金指出,民间文学的创作者大都是佚名的,他们所使用的语言多为民间口语。巴赫金还特别提到鲁迅关于民间文学的论述。也许是从中国文学进入20世纪以后的发展变化着眼,巴赫金认为,在中国,"民间文学取得了胜利"③。这一提法,在中国学者自己的文学史著作中,并不多见,但

---

① 巴赫金:《巴赫金全集》,第4卷,白春仁等译,石家庄:河北教育出版社,1998年,第136页。

② 巴赫金:《巴赫金全集》,第4卷,白春仁等译,石家庄:河北教育出版社,1998年,第136页。

③ 巴赫金:《巴赫金全集》,第4卷,白春仁等译,石家庄:河北教育出版社,1998年,第131页。

巴赫金的说法却道出了中国新文学与以往民间文学的更紧密的关联。

如前所述，巴赫金对中国新文学是极为重视的。他看到中国文学在进入20世纪之后发生了"巨大的进步和改变"，勾勒出这一新文学的一系列形式与内容特点。由于旧的文学形式和语言妨碍表现新的内容，便合乎逻辑地有了白话文的倡导与使用。人道主义成为中国新文学的主导精神，小人物（农夫、车夫、失意的知识分子等）问题引起作家们的广泛关注，"家庭、女性、新生活的主题"成为新文学的重要主题，一些作家的作品共同显示出一种"对新人的企盼"。关于文学研究会、创造社和"中国艺术家协会"等文艺流派和团体的倾向与影响，关于《新青年》、《创造》、《奔流》等刊物的地位，关于"大众文学"口号的提出，关于鲁迅、郭沫若等人的历史作用，关于大革命失败后中国作家的分化，关于"左翼作家联盟"的建立等中国现代文学史中的重要现象，巴赫金在他的提纲或札记中都曾提及。如果对比一下巴赫金所提到的中国古代和现代的作家作品，则更可见出他对于现代文学的重视。他所列举或提及的古代作品，除《诗经》和6部儒学典籍外，仅有《楚辞》（含《离骚》）、《三国演义》、《红楼梦》、《水浒传》、《西游记》、《金瓶梅》、《聊斋》、《西厢记》、《九尾龟》等9部，古代诗人和作家仅屈原、李白、杜甫、王维、韩愈、苏东坡、欧阳修、罗贯中、曹雪芹、吴承恩等10人。现代作品中，巴赫金列举了《呐喊》、《野草》、《动摇》、《幻灭》、《我的童年》、《太阳照在桑乾河上》、《李家庄的变迁》、《原动力》、《赶车传》、《王贵与李香香》、《红旗谱》10部，现代作家和诗人则举出鲁迅、茅盾、郭沫若、周作人、张天翼、丁玲、赵树理、草明、田间、李季、周扬、肖三等12人。无论从文学史的时间跨度看，还是从文学成就看，这都是不平衡的。这也许显示出巴赫金以及当时苏联文学界的一种普遍的"厚今薄古"的意识。

特别显示出巴赫金见解的独特性的是，他将1942年视为"新中国文学"的起始年份，并提到这一年发生的重要事件：延安文艺座谈会的召开和毛泽东在会上做报告。他所列举的一系列文学作品，所提到的多种多样的文艺活动形式，"民族的形式与人民民主的进步的现实主义的内容"①，等等，其实是我们国内研究者所说的"解放区文学"；而他最后所提到的1949年在北京召开的中国文学艺术工作者代表大会，才是新中国文学开始的标志。巴赫金的这一提法虽然独特，却准确地把握到了新中国文学与解放区文学的血肉联系，富有洞察力地发现了《在延安文艺座谈会上的讲话》对于新中国文学的直接指导作用，显示出在文学史分期问题上的一种敏感与目力。

巴赫金还注意到中国新文学的发生与发展离不开外来文学和文化的影响。他指出，早在19世纪90年代，当中国的资产阶级民主运动刚刚兴起、开始进行"更新文学的尝试"时，就出现了大规模的翻译外国文学的现象，但这时的翻译文学尚未对中国文学产生大的影响。1911年革命之后，西方各种文化与文学思潮涌入中国，"印象主义、颓废主义、自然主义、现实主义、表现主义均得到传播"②。在一段时间内，由于"崇洋"和不恰当地"效仿西方"，"颓废派"曾占据主导地位。后来，出现了"俄罗斯文学的普及"，从契诃夫到马雅可夫斯基等俄国作家和诗人都对中国文学产生了明显的影响；而"马列经典作家的翻译"则无疑是外来先进思潮直接作用于中国文化的一个重要方面。巴赫金甚至还提到印度民族解放运动的领袖、人道主义者甘地在中国的影响。作为生活在苏联的文艺理论家，巴赫金在谈及中国文学的外来影响时，特别把"苏联文学的

---

① 巴赫金：《巴赫金全集》，第4卷，白春仁等译，石家庄：河北教育出版社，1998年，第133页。
② 巴赫金：《巴赫金全集》，第4卷，白春仁等译，石家庄：河北教育出版社，1998年，第137页。

意义"当作一个专门问题提了出来,这既为他本人的身份和视角所决定,也是基本上符合中国现代文学对外来文学的接受史的。

《中国文学的特征及其历史》虽然只是粗略地勾画中国文化与文学的发展进程和历史面貌的一份提纲,可是我们却可以从中看出巴赫金的思想和见解的某些独特性。尽管由于语言的阻隔,巴赫金不能通过直接阅读汉语资料了解中国文化与文学,但他对于这一文化与文学的价值、对于认识、研究它的意义却是充分肯定的。作为一位知识渊博、视野开阔的学者,巴赫金看到了具有某种神奇色彩的中国文化在世界文化中的重要地位,确认从事一般文化与文学研究、探索人类文化与文学的发展规律离不开对中国文化与文学的把握。这其实是创立了"对话理论"的巴赫金在观照东西方文化关系、思考世界文化发展问题时所必然形成的见解。他本人在进行文学研究时,总是强调文学是语言的艺术,总是将文学放在文化发展规律的大背景下予以考察,总是十分重视民间文化和文学的特有价值,这些特点在他对于"汉语与汉语文字"的构成和特色的简要勾勒中,在他对于中国传统文化中文史哲不分、中国古代教育制度对文化与文学的发展有着重要的制约作用、现代文学的诞生伴随着整个文化的现代转换等现象的关注中,在他关于中国民间文学是"文学发展的另一条线索"的观点中,都清晰地显示出来。巴赫金认为在中国文学的发展中,后来是"民间文学取得了胜利";他把《在延安文艺座谈会上的讲话》发表的1942年作为"新中国文学"的起点——这些见解颇为独特而又自有其道理,使人感到新鲜而又令人叹服。

毋庸讳言,巴赫金也偶有错失之处,例如他不知《诗经》、《书经》、《春秋》、《论语》、《大学》等其实都包含在所谓"五经"、"四书"之中,而把这五种典籍与"五经"、"四书"一起当作七部书。这一差错显然出自他所参考的某位俄国汉学家的著述。在考察巴赫金对于中国文化与文学的描述时,人们注意的当然不是这种偶尔的差错，而是这一描述所显示的他的明晰的思路、独特的眼光、科学的方法和高度的概括能力。这一切不仅有助于我们进一步了解巴赫金理论体系与治学方法，而且对于我们的中国文化和中国文学本身的研究，也无疑具有一定的启示意义。

附:

与俄罗斯文学的相遇与相守[①]

——汪介之教授访谈录

赵静蓉

赵静蓉(暨南大学文学院教授,比较文学与世界文学专业硕士生导师):汪老师,你从事比较文学与世界文学教学与研究多年,已经培养了15届硕士生,10届博士生,他们当中有很多人也已成为教授、副教授,在学术研究中有了一定的成绩。作为同行,现在我想了解的是,在教学过程中,你最为关注的是哪些环节?

汪介之(南京师范大学文学院教授,比较文学与世界文学专业博士生导师):你知道,现在高校教学和研究中突出强调的是"创新",这当然是正确的,但我一直认为,"创新"的前提是扎实的专业基础。如果知识结构不合理,有欠缺,专业基础不扎实,"创新"就无从谈起。研究生,特别是硕士生阶段的学习,其实仍然是为未来的教学和科研打基础的时期,没有合理、扎实、牢靠的学科基础,就远远谈不上科研创新。这对于我们的比较文学与世界文学专业学习来说尤其重要。

这首先是由我们这个学科、专业作为交叉科学、边缘学科的专业性质所决定的。中国社会科学院文学研究所前所长、著名学者钱中文先生在为湖南省"比较文学与世界文学研究丛书"作序时曾写

[①] 本文原载《山东外语教学》,2012年第5期。

道:"对于比较文学研究,我总觉得这是一门十分困难的学问。你要比较,那你应该对你比较的对象要有真正的理解,要有真正的发言权。所谓发言权,就是你真正研究过你所要比较的对象,本国的、外国的文学作品与文学理论现象,在对中外的某几个作家、某段文学史的研究中,你确有心得,有见解,否则你比较什么,又怎样比较?"①钱先生在这里使用了"一门十分困难的学问"这一提法,其实是清楚明白地指出了从事比较文学研究对于"入门者"提出了比其他学科和专业更高的要求。高度就是困难。一名母语是汉语的中国学子,如果他(她)经过了中国语言文学专业本科阶段的学习,如果他(她)已经初步掌握了汉语和一门外语,初步掌握了中国文学史、文学概论、世界文学通史(外国文学通史)、比较文学原理等若干基础性课程,并经过系统的写作训练,那么,他(她)在进入硕士阶段的学习之后,就可以在继续巩固、提高上述基础知识和技能的同时,集中精力学习专业基础课和专业课(专业外语、西方文学批评史、中外文学关系史、与自己所学外语语种相联系的国别文学史,以及各类专题研究课程等等);在顺利完成这些学位课程之后,顺利地进入学位论文的开题和撰写程序。我们注意到,在进行学位论文工作的过程中,如果学生对本科阶段的任何一门基础性课程没有掌握好,甚至根本没有学过;如果硕士阶段学位课程的学习不系统,不扎实,那么,任何一种"缺项"都会在论文开题和撰写的过程中暴露出来。学生写论文过程中遇到的任何困难,归根结底,都来源于自己知识基础方面的某些欠缺。

从我们学校比较文学与世界文学专业历届研究生培养的情况来看,中文系(或文学院,下同)毕业的同学,在研究生阶段的学习,一般专业学位课程都可以学好,在这一前提下,他(她)的论文能否

---

① 钱中文:《〈比较文学与世界文学研究丛书〉总序》,见《钱中文文集》(第4卷,文学散论),哈尔滨:黑龙江教育出版社,2008年,第305页。

做好,在很大程度上往往决定于他(她)的外语水平。因为中文系毕业的本科同学,其外语水平往往要低于外语系(或外语学院,下同),他(她)们要达到顺利地使用外文第一手资料的水平,还必须在研究生阶段下一番苦工夫。因此,对于中文系毕业生来说,研究生阶段的重要任务之一,就是大力提高外语水平。

赵静蓉:如果是外语系毕业的本科生考上了比较文学与世界文学专业的研究生,那么情况又将如何呢?

汪介之:外语系(或外语学院)培养的是"外国语言文学"一级学科所含的各语种语言文学(二级学科)的学生,其培养目标、课程设置及学生的知识结构,和隶属于"中国语言文学"一级学科的比较文学与世界文学(二级学科)是有很大区别的,尽管两者之间也有很多近似、相通之处。熟练地掌握至少一门外语,熟悉和这门外语相联系的国别文学史,这是外语系学生的长处。但是,由于他(她)们一般不具备外国文学通史(至少是欧美文学通史)、中国文学史、文学概论、比较文学原理甚至现代汉语等课程的基本知识,没有经过系统的(汉语)写作训练,所以他(她)们如果成为了比较文学与世界文学专业的研究生,那么就不仅要学好硕士研究生课程,而且应当补上事实上没有学过的中文系本科阶段的主干课程。在比较文学与世界文学专业,外语系出身的研究生在写论文时往往会遇到不少困难,甚至感到自己"不会写论文",其根本原因在于缺乏系统的中国语言文学一级学科本科段课程的学习和训练。

赵静蓉:汪老师,不知是不是可以这样理解你的看法:比较文学与世界文学专业研究生最合格的生源,一是熟练掌握了至少一门外语的中文系毕业生,一是系统学习过中文系本科段主干课程的外语系毕业生;而假若一位同学获得了中文系、外语系本科双(学士)学位,那么他(她)就应当是最好的生源了。

汪介之:可以这样说。你可能觉得这太困难了,或者说过于理想化了。确实如此。这和钱中文先生所说的比较文学与世界文学研究"一门十分困难的学问",其实是一回事;这样的要求,也只是一种理想。我们几乎不可能招收到同时具有中文系、外语系本科双学位的学生,而只能尽量录取那些外语较好的中文系毕业生和中文较好的外语系毕业生。

赵静蓉:如果刚才你说的是由本科毕业生进入硕士生阶段的情况,那么,从硕士毕业生进入博士生阶段,是否也是相似的呢?

汪介之:十分相似。这是因为比较文学与世界文学专业硕士生阶段的课程设置,和外国语言文学专业硕士生阶段的课程设置,尽管也有某些交叉、接近或相似,但毕竟不完全相同。如果在本科阶段、硕士阶段的学习中没有形成一个较为合理的知识结构,缺乏上述专业基础,那么,进入博士生阶段同样会遭遇很大的困难。

这里我想提一下美国著名文学批评家韦勒克、沃伦在其合著的《文学理论》一书中的一种说法:"自成一体的民族文学这个概念有明显的谬误。至少西方文学是一个统一的整体。我们不可能怀疑古希腊文学与古罗马文学之间的连续性,西方中世纪文学与主要的现代文学之间的连续性,而且,在不低估东方影响的重要性、特别是圣经的影响的情况下,我们必须承认一个包括整个欧洲、俄国、美国以及拉丁美洲文学在内的紧密整体。""如果仅仅用某一种语言来探讨文学问题,仅仅把这种探讨局限在用那种语言写成的作品和资料中,就会引起荒唐的后果。"①我十分赞同这一观点。正是基于对这一见解的充分认同,在比较文学与世界文学专业硕士阶段,我们向来高度重视学生的外国文学通史素养,高度重视世界文学经典(至少是欧美文学经典)、西方文学理论批评经典的深入研读,也高度重视中外文学关系史的系统梳理和认识。从"西方文学理论批评"这一块来看,每位硕士生必读的理论批评经典,就有亚里士多德的

---

① 勒内·韦勒克、奥斯汀·沃伦:《文学理论》,刘象愚等译,南京:江苏教育出版社,2005年,第44、47页。

《诗学》，黑格尔的《美学》，勃兰兑斯的《19世纪文学主流》，丹纳的《艺术哲学》，尼采的《悲剧的诞生》，韦勒克、沃伦的《文学理论》，弗莱的《批评的剖析》，巴赫金的《陀思妥耶夫斯基诗学问题》，杰姆逊的《后现代主义与文化理论》等。我们一直郑重建议本专业的所有研究生都把这些论著作为自己的案头必备书。其他每一门专业基础课程，也都有各自的必读书。

总起来说，这类课程仍然属于专业基础课程，研究生经过这类课程的学习，就拥有了进行进一步的专业学习和研究的基础。也就是说，比较文学与世界文学专业硕士阶段的课程设置，同样有其规范性，同样有其自身的特点和要求。因此，其他专业毕业的硕士生进入该专业攻读博士学位，也就难免存在着知识结构不合理的问题，更不用说没有经过硕士阶段的学习和训练，以本科毕业的学历（甚至是外语系的本科学历）直接进入博士生阶段的学习了。

赵静蓉：那么，比较文学与世界文学专业硕士阶段的专业课，又是怎样设置的呢？

汪介之：专业课主要包括各种专题研究课程，那是和研究生们的具体研究方向和论文选题相联系的，也和他（她）们所学的外语语种直接联系。比如一位外语语种为俄语的研究生，他（她）在修完比较文学与世界文学专业基础课之后，要深入学习的专业课就有俄语文学名著选读、俄罗斯文学通史和专题研究、俄罗斯文学理论批评名著选读、俄罗斯文学理论批评史和专题研究、中俄文学关系史和专题研究等。外语语种为英语的研究生，在修完各门专业基础课之后，则要深入学习英语文学名著选读、英（美）国文学通史和专题研究、英美文学理论批评名著选读、英美文学理论批评史和专题研究、中英（美）文学关系史和专题研究，等等。

估计你接着就会提到博士生阶段的课程设置和学习的问题了（**赵静蓉**：哈哈，是的，我正想这样问呢。）如果可以把本科阶段、硕士阶段和博士阶段比做一个宝塔的三个层次，那么显然，博士阶段的课程就应当"少而精"了。在博士阶段，除了专业外语而外，其他专业课程仍然是沿着文学史、文学理论批评史、文学关系史这三条线索延伸，但是学习的目的要求已不同于硕士阶段，有了明显的变化。变化之一是从熟悉通史、把握整个发展线索转向对其中的某一段、某一块、某一"点"的透彻了解。当然，这里所说的"段"、"块"和"点"，都不是任意的选择，而是整个文学史中有价值、有典范性和全局性意义的部分。如果说"段"和"块"是"高原"，那么"点"就是"高峰"。所以我们常常告诉学生，在博士生阶段要尽量做"高峰研究"，其意义不言而喻。

变化之二是从"接受性阅读"转向"审视性阅读"，即发现其中的问题、薄弱环节和研究空白。比如说，以往你阅读一种文学史著作，主要是通过它了解某一种文学的发展进程、思潮流派和作家作品，那么现在你的视角就不同了。你将注意这部文学史著作写得如何，有哪些长处和不足，并进而思考：假如由我来写文学史，我应当怎样写，我将怎样描述某一文学进程，怎样评价某些文学现象和作家作品，等等。

这一切都和博士论文选题及写作相联系。当然，这是就经过本科阶段、硕士阶段的系统学习和专业训练的博士生而言的；假如以往的学习不系统，某些方面有欠缺，那就必须补课。每一位博士生需要补学的课程是因人而异的，这时候导师往往只能根据每位同学的具体情况，说明应当补哪些课，或建议博士生去选修相关专业的某些课程，而不可能"全包"，即自己给博士生上这些课。实际情况是：博士生们有的会自觉地去补课或选修，有的则坚持不下去，因为感到要看的书太多了，而更为着急的还是论文选题的事。有些博士生觉得学位论文太难写了，只好延期，四年、五年甚至更长。困难的表现是写不出来，困难的根源在哪里呢？还在于基础不扎实，原先的知识结构不合理。宝塔的第一层、第二层如果不牢靠，不具有一定的宽度，三层之间的结构比例不协调、不合理，这座宝塔就会歪斜、断裂或倾倒。

赵静蓉：据我所知，有的高校还给硕士生、博士生开设"比较文学研究方法论"、"世界文学研究方法论"或"外国文学研究方法论"这类课程，目的是希望经由这些课程的学习，使研究生们掌握研究方法。你们专业在这方面是怎样考虑和实践的？

汪介之：我想你一定记得，鲁迅先生30年代初在回答《北斗》杂志关于"创作要怎样才会好？"的问题时，曾直言不讳地说他"不相信'小说作法'之类的话"①，并对《小说法程》、《小说作法讲义》这类书籍的价值表示怀疑。与此相似，文学研究、包括比较文学与世界文学研究，也可以不相信"研究方法论"之类的话。我觉得，如果文学创作方法的掌握，创作水平的提高，和文学作品、特别是经典作品的阅读关系密切（当然还有其他许多因素），那么，文学研究方法的掌握，研究水平的提高，同样和文学研究论著、特别是经典论著的阅读直接相关。经典性的研究论文和著作，往往为我们后学者的研究提供了切实的，可资借鉴的参照，我们阅读它们的过程，也就是学习其研究方法（从选题、切入视角、结构安排到论述方式、资料的使用等）的过程。我经常和学生谈到"形式学习"，也就是这个意思。最近我们编选的三卷本《欧美文学评论选》（北京大学出版社，2011年），就是着眼于为研究生们的论文写作、研究水平的提高提供具体的参照。

赵静蓉：我想，你本人的学术研究，对于你的学生而言，也应当是一种参照。我们都知道，在俄罗斯文学、中俄文学关系研究方面，你已著作丰硕，能否大致梳理一下你的研究历程？从最初涉足俄苏文学研究至今，你是否有一个研究规划？

汪介之：我个人的研究，并不是一开始就有一个详细的研究计

---

① 鲁迅：《答北斗杂志社问》，见《鲁迅全集》第4卷，北京：人民文学出版社，1991年，第364页。

划,不过我学习和研究的线索大体上是清晰的。它的起点似乎是一种不明智的选择,一种"不合时宜"、不能体现"与时俱进"原则的研究,即在某些人看来早已"过时了"的高尔基研究。起因也和我学过的研究生课程直接相关。我在吉林大学读研期间(1983—1986),已故导师李树森教授曾给我们开设了"高尔基研究"课程。当时我觉得:这么一位以众所周知的《海燕之歌》和《母亲》而著称于世的作家,这位"社会主义现实主义"的奠基人,还有继续"研究"的必要吗?不过,在我逐卷、逐篇研读了那时刚刚出版的20卷本《高尔基文集》、并第一次读到1922年柏林俄文版《论俄国农民》等一系列从不知晓的著作之后,我的想法开始发生变化。苏联和我国评论界关于高尔基的评价与作家的创作实际之间形成的严重偏离,越来越明显地呈现在我面前。陆续接触到的马克·斯洛尼姆、亚·奥夫恰连科等学者的文学史著述和专题论著,则进一步拓宽了我的思路;每当发现自己的阅读感受在某种程度上"暗合"他们的评说时,我便产生一种再阐释的愿望和冲动。于是我决定:硕士学位论文就写高尔基。这一想法得到了李老师的完全支持。从一定意义上说,论文撰写的过程其实就是把自己的阅读印象和感受变为评论文字的过程,当然其间必然伴随着对于前人研究成果的搜寻、梳理和辨析,伴随着对于高尔基作品的再阅读。1985年春,我还曾先后前往北京、上海拜访了中国社会科学院外国文学研究所张羽研究员、华东师范大学中文系王智量教授等前辈俄罗斯文学专家,向他们请教。两位长者平易亲切的话语给了我许多可贵的启示。1986年6月,我以论文《论高尔基的创作个性》参加并通过了硕士学位论文答辩。答辩会上,李树森、刘翘、宋昌中、张豫琬、李尚信等5位教授对论文的评价,鞭策着我在这条已经试走了一段的道路上继续前行。从那时起,26年过去了,每当回望吉林大学那片培育我成长的精神家园,总有一种温暖、亲切、依恋、感恩的心情油然而生。

毕业来到南京之后，我的硕士论文的主体部分，陆续发表于《外国文学研究》、《俄苏文学》（武汉大学）、《南京师范大学学报》、《外国文学评论》等期刊。此时正值苏联社会政治生活发生历史性变动的前夕，文学研究领域的变化同样深刻而广泛，大量的文学档案纷纷被发掘出来，苏联学术界对高尔基的评价形成两种彼此对立的意见，这种态势一直延续到苏联解体以后。1988 年，苏联《文学评论》（Литературное обозрение）杂志在"文学档案"专栏内分三期重新发表高尔基在十月革命前后写下的《不合时宜的思想》所含 48 篇文章，同时刊出高尔基研究专家约·瓦因贝格为此而写的长篇专论《为了革命与文化》。1990 年炎热的夏季，我第一次读到这些令人惊叹的文字。在那前后，我还接触到俄文报刊上陆续发表的高尔基的多封书信、关于高尔基的多种回忆录、各类评说高尔基的文章以及瓦·巴兰诺夫等人的研究著作。这些阅读深化了我关于高尔基的认识，并为我撰写《俄罗斯命运的回声——高尔基的思想与艺术探索》一书提供了可能。经过数年的努力，1993 年，智量先生为之作序的这本书由漓江出版社出版。

在研读高尔基及关于他的评价资料的过程中，我越来越感觉到：不仅对于高尔基，而且对于整个 20 世纪俄罗斯文学，我们以往的认识都存在着很大的片面性。这也就必然使我联想到中国文学接受 20 世纪俄罗斯文学的"选择与失落"（任何选择都同时也是一种失落）。1994 年 9 月，我有幸获得了去俄罗斯访学的机会。我感到这正是进一步认识 20 世纪俄罗斯文学完整图景的大好时机。在莫斯科的普希金俄语学院（Институт русского языка имени А. С. Пушкина）安顿下来以后，我就开始设想在未来的某一时候把这一图景描绘出来，并予以恰当评说；我还打算以此为基础，系统考察 20 世纪中俄文学关系史，特别是要揭示我们以往译介、摄取和评论俄罗斯文学的侧重、偏颇与遗落，并探讨这些现象形成的文化原因（这时候可能就有了你所说的"研究计划"了）。在俄罗斯的一年，19 世纪末—20

世纪初绵延近 30 年的白银时代文学，先后形成三次浪潮、持续 70 年左右的俄罗斯域外文学（旧称"侨民文学"），成为我注目的焦点。我在这两方面的资料搜寻和积累，为我后来的相关研究作了必要的铺垫。然而，也是在这一年中，大量关于高尔基的新资料、新的研究成果不断进入我的视野，似乎一再提醒我不应马上和高尔基分手。这样，我的资料搜集便又很自然地兼顾到高尔基。我常常在莫斯科的大小书店，特别是新阿尔巴特街的"书屋"（Дом книги）、俄罗斯科学院世界文学研究所门厅中的售书点和莫斯科大学的书亭等处尽情淘书，流连忘返。那是我终生难忘的一段美好时光。

1995 年秋季回国后，我开始逐步实施自己的上述研究设想。在俄罗斯文学史研究方面，我先后完成了《现代俄罗斯文学史纲》、《20 世纪俄罗斯文学批评史》（与张杰教授合著）、《远逝的光华：白银时代的俄罗斯文化》、《流亡者的乡愁：俄罗斯域外文学与本土文学关系述评》等著作，你可以看出，这四本书其实都显示出重写俄罗斯文学史、特别是 20 世纪俄罗斯文学史的意向。我试图通过这些著述，展示出以往被有意或无意地排除出文学史著作的作家作品的面貌，对某些重要的文学现象和问题进行重新阐释，为复现 20 世纪俄罗斯文学史的完整图像作出努力。

在 20 世纪中国文学对俄罗斯文学的接受——中俄文学关系史这一领域，我则陆续有《选择与失落：中俄文学关系的文化观照》、《悠远的回响：俄罗斯作家与中国文化》（与陈建华教授合著）、《回望与沉思：俄苏文论在 20 世纪中国文坛》等书出版。这几本书是可以说我个人从事比较文学研究的主要成果。在完成这些研究的过程中，我一再想到：我们中国人从事外国文学研究，必然会思考这一文学在中国的译介、传播、理解、阐释、接受、影响、借鉴、转换和超越以及两种文学之间的类同、异同、映照、呼应、勾连、互证、互识、互补等各种关系，这就把外国文学研究和比较文学研究联系了起来。这时候，我也就趋向于认同国内有的学者所说的"中国的外国文学研究就是中国的比较文学研究"，也就进一步理解了"比较文学与世界文学"学科设置的合理性。

赵静蓉：在实际的研究过程中，你是否曾因一些意外而中断或变更当初的研究规划？

汪介之：应当说，在进行上述研究期间，我对高尔基的注意力曾有所分散，但这并不意味着我已经忘了他，相反，他一直在我心目中。借助于报刊和互联网，我始终关注着国内外高尔基研究的进展，尤其是解体以后俄罗斯的高尔基研究态势。每当有同行朋友去俄访学之际，我都要请他们代购关于高尔基的书。2004 年，我有幸再度踏上俄罗斯那片令人心旷神怡的土地，沉浸在旧地重游的愉悦和感怀中，其间未忘挤出时间奔向莫斯科、圣彼得堡的多家书店快速搜寻抢购，就像一个饥饿的人闯进面包店。在翻阅这些书籍资料以后，我注意到晚近高尔基评价方面的分歧，越来越集中到如何看待从 1917 年革命到 1936 年去世这 20 年中他的思想、社会文化活动和文学贡献上来了。这时我也就意识到，搞清楚这一时间段内与高尔基的思想和活动相关的史实，细读这一时期他的作品文本，并予以力求公正的评说，应当成为我下一步的研究目标。如果说，在《俄罗斯命运的回声》中我已尝试对高尔基一生的思想发展与艺术探索历程做过一种概观性述评，那么，现在我要做的则是对于晚年高尔基的集中探究。

2006 年 6 月，我申报的国家社会科学基金课题"高尔基晚期思想与创作研究"被批准立项，这就促使我刻不容缓地回到高尔基。于是，几乎是在《流亡者的乡愁》一书完成的次日，我便开始了这一课题研究。至 2009 年底，这一研究顺利完成并通过专家鉴定，其最终成果便是书稿《伏尔加河的呻吟——高尔基的最后 20 年》（该书即将由译林出版社于 2012 年正式出版）。如今，阅读和写作的具体过程已渐渐变得模糊，只依稀记得飞逝而过的光阴中有激动与兴奋，也有困扰与踌躇，更有某种发现后的惊喜与慨叹。

赵静蓉：希望早一点读到你的这本新著。那么，在完成这本书之后，你还打算做些什么呢？

汪介之：要做的事情可以说是太多了。除了应当继续做好研究生教学和培养工作而外，目前，我已充满期待地开始走近20世纪俄罗斯另一位伟大作家帕斯捷尔纳克所建造的艺术世界，那同样是一片具有巨大感召力的宽阔天地。2009年，我委托一位同行朋友为我在莫斯科购买了新编俄文版《帕斯捷尔纳克全集》（11卷本）。从那时起，我就已开始读帕斯捷尔纳克了。我打算和同行朋友、博士生一起翻译他的许多尚未译成中文的作品和论著，现已着手教育部人文社科基金项目"帕斯捷尔纳克小说艺术研究"的课题研究工作，也已发表了几篇论及帕斯捷尔纳克的文章。不过总体而言，这方面的工作才刚刚起步。我将继续做下去，并与前辈学者、同行朋友和同学们多多进行学术交流。

赵静蓉：汪老师，我感到你的治学经历对于你的学生而言，一定是很有启发意义的。你是否和你的所有学生都谈过你的治学经历？

汪介之：很少谈论，除非他们问起，当然我的书和文章他们大都看过。这里可能有一种心理障碍：我总觉得多谈这些好像有些自我炫耀的意思。但是，为了使学生不仅看到作为研究结果的著作和论文，而且要让他们了解相关的研究过程、路径和方法，还是可以和应当谈一谈的。这也就是我不揣浅陋，接受了你的采访，说出了以上一些想法的缘故。不当之处，请你批评。

赵静蓉：谢谢汪老师！希望有机会再听你说说你的研究心得。

2011年末—2012年初

广州—南京

后　记

　　向远先生筹划编辑一套比较文学与世界文学研究丛书，嘱我自选相关论文，整理成集，作为这套丛书的一种。忝为丛书著者之一，我自知涉猎比较文学研究较晚，侧重关注的也仅仅是中俄文学关系这一领域，谈不上有多少成果，所以只能把自己在这方面的有限心得做一清理，以表达对向远先生及丛书其余各位著者的感激与敬意。

　　对于中俄文学关系关注较多，并非我自觉选择的结果，种种因素早在我能够做出这一选择之前，事实上就已对它进行了框定。我学习的外语语种为俄语，专业是俄罗斯文学，但是每当我阅读一部俄罗斯文学作品，考察一位俄罗斯作家的创作，或注目于一种俄罗斯文学现象时，都不能不想到它在我国的解读与接受，同它的本来面貌、同它在俄罗斯本国批评界及本国文学史著述中的地位之间有何差异，不能不想到它对中国文学是否产生过影响或产生过何种影响，进而追问造成这些差异与影响的原因。这方面的思考有了一点感受，就写成文章发表出来；有了一些较系统的认识，便结撰成书。这样的研究路径使我一向认为，自己的中俄文学关系研究其实不过是从事俄罗斯文学研究的一种自然延伸。我也常常以自身经历为例告诉学生：不要急于进入比较文学研究领域，那是钱中文先生所说的"一门十分困难的学问"，首先至少要学好一门外语，要深入把握和这一外语语种相联系的外国国别文学。我在这方面的一些粗浅认识，也已经由几篇小文表达出来。

收入本文集中的各篇文章，曾分别发表于《外国文学研究》、《国外文学》、《当代外国文学》、《俄罗斯文艺》、《中国比较文学》、《吉林大学学报》、《江苏社会科学》、《南京师范大学学报》等期刊，在此，我谨向这些期刊的诸位编辑先生/女士表示由衷的感谢！由于各家期刊对引文注释的要求和规定的格式不尽相同，所选各篇文章的注释体例难免不一。现在根据丛书和出版社的统一要求，我对原有注释格式做了一些调整，为的是使整个文集的注释体例保持一致。另外，发表于不同时期的几篇文章，个别地方的文字有所重复，但出于保持文章原貌的考虑，收入文集时均未做改动，请读者原谅！

2014 年早春于南京

图书在版编目(CIP)数据

别求新声 / 汪介之著. —北京：中央编译出版社，
2014.5
（比较文学与世界文学名家讲堂 / 王向远主编）
ISBN 978-7-5117-2170-9

Ⅰ.①别… Ⅱ.①汪… Ⅲ.①比较文学-文学研究-中国、俄罗斯 Ⅳ.①I206 ②I512.06

中国版本图书馆 CIP 数据核字（2014）第 101679 号

别求新声

出 版 人：	刘明清
责任编辑：	邓　彤
责任印制：	尹　珺
出版发行：	中央编译出版社
地　　址：	北京西城区车公庄大街乙5号鸿儒大厦B座（100044）
电　　话：	（010）52612345（总编室）　（010）52612352（编辑室）
	（010）52612316（发行部）　（010）52612315（网络销售）
	（010）52612346（馆配部）　（010）66509618（读者服务部）
传　　真：	（010）66515838
经　　销：	全国新华书店
印　　刷：	北京瑞哲印刷厂
开　　本：	787 毫米×1092 毫米　1/16
字　　数：	326 千字
印　　张：	25.25
版　　次：	2014 年 5 月第 1 版第 1 次印刷
定　　价：	68.00 元
网　　址：	www.cctphome.com　　邮　箱：cctp@cctphome.com
新浪微博：	@中央编译出版社　　　　微　信：中央编译出版社（ID：cctphome）

本社常年法律顾问：北京市吴栾赵阎律师事务所律师　闫军　梁勤
凡有印装质量问题，本社负责调换。电话：010-66509618